Tala Storm

Der lange Weg I

Tala Storm

Der lange Weg I

Roman

édition el!es

Internet: www.elles.de

E-Mail: info@elles.de

Umschlaggestaltung und Satz: graphik.text Antje Küchler, Ferrette

Druck: Nørhaven Paperback A/S, Dänemark

ISBN 978-3-932499-61-6

Eine leichte Brise streichelte ihre Haut, und Sonnenstrahlen wärmten sie. Langsam schien die junge Frau zu erwachen. Sie roch den Duft von feuchtem Gras. Trotz der Sonnenstrahlen, die ihre Haut trafen, fühlte sie die Kälte. Langsam öffnete sie die Augen und setzte sich auf. Ihr Blick schweifte über das Lager, dann über die Landschaft. Wo war sie? Was war geschehen? Sie konnte sich nicht erinnern, wie sie hierher gekommen war. Nichts, was sie sah, kam ihr bekannt vor. Sie lauschte den Vögeln, die den Morgen begrüßten. Sie sah dann ein Pferd ruhig und friedlich in der Nähe des Lagers grasen. Sie atmete tief die kühle Morgenluft ein. Ihre Sinne konnten in der Umgebung nichts Außergewöhnliches feststellen. »Na, immerhin etwas«, dachte sie.

Langsam streifte sie die Decke ab und stand auf. Ein Schwert lag neben dem Schlafplatz ebenso das Sattelzeug des Pferdes. Sie durchsuchte die Satteltaschen, fand in einer davon Brot und getrocknetes Fleisch, in der anderen befanden sich ein Handtuch und Unterkleider. Sie brach sich ein Stück Brot ab und setzte sich auf einen Stein, der neben der Feuerstelle lag. Das Feuer mußte schon länger aus sein, denn keine Glut war mehr zu sehen. Während sie auf dem Stück Brot herumkaute, blickte sie gedankenverloren in die Ferne. Der Ruf eines Vogels riß sie aus ihren Gedanken. In einem Baum über sich sah sie den Vogel. Einen solchen Vogel hatte sie noch niemals zuvor gesehen. Was war das für ein Land? Wie kam sie hierher? Und warum konnte sie sich an nichts erinnern? Wieder schweifte ihr Blick über das Land, das vor ihr lag. Dabei griff sie sich an den Hinterkopf. Nein, da war keine

Beule. Also konnte sie ausschließen, daß sie sich den Kopf gestoßen hatte. Krampfhaft versuchte sie sich an etwas zu erinnern.

Was sollte sie tun? Hierbleiben? Was sollte das bringen? Langsam und in aller Ruhe fing sie an ihre Decken aufzurollen. Sie mußte weiter, wohin auch immer und suchen, was sie anscheinend verloren hatte. Sie beschloß ein Dorf zu suchen, in der Hoffnung da herauszufinden, wo sie sich befand. Vielleicht kannte sie da sogar jemanden. Warum, warum nur schien alles aus ihrem Kopf verschwunden zu sein?

Langsam ging sie auf das friedlich grasende Pferd zu. Als sie in seine Nähe kam, schnaubte es zufrieden. Das Pferd schien sie zu kennen. Sie blieb direkt vor ihm stehen und strich sanft über seine Nüstern. »Dragon«, kam es leise über ihre Lippen. Das Pferd schnaubte wieder und stupste sie sanft an. »Ist das dein Name, hm?« Sie führte das Pferd zum Lagerplatz. In Gedanken versunken begann sie es zu satteln, band die Satteltaschen und ihre Decken hinter dem Sattel fest, legte das Schwert um und stieg auf. Ihr Blick schweifte über die Landschaft. Wohin? Ohne weiter nachzudenken setzte sie ihr Pferd in Bewegung und ritt los, nicht wissend wohin, noch was sie erwarten würde.

Wer war sie? Woher kam sie? Die Gedanken rasten wild durch ihren Kopf. Sie faßte sich an den Hals. Die Kette war noch da. An der Kette war ein Anhänger mit einem Schriftzeichen. Sie wußte nicht, was es bedeutete, noch woher sie es hatte. »Cay-La, ich bin Cay-La«, schoß es auf einmal durch ihren Kopf. Sie seufzte leise vor sich hin. Bedeutete dieser Anhänger ihren Namen oder woher sie kam oder zu welchem Volk sie gehörte? Da waren nur Fragen in ihrem Kopf, nichts als Fragen.

Sie wußte nicht, wie lange oder wie weit sie schon geritten war. Einige Stunden mußten schon vergangen sein. Sie hatte sanfte Hügel und kleine Wälder durchquert, aber noch kein Dorf gefunden und keinen Menschen angetroffen. Die Sonne stand hoch über ihr, als sie an einen kleinen Fluß kam. Mit einem Seufzer stieg sie von ihrem Pferd, ließ es trinken und nahm den Wasserbeutel vom Sattelknauf. Ihr war so warm, daß sie den Ledermantel auszog und über den Sattel legte. Das Wasser war klar und kühl. Sie füllte den Wasserbeutel. Anschließend beugte sie sich vor und ließ das Wasser durch ihre Hände fließen. Dann tauchte sie ihr Gesicht ins

Wasser. Als sie wieder hochkam, spürte sie, wie das Wasser über ihr Gesicht lief: kühl und frisch. Es war sehr angenehm. Dragon hob ganz plötzlich seinen Kopf und schnaubte. »Ich habe sie schon bemerkt«, flüsterte sie leise ohne sich umzudrehen.

»Wen haben wir denn da?« rief eine rauhe Männerstimme. Gelächter setzte ein.

Sie erhob sich ganz langsam und drehte sich um.

Da standen drei Männer in Lederkleidung, ihre Schwerter hatten sie bereits gezogen. Sie grinsten dreckig vor sich hin. »Du brauchst sicher dein Pferd nicht mehr, oder?« Und wieder lachten sie dreckig und laut auf.

Sie hatte noch kein Wort gesagt, aber alle ihre Sinne waren geschärft und ihr Körper für einen Kampf bereit. Sie sah den Wortführenden nur an.

»Los, holen wir uns was wir wollen!« Mit diesen Worten und lautem Geschrei liefen die drei los.

Ohne zu zögern hatte sie mit einer schnellen Bewegung ihr Schwert gezogen. Der Wortführer lief ihr geradewegs in die Klinge, sah sie entgeistert an und sank vor ihr zusammen. Sie zog ihr Schwert aus seinem sterbenden Körper und stieß ihn mit dem Fuß nach hinten.

Die beiden anderen Männer waren wie vom Blitz getroffen stehengeblieben.

»Na, wer will als Nächster dran sein?« Sie lächelte dabei kühl und ihre Augen glühten. Da drehten die beiden sich auch schon um und rannten weg.

Sie ging zum Wasser und reinigte ihr Schwert. Anschließend steckte sie es zurück in die Scheide und machte sich auf, diesen Ort so schnell wie möglich zu verlassen. »Kämpfen kann ich anscheinend«, dachte sie bei sich, als sie zwischen den Bäumen verschwand. Der Wald wurde jetzt immer dichter. Sie hatte ihr Pferd zurückgenommen und ritt langsam durch eine Gegend, die ihr unbekannt war.

Ein sehr zwiespältiges Gefühl in ihr machte sie auf alles aufmerksam, was sie hörte und sah. Ihre Sinne liefen jetzt auf Hochtouren. Da war etwas, was sie warnte. Gleichzeitig fühlte es sich so bekannt an, als würde sie es kennen. Aber sie konnte es nicht wirklich einordnen. Dann ging alles sehr schnell. Auf einmal war sie von Kriegern umzingelt. Bevor sie ihr Schwert ziehen konnte, traf sie etwas am Hinterkopf. Dann stürzte sie und spürte, wie sie hart auf den Boden aufschlug. Es gelang ihr nicht, den Fall abzufangen. Zu sehr schmerzte ihr Kopf. Dunkelheit umgab sie. Cay-La lag bewußtlos am Boden.

»**L**ebt sie noch?« Wie aus weiter Ferne vernahm sie die Stimme einer Frau.

»Ja. Sollen wir sie töten?«

Bei diesen Worten blieb ihr Herz beinahe stehen.

»Nein. Laßt mich mit ihr allein.«

Cay-La fühlte kalten Stein unter sich. Allmählich wachte sie auf. Ihr Kopf schmerzte. Sie öffnete leicht ihre Augen. Im fahlen Licht konnte sie kaum etwas erkennen. Es drehte sich alles vor ihren Augen. Sie schloß sie sofort wieder und stöhnte auf. Da spürte sie, wie eine Hand in ihre kurzen Haare griff und ihren Kopf hochzog. Der Schmerz ließ sie augenblicklich aufschreien. Sie riß ihre Augen auf und sah direkt vor sich ein paar braune Augen, die sie kalt und gefühllos musterten.

»Du lebst ja wirklich noch«, sagte die Frau spöttisch. Sie zog unvermittelt ihre Hand zurück.

Cay-La hatte nicht damit gerechnet und schlug mit ihrem Gesicht auf den harten Stein. »Aua«, schrie sie auf.

»Steh auf!« befahl ihr die Kriegerin mit kalter Stimme.

Cay-La hörte wie sie sich von ihr entfernte. Langsam versuchte sie aufzustehen. Dabei wanderte ihr Blick durch den Raum, in dem sie sich befand. Fackeln waren an den Wänden aus Stein. Dieser Raum war in Stein geschlagen. Es mußte eine Höhle sein, dachte Cay-La. Vor ihr stand ein Tisch, reichlich gedeckt. Links von ihr konnte sie ein Verlies ausmachen, in dem eine schmale Holzpritsche stand. Sie konnte nicht genau erkennen, wo sie war. Die Frau saß unterdessen auf einem Stuhl hinter dem Tisch, in der Hand einen Becher mit Wein. Sie hatte blondes, leicht gewelltes, langes Haar. Ihre Augen tasteten den Körper von Cay-La ab, während diese sich zu ihr drehte.

»Wer bist du?«

»Cay-La und du?«

Die Frau lachte schrill auf. »Ich bin Kallisto und du hast einen meiner Männer getötet.« Kallistos Stimme hatte sich verändert. Sie sah Cay-La herausfordernd an.

»Er wollte mein Pferd stehlen«, antwortete Cay-La trotzig.

Kallisto stand auf und ging langsam auf sie zu. Sie war etwa einen halben Kopf größer als Cay-La. Ihr Körper war durchtrainiert, ihre Bewegungen geschmeidig. Die Lederrüstung, die sie trug, verdeckte nicht sehr viel Haut.

Cay-La sah, wie sich die Muskeln bei jeder Bewegung der Kriegerin unter der Haut bewegten.

Kallisto umkreiste sie, legte ihren Kopf zur Seite.

Das Verhalten dieser Frau verunsicherte Cay-La.

»Das ist ein Grund zu töten«, bemerkte Kallisto ungerührt und lachte spöttisch. »Und was machst du hier in dieser Gegend?« Kallisto umkreiste sie immer noch.

Cay-La versuchte ihren Bewegungen zu folgen. »Nichts Bestimmtes.« Cay-La wußte nicht warum, aber etwas in ihr warnte sie vor dieser Frau. Instinktiv verschwieg sie ihr, daß sie nichts mehr wußte außer ihrem Namen.

»Nichts Bestimmtes?« Kallisto sah sie skeptisch an und blieb dann direkt vor ihr stehen.

»Ich ziehe umher ohne ein bestimmtes Ziel.« Cay-La glaubte Kallistos Blick würde durch sie hindurchdringen. Alles in ihr spannte sich an.

»Dann macht es dir sicher nichts aus, einige Zeit hierzubleiben und mir Gesellschaft zu leisten?« Kallistos Augen funkelten.

»Das macht mir nichts aus.« Cay-La wußte, daß es ihren Tod bedeutet hätte ihr zu widersprechen.

»Dann setz dich, sei mein Gast und iß etwas.« Mit einer einladenden Handbewegung zeigte Kallisto auf den reichlich gedeckten Tisch vor ihnen. Sie hatte sich wieder in ihren Stuhl gesetzt, ihren rechten Arm auf die Lehne aufgestützt und den Kopf in die Hand gelegt. Sie beobachtete Cay-La, keine Bewegungen blieben ihr verborgen.

Cay-La war froh, was zu essen zu bekommen, denn sie war

wirklich hungrig. Auch sie beobachtete die Kriegerin, die ihr gegenüber saß. Sie faszinierte sie, gleichzeitig machte sie ihr angst.

»Zeit zu schlafen.« Kallisto erhob sich und deutete Cay-La an, aufzustehen und vor ihr zu gehen. Sie verließen diesen Raum. Kallisto wies sie dann nach links.

Cay-La fühlte sich unwohl mit Kallisto im Rücken. Nach ein paar Schritten kamen sie zu einem Durchgang. Der Raum dahinter war durch schwere Lederplanen abgetrennt. Cay-La blieb davor stehen und sah Kallisto fragend an.

Diese machte eine Kopfbewegung. »Geh weiter!« befahl sie rauh.

Cay-La schob die Lederplanen beiseite und betrat zusammen mit Kallisto deren Schlafraum. Ihre Augen schweiften sofort durch den Raum. Dieser war nicht so kühl und spartanisch eingerichtet. Links von ihr befand sich ein kleiner Tisch mit Sitzkissen, dahinter kam ein Schrank. An der Wand, genau gegenüber dem Eingang, war ein großes Bett, bedeckt mit warmen Felldecken. Auf der rechten Seite stand neben dem Eingang ein größerer Tisch. Darauf lagen Pläne und Karten. Dahinter stand ein Stuhl mit hoher Rückenlehne. In der hinteren linken Ecke neben dem Bett sah man durch halbgeöffnete Vorhänge einen kleineren Raum, in dem sich eine große Wanne befand.

»Du schläfst da hinten.« Kallisto riß Cay-La aus ihren Gedanken und zeigte in die rechte Ecke neben dem großen Bett.

Cay-La nickte. Sie entdeckte eine Fellmatratze, viele Kissen und eine Decke. Als sie in die Nähe ihres Nachtlagers kam, sah sie, daß ihre Satteltaschen bereits daneben lagen. Ohne ein weiteres Wort zog sie ihre Lederkleider aus und legte sich in ihren Unterkleidern auf die Fellmatratze. Die Decke zog sie weit über sich und beobachtete Kallisto, die am großen Tisch saß, Karten ansah und Wein trank.

Auch Kallisto hatte nicht aufgehört die junge Frau zu beobachten. Etwas an ihr faszinierte sie.

Nach kurzer Zeit war Cay-La eingeschlafen. Ihre Müdigkeit war stärker und so schaffte sie es nicht mehr wach zu bleiben, um Kallisto zu beobachten.

Kallisto blickte auf die schlafende Cay-La, sah, wie sie sich in ihren Träumen aufbäumte und sich unruhig hin und her wälzte. Dabei sprach sie Worte, die Kallisto nicht verstehen konnte.

In den folgenden Tagen zeigte Kallisto ihr das ganze Lager und ließ Cay-La sich frei bewegen. Wenn sie zusammen waren, redeten sie nicht viel. Aber jede beobachtete die andere.

Oft saß Cay-La draußen auf einem großen Stein und beobachtete, wie die Männer von Kallisto trainierten und Kallisto mit ihnen trainierte. Sie sah, wie immer wieder Männer wegritten und mit Vorräten zurückkamen. Sah, wie sie danach tranken, grölten und lachten. Daraus schloß Cay-La, daß sie diese Vorräte gestohlen hatten. Auch an diesem Abend war es so. Die Männer saßen trinkend und grölend am Lagerfeuer. Sie schienen sich über den Beutezug zu freuen. Cay-La versuchte, den Männer so gut es ging, aus dem Weg zu gehen. Bis an diesem Abend einer genau dies zu verhindern wußte.

»Na?« Er stellte sich breitbeinig vor ihr auf. »Willst du dich nicht ein wenig mit uns amüsieren?« Seine Stimme klang rauh.

Cay-La schüttelte den Kopf. »Nein, will ich nicht!« schnauzte sie ihn an. »Geh mir aus dem Weg!«

Der große Kerl lachte laut auf. »Sie will nicht!« rief er zu seinen Kumpeln und wollte nach ihr greifen.

Sie war so schnell ausgewichen, daß er ins Leere griff. Gleichzeitig versetzte sie ihm einen Hieb in die Seite, und er fiel vornüber. Wütend schlug er auf dem Boden auf. Einige der Männer waren sofort aufgesprungen. Cay-La war schnell von den Kriegern umringt. Sie hatte nun keine Möglichkeit mehr da herauszukommen. Als die Männer nach ihr griffen und sie festhielten, versuchte sie, wild um sich schlagend, sich zu befreien. Da stand der erste Kerl auf einmal vor ihr. »Und jetzt? Willst du immer noch nicht . . . du Miststück«, fluchte er. »Das wollen wir doch mal sehen.«

Kallisto hatte von Anfang an alles beobachtet und als der Kerl ausholte, riß ihre Stimme ihn zurück. »Laß das Marcos!« Die Männer teilten sich sofort. »Laßt sie los, sofort!« zischte sie. Die Arme, die Cay-La festgehalten hatten, ließen sofort von ihr ab. »Keiner, hört ihr, keiner außer mir rührt sie an. Sie gehört mir!« schrie sie kalt und bestimmt. Die Männer nickten und ließen beschämt ihre Köpfe sinken. Kallisto schnappte Cay-La am Arm und zog sie mit. Kein Wort sprach sie zu ihr. Immer noch schweigend betraten sie den Schlafraum.

In Cay-La hallten die Worte von Kallisto: »Sie gehört mir.« Ein Schauer lief über ihren Rücken. Wie hatte Kallisto das gemeint. Cay-La ging schlafen, während Kallisto sich wieder an den großen Tisch setzte und sie beobachtete. Aber auch Cay-La fand keine Ruhe. Lange lag sie wach und spürte, wie Kallisto sie beobachtete.

Auch in dieser Nacht versuchte Kallisto die von Träumen gequälte Cay-La zu verstehen. Es gelang ihr abermals nicht.

Seit diesem Abend gingen die Männer Cay-La aus dem Weg und waren nett und zuvorkommend, wenn sie etwas von ihnen wollte oder brauchte. Keiner schien die Aussage von Kallisto in Frage zu stellen.

Ein paar Tage später weckte Kallisto sie sehr früh. Cay-La öffnete die Augen. Kallisto stand vor ihrer Liege und hielt ihr ihr Schwert entgegen. »Komm, es wird Zeit zu trainieren.«

Cay-La war schweißgebadet, sie hatte wieder geträumt, wieder diese Bilder gesehen. Ungläubig sah sie Kallisto an, nahm jedoch das ihr gereichte Schwert.

»Beeile dich!« Kallisto hatte sich abgewandt und ging zum großen Tisch. Mit dem Rücken zu Cay-La stand sie da.

Cay-La legte ihr Schwert neben die Fellmatratze und stand auf. Ihre Augen nicht von Kallisto nehmend, zog sie sich an. Vertraute ihr Kallisto, oder täuschte sie sich? Wollte sie nur testen, ob sie angreifen würde? Cay-La schossen die Gedanken nur so im Kopf herum. Sie war hin und her gerissen, Kallisto jetzt anzugreifen oder es zu lassen. Dann hob sie das Schwert auf und ging zu dem Tisch. Hinter Kallisto blieb sie stehen. »Ich bin soweit.«

Die blonde Kriegerin drehte sich zu Cay-La, ein triumphierendes Lächeln umspielte ihren Mund: »Dann laß uns gehen.«

Nun wußte Cay-La, daß Kallisto sie nur testen wollte.

Kallisto war eine gute Kämpferin, das mußte Cay-La sehr schnell feststellen. Es war gefährlich, nur einen kurzen Moment nicht auf der Hut zu sein. Kallisto hatte sie immer wieder erwischt, ihre Schläge waren hart und schmerzten. Aber auch sie erwischte Kallisto immer wieder. Sie schenkten sich nichts, bis beide ganz außer Atem waren. Auf ihren Körpern lag eine Schweißschicht und Staub, der sich im Kampf darauf gelegt hatte. Beide atmeten schwer und schnell. Kallisto parierte einen Schlag von Cay-La ab und hielt sie am Handgelenk fest: »Für heute reicht es.« Damit beendete Kallisto das Training. »Zeit für ein Bad.«

Cay-La folgte Kallisto in die Höhle. Dort angekommen, legte sie das Schwert neben ihren Schlafplatz. Müde und erschlagen ließ sie sich auf die Fellmatratze fallen und schloß die Augen. Sie hörte, wie Kallisto herumhantierte. Bis heute hatten sie immer getrennt gebadet. So ging Cay-La davon aus, daß es auch dieses Mal so sein würde. Sie würde warten bis Kallisto fertig war und dann ein Bad nehmen. Sie sehnte sich nach dem entspannenden, warmen Wasser. Ihre Muskeln schmerzten, ganz zu schweigen von den Schlägen, die sie abbekommen hatte.

»Komm!« Kallistos Stimme riß Cay-La aus ihren Gedanken. Sie öffnete die Augen und sah auf Kallisto, die vor ihrem Schlafplatz stand und ihr die Hand entgegenhielt. Sie zögerte und sah sie fragend an.

»Komm, wir können auch gemeinsam baden«, forderte Kallisto sie auf.

Cay-La sah sie erstaunt an, nahm die ihr gereichte Hand und folgte Kallisto. Sie spürte, wie Nervosität in ihr aufstieg.

Im Baderaum angekommen, fing Kallisto an sich auszuziehen.

Cay-La konnte ihre Augen nicht von ihr abwenden. Zu schön war ihr Körper, zu faszinierend ihre Ausstrahlung.

»Was ist? Willst du in den Kleidern baden?« riß Kallisto sie aus ihren Gedanken.

Beschämt sah Cay-La zu Boden, sie fühlte sich ertappt. Sie hatte Kallisto angestarrt. »Nein ... nein ich ...« stammelte sie.

Kallisto drehte sich ab und grinste vor sich hin, während sie eine Essenz in das dampfende Wasser gab. Sofort verbreitete sich ein angenehmer Duft von Kräutern, erfüllte die heiße, feuchte Luft um sie.

Cay-La zog sich jetzt aus.

Kallisto hatte nun ihrerseits Cay-La nicht aus den Augen gelassen und studierte ihren Körper. Sie spürte, wie ihr Blut immer heißer durch die Adern floß. Sie reichte Cay-La auffordernd die Hand. Langsam stiegen sie in die Wanne.

Cay-La ließ sich vorsichtig in das warme Wasser gleiten, setzte sich hin, schloß die Augen und genoß die Entspannung ihres Körpers. Es tat so gut, das warme Wasser auf ihren geschundenen Körper zu fühlen. Genießerisch schloß sie die Augen. Trotz ihrer geschlossenen Augen konnte sie spüren, daß Kallisto sie ansah, daß sie ganz nah bei ihr war. Sie hob ihre Augenlider. Kallisto stand direkt vor ihr und Cay-La schluckte schwer. Ihr waren die Augen von Kallisto nicht entgangen.

»Dreh dich zu mir, ich wasche dir den Rücken.«

Sie tat, was Kallisto sagte. Ihr Herz schlug immer schneller. Sie spürte eine Wärme in ihrem Körper aufsteigen. War das vom warmen Wasser oder von Kallistos Nähe? Was geschah hier mit ihr?

Kallisto sah zum ersten Mal, daß Cay-La ein Zeichen zwischen ihren Schulterblättern trug. Sie fuhr mit ihren Fingern zärtlich darüber, was Cay-La ein leises Stöhnen entlockte.

Die Haut von Cay-La zu berühren, löste im Gegenzug heiße Wellen in Kallistos Körper aus. Sie sehnte sich danach, die junge Frau überall zu berühren, sie zu liebkosen, ihre Wärme zu fühlen, sie zu schmecken, in sie einzudringen. Kallistos Lust stieg ins Unermeßliche. Sie wollte diese junge Kriegerin besitzen.

Cay-La spürte, wie Kallisto sie auf ihr Mal küßte. Ein Schauer durchlief ihren Körper.

Vorsichtig erkundeten Kallistos Hände nun Cay-Las Körper unter Wasser.

Heiße Bahnen hinterließen ihre Hände auf Cay-La, ihre Haut schien überall da, wo sie von Kallisto berührt wurde, zu brennen. Alle ihre Muskeln spannten sich an. »Meinte sie das, als sie sagte, sie gehört mir?« schoß es durch ihren Kopf. Erneut spürte sie Kallistos Lippen auf ihrer Haut. Cay-La stöhnte auf. Es war unglaublich, was die Kriegerin in ihr auslöste. Neu und beängstigend fühlte es sich an. Cay-La wußte nicht, was mit ihr geschah. Etwas in ihr schrie: »Hör auf!« Und etwas anderes schrie: »Mehr!« Ein regelrechter Sturm tobte durch sie hindurch. Cay-La war nicht mehr fähig, einen klaren Gedanken zu fassen. Was Kallisto in ihr auslöste, riß sie unaufhaltsam mit.

Ein Räuspern schreckte sie auf und Kallisto ließ von ihr ab. »Was?« schrie sie sichtlich erbost zum Eingang des Baderaumes.

»Der Späher ist zurück.« Verschämt sah der junge Krieger zu Boden.

»Geh, ich komme gleich.« Kallisto wandte sich Cay-La zu, küßte sie noch einmal zwischen die Schulterblätter und verließ ohne ein Wort die Wanne.

Cay-Las Enttäuschung war groß. Ihre Augen folgten jeder Bewegung von Kallisto, die sich bereits wieder angezogen hatte und den Raum verließ.

Auch Cay-La stieg aus der Wanne. Immer noch erhitzt von Kallistos Berührungen, trocknete sie ihren Körper gedankenverloren ab, wickelte ein Tuch um sich und ging auf das große Bett von Kallisto zu. Ohne weiter nachzudenken legte sie sich darauf. Ihre Arme benutzte sie als Kissen. Ihre Gedanken wanderten immer noch um das Geschehene im Baderaum. Was geschah mit ihr? Mit diesen Gedanken, die ihren Kopf ausfüllten, döste sie ein.

Kallisto betrat den Raum und blieb unvermittelt bei dem Anblick stehen, der sich ihr bot. Cay-La lag auf dem großen Bett. Das Tuch bedeckte nur einen Teil ihres nackten Körpers. Kallisto spürte, wie heiße Wellen sie bei dem Anblick der jungen Frau durchfluteten. Sie merkte, wie die Lust diese zu besitzen, in ihr ins Unermeßliche stieg. Cay-La lag auf dem Bauch und schien nicht zu bemerken, daß sie da war. Leise näherte sich Kallisto dem Bett. Schon auf dem Weg dahin fing sie an, ihre Rüstung zu öffnen. »Du gehörst mir«, flüsterte sie. Sie wollte diesen Körper auf ihrem fühlen, jeden Zentimeter davon. Sie hatte sich schnell ausgezogen. Dann kroch sie langsam und vorsichtig auf das Bett, bis sie über Cay-La war. Aufgestützt auf ihre Arme sah sie auf die junge Kriegerin, die ihr Blut schneller durch den Körper schießen ließ. Sie beugte sich leicht hinunter und küßte sie auf ihr Mal.

Cay-La erschrak bei der plötzlichen Berührung durch Kallistos Lippen. Sie hatte sie nicht bemerkt. Ihr Kopf schoß hoch. Ihre Augen suchten die von Kallisto und fanden sie. Sie sah in den braunen Augen pure Lust.

Kallisto beugte sich weiter vor und küßte leidenschaftlich ihre Lippen.

Cay-La erzitterte, sie hatte sich nach Kallisto gesehnt. Aber so? Wollte sie es so erleben? Sie kam nicht dazu, weiter darüber nachzudenken. Sie spürte nur noch die Berührungen von Kallisto.

Zärtlich und bestimmt fuhr Kallistos Hand über ihren Rücken.

Cay-La seufzte genüßlich.

Kallisto küßte sie wieder auf ihr Mal.

»Hm«, brummelte Cay-La.

Kallisto schmunzelte, während sie weiter ihre Hände über Cay-Las Körper gleiten ließ.

Die Gedanken und Gefühle rasten nur so in Cay-La umher. Sie schienen sie zu zerreißen. Einerseits sehnte ihr Körper sich nach diesen Berührungen, nach Kallisto. Andererseits wollte sie es nicht. Sie wußte nur zu gut, daß Kallisto nur ihre Lust befriedigen wollte. Dies hatte nichts mit Gefühlen zu tun. Cay-La spürte, wie jede Stelle, die Kallisto berührte, wie Feuer brannte. Ihr ganzer Körper schien zu entflammen. Gleichzeitig gesellte sich ein wohliger Schauer, der durch ihren Körper schoß, dazu. Ihr Verstand schien auszusetzen. Cay-La drehte sich unter Kallisto. Langsam schickte sie auch ihre Hände auf Erkundung. Sie spürte die Muskeln von Kallisto, ihre zarte Haut, fühlte, wie Kallisto sich drehte und sie mitzog. Cay-La lag nun in voller Länge auf Kallisto, was ihnen beide ein leises Stöhnen entlockte. Es war ein wunderschönes Gefühl, die nackte Haut von Kallisto auf ihrer zu fühlen. Cay-La öffnete die Augen, stützte sich auf ihren Armen ab, sah Kallisto an und bestaunte deren wunderschönen Körper. Langsam ließ sie sich zurück auf Kallisto sinken und küßte sie ganz zärtlich. Die Leidenschaft entbrannte nun auch in Cay-La. Sie wollte mehr. Wollte nicht mehr denken.

Kallisto erforschte mit ihrer Zunge den Mund von Cay-La, während ihre Hände eine Entdeckungsreise über deren Körper machten. Sie fand immer wieder Punkte, die Cay-La ein wohliges Stöhnen entlockten, genau wie Cay-Las Hände bei ihr. Sie drehte Cay-La auf den Rücken und bewunderte den Körper unter sich. Dann küßte sie sie noch einmal leidenschaftlich. Ihre Hände erforschten die Brüste von Cay-La, die sich ihr entgegenhoben. Langsam wanderte Kallistos Mund über den Hals in Richtung der vollen Brüste. Die steil aufstehenden Brustwarzen begrüßten Kallisto. Sie küßte die eine Brustwarze, während ihr Daumen und Zeigefinger mit der anderen spielten.

Cay-Las Lustschrei durchschnitt die Stille.

Vorsichtig und zugleich zielsicher ließ Kallisto ihre Hand weiter nach unten wandern. Über den straffen Bauch, vorbei am Nabel. Ein erster feiner Kontakt zu den gelockten Haaren, dann weiter über die Schenkel, an der Außenseite hinunter, an der Innenseite hoch. Immer noch vermeidend, das Lustzentrum von Cay-La zu berühren.

Cay-La glaubte zu verglühen, nicht mehr zu wissen, wie ihr Name war. Sie konnte die Feuchtigkeit zwischen ihren Beinen spüren, die immer größer wurde.

Noch einmal kam Kallisto hoch, küßte sie leidenschaftlich und ließ ihre Hände weiter über den Körper von Cay-La tanzen. Ein siegessicheres Lächeln umspielte Kallistos Lippen. Dann ließ sie es endlich zu, daß ihre Finger das Lustzentrum nicht mehr umgingen. Sie fing an, den Lustpunkt zu streicheln, zuerst ganz vorsichtig, dann fuhr sie weiter hinunter, spürte die Feuchtigkeit ihrer Geliebten.

Cay-La nahm den Rhythmus von Kallistos Fingern auf und bewegte ihr Becken der Lust entgegen, die Kallisto ihr bescherte. Sie schob ihren Schenkel zwischen Kallistos Beine. Sie spürte die Feuchtigkeit, die sich darauf ausbreitete. Sie spannte immer wieder ihre Muskeln an, was bei Kallisto ein rauhes Stöhnen hervorrief. Sie preßten sich noch mehr aneinander. Ihre Küsse waren wild und leidenschaftlich, ihre Körper glänzten im Schweiß, der Atem ging immer schneller. Nun ließ auch Cay-La ihre Hand zwischen Kallistos Beine gleiten. Sie nahm ihren Schenkel ein wenig zurück, um besser an ihren Lustpunkt zu kommen. Sie war so feucht, was Cay-La noch mehr erregte.

Immer schneller hoben sich ihre Körper einander entgegen.

Immer schneller wurden die Bewegungen. Cay-La spürte, wie sie anfing zu schweben. Beide waren dem Höhepunkt so nah. Immer intensiver wurden die Küsse, die Berührungen. Der Atem immer schneller. »Bitte«, kam es leise flehend von Cay-La.

Kallisto sah, daß Cay-La gleich zu explodieren drohte und beschloß, sie zu erlösen. Die Erlösung kam für sie beide. Nicht mehr aufzuhalten war der Höhepunkt, dem sie gemeinsam entgegensteuerten. Ihr Aufschrei, der den Namen der Geliebten zu gleichen schien, zerriß die Stille im Raum.

Cay-La glaubte zu schweben. Farben, überall waren Farben. Sie schwebten beide unglaublich langsam zurück auf den Boden, schafften es jedoch immer wieder, den Höhepunkt der anderen mit jeder Bewegung hinauszuziehen, bis sie beide erschöpft zusammensanken. Nach Atem ringend lagen sie engumschlungen zusammen, hielten sich fest und genossen das Erlebte.

Kallisto drehte sich um und zog Cay-La auf sich.

Cay-La schloß die Augen und lauschte dem Herzschlag von Kallisto, der langsam ruhiger wurde. Sie lächelte.

Kallisto zog sie hoch, küßte sie noch einmal auf den Mund. »Wir müssen gehen.«

Cay-La sah sie ungläubig an. »Gehen?« Nun verstand sie gar nichts mehr.

Kallisto nickte. »Zieh dich an!« befahl sie kalt. Weg war die Kallisto, die sie eben geliebt hatte.

Ohne ein weiteres Wort war Kallisto aufgestanden und schlüpfte in ihre Rüstung.

Cay-La tat, wie Kallisto ihr gesagt hatte. Sie suchte ihre Kleider zusammen und zog sich an. Sie verstand nicht, was geschah. Wen hatte sie jetzt vor sich? Wo war das geblieben, was sie eben noch erlebt hatte? Angespannt folgte sie Kallisto. Die Pferde standen schon bereit. Ohne zu wissen, was sie erwartete, ritt sie mit Kallisto und deren Männer. Sie hielten erst auf einer Anhöhe über einem kleinen Dorf an.

Die kalte Stimme von Kallisto ließ Cay-La zusammenfahren. »Ihr wißt, was zu tun ist.« Mit diesen Worten preschten die Männer und Kallisto los.

Das Kriegsgeschrei durchdrang jede Faser von Cay-La. Was sie nun sah, konnte sie nicht glauben. Unfähig sich zu rühren, blickte sie auf das Geschehen. Sie hatte ihr Pferd am Rand des Dorfes angehalten. Sie sah, wie die Männer töteten. Sie hörte schreiende Menschen, sah Flammen, die aus den Häusern schossen. Wild rannten alle umher, Schutz suchend, wo keiner zu finden war. Ihr Pferd drehte sich immer wieder nervös um seine Achse. Egal wohin sie sah, sie sah das gleiche. Da erblickte sie Kallisto. Sie sah das Funkeln in ihren Augen. Sie tötete, was sich ihr in den Weg stellte, benahm sich wie eine Furie. Ihr Kampfschrei durchdrang immer wieder die Luft. Cay-La sah die Lust, mit der Kallisto tötete. Was hier geschah, ließ Cay-Las Blut erstarren. Wo war die Frau, die sie diese Nacht geliebt hatte? Da bemerkte sie, wie Kallisto von ihrem Pferd sprang. Sie hielt einen Mann, eine Frau und deren Kind auf, die sich sofort niederknieten. Sie flehten um Gnade. Sie hörte Kallistos schrilles, durchdringendes Lachen, sah, wie sie ausholte. Ohne weiter nachzudenken hatte Cay-La sich in Bewegung gesetzt, schrie laut: »Kallisto, nein!« Sie sprang von ihrem Pferd, rannte los und stellte sich zwischen Kallisto und ihrer Beute. »Nicht, bitte«, preßte sie mühsam hervor.

Kalte, dunkle Augen funkelten sie an. Kallisto legte ihren Kopf leicht schräg. »Nicht?« kam es hämisch grinsend über ihre Lippen.

Cay-La sah sie flehend an: »Bitte.«

»Du willst das Leben dieser Leute?« Kallisto wies mit einer Kopfbewegung auf die Menschen hinter Cay-La. Ihre Stimme war so kalt und gefühllos.

Cay-La nickte stumm.

»Gibst du mir dafür dein Leben?« Das irre Lächeln um Kallistos Mund ließ Cay-La den Atem stocken. Ohne ihre Antwort abzuwarten, sprang Kallisto auf ihr Pferd. »Komm!«

Cay-La drehte sich um und sah in die angstvollen Blicke dieser Menschen. »Danke«, flüsterten sie. Cay-La schüttelte den Kopf. Nein, sie wollte nicht, daß sich diese Menschen bedankten. Nicht nach all dem, was hier geschehen war.

»Komm!« Die harte, befehlende Stimme von Kallisto riß sie aus den Gedanken. Kallisto hielt ihr die Zügel ihres Pferdes hin.

Noch einmal blickte sie sich um, stieg auf und folgte Kallisto und ihren Männern. Auf der Anhöhe parierte sie ihr Pferd und sah die ganze Zerstörung. Nichts war geblieben, nichts außer Flammen. Der Rauch erfüllte die Luft, die sie atmete. Sie drehte ihr

Pferd und ritt zurück. Cay-La hatte Kallisto und deren Männer aus den Augen verloren.

Als sie im Lager ankam, hörte sie das Grölen der Männer. Sie sah, wie sie tranken und sich über das Getane freuten. Beim Höhleneingang angekommen, stieg sie müde vom Pferd. Es war dunkel, viel dunkler als sonst oder erschien ihr das nur so?

Einer der Krieger nickte ihr zu und nahm ihr das Pferd ab. Sie ging schweren Schrittes hinein, durchschritt den Gang zu Kallistos Räumen. Unendlich lang schien er ihr auf einmal zu sein. Leise betrat sie den Raum. Kallisto hatte bereits gebadet.

»Ach, sieh an«, ihre Stimme war kalt.

Cay-La legte ihr Schwert weg. Als sie sich aufrichtete, stand Kallisto genau vor ihr und schlug unvermittelt zu. Cay-La fiel nach hinten und spürte, wie sie hart aufschlug. Nach Atem ringend öffnete sie die Augen. Blut lief über ihr Kinn, von Kallistos Schlag war ihre Lippe aufgesprungen.

Kallisto war über ihr, bevor sie sich aufrappeln konnte. Ihre rechte Hand hatte sich um Cay-Las Hals gelegt und drückte zu.

Cay-La rang nach Atem. Je mehr sie versuchte Kallistos Arm wegzudrücken, um so stärker drückte diese zu. Cay-La bekam fast keine Luft mehr. Alles fing an sich zu drehen.

»Tu so etwas nie wieder!« Die Worte durchdrangen Cay-La. Kallisto hatte ihren Griff gelöst und Cay-La schnappte hustend nach Luft.

In Kallisto raste das Blut heiß vom Kampf durch die Adern. Sie war wütend, ihre Augen schwarz. Sie saß immer noch auf Cay-La und musterte die junge Frau, die hustend unter ihr auf dem Boden lag. Bevor Cay-La wußte, was geschah, hatte Kallisto ihre Lippen auf die von Cay-La gepreßt, küßte sie hart und fordernd.

Cay-La versuchte sich zu befreien, denn Kallisto tat ihr weh.

Aber die Kriegerin war stärker als sie und hielt ihre Arme am Boden über dem Kopf fest, drückte ihren Körper mit dem eigenen auf den Boden. Ohne den Kuß zu unterbrechen änderte sie ihren Griff. Hielt die Arme von Cay-La nur noch mit der linken Hand fest und zog mit der rechten Hand einen kleinen Dolch aus ihrem Top. Langsam zog sie sich ein wenig zurück und grinste Cay-La gemein an.

Diese schluckte schwer. »Nicht Kallisto, bitte.«

Kallisto lachte nur hämisch und setzte sich auf. Dabei zog sie Cay-La mit. »Entweder du ziehst dich selber aus oder ich tue das.« Um ihre Aussage zu bekräftigen fuchtelte sie mit dem Dolch vor Cay-Las Gesicht herum. Dann stand sie plötzlich auf und zog sie mit. »Los, was ist jetzt? Soll ich das tun?« Kalt drangen die Worte in Cay-La ein. Kallisto stand genau vor Cay-La.

»Bitte«, versuchte es Cay-La noch einmal. Aber die Augen von Kallisto waren immer noch schwarz und kalt. Sie wollte etwas und würde sich dies nehmen. Das war Cay-La schlagartig klar, als sie in ihre Augen sah.

Kallisto packte sie am Arm.

»Schon gut, ich, ich mache es ja«, versuchte Cay-La sie zu beruhigen. Ohne die Augen von Kallisto zu nehmen, zog sie sich aus.

Ebenso schnell hatte Kallisto sich ausgezogen und drängte sie zurück zum Bett.

Cay-La sah keinen Ausweg, aber sie versuchte es trotzdem noch einmal, was Kallisto mit einem bitteren Lachen und einem gezielten Schlag beantwortete. »Laß es. Ich bekomme immer was ich will, hörst du! Du gehörst mir!« Die kalten Worte drangen tief in Cay-La ein.

Kallisto nahm sich, was sie wollte, ohne Rücksicht. Zufrieden grinsend stand sie dann auf und zog sich ihre Rüstung an. Ohne ein Wort verließ sie den Raum und ging zu ihren Männern.

Cay-La drehte sich auf die Seite, zog ihre Beine an und weinte. Sie weinte vor Wut und vor Schmerz. Sie war wütend auf sich selber. Obwohl sich Kallisto einfach von ihr genommen hatte, was sie wollte, hatte sie etwas dabei empfunden. Und dies machte sie wütend. Der Schmerz ihres Körpers war genau so groß wie der in ihrem Herzen. Kallisto war nicht gerade zärtlich gewesen. Die Kratzspuren auf ihrem Körper waren nicht zu übersehen. Genausowenig wie der blaue Fleck an ihrem Hals. Ganz zu schweigen von der aufgesprungenen Lippe und der vom Schlag geröteten Wange. Sie stand langsam auf. Es schien ihr, als würde jeder Muskel ihres Körpers schmerzen. Sie verzog ihr Gesicht, suchte ihre Kleider zusammen und ging ins Bad. Sie mußte baden, den Schmutz abwaschen. »Welchen?« fragte sie sich leise, als sie in das Bad stieg. Sie lag danach lange wach. Aber Kallisto kam in dieser Nacht nicht zurück. Cay-La schlief irgendwann auf ihrer Fellmatratze ein.

Die folgenden Tage würdigte Kallisto sie keines Blickes, redete kein Wort mit ihr. Genau wie Cay-La mit ihr. Die Männer tuschelten, wenn sie vorbeiging. Nur zu gut war zu sehen, daß Kallisto sie bestraft hatte.

Kallisto beobachtete sie. Was ging nur in ihr vor? Kallisto spürte, daß es ihr keine Befriedigung gebracht hatte, Cay-La so zu nehmen. Das kannte sie nicht. Sie hatte sich bis jetzt immer genommen, was sie wollte, es genossen, sich umgedreht und war zufrieden gegangen. Damit war es für sie erledigt. Aber hier, hier war es anders. Sie spürte tief in sich etwas. Sie hatte Cay-La verletzt. Nicht nur äußerlich. Und dies tat ihr leid. Kallisto schüttelte über ihre Gedanken ungläubig den Kopf. Was ging nur in ihr vor? Es verletzte sie sogar, daß Cay-La sie mied, sie keines Blickes würdigte, kein Wort mit ihr sprach. Sie tat, was Kallisto wollte, bediente sie, stellte das Essen hin, den Wein und zog sich jedes Mal sofort zurück. Kallisto schüttelte erneut den Kopf. Ihr Blick folgte Cay-La, die in die Höhle ging.

Die Nacht war hereingebrochen. Mit einem Seufzer stand sie auf und folgte ihr. Als sie ihren Schlafraum betrat, stellte Cay-La ihr gerade das Essen auf den Tisch und füllte den Becher mit Wein. Ohne sie anzusehen zog sie sich sofort auf ihre Fellmatratze zurück. Kallisto setzte sich an den Tisch und ließ ihre Augen auf Cay-La gerichtet, während sie aß.

Ein Späher riß Kallisto aus ihren Gedanken, als er eine Nachricht überbrachte. Als dieser die Räume verlassen hatte, lachte Kallisto laut auf. »Endlich, Skifra.« Sie sah den fragenden Blick von Cay-La. »Du kennst Skifra, die Kriegerprinzessin nicht?« Ungläubig schüttelte Kallisto ihren Kopf.

»Nein, ich kenne sie nicht.« Cay-La stand auf und stellte sich vor den großen Tisch.

Sie sprachen seit Tagen das erste Mal wieder miteinander und Kallisto erzählte Cay-La von Skifra und ihrem Leben.

Cay-La hörte gespannt zu.

»Und es war Skifra, die mich geschaffen hat. Ich bin ihr Werk. Nicht ich bin es, die tötet, sondern Skifra und genau darum hat sie den Tod verdient. Ich werde es sein, die sie tötet!« Kallistos Augen funkelten wild. Sie sah Cay-La an. »Du wirst mich begleiten!«

Cay-La wußte, daß dies ein Befehl war und keine Bitte.

»Es wird Zeit schlafen zu gehen. Wir brauchen morgen unsere Energie.« Kallisto beobachtete, wie Cay-La sich zu ihrem Lagerplatz bewegte. »Cay-La.« Sie blieb stehen und sah zurück. »Du schläfst heute Nacht bei mir.«

Vorsichtig ging Cay-La auf Kallisto zu.

Kallisto führte sie vor ihr Bett und half ihr, ihre Kleider auszuziehen. Sie ließ ihre Augen über den Körper von Cay-La gleiten und sah darauf die Wunden, die sie ihr zugefügt hatte. Kallisto schluckte schwer und bemerkte, wie sich ein Kloß in ihrem Hals bildete.

Cay-La wußte nicht, was sie erwartete. Ein Zittern durchlief ihren Körper. Sie hatte Angst.

Kallisto war dies nicht entgangen. Sie hatte sich schnell entkleidet und zog Cay-La mit sich ins Bett. Dann deckte sie sich und Cay-La mit der wärmenden Decke zu und nahm sie in ihre Arme. »Schon gut, Cay-La, ich werde dir nichts tun«, sagte sie leise und mit sanfter Stimme. Sie küßte sie zärtlich auf die Stirn. Sie spürte, wie Cay-La sich langsam entspannte. »Schlaf meine Süße, der Morgen kommt schnell«, flüsterte sie leise.

Cay-La verstand nichts mehr. Kallisto hatte sie über Tage mit Ignoranz bestraft, genau wie umgekehrt. Und nun hielt sie sie in ihren Armen, sprach mit sanfter Stimme zu ihr. Cay-La genoß das Gefühl von Kallistos Nähe. Was faszinierte sie nur so an dieser Kriegerin? Ein Teil von ihr zog sie magisch an und der andere Teil stieß sie ab, machte ihr angst. Cay-La wußte nur zu gut, daß Kallisto sie in der ersten Nacht aus purer Lust geliebt hatte, von der zweiten ganz zu schweigen. Mit Liebe hatte das nichts zu tun.

Aber wie war das bei ihr? Warum fühlte sie sich als Ganzes in ihrer Nähe? War Kallisto das, was sie immer gesucht hatte, ihre Ergänzung der Seele? Ein Schauer durchlief ihren Körper bei diesem Gedanken.

Kallistos Stimme riß sie aus ihren Gedanken. »Frierst du?«

»Ein bißchen«, antwortete Cay-La leise. Sie spürte, wie Kallisto noch eine Decke hochzog.

»Es wird gleich besser. Schlaf jetzt.« Sie gab ihr einen leichten Kuß auf die Schläfe und zog sie noch näher an sich heran. Auch in Kallisto rasten die Gedanken umher. Sie genoß die Nähe von Cay-La. Es fühlte sich so gut an, sie festzuhalten, ihre Wärme zu fühlen. »Was geschieht hier mit mir«, fragte sie sich. Sie spürte, wie Cay-La ruhig und gleichmäßig atmete. Sie war in Kallistos Armen in einen unruhigen Schlaf gefallen. Kallisto lächelte zufrieden vor sich hin. Sie würde morgen die Möglichkeit haben, Skifra zu töten. Diese Aussicht ließ ihre Augen aufblitzen. Sie sah auf die junge Kriegerin in ihren Armen. Zärtlich fuhr sie ihr über die Stirn. Dann fiel auch sie in einen unruhigen Schlaf.

So ging diese für alle sehr unruhige Nacht langsam zu Ende. Kallisto, ihre Männer und Cay-La hatten das Lager von Skifra bereits erreicht. Sie waren früh aufgebrochen. »Da sind noch drei Frauen«, Kallisto zeigte auf die Kriegerinnen, »Amazonen.« Diese standen neben einer rotblonden Frau. »Das ist Taraneh.« Ihr Blick schweifte weiter über das Lager. »Skifra ist bei den Pferden. Sie gehört mir.« Nach einer kurzen Pause sagte sie: »Cay-La, du kümmerst dich um Taraneh und die Amazone bei ihr.« Die anderen beiden Amazonen waren jetzt dabei die Decken aufzurollen. »Ihr kümmert euch um die anderen beiden«, befahl sie ihren Männern. Alle nickten.

Das Wort »Amazonen« hallte in Cay-Las Kopf nach. Es schien ihr so bekannt, schien etwas tief in ihr zu berühren.

»Leola, da ist etwas in den Büschen«, flüsterte Taraneh.

Leola nickte. Taranehs Blick ging zu Skifra, die ihr ebenfalls zunickte. Auch sie hatte es bemerkt, genau wie die anderen Amazonen.

Kallisto hatte sich von Cay-La getrennt und schlich sich näher an Skifra heran. Ihre Männer wußten, was zu tun war.

Cay-La war bei den beiden Frauen, die etwas abseits von den anderen an der Feuerstelle standen, angelangt. Sie stand ein paar Schritte vor ihnen. Cay-La zögerte und starrte Taraneh fassungslos an. Sie hatte nicht einmal ihr Schwert gezogen. Diese blonde Frau, sie war eine der Frauen aus ihren Träumen. Sie starrten sich gegenseitig nur an. Cay-La war nicht fähig sich zu bewegen. Dann hörte sie nur noch einen Kriegsruf, spürte einen Schlag in den Nacken und fiel auch schon mit einem Stöhnen auf den Boden. Ihr Gesicht landete im Dreck neben der Feuerstelle.

Skifra sah Taraneh an: »Alles okay?«

Taraneh verstand immer noch nicht. »Jaja, sie hat nicht einmal . . .« Taraneh blickte von Cay-La hoch, aber Skifra war bereits weg. Taraneh sah Leola fragend an, und dann auf die junge Frau, die vor ihr lag. Ihr war nicht entgangen, daß diese junge Kriegerin ihr Schwert nicht gezogen hatte.

»Was wolltest du sagen, Taraneh?« fragte Leola.

Taraneh löste ihren Blick nicht von der jungen Kriegerin, die im Dreck vor ihren Füßen lag. »Sie hat nicht einmal ihr Schwert gezogen, Leola.«

Leola nickte. »Ja, stimmt, das hat sie nicht.«

Es blieb ihnen keine Zeit mehr weiter darüber zu reden oder nachzudenken. Sie wurden von mehreren Kriegern angegriffen.

»Kallisto, das hätte ich mir ja denken können.« Skifra trat der blonden Kriegerin gegenüber.

»Zeit zu sterben, Skifra«, Kallisto grinste hämisch.

»Zu früh zum Sterben, Kallisto«, antwortete Skifra. Ihre Schwerter schlugen krachend aufeinander.

Cay-La kam langsam wieder zu sich. Sie hörte Schwerter, die aufeinander trafen. Sie sprang auf und versuchte, das Geschehen zu erfassen, sah die vier Männer, die die rotblonde Frau angriffen. Es fiel ihr nicht schwer, ihre Wahl zu treffen. Instinktiv spürte sie, daß sie Taraneh schützen mußte. In wenigen Schritten war sie da. »Darf ich mitspielen?« Ihre Augen funkelten. Cay-Las Bewegungen waren geschmeidig, schnell und tödlich.

Taraneh beobachtete sie. So etwas hatte sie noch nicht gesehen. Auch das Schwert, das Cay-La trug, kannte sie in dieser Art nicht. Sie verstand nicht, warum diese junge Kriegerin ihr half. Sie gehörte doch zu Kallisto. Aber sie hatte keine Zeit weiter darüber nachzudenken. Die Krieger von Kallisto griffen sie immer wieder an. Sie hatten sie einige Schritte von der kämpfenden Cay-La weggedrängt.

Skifra kämpfte gegen Kallisto und drei ihrer Männer. Die Männer hatten Skifra so abgelenkt, daß sie nicht bemerkt hatte, wie Kallisto Richtung Taraneh rannte.

Taraneh hatte die beiden Krieger bezwungen, sah auf die bewußtlos im Gras Liegenden.

Auch die anderen Amazonen kämpften gegen immer neue Krieger. Kallistos Männer griffen immer wieder an.

»Heute ist ein guter Tag zum Sterben, nicht wahr Taraneh?« Das dreckige Grinsen von Kallisto drang in Cay-La ein, die wenige Schritte von Taraneh entfernt stand. Sie drehte sich um. Kallisto hielt ihr Schwert an Taranehs Hals.

»Nein«, dachte Cay-La, richtete ihr Schwert nach hinten und der angreifende Krieger von Kallisto rannte in ihre Klinge. Langsam zog sie es aus seinem Körper. Sie sah wieder zu Kallisto und Taraneh. »Nein! Nein!« Cay-Las Schreie übertönten die aufeinander schlagenden Schwerter. Kallisto riß erschrocken ihren Kopf herum. Zu spät, Cay-La sprang sie bereits an und fiel mit ihr zu Boden. Cay-La spürte, wie kalter Stahl sie traf. Kallistos Dolch riß eine tiefe Wunde in ihren rechten Oberarm.

Kallisto sah sie entgeistert an. »Du?« preßte Kallisto entsetzt hervor. Gleichzeitig sprangen sie hoch und stürmten aufeinander zu. Kallistos Kampfschrei durchschnitt die Kampflaute der anderen.

Aus Cay-Las Mund war nichts mehr zu hören. Ihre Bewegungen waren schnell und genau. Aber auch Kallisto verstand zu kämpfen. Was Cay-La wieder bewußt wurde, als die blonde Kriegerin sie mitten im Gesicht traf. Sie fiel nach hinten. Hatte aber keine Zeit lange zu überlegen. Kallisto stand bereits über ihr. Ihr Bein schnellte hoch und schlug Kallisto zurück. Die kurze Zeit reichte ihr, um aufzuspringen. Sie hatte ihr Schwert verloren. Kallisto griff erneut an. Cay-La wich ihr aus und schlug Kallisto ihren Ellbogen in den Rücken. Diese taumelte und fiel hin.

Beim Aufstehen blickte Kallisto noch einmal zu Cay-La, drehte sich um und lief Richtung Bäume. Ihre Männer folgten ihr sofort.

Cay-La suchte ihr Schwert und ließ sich daneben auf die Knie fallen. Ihr Atem ging schwer und ihre Hand tastete nach ihrer Wange: Blut. Sie hatte eine Platzwunde. Langsam ließ sie ihr Schwert zurück in die Scheide gleiten. Sie sah immer wieder die Augen von Kallisto vor sich. Die Kälte, die ihr entgegengeschleudert wurde. Aber sie hatte nicht nur das gesehen. Sie hatte auch eine große Traurigkeit gesehen. Sie fing an zu frieren. Eine einsame Träne rann über ihre Wange. Ein dunkler Schatten legte sich auf ihr Herz, drohte es zu erdrücken. »Was habe ich nur getan«, flüsterte sie leise vor sich hin. Nun verstand sie überhaupt nichts mehr.

Skifra war bei Taraneh und den Kriegerinnen. »Alles in Ordnung mit euch?«

»Ja, nichts passiert.« Taraneh sah Skifra erleichtert an. So wie es schien, hatte auch sie nichts abbekommen. Die anderen nickten nur.

Einige Meter von ihnen entfernt kniete Cay-La mit dem Rücken zu den Frauen. Skifra sah von einer zur anderen, dann ging sie langsam auf sie zu. Die Frauen folgten ihr.

»Bei dir alles in Ordnung?« Skifras Stimme klang ein wenig unsicher.

Skifras Worte hatten Cay-La aus ihren Gedanken gerissen. »Ja.« Sie stand ganz langsam auf, wischte sich die Tränen ab und drehte sich um. Sie hob ihren Kopf, um zu sehen, mit wem sie sprach. Was sie sah, ließ ihren Atem augenblicklich stocken. Die zweite Frau aus ihren Träumen stand vor ihr. Sie sah in eisblaue, wunderschöne Augen. Ihre Blicke trafen sich, versanken ineinander. Nichts mehr schien um sie herum zu sein. Nur noch dieser Augenblick. Eine Reise in die Seele der anderen begann. Sie wußte nicht, wie lange sie so da gestanden hatten, als eine Stimme sie zurückholte. »Wer bist du?« Sie löste ihren Blick von Skifra und sah in zwei braune Augen. Eine der Kriegerinnen hatte sie angesprochen. Sie war größer als Cay-La, hatte braunes Haar, ihr Körper war braungebrannt und sehr muskulös.

»Cay-La, ich bin Cay-La.« Sie blickte in die Runde der Frauen.

Die Kriegerin, die sie angesprochen hatte, sagte: »Ich bin Eponin.« Jede der Frauen nannte Cay-La ihren Namen.

»Du bist verletzt.« Eponin sah sie an.

»Das ist nicht weiter schlimm. Nur ein Kratzer.«

»Ich störe euch hier nur ungern, aber wir sollten sehen, daß wir wegkommen.« Epheny sah alle eindringlich an.

»Ja, stimmt.« Skifra setzte sich in Bewegung.

»Wir müssen so schnell wie möglich zurück. Wer weiß, was Kallisto noch alles einfällt.« Epheny beobachtete das Gelände.

Cay-La folgte den Frauen zu ihren Pferden. Unsicher sah sie zu, wie sie die Pferde sattelten. Was sollte sie tun? Sie konnte nicht zurück zu Kallisto. Diese würde sie auf der Stelle töten. Aber wohin sollte sie gehen? Traurig blickte sie über die Landschaft. Als eine Hand sich auf ihre Schulter legte, zuckte sie zusammen und drehte sich um.

Skifra sah sie eindringlich an. »Schon gut. Du solltest mitkommen.« Sie sah Cay-La abwartend an. »Oder hast du ein anderes Ziel?«

Cay-La schüttelte den Kopf. »Nein, das habe ich nicht«, sagte sie leise. Ihr Blick ging in die Richtung, in der Kallisto verschwunden war. »Ich kann nicht zurück, sie würde mich töten«, flüsterte sie mehr zu sich selber als zu Skifra.

Diese sah auf die junge Frau vor sich. »Ja, da hast du recht. Das würde sie. Also komm. Du kannst bei mir mitreiten.« Skifra deutete auf Argo.

Cay-La sah hoch: »O ja, mein Pferd.« Sie drehte sich ein wenig um und ließ einen lauten Pfiff über ihre Lippen. Die Frauen folgten fragend dem Blick von Cay-La. Da kam auch schon ein wunderschönes, schwarzes Pferd über den Hügel. Es galoppierte geradewegs auf Cay-La zu und stoppte vor ihr. »Hallo«, sprach sie sanft und strich über seine Nüstern. »Ich habe selber ein Pferd, danke.« Sie sah Skifra an und stieg ohne ein weiteres Wort auf.

Gemeinsam ritten die Frauen Richtung Amazonenreich.

Wieder in ihrem Lager angekommen, rannte Kallisto wutentbrannt in ihre Räume. Sie zerschlug alles, was sie greifen konnte. Keiner ihrer Männer traute sich auch nur in ihre Nähe. Sie kannten sie und wußten, was geschehen konnte, wenn Kallisto in diesem Zustand war.

Sie schrie laut den Namen von Cay-La. Cay-La hatte sie verraten, war ihr in den Rücken gefallen. Ihr! Kallistos Wut nahm unermeßliche Maße an. Sie tobte, bis sie ganz außer Atem zusammensank. Ihr Blick schweifte durch den Raum. Sie sah das Ausmaß ihrer Wut. Aber etwas in ihr schrie Cay-Las Namen auf eine ganz andere Weise. Sie sah die junge Frau vor sich, sah die schönen, grünen Augen, sah den Körper, den sie geliebt hatte. Sie spürte, wie ihr Herz sich nach Cay-La sehnte, wie ein Verlangen sich breit machte. Diese Gefühle ließen erneut eine Wut in Kallisto entflammen. Eine Wut auf das, was in ihr war. Sie stand auf und füllte einen Becher mit Wein. Gierig trank sie ihn leer.

Gegen Abend erreichten die Frauen das Amazonendorf. Skifra, Taraneh und Leola verabschiedeten sich und gingen in ihre Häuser, um sich von dem Geschehen zu erholen. Cay-La blickte Skifra und Taraneh nach. Dann schweifte ihr Blick über das Amazonendorf. Da war wieder dieses komische Gefühl tief in ihr. Es schien ihr so vertraut und gleichzeitig so fremd. Gedankenverloren ging Cay-La mit Epheny und Eponin weiter. Sie waren vor einem Haus angelangt.

»Eponin, geh bitte mit Cay-La schon in mein Haus. Ich werde bei der Schamanin alles Nötige holen, um die Wunden von Cay-La zu versorgen.« Diese nickte.

Cay-La ging hinter Eponin die Stufen hoch und in das Haus. Es war schön hell und warm. Sie fühlte sich sofort wohl. Und so langsam beruhigte sie sich. Ihr Blick schweifte durch den Raum.

Gleich rechts stand ein großer Tisch mit Stühlen. Hinter dem Tisch war ein Schrank, ein wenig links befand sich ein offener Kamin. Vor dem Kamin lagen große Kissen und Decken, auf dem Boden ein Fell. Ein Stück weiter links kam ein großes Bett, das nur über zwei Stufen zu erreichen war. Der Schlafbereich war auf einem etwas höheren Boden angelegt und viele Dinge waren an den Wänden aufgehängt.

»Komm her, Cay-La!« Eponin winkte sie zu sich. Sie hatte sich bei den Kissen hingesetzt. Cay-La ging zu ihr und setzte sich auf ein ihr zugewiesenes Kissen. Eponin tauchte einen Lappen in frisches Wasser und fing an, das Blut von ihrem Arm und ihrem Gesicht zu wischen. Kallisto hatte erneut ihre Wange getroffen. Cay-La zog die Luft scharf ein.

Die Kriegerin sah sie an. »Ich muß dir leider weh tun, sonst sehe ich nicht, wie schlimm die Wunden sind.«

Cay-La nickte nur.

Epheny war inzwischen bei der Schamanin. Sie erzählte ihr von Cay-Las Verletzung und ohne weiter zu fragen, ging diese weg, um alles zu holen. Epheny sah ein Bild, das die Schamanin noch nicht lange zu haben schien. Sie hatte es hier noch niemals gesehen und beugte sich neugierig darüber: Es war ein auf Leder gemaltes Zeichen, ein ausgefüllter Kreis, umschlossen von einer Schlange.

»Es ist ein Teil der Prophezeiung«, bemerkte die Schamanin, als sie Ephenys fragende Blicke sah.

»Aber es ist doch nur eine Legende, eine alte Geschichte, die erzählt wird.« Epheny sah wieder die Schamanin an.

»Es gibt viele Geschichten, aber die Prophezeiung ist mehr als das. Du weißt, was die Prophezeiung besagt?« Fragend schaute die Schamanin die junge Amazone an.

Epheny schüttelte nachdenklich ihren Kopf. »Ich kenne sie nicht ganz.«

»Die Prophezeiung besagt«, begann die Schamanin erneut, »daß von der Trägerin dieses Zeichens das Leben der Artemis und aller Amazonen abhängt.« Sie blickte tief in Ephenys Augen und fuhr dann fort zu erzählen: »Amor verliebte sich in eine wunderschöne Sterbliche, Cyane, die Amazonenkönigin. Eine solche Liebe war aber ein großes Tabu, weil es Göttern und Sterblichen nicht erlaubt war, sich zu vereinen. Amor entführte Cyane und brachte sie in einen geheimen Palast, wo sie sich liebten. Dieser Liebe entsprang eine Tochter, was auf dem Olymp nicht verborgen blieb. So sandte Zeus Allegra, die Schwester von Amor, aus, um ihn zu bestrafen. Sie sollte Cyane und das Kind töten. Da Allegra ihren Bruder abgöttisch liebte und vor Eifersucht platzte, erfüllte sie diesen Auftrag nur zu gern.

Artemis, die Göttin der Amazonen und die zweite Schwester von Amor, wollte dies nicht zulassen und warnte ihre Amazonenkönigin Cyane. In diesem Moment erschien Allegra. Mit vereinten Kräften gelang es Amor und Artemis Allegra zu besiegen.

Amor übergab seine Tochter Artemis: »Schwester, sollte es Allegra gelingen, dieses Kind zu töten, dann wirst auch du sterben und mit dir das ganze Amazonenvolk. Beschütze es fortan mit deinem Leben.«

Artemis verließ ihren Bruder und war darauf bedacht, das Kind zu beschützen. Sie berührte das Kind und gab ihm das Mal. Dieses Mal sollte der erste Schlüssel zu seinem Weg sein. »Eines Tages wird ein Mensch, der dein Herz und deine Seele berührt, den Schlüssel öffnen. Der Weg wird in euch sein, ihr werdet sehen, was geschehen muß, und somit euer Schicksal erfüllen.« Cyane aber brachte sie zurück zu ihrem Volk.

Als Strafe für ihr Versagen machte Zeus aus Allegra ein Geschöpf der Nacht. Sie war nun halb Mensch, halb Tier. Voll mit Haß gegen dieses Kind, gegen Artemis, gegen die Amazonen. Sie schwor, es zu finden und sich an ihm zu rächen.«

Die Schamanin atmete tief aus. Genau wie Epheny.

»Und du glaubst, diese Prophezeiung entspricht der Wahrheit?« Epheny sah die Schamanin fragend an.

»Alles ist möglich Epheny, alles.« Die Schamanin sah ihr nach, als sie langsam das Haus verließ. »Epheny!« Diese blieb stehen und sah zurück. »Solltest du diese junge Frau je finden, beschütze sie mit deinem Leben. Traue keinem! Die verbannte Göttin hat überall ihre Schatten. Die sind für sie Augen und Ohren.«

Epheny nickte und verließ nachdenklich das Haus.

Auch Skifra und Taraneh redeten über das, was geschehen war. »Ich habe seit Jahren keinen Menschen mehr so kämpfen sehen wie sie. Ruhig, Augen, die jede Bewegung aufnehmen, ohne sich zu bewegen, geschmeidig, immer kontrolliert.« Skifra überlegte. »So kämpfte nur ein Mensch, den ...« Sie machte eine Pause: »Lao-Ma!«

Taraneh sah sie erstaunt an. »Lao-Ma?«

Skifra nickte und fuhr fort: »Auch ihr Schwert paßt. Solche Schwerter sah ich in Lao-Mas Reich. Aber wie kommt Cay-La zu diesem Schwert?«

»Wir werden sicher in den nächsten Tagen mehr über sie erfahren.« Nach einer Pause fuhr Taraneh fort: »Sie hatte ihr Schwert nicht gezogen.«

Skifra sah sie fragend an.

»Als sie vor mir stand, weißt du, bevor du sie niedergeschlagen hast.«

Skifra zog eine Augenbraue hoch und versuchte sich zu erinnern.

Taraneh begann von Neuem: »Ich glaube, sie wollte mir schon da nichts tun.« Sie schien zu grübeln. »Was glaubst du warum? Und was glaubst du, hat sie mit Kallisto zu tun?«

»Ich weiß es nicht, Taraneh, aber da ist so einiges das mich beunruhigt.« Nachdenklich sah Skifra in die Flammen des Kamins. »Wir werden in den nächsten Tagen versuchen, dies alles herauszufinden.«

Epheny brachte alles mit: Nadel, Faden, Salbe, Verband. »Wie sieht es aus?«

»Hm, ich glaube, die Wunde am Arm muß genäht werden. Was meinst du?«

Epheny beugte sich zu ihnen hinunter, »Ja, sieht wirklich so aus.

Ich habe alles da, was wir brauchen.«

Cay-La blickte sie nachdenklich an.

»Der Schnitt ist zu tief. Er muß genäht werden.«

»Okay.«

»Möchtest du etwas trinken? Wasser oder Port?« Bei diesen Worten stand Eponin auf.

Cay-La sah ihr nach. »Wasser bitte.« Sie war wirklich durstig. Oder hätte sie besser Port nehmen sollen, wenn sie nachher an ihr herumnähten? Sie schüttelte den Kopf. »Ach was, komm schon, so schlimm wird es schon nicht werden«, dachte sie.

Epheny hatte sich neben sie gesetzt.

Eponin kam mit dem Wasser zurück, hielt ihr den Becher entgegen und setzte sich hinter sie.

»Danke.« Cay-La trank den Becher in einem Zug aus und stellte ihn weg.

»Möchtest du noch mehr?«

»Nein, danke.« Cay-La stellte den Becher zur Seite. Sie saßen schweigend da. Cay-La beobachtete das Feuer, lauschte dem Züngeln der Flammen. Alles hier schien so friedvoll, so ruhig, aber gleichzeitig auch so fremd. Sie war verunsichert. Ihre Gedanken schweiften immer wieder zu Kallisto. Die Kriegerin würde sie hassen, sie hatte sie verraten. Cay-La spürte, wie eine kalte Hand nach ihrem Herz zu greifen schien und es immer mehr zusammendrückte, bis eine Stimme sie aus ihren Gedanken riß.

»Dann wollen wir mal.« Epheny deutete auf ihren Arm.

Cay-La schluckte merklich. Ihre Kehle war auf einmal so trocken. »Ich weiß nicht.« Ihre Augen hatten sich geweitet.

»Hier, beiß auf das Leder!« Epheny reichte ihr ein rundes Stück Leder. Sie nahm es schweigend an und drehte es in ihren Fingern herum. Ihr Blick ging noch einmal zu Epheny, dann legte sie das Leder zwischen ihre Zähne und nickte. Sie war soweit.

Epheny nickte zurück, sah zu Eponin, die hinter Cay-La saß. Sie war ganz nah, legte ihren linken Arm schräg über den Oberkörper von Cay-La und nickte Epheny zu. Ihren rechten Arm hatte sie unter den von Cay-La gelegt, damit dieser eine bessere Stellung für Epheny hatte. Leise flüsterte sie Cay-La ins Ohr: »Wenn es zu sehr weh tut, dann drücke meine Hand, ich halte das aus, ja?«

Cay-La lehnte sich an Eponin und nickte. »Hm!«

Epheny hatte den ersten Stich gemacht. Sie fühlte, wie der Faden durch ihre Haut, ihr Fleisch glitt. Sie drückte sich noch mehr an Eponin. Und diese verstärkte ihren Griff um sie. Es tat weh, es tat so unendlich weh, zu fühlen, wie die Nadel und der Faden durch ihr Fleisch drang. Tränen liefen über ihre Wangen, Schweißperlen bildeten sich auf ihrer Stirn. Ihre Zähne schmerzten vom festen Biß auf das Leder. Jede Faser ihres Körper war angespannt. Alle Muskeln zogen sich zusammen. Sie wußte nicht, wie lange sie schon so da saßen. Jegliches Zeitgefühl hatte sie verlassen.

»Gib mir das Leder, es ist vorbei«, sagte Eponin zu ihr.

Cay-La öffnete ihren Mund. Ihr ganzer Körper fing an zu zittern. Sie konnte es nicht aufhalten.

Epheny setzte sich wieder neben die beiden. Cay-La hatte nicht bemerkt, daß sie aufgestanden war. Sie sprach leise und ruhig: »Ich muß nur noch die Salbe auf die Wunde auftragen, dann einbinden und schon hast du es überstanden.« Sie sah sie mit sanften Augen an.

Cay-La nickte. »Warum tut ihr das?« fragte sie leise.

Epheny sah sie fragend an. »Was?«

Cay-La schluckte. »Warum habt ihr mich mitgenommen, helft mir? Ich, ich habe euch doch angegriffen.« Sie sah beschämt zu Boden. Epheny legte ihre Hand auf Cay-Las Unterarm. »Das wolltest du vielleicht anfänglich mal Cay-La, aber dann hast du mit deinem Leben unsere Königin beschützt.«

Cay-Las Blick zeigte, daß sie nicht verstand, was Epheny meinte. »Eure Königin, ich dachte, das bist du?«

Epheny lächelte. »Irgendwie bin ich das ja, das heißt, ich bin die Ausführende. Aber eigentlich ist Taraneh die Königin der Amazonen. Da sie mit Skifra immer unterwegs ist, bin ich hier im Dorf ihre Stellvertreterin.«

Nun verstand Cay-La so eingermaßen. »Ja«, sie sah in die Flammen. »Und dafür haßt sie mich«, sagte sie leise.

Epheny schüttelte den Kopf. »Dafür haßt Taraneh dich sicher nicht.«

Cay-La sah sie an. »Ich . . . ich meinte nicht sie.« Sie wandte den Blick ab.

»Oh!« Epheny begann zu begreifen.

Cay-La ließ ihren Kopf müde an Eponins Schulter sinken. Sie konnte nicht mehr. Alles war auf einmal so schwer. Die Schmerzen so groß. Sie wußte nicht, was mehr schmerzte, die Wunden an ihrem Körper oder die in ihrem Herzen. Ihre Augen fielen zu. Sie spürte, wie die kühle Salbe auf der Wunde verteilt wurde. Von da an war es einfach dunkel. Sie war eingeschlafen.

Epheny sah die beiden an, als sie die Salbe und alles andere weglegte. Sie lächelte. Eponin war die beste Kriegerin der Amazonen, hart, mutig, unbeugsam. Und hier und jetzt war sie so sanft und fürsorglich. Cay-La war in ihren Armen eingeschlafen. Sie hatte sie auf das Fell gelegt und zugedeckt. Hatte sich neben sie gesetzt. Sie wollte nicht gehen, sondern einfach dableiben. Epheny lächelte wieder. Sie ging leise hinüber. »Hier«, flüsterte sie zu Eponin und legte die mitgebrachten Decken neben sie. »Schlaft schön«, mit diesen Worten zog sie sich zurück.

Cay-La spürte, wie Sonnenstrahlen ihr Gesicht kitzelten. Langsam wachte sie auf, hielt aber ihre Augen geschlossen. Sie spürte, daß jemand in ihrer Nähe war. Spürte, daß es Eponin war. Sie fühlte die Schmerzen in ihrem Arm. Sollte sie die Augen öffnen? Sie genoß die Nähe dieser Frau. Es gab ihr ein Gefühl der Geborgenheit als könnte ihr nichts geschehen. Im Hintergrund hörte sie reges Treiben, wußte aber nicht, was da geschah. Langsam öffnete sie ihre Augen, drehte ein wenig den Kopf und sah in das Gesicht von Eponin.

»Na, du Schlafmütze!« Eponin grinste sie noch mehr an.

»Hallo.« Cay-La erwiderte das Lächeln.

»Wir sollten mal langsam aufstehen, was essen, hm?«

Cay-La nickte nur, machte aber noch keine Anstalten, sich zu bewegen.

»Epheny hat für dich auch alles vorbereiten lassen, damit du baden kannst.«

»Oh, das klingt perfekt.« Langsam setzte Cay-La sich auf.

Da kam auch schon Epheny zur Tür herein. »Hallo, ihr beiden, wie geht es unserem Gast? Möchtest du zuerst etwas essen oder ein schönes warmes Bad nehmen?« Epheny sah sie fragend an.

»Oh, ein Bad wäre nicht schlecht und dann essen.«

»Gut, das läßt sich einrichten.« Sie lächelte die beiden an.

»Eponin, kümmerst du dich bitte um Cay-La und das Bad, ich werde mich um das Essen kümmern.«

Eponin nickte und durchquerte mit Cay-La den Raum. Hinter den raumtrennenden Vorhängen war eine in den Boden eingelassene Wanne, mit einem Rand aus Steinen. Stufen, die in das dampfende Wasser führten.

Sie beobachtete, wie Eponin eine Essenz in das Wasser goß. Es roch sofort angenehm nach Kräutern.

»Soll ich dir beim Ausziehen helfen?« fragte Eponin.

»Nein, es geht schon.« Langsam öffnete Cay-La die Schnüre ihrer Stiefel und streifte sie ab. Dann folgte die schwarze Lederhose, die sie neben die Stiefel fallen ließ. Nun würde der unangenehmste Teil folgen, das Oberteil. Es mußte ja irgendwie über den verletzten Arm. »Aua.«

Eponin stand sofort hinter ihr, »Warte, langsam.« Sie zog es ganz vorsichtig hoch und betrachtete dabei Cay-La. Sie hatte einen durchtrainierten, wunderschönen Körper und ein faszinierendes Mal zwischen ihren Schulterblättern. Aber da waren auch Kratzspuren und blaue Flecke. Ohne es zu merken hatte sie aufgehört, das Oberteil über den Kopf zu ziehen. »Aaahhhh.« Der Schmerzenslaut von Cay-La riß sie zurück. »Tschuldige.« Sie zog das Oberteil über den Kopf, legte es zu den restlichen Kleidern und beschloß, nicht zu fragen, woher sie diese Wunden hatte.

Langsam stieg Cay-La in das dampfende Wasser, setzte sich hin und legte ihren verletzten Arm auf den Rand. Es tat so gut. Entspannt schloß sie ihre Augen.

Eponin zog sich ebenfalls aus und stieg zu Cay-La in die Wanne.

Cay-La hatte die Amazone beobachtet. Ihr Körper war sehr muskulös und geschmeidig.

»Ich helfe dir beim Waschen.« Ohne weitere Worte nahm Eponin den Schwamm und seifte Cay-La ein, wusch ihr die kurzen, dunkelbraunen Haare und spülte sanft den ganzen Schaum von ihr ab.

Das Bad weckte Erinnerungen in Cay-La. Erinnerungen, die ihr

Herz aufschreien ließen. Eine große Traurigkeit legte sich auf ihr Herz. Sie versuchte trotzdem das Bad zu genießen.

»Komm!« Die Stimme Eponins riß sie aus ihren Gedanken. Sie nahm die dargebotene Hand und zusammen stiegen sie aus der Wanne und trockneten sich ab. Als sie damit fast zu Ende waren, knurrte laut Cay-Las Magen. Sie mußten beide lachen. »Wird wohl Zeit, daß wir dir etwas zu futtern geben.« Mit diesen Worten verließen sie den Baderaum Richtung Tisch. Epheny saß schon da und wartete auf sie. Auf dem Tisch standen lauter gute Dinge: frisches Brot, Fleisch, Eier, Früchte. O ja, sie hatten wirklich Hunger.

»Erzählt ihr mir nachher etwas über Taraneh, über euer Volk?« fragte Cay-La und sah dabei Epheny und Eponin erwartungsvoll an.

»Sicher, das werden wir tun. Was möchtest du denn wissen?«

»Alles, einfach alles«, kam es überschwenglich von Cay-La.

Epheny lachte. »Ich hoffe, du hast genug Zeit.«

Cay-La schmunzelte. »Diese habe ich. Ja, die habe ich wirklich«, nickte sie.

Epheny erhob sich und stellte ihren Teller weg. Als sie hinter Cay-La vorbeiging, blieb sie unvermittelt stehen. Cay-La trug nur das Tuch, sie hatte sich nach dem Bad noch nicht angezogen. Was sie sah, schien ihr den Atem zu rauben. Das Mal, sie sah das Mal, das Cay-La zwischen ihren Schulterblättern trug. Die Prophezeiung, schoß es Epheny durch den Kopf. Sie wurde ganz blaß. Dies konnte kein Zufall sein.

»Ist alles in Ordnung, Epheny?« Eponin sah sie besorgt an.

»Ja, ja ich habe nur gerade an etwas gedacht.« Sie wich dem Blick von Eponin aus.

Epheny räumte gedankenverloren den Tisch ab. Eponin half ihr, während Cay-La sich ins Bad zurückzog, um sich anzuziehen. Schnell waren sie alle bereit, um aufzubrechen.

Cay-La freute sich darauf, mehr über dieses Volk zu erfahren, über Taraneh und Skifra.

Epheny und Eponin machten sich mit Cay-La auf, um das Dorf anzusehen. Der Dorfplatz befand sich in einigem Abstand vor dem Haus von Epheny. Sie stellten sich in die Mitte und Epheny begann zu erzählen. »Das ist mein Haus, wie du ja weißt«, grinste sie. »Rechts daneben ist das von Taraneh und links das von Eponin. Die restlichen Häuser der Amazonen sind in einigem Abstand ebenfalls um den Dorfplatz angelegt.«

Cay-La sah sich um. Ihr war der Unterschied der Häuser sofort aufgefallen. Die drei Häuser von Taraneh, Epheny und Eponin waren erhöht und nur über Stufen erreichbar. Sie besaßen eine Art Veranda. Die anderen Häuser waren ebenerdig gebaut. »Warum sind eure Häuser anders?« fragte sie Epheny.

»Das ist das Privileg der Königin. Mein Haus ist der Hauptpalast. Das von Taraneh ist eigentlich der Palast der zukünftigen Nachfolgerin der Königin. Und das von Eponin ist das Haus der Waffenmeisterin und Leibwächterin der Königin. Sie alle haben ein eigenes Bad. Sie sind erhöht gebaut, um eine gute Übersicht zu haben. Sie sind größer. Und es ist den Bewohnerinnen erlaubt, darin auch allein zu leben, wenn sie das wollen.« Cay-La sah sie fragend an und Epheny fuhr fort: »In den anderen Häuser leben meistens zwei oder mehr Amazonen. Sie sind entweder gut befreundet oder Mutter und Tochter oder Schwestern oder ein Paar.«

Cay-La überlegte. »Ein Paar?«

Eponin grinste, »Ja, hier leben viele Amazonen zusammen in einer eheähnlichen Beziehung.«

Cay-La schien zu grübeln. »Aha, und wo sind die Männer? Ich meine, es gibt ja auch Kinder ... oder ...« Sie stockte. »Oder stehlt ihr die?« fragte sie unsicher nach.

Nun mußten Epheny und Eponin laut lachen. Epheny sah Cay-La tief in die Augen. »Nein Cay-La, wir stehlen die Kinder nicht. Einige von den Frauen haben Beziehungen zu Männern. Oder wenn sie ein Kind wollen, besuchen sie ab und zu einen Mann in einem der umliegenden Dörfer. Aber es ist ein Gesetz der Amazonen, daß im ganzen Reich keine Männer leben dürfen.«

»Ach so.« Nun verstand Cay-La.

»So«, Epheny begann wieder, »und da hinten das Haus bei der Baumgruppe ist das Badehaus. Das ist für alle Amazonen. Da treffen sie sich, tauschen sich aus, verlieben sich hin und wieder.« Sie grinste. »In derselben Richtung ist auch der Fluß. So braucht das Wasser nicht allzu weit transportiert zu werden.« Epheny drehte sich um. »Komm, wir zeigen dir die heißen Quellen.«

Cay-La folgte den beiden aus dem Dorf. Neugierig sah sie sich um. Es war sehr ruhig im Dorf. Die Amazonen gingen ihren Arbeiten nach. Nirgendwo war Hektik festzustellen. Cay-La genoß die Ruhe, die dieses Volk ausstrahlte. Auf dem Weg zu den heißen Quellen kamen sie an einer großen Eiche vorbei. Cay-La blieb darunter stehen und sah fasziniert an dem großen Baum hoch. Wie viele Hunderte von Jahren er wohl schon hier stand, fragte sie sich. Er war wirklich mächtig.

»Der steht hier schon, seit wir denken können«, begann Eponin, »wohl schon immer.«

Cay-La konnte sich kaum losreißen.

»Komm schon, wir wollen zu den heißen Quellen«, rief ihr Epheny zu.

Cay-La riß sich los und beeilte sich, die beiden Kriegerinnen einzuholen.

Sie gingen den sanften Hügel hoch, erreichten nach kurzer Zeit einige Baumgruppen und Büsche. Dahinter waren die heißen Quellen. Es hatte sich ein kleiner See gebildet. Erhöht dazu war er umgeben von kleineren Becken. Diese sahen aus wie Wannen, die in die Steine geschlagen waren.

»Die Quelle hat sich im Laufe der Jahre in die Steine gefressen und diese Becken entstehen lassen. Sie sind ideal, um sich reinzulegen, oder man zieht den kleinen See vor. Darin ist das Wasser nicht so heiß wie in den Becken.«

Cay-La sah staunend auf das dampfende Wasser, wie die heiße Quelle aus dem Felsen trat und sich in die Becken verteilte. Dann fiel es etwa zwei Meter über eine Felskuppe in den kleinen See. Es war wirklich schön hier.

»Was meinst du, nehmen wir ein Bad?« Epheny riß Cay-La aus ihren Gedanken.

Diese nickte freudig, auch wenn sie vor dem Frühstück erst gebadet hatte. Der Gedanke in dem kleinen, warmen See zu liegen, unter dem Wasserfall zu stehen, war verlockend. Als sie auf die beiden Amazonen sah, waren diese schon beinahe ausgezogen. Erst jetzt fiel ihr auf, daß sie Handtücher mitgenommen hatten. Cay-La schmunzelte und zog sich schnell aus. Langsam stiegen die drei in den kleinen See. Das Wasser war angenehm warm. Cay-La ließ sich genießerisch in das Wasser sinken. Sie schloß für einen

Moment die Augen. Dann schwamm sie los zu dem kleinen Wasserfall. Sie stellte sich darunter und ließ das noch wärmere Wasser über ihren Kopf laufen. Mit geschlossenen Augen stand sie da und genoß das warme Wasser, das über ihren Kopf und Oberkörper floß. In diesem Teil des Sees war das Wasser nicht so tief. Es reichte ihr nur bis über den Po. Sie bemerkte trotz der geschlossenen Augen, wie zwei Augenpaare sie beobachteten.

Eponin flüsterte zu Epheny: »Sie ist schön.«

Epheny lächelte. »Ja, ist sie. Sag einmal«, sie sah zu Eponin, »hast du dich verliebt?«

Eponin sah sie mit aufgerissenen Augen an. »Nein, nein habe ich nicht«, wehrte sie ab. »Ich mag sie, das ist alles«, antwortete sie bestimmt.

Epheny sah wieder zu Cay-La. Sie genoß es, Eponin aus der Fassung zu bringen. Dies gelang ihr selten genug.

Cay-La schwamm langsam zu den beiden Amazonen, die gemütlich am Rand im Wasser lagen. Sie legte sich dazu. »Warum sind Taraneh und du Königinnen? War sie zu jung, als ihre Mutter starb, um diese Aufgabe zu übernehmen?« fragte sie unverhofft.

Epheny sah zu ihr. »Taraneh ist nicht von hier, Cay-La. Sie ist keine geborene Amazone.«

Cay-La sah sie ungläubig an. »Nicht?«

Epheny schüttelte verneinend den Kopf. »Unsere Königin hat ihr diese Ehre übergeben, als sie sterbend in Taranehs Armen lag. Sie war wohl überzeugt, daß diese junge Frau geeignet war. Taraneh hat mit ihrem Leben versucht, das von unserer Königin zu retten, obwohl sie weder sie noch die Amazonen kannte.« Epheny machte eine Pause. »Unsere Königin hat weise gewählt. Taraneh ist etwas Besonderes.« Epheny sah auf den Wasserfall. »Aber Taraneh wollte nicht hierbleiben und das Volk regieren. Sie wollte mit Skifra weiterziehen, sie nicht verlassen. So haben wir beschlossen, etwas Ungewöhnliches zu tun. Ich wurde ebenfalls Königin. Wir teilen uns diese Aufgabe. Und immer wieder kommen Skifra und Taraneh zu uns, wenn es darum geht, wichtige Verträge abzuschließen oder sonstige wichtige Entscheidungen zu treffen oder einfach, weil sie uns sehen wollen, auch das gibt es ab und an.« Epheny lächelte. »So eine Art unser Volk zu regieren, gab es noch nie in der Geschichte der Amazonen. Ich war nicht sicher, ob es gelingen würde. Aber es funktioniert erstaunlich gut.«

Cay-La sah gedankenvoll in das Wasser. In ihrem Kopf rasten all die Dinge nur so herum. Sie hatte über die Amazonen in diesen Stunden viel gesehen und gelernt.

»Kommt, laßt uns zurückgehen.« Epheny stand auf und verließ den See. Eponin und Cay-La folgten ihr in einigem Abstand. Schnell waren sie abgetrocknet und angezogen. Gemütlich machten sie sich auf den Rückweg. Sie gingen nicht denselben Weg zurück, den sie gekommen waren. Sie liefen einen leichten Bogen um das Dorf, das unten am Hügel lag. Sie trafen bei einer kleinen Baumgruppe auf ein einsam stehendes Haus. Es lag ein wenig abseits der letzten Häuser des Dorfes. »Hier lebt unsere Schamanin.« Epheny begann erneut: »Sie ist unsere Heilerin und geistige Führerin. Wenn wir einen Rat brauchen oder sich jemand verletzt, suchen wir sie auf. Sie wacht über uns.«

Cay-La ließ ihren Blick über das Haus schweifen. Sie spürte die Kraft, die es ausstrahlte.

»Schamanin wird man nicht, weil man es will, es ist Bestimmung. Und jede Schamanin weiß, welche junge Amazone sie aufnehmen muß, um sie auf die Nachfolge vorzubereiten.« Cay-La sah sie fragend an. »Dies bestimmt einzig und allein die Schamanin selbst«, erklärte Epheny. Langsam entfernten sie sich.

Auf dem Rückweg kamen sie am Kampfplatz vorbei. Einige junge Kriegerinnen waren dabei zu trainieren. Cay-La sah fasziniert zu.

»Das ist mein Reich«, kam es stolz von Eponin. »Meine Aufgabe ist es, die jungen Kriegerinnen im Kampf auszubilden. Natürlich neben der Aufgabe, auf meine Königin aufzupassen«, fügte sie schnell hinzu.

Epheny und Cay-La schmunzelten, als ein Knurren von Cay-Las Magen sie alle aufhorchen ließ. Epheny grinste. »Es wird langsam Zeit etwas zu essen. Laßt uns in den Palast gehen.«

Sie hatten vor lauter Baden im See und Reden nicht bemerkt, wie die Zeit vergangen war. Die Sonne hatte den höchsten Punkt bereits überschritten. Genüßlich setzten die drei sich vor dem Palast auf die Veranda und genossen das ausgiebige Essen, das sofort gebracht wurde, kaum daß Epheny sich gesetzt hatte.

Cay-La war wirklich erstaunt darüber. Nach dem Essen saßen

sie gemütlich zusammen. Es gab noch viel zu erzählen. Cay-La hörte gespannt und fasziniert zu. Immer wieder fragte sie nach.

Im Laufe des Mittags verabschiedete Eponin sich. »Ich muß nach dem Training der jungen Amazonen sehen. Ihr entschuldigt mich.« Sie nickte ihnen zu und verließ die Veranda.

Beide merkten nicht, wie der restliche Mittag vergangen war, bis Eponin auf einmal vor ihnen stand. »Ich dachte, ich bringe das Essen gleich mit«, grinste sie. Cay-La und Epheny sahen auf das Tablett in ihren Händen, das mit Essen überhäuft war.

»Laßt uns reingehen.« Epheny stand auf und warf einen Blick auf die Köstlichkeiten. »Sieht gut aus.« Sie schubste Eponin vor sich her in den Palast.

Cay-La war ihnen gefolgt.

»Setz dich vor den Kamin Cay-La, wir bringen das Essen gleich«, rief Epheny ihr zu. Sie und Eponin bereiteten auf dem Tisch alles vor. Auf jeden Teller legten sie etwas Brot, Trockenfleisch, eine Hähnchenkeule, Datteln, Trauben und Mais. »Ich glaube, sie wird nie müde«, grinste Epheny.

Eponin sah zu Cay-La, die vor dem Kamin saß. »Ich glaube doch, sieh mal.«

Ephenys Augen wanderten zu Cay-La, die gähnend auf dem Kissen saß. Sie mußte lächeln. »Gleich kippt sie um«, flüsterte sie zu Eponin.

»Ja, das glaube ich allerdings auch. Sag mal«, sie sah zu Epheny, »hat sie dich noch den ganzen Mittag mit Fragen eingedeckt?«

Epheny nickte als sie zwei der Teller hochhob. »Ja, hat sie. Ich glaube, das war für sie sehr wichtig«, bemerkte sie nachdenklich. »Laß uns essen, bringst du bitte die Becher und den Wein auch noch mit?« Sie sah auf Eponin, die ihren Teller bereits in der Hand hatte.

»Ich hole sie gleich, muß nur zuerst den Teller beim Kamin abstellen.« Als sie neben Cay-La traten, schreckte diese auf. Sie war versunken in all den Erzählungen von Epheny. »Hier, das Essen.« Epheny reicht Cay-La den vollen Teller.

»Das sieht ja lecker aus, danke.« Cay-La nahm den Teller freudig entgegen.

Eponin war mit dem Wein zurück. Sie setzte sich zu den beiden und gemütlich aßen sie zusammen. Es wurde nicht mehr viel geredet. Den beiden Amazonen war aufgefallen, wie versunken Cay-La war und wie müde. Sie gähnte immer wieder herzhaft. Eponin hatte die leeren Teller weggestellt, ohne daß Cay-La dies überhaupt bemerkt hatte.

Sie trat neben sie. »Du bist müde«, bemerkte Eponin.

Cay-La sah auf. »Ja, langsam bin ich müde.«

»Dann sollten wir jetzt schlafen gehen. Morgen ist ja auch noch ein Tag.«

Cay-La lächelte. »Stimmt.« Sie sah sich suchend um, »wo ist Epheny?« Sie hatte auch nicht bemerkt, daß Epheny den Palast verlassen hatte.

»Sie ist kurz bei Taraneh.« Eponin half ihr, den Schlafplatz vor dem Kamin vorzubereiten. »Schlaf schön.«

Cay-La bedankte sich und fing an, sich auszuziehen und kroch unter die Decke. Da bemerkte sie, wie Epheny zurück kam und Eponin sich von ihr verabschiedete und das Haus verließ. Sie fühlte sich sicher in Ephenys Haus. Wieder schweiften ihre Gedanken zu Kallisto. Versunken darin fiel sie in einen unruhigen Schlaf.

Epheny konnte im Gegensatz zu Cay-La nicht sofort einschlafen. Ihre Gedanken kreisten um das Mal, das sie heute morgen gesehen hatte. Konnte es sein, daß sich nun die Prophezeiung doch bewahrheitete? Sie mußte morgen früh dringend mit der Schamanin und Skifra darüber sprechen. Gefangen in all diesen Gedanken sank auch sie in den Schlaf.

Mitten in der Nacht wurde Epheny aus dem Schlaf gerissen. Sie setzte sich auf und blickte sich um. Was war das? Im letzten, fahlen Licht des Kamins sah sie, wie Cay-La sich unruhig hin und her wälzte, immer wieder schrie und um sich schlug. Sie mußte einen Alptraum haben. Eilig stieg Epheny aus dem Bett und durchquerte den Raum. Cay-La schrie wieder, schlug um sich. Aber Epheny hielt sie fest. »Wach auf Cay-La!«

Cay-La riß die Augen auf. Schweiß lief über ihre Stirn, ihr ganzer Körper zitterte. Sie blickte in Ephenys sanfte Augen, spürte, wie sie sie festhielt. »Was?« fragte sie schwer atmend.

»Du hast nur schlecht geträumt, es ist alles in Ordnung, beruhige dich wieder.« Ephenys sanfte, ruhige Stimme ließ Cay-La entspannter werden. Das Zittern ließ nach. Epheny strich ihr zärtlich durch das Haar und flüsterte: »Schlaf wieder, ich bin da. Es kann dir nichts geschehen.«

Cay-La hatte ihre Augen bereits wieder geschlossen. Ihr Körper genoß entspannt die sichere Nähe von Epheny. Sie schlief wieder ein, atmete ganz ruhig und die Träume kamen nicht zurück.

Als sie am nächsten Morgen aufwachte, war Epheny nicht mehr da. Sie stand auf und versuchte sich anzuziehen, als eine rauhe Stimme hinter ihr ertönte: »Kann ich dir dabei helfen?«

Cay-La schoß herum. Da stand Eponin. Sie hatte sie nicht gehört. »Ja, könntest du.«

Eponin lächelte und half ihr. »Was meinst du, willst du heute zusehen, wie ich mit den jungen Amazonen auf dem Kampfplatz trainiere?«

»Das würde ich sehr gern.«

»Gut, dann komm später auf den Trainingsplatz.« Mit diesen Worten verließ Eponin das Haus.

Cay-La rannte Epheny fast um, als sie aus der Tür stürmte. »Tschuldige.«

»Wo willst du denn so eilig hin?«

»Ich habe mich mit Eponin auf dem Trainingsplatz verabredet«, strahlte sie Epheny an.

»Wozu?«

»Ich möchte beim Training zusehen.«

Epheny sah sie durchdringend an. »Nur zusehen?« Cay-La nickte. »Ach ja, und dafür brauchst du dein Schwert?«

Cay-La fühlte sich ertappt. »Ich ... ich ... man weiß ja nie. Darum habe ich es dabei«, versuchte sie sich herauszureden. Aber sie merkte sofort, daß Epheny ihr das nicht abnahm.

»Ich werde mitgehen. Und genau aufpassen, daß du auch wirklich nur zusiehst.« Epheny grinste bei diesen Worten.

Cay-La verzog ihr Gesicht.

»Keine Widerrede, sonst gehst du gar nicht.«

Cay-La war erstaunt über den Ton von Epheny und traute sich nicht, ihr zu widersprechen. Sie merkte gar nicht, wie die Zeit verging. Es war ein angenehmes Gefühl, hier bei den Amazonen zu sein. Sie fühlte sich von Tag zu Tag wohler und sicherer. Viele Gespräche wurden geführt, viel gelacht. Auch mit Skifra und Taraneh. Aber Cay-La verhielt sich ihnen gegenüber sehr zurückhaltend. Sie verbrachte die Nächte mit ihren immer wiederkehrenden Träumen. Auch tagsüber hatte es angefangen, Bilder kamen. Bilder, die sie nicht verstand.

Sie wohnte nun bei Eponin, die ihr in diesen Tagen eine gute Freundin geworden war. Cay-La genoß es, von ihr verwöhnt zu werden. Genoß es, daß sie da war.

Eponin hatte sie immer wieder nach den Träumen gefragt. Aber sie wollte sie nicht erzählen, noch nicht.

In einer Höhle nahe dem Amazonengebiet klang eine düstere Stimme: »Was hast du mir für Neuigkeiten zu berichten?« Eine Gestalt, im Schatten der Höhle nicht wahrzunehmen, stellte diese Frage einer Frau, die in einen Kapuzenmantel gekleidet, im Eingangsbereich der Höhle stand.

»Es scheint was vorzugehen, bei den Amazonen.«

»Was?« Ungeduldig drängte die Stimme.

»Es wurde eine junge Frau vor einigen Tagen ins Dorf gebracht.«

»Eine junge Frau?« flüsterte die Stimme heiser.

»Die junge Frau kam zusammen mit Skifra und Taraneh. Auch die Königin der Amazonen und zwei Kriegerinnen waren dabei. Wer kann diese junge Frau sein, daß gerade diese Kriegerinnen sie begleiten?« fragte die Botin.

Ein lauter Schrei durchdrang die Höhle. Ein Schrei, der laut widerhallte. »Das Ziel scheint nah. Geh meine Botin und versuche mehr herauszufinden.«

»Ja, meine Herrscherin.« Die Botin verbeugte sich und verschwand so schnell, wie sie gekommen war.

Cay-La hatte zusammen mit Eponin und Skifra trainiert. Die beiden hatten sie ganz schön gefordert. Bei Skifra mußte sie einiges einstecken. Die stolze Kriegerin hatte sie immer wieder überrascht, mit Schlägen getroffen. Cay-La war bewußt, daß sie mit Sicherheit einige blaue Flecken davontragen würde.

Das Training war beendet. Im Haus angelangt wies Eponin sie an, in den Baderaum zu gehen. Cay-La sah ihr nach, wie sie zum Schrank ging und mit einer kleinen Karaffe und einer Dose zurückkam.

Sie begann sich auszuziehen. Ihre Muskeln schmerzten. Da war ein Bad genau das richtige. Sie bemerkte nicht, wie Eponin sie beobachtete. Der Duft von Kräutern stieg in ihre Nase. »Hm, das riecht gut.«

»Die Kräuter helfen den Muskeln sich zu entspannen«, erklärte Eponin. Sie sah die Wunde an Cay-Las Seite. »Du bist stärker verletzt als ich dachte.« Sie ging auf Cay-La zu, um sich die Wunde anzusehen.

»Ist nicht so schlimm, nur ein wenig aufgerissen.« Cay-La sah an sich herunter, ging auf die Wanne zu und stieg langsam hinein. Sie hatte sich mit einem tiefen Seufzer in das warme Wasser gleiten lassen, schloß die Augen und zog den Duft der Kräuter tief in sich hinein. Sie spürte, wie Eponin in die Wanne stieg und langsam auf sie zukam. Sie öffnete ihre Augen und sah sie an.

»Laß mich mal die Wunde an deiner Wange ansehen.« Eponin legte ihre rechte Hand unter Cay-Las Kinn und hob den Kopf ein wenig. »Hm, sieht nicht gerade schön aus. Da hat sie dich mächtig erwischt. Was hältst du auch immer dein Gesicht hin«, neckte sie Cay-La. »Ich wasche dir mal das Blut ab, dann seh ich es besser.« Eponin griff zu einem Lappen auf dem Rand der Wanne. »Dann wollen wir mal sehen.« Sie versorgte die Wunden, auch die alten, die immer noch auf Cay-Las Körper zu sehen waren. »So, wir müssen.« Sie sah Cay-Las fragenden Blick und mußte lachen. »Wir müssen zu Epheny, sie hat uns zum Essen eingeladen. Schon vergessen?«

»Habe ich wirklich vergessen«, antwortete Cay-La.

Sie verließen die Wanne.

Cay-La zog sich an, als Eponin zurückkam. »Hier, dein Oberteil muß zuerst wieder in Ordnung gebracht werden. Das dürfte passen.« Sie hielt ihr ein schwarzes Ledertop hin.

Cay-La sah es etwas skeptisch an. »Danke.« Ein Versuch war es wert. Sonst hatte sie immer noch ein anderes Oberteil, denn sie mochte es nicht, wenn man so viel Haut sah. Langsam zog sie es an. Fertig. Sie verließ den Baderaum.

Eponin, die gerade beim Anziehen war, sah auf und gab einen Pfiff von sich. »Heiß.«

Cay-La sah an sich herunter. »Findest du?« Sie verzog ihr Gesicht. »Ist vielleicht doch besser, wenn ich mein anderes anziehe.«

»Nein, bitte, es sieht toll aus, behalte es an.«

»Ist ja schon gut, ich lasse es an. Aber sollten mich irgendwelche Frauen anspringen, dann hoffe ich, du hilfst mir«, schmunzelte sie.

»Das werde ich«, grinste Eponin.

In der Zwischenzeit hatte Epheny Skifra und Taraneh, die bereits bei ihr waren, alles von der Prophezeiung und dem Mal zwischen Cay-Las Schulterblättern erzählt. »Du glaubst also, Cay-La ist diese Tochter?« Skifra sah Epheny fragend an.

»Ja, das glaube ich.« Epheny nickte bestätigend.

»Dann wird so einiges auf uns zukommen. Abgesehen von dieser verbannten Göttin ist da auch noch Kallisto.« Skifra sah nachdenklich ins Feuer. »Einfach wird das wohl nicht. Da ich auch noch die Person bin, die ihre Mutter umgebracht hat.«

Taraneh und Epheny sahen Skifra an. Diese hatte sich abgewendet und stand vor dem Kamin. »Es ist lange her, sehr lange«, dachte sie und blickte traurig in die Flammen.

»Cay-La weiß von nichts«, fragend sah Skifra zu Epheny.

»Nein, sie weiß nichts.«

»Das ist wohl für den Moment auch besser so.« Skifra sah wieder in die Flammen des Kamins.

Sie trafen sich alle zum Essen bei Epheny. Es wurde nicht sehr viel gesprochen.

Skifra beobachtete Cay-La unbemerkt. Sie war fasziniert von der jungen Frau mit dem dunkelbraunen, kurzen Haar. Sie spürte die Geheimnisse, die diese umgaben, genauso wie die Zurückhaltung gegenüber ihr und Taraneh. Aber sie konnte sich keinen Reim darauf machen. »Noch nicht«, dachte sie.

Epheny erzählte Cay-La, daß Taraneh eine gute Bardin sei.

Cay-La sah Taraneh an. »Erzählst du uns eine Geschichte?«

»Ja sicher, wenn ihr das wollt.«

Sie setzten sich alle gemütlich vor den Kamin. Cay-La lehnte sich bei Eponin an. Diese legte ihren rechten Arm um sie. Und Taraneh begann eine ihrer Geschichten zu erzählen. Diese Geschichte handelte von Skifra, wie die meisten ihrer Geschichten. Cay-La hörte ihr fasziniert zu. Ihr Blick schweifte zu Skifra. Auch Skifra sah zu ihr. Ihre Augen trafen sich und wieder schien Cay-La in ihr zu versinken. Als sie dies bemerkte, wandte sie ihren Blick von Skifra. Sie spürte, daß Skifra in ihre Seele sehen konnte.

Epheny war dies nicht verborgen geblieben. Wie sie es einordnen sollte, wußte sie allerdings nicht.

Gedanken und Bilder rannten durch Cay-Las Kopf. Sie war so verwirrt. So viel war in diesen Tagen geschehen. Trotz all dieser Gedanken und Bilder schlief Cay-La in den Armen von Eponin ein.

»Die Geschichte war gut, Taraneh.« Epheny bekräftigte ihre Aussage mit einem Nicken.

»So gut scheint sie nicht gewesen zu sein«, sie deutete auf Cay-La, »wenn sie dabei eingeschlafen ist.« Sie mußte lachen.

»Das hat wohl damit nichts zu tun. Ich glaube eher, es war in den letzten Tagen ein wenig viel für sie«, fügte Eponin entschuldigend an.

»Ist nicht weiter schlimm, wird eh Zeit schlafen zu gehen.« Taraneh warf Skifra einen Blick zu, diese nickte.

»Ja, ich bringe Cay-La ins Bett.« Eponin lächelte. »Hellwach wird sie wohl nicht mehr.« Sie stand auf und nahm Cay-La auf die Arme. Diese kuschelte sich an sie, machte aber keine Anstalten aufzuwachen. Skifra, die ebenfalls aufgestanden war, stand neben ihnen und sah auf die Kratzwunde an Cay-Las Oberarm.

Eponin war dies nicht entgangen. »Davon hat sie noch einige mehr.«

Skifra sah Eponin an und dann wieder Cay-La. »Ich wüßte wirklich gern, was da alles geschehen ist.«

Eponin nickte. »Ich auch. Ich denke, nichts Gutes. Ich kenne solche Wunden.«

Skifra seufzte. »Ich auch Eponin, ich auch.«

»Was tuschelt ihr denn hier«, wollte Taraneh wissen, als sie bei ihnen angekommen war.

»Nichts von Bedeutung, Taraneh.«

Taraneh kniff ihre Augen zusammen. »Ach ja?«

Skifra wechselte das Thema. »Komm jetzt, es wird Zeit zu gehen.«

»Wir sehen uns morgen«, verabschiedete Epheny alle.

Cay-La wachte vom Gesang der Vögel auf, die den Morgen begrüßten. Sie spürte die Nähe und Wärme von Eponin. Sie lag halb auf ihr. Wie war sie bloß ins Bett gekommen? Daran konnte sie sich nicht erinnern. Mit diesen Gedanken schlief sie auch schon wieder ein.

Im Laufe des Morgens hatte es auch Cay-La noch geschafft, aufzustehen. Eponin war schon lange weg. Cay-La hatte beschlossen, sich auf dem Kampfplatz auszutoben. Sie wollte endlich mit Eponin trainieren, sich bewegen, bevor die Energie sie auffraß.

Skifra gesellte sich bald zu ihnen.

Cay-La sah immer wieder heimlich zu Skifra. Als diese mit Eponin kämpfte, hatte sie Zeit, sie zu studieren. Sie war von ihr fasziniert. Da war etwas, was sie magisch anzog.

Skifra erging es ebenso. Sie beobachtete Cay-La und konnte die Gefühle, die diese junge Kriegerin in ihr auslöste, nicht einordnen. Aber sie fühlte sich von Cay-La magisch angezogen.

Beide vermieden es, sich direkt anzusehen. Geschah es trotzdem, schien jede in den Augen der anderen zu versinken.

Taraneh, die sich auch zu ihnen gesellt hatte, beobachtete das, was geschah, mit Argwohn. Obwohl sie nichts Böses von dieser jungen Kriegerin zu spüren glaubte, traute sie ihr nicht. Sie hatte ihr das Leben gerettet, sich gegen Kallisto gestellt. Aber sie war anscheinend ein Mitglied von Kallistos Heer gewesen. Sie wußte nicht, wie sie das einordnen sollte. Sie beschloß, Cay-La weiterhin zu beobachten und den Versuch zu machen, von Skifra mehr zu erfahren. Sie spürte, daß da noch mehr war, was Skifra ihr nicht erzählte.

Als sie am Abend gemütlich allein in ihrem Haus vor dem Kamin saßen, beschloß Taraneh mehr herauszufinden. Sie reichte Skifra einen Becher mit Port.

»Danke.« Skifra sah gedankenverloren in die Flammen des Kamins.

»Worüber denkst du nach«, fragte Taraneh.

Skifra wandte ihren Blick nicht von den Flammen und nahm einen Schluck von ihrem Port.

»Denkst du über Cay-La nach«, versuchte es Taraneh erneut.

Skifra seufzte. »Du hast nicht vor aufzuhören mich zu löchern, oder?« Sie sah grinsend zu Taraneh, die verneinend den Kopf schüttelte. »Ja, ich denke auch über Cay-La nach, über die Prophezeiung und . . . und über Kallisto«, begann sie.

Taraneh sah ebenfalls in die Flammen. »Allzu viel hat sie ja nicht von sich erzählt.«

»Nein, das hat sie nicht, nicht uns.« Skifra stellte den leeren Becher weg. »Aber Eponin hat sie so einiges erzählt.«

Taraneh sah Skifra an. »Hat sie? Was denn?«

Skifra mußte erneut lachen. »Du und deine Neugierde.«

Taraneh schmollte gespielt. »Es interessiert mich einfach.«

»Schon gut, Taraneh. Ich erzähle es dir ja. Anscheinend erwachte sie eines Tages und wußte nicht wo sie war. Auch nicht wie sie dorthin gekommen war. Keine Erinnerungen. Sie wußte nur noch ihren Namen und den ihres Pferdes. Auf der Suche nach etwas das sie kennt, muß sie dann auf Kallisto gestoßen sein. Bei ihr war sie wohl einige Zeit bis sie auf uns traf«, schloß Skifra.

Taraneh sah sie eindringlich an. »Das ist alles? Komm schon Skifra, da ist doch noch mehr? Oder täusche ich mich?«

Skifra sah Taraneh direkt in die Augen. Sie war sich nicht sicher, ob es gut war, Taraneh auch den Rest zu erzählen. Sie stöhnte auf. »Es scheint so, na daß . . .« Sie stockte.

»Daß was?« Nun war Taraneh wirklich neugierig.

»Es sieht so aus, daß . . .« Skifra sah in die Flammen, »daß Kallisto sich gewisse Dinge von ihr genommen hat, ohne daß Cay-La das wollte.«

Nun verstand Taraneh gar nichts mehr. »Wie meinst du das?«

Skifra wandt sich. »Eponin glaubt, daß Cay-La etwas für Kallisto empfindet. Aber sie meinte auch, daß die Kratzwunden, die blauen Flecke darauf hinweisen, na, du weißt schon.« Sie winkte ab.

»Was weiß ich?«

Skifra seufzte laut. »Na, daß Kallisto sie einfach genommen hat, ohne daß Cay-La das wollte«, platzte Skifra heraus.

In Taranehs Kopf fing es an zu arbeiten. Sie wußte von den Amazonen, daß Frauen zusammen lebten, eine Beziehung hatten, sich liebten. »Du meinst, du meinst, sie hat ohne Cay-Las Zustimmung mit ihr geschlafen. Ist es das, was du meinst?«

Skifra nickte.

»Oh«, war alles, was Taraneh noch hervorbrachte.

Skifra sah zu Taraneh, sah, wie sie grübelte. »Wir wissen es nicht genau, vielleicht täuschen wir uns auch. Aber sollte es so sein, dann sieht Kallisto sie als ihr Eigentum an. Sie wird alles daran setzen, sie zurückzuholen, vor allem, nachdem sie sie verraten hat.«

Taraneh sah in die Flammen. »Das müssen wir verhindern, Skifra, sie, sie würde sie töten«, sagte sie leise. »Skifra, glaubst du, Cay-La hat sich deswegen gegen Kallisto gestellt und uns geholfen?«

»Ich weiß es nicht, Taraneh. Aber eines weiß ich, sie würde sie töten. Und wenn Cay-La dieses Mädchen aus der Prophezeiung ist, darf dies erst recht nicht geschehen.« Skifra stand auf und reichte Taraneh ihre Hand. »Laß uns schlafen gehen. Für heute reichen die tiefschürfenden Gedanken.«

Taraneh nahm dankend ihre Hand. »Ja, du hast recht.«

Die folgenden Tage verliefen sehr ruhig, was ihnen allen die Möglichkeit gab, sich besser kennenzulernen. Oft gingen Cay-La und Skifra sich aus dem Weg. Ließ es sich nicht vermeiden, trat sofort eine ungeheure Spannung zwischen ihnen auf. Taraneh versuchte auf ihre ganz eigene Art von Cay-La mehr zu erfahren, was ihr nicht wirklich gelang. Wenn sie und Skifra auf Cay-La trafen, ließen diese sie keinen Moment aus den Augen. Sie spürte die Spannung zwischen ihrer Freundin und der jungen Kriegerin, konnte dies aber genau wie Epheny nicht einordnen. Das beunruhigte sie ungemein.

Die Späherinnen der Amazonen hatten herausgefunden, daß Kallisto noch immer in der Nähe war. Epheny und Eponin sprachen mit Skifra und Taraneh darüber. Auch darüber, daß sie Cay-La vor Kallisto schützen mußten. Sie beschlossen einstimmig, es Cay-La vorläufig nicht zu sagen. Sie wollten erst sehen, was weiter geschah. Kallisto konnte sich dem Amazonenreich nicht unbemerkt nähern. So hatten sie immer genug Zeit, Cay-La in Sicherheit zu bringen, sollte es nötig sein.

Es war ein schöner, warmer Morgen. Cay-La saß auf den Stufen vor Eponins Haus und genoß die Sonnenstrahlen. Sie hatte Eponin beim Training der jungen Amazonen zugesehen und sich dann zurückgezogen. Sie wollte ein wenig für sich sein. Das war ihr in den letzten Tagen nicht immer gelungen. Taraneh hatte sie buchstäblich vereinnahmt, viel mit ihr unternommen, und stundenlange Gespräche mit ihr geführt. Bei dem Gedanken daran mußte Cay-La lächeln. Taraneh war so wißbegierig, manchmal sogar neugierig, dachte sie. Sie hatte die Zeit mit ihr genossen, obwohl es ab und zu ein wenig anstrengend war. Vor allem, wenn sie versuchte, den Fragen von Taraneh auszuweichen. Um so mehr genoß sie nun den Tag für sich. Sie wußte, daß Taraneh mit Epheny unterwegs war. Sie schloß genießerisch die Augen, atmete die frische Luft tief ein, die Stille. Dabei schweiften ihre Gedanken automatisch zu Kallisto. Es gelang ihr nicht, diese aufzuhalten. Immer und immer wieder sah sie die Bilder. Diese lösten jedes Mal eine große Traurigkeit in ihr aus.

»Was meinst du, trainieren wir beide ein wenig?« Skifras Stimme riß Cay-La aus ihren Tagträumen.

»Wir beide?« Sie sah Skifra seit langem wieder einmal in die Augen.

»Ja, sicher. Treffen wir uns unten beim Fluß?« Skifra hatte sich schon abgedreht ohne auf die Antwort von Cay-La zu warten und ging weg.

Cay-La stand verdattert da und sah ihr nach. Kopfschüttelnd

ging sie ins Haus und holte ihr Schwert. Sie liebte diese blauen Augen, in denen sie jedes Mal versank. Diese Tatsache machte sie unsicher. Sie konnte die Gefühle für Skifra und die Gefühle für Kallisto nicht mehr einordnen. Verloren in ihren Gedanken und Gefühlen ging sie zum Fluß, wo Skifra bereits auf sie wartete.

Je näher sie Skifra kam, um so unruhiger und nervöser wurde sie. Die letzten Meter zu Skifra schienen ihr unheimlich lang zu sein. »Reiß dich zusammen«, schimpfte sie innerlich mit sich selber. Sie zog die Schultern hoch, holte tief Luft und stellt sich vor Skifra hin.

»Was möchtest du gern, ohne oder mit dem Schwert?« Skifra sah sie fragend an.

Cay-La versuchte ihrem Blick auszuweichen. »Wir können ja beides machen. Fangen wir mal damit an.« Cay-La zog ihr Schwert aus der Scheide und warf die Scheide achtlos beiseite. Dann trat sie einige Schritte von Skifra weg.

»Gut, dann fangen wir an«, entgegnete Skifra ruhig.

Skifra war ungeheuer beweglich, schnell und unberechenbar. Es machte Cay-La wirklich Spaß mit ihr zu trainieren. Skifra forderte sie und das machte das Training viel interessanter, stachelte sie an. Schon ganz außer Atem beschlossen sie nun, ohne Schwert weiter zu trainieren.

»Hier, trink zuerst etwas!« Skifra hielt ihr den Wasserschlauch hin. »Du kämpfst gut«, bemerkte sie beiläufig.

Cay-La sah sie an: »Das kann ich nur zurückgeben.« Dann nahm sie den Wasserschlauch und nahm gierig ein paar kräftige Schlucke, bevor sie den Schlauch zurückgab. Wasser tropfte über ihr Kinn, während sie Skifra beim Trinken zusah.

»Wollen wir?« Skifra stand erwartungsvoll vor ihr und erwiderte den Blick von Cay-La.

Diese nickte nur. Sie mußte sich alle Mühe geben, um von Skifra nicht dauernd flachgelegt zu werden. Sie kämpften unermüdlich weiter. Für einen kurzen Moment paßte Cay-La nicht genug auf. Skifras Ellbogen traf sie an der Schulter und ihr Bein traf den Schenkel von Cay-La. Diese brach stöhnend in die Knie. Sie glaubte ihre Knochen brechen zu hören. Sterne tanzten vor ihren Augen.

Skifra war sofort neben ihr. »Alles okay? Das wollte ich nicht.«

Ihre Hand lag auf Cay-Las Schulter.

Cay-La rang immer noch nach Atem. »Schon okay, nicht so schlimm«, keuchte sie mit schmerzverzerrtem Gesicht.

Skifra sah sie skeptisch von der Seite an: »Sicher?« Sie half Cay-La aufzustehen.

»Ah«, Cay-La griff sich ans Bein.

»Doch schlimmer?« Skifra stützte sie ab. Bei der ungewohnten Nähe fing Cay-Las Herz an, immer schneller zu schlagen. War das nun wegen den Schmerzen oder wegen Skifra?

»Komm, ich werde es mir ansehen.« Skifra bückte sich ein wenig und fuhr sanft über den Oberschenkel. Sie spürte wie Cay-La zusammenzuckte, wie sie vermied, einen Ton von sich zu geben. »Das sehe ich mir lieber genau an. Ich bringe dich in unser Haus.« Skifra erhob sich und wollte Cay-La helfen.

»Es ist nichts.«

Skifra unterbrach sie unwirsch: »Nichts da, komm jetzt!« Sie griff Cay-La unter den Arm und ging mit ihr langsam zurück zum Dorf. Bei ihrem Haus angekommen, brachte sie Cay-La hinein und half ihr vorsichtig auf das Bett. »Ich werde versuchen es wieder in Ordnung zu bringen.«

Cay-La sah sie fragend an.

»Ich habe so einiges gelernt, als ich in Chin war«, erklärte Skifra.

Cay-La war neugierig. Und gleichzeitig schien das Wort Chin tief in ihr etwas auszulösen. Aber wie so oft in den letzten Tagen konnte sie es nicht verstehen. Was es auslöste, war ein angenehmes, warmes Gefühl.

»Ich helfe dir beim Ausziehen.«

Cay-Las Augen wurden immer größer. »Geht das nicht auch so«, fragte sie hoffnungsvoll.

Skifra lachte. »Nein, Cay-La, aber keine Angst, ich tue dir nichts«, neckte Skifra sie.

»Ich habe keine Angst«, erwiderte Cay-La trotzig. »Und ob ich die habe«, dachte sie.

Skifra half ihr, ohne ein weiteres Wort. »Leg dich ganz entspannt zurück.« Sie bedeckte Cay-La mit dem Laken und ließ ihr rechtes Bein frei. »Entspann dich, schließe die Augen und denke an etwas Schönes.« Skifra beobachtete sie.

Cay-La versuchte wirklich sich zu entspannen, was in Skifras Nähe nicht einfach war. Die Augen geschlossen, wartete sie, was auf sie zukommen würde. Skifras Hände berührten sie ganz sanft, glitten an ihrem Schenkel langsam hoch und wieder hinunter. Sie spürte, wie ihr Muskel ganz heiß wurde. Dann, ganz unverhofft, zog Skifra das Bein in einem kräftigen Ruck nach unten. Cay-La schrie auf.

»Schhht«, kam es ganz leise von Skifra. »Es wird gleich besser.« Ihre Hände setzten fort, was sie zuvor begonnen hatten.

Der Schmerz ließ immer mehr nach. Eine angenehme Wärme durchflutete ihren Muskel. Cay-La war so entspannt, daß sie fast eingeschlafen wäre. Sie nahm wahr, wie Skifra nun ihr Bein zudeckte.

»Setz dich mal auf.«

Langsam öffnete sie die Augen. Dabei war es doch eben so angenehm. Sie sah wie Skifra ihre Rüstung ablegte. Sie trug nun nur noch ihre Lederrüstung. Sie setzte sich auf und sah diese erwartungsvoll an. Skifra setzte sich hinter sie.

»Dann wollen wir mal sehen.« Langsam fuhr sie über die Muskeln in Cay-Las Schulter. Dabei beobachtete sie das Mal zwischen deren Schulterblättern. Es war unheimlich faszinierend. Es zeigte das Bild, das Epheny ihr erklärt hatte. Ein ausgefüllter Kreis, der von einer Schlange umschlossen war. Skifra versuchte sich zu erinnern, wo sie dieses Zeichen schon einmal gesehen hatte. Es kam ihr bekannt vor. Cyane, schoß es ihr durch den Kopf. Cyane trug dieses Zeichen auf ihrem Stirnband. Es war ihr Stammeszeichen. Skifras Finger suchten immer noch den Punkt auf Cay-Las Schulter. Dabei wanderten ihre Gedanken weit zurück. Sie erinnerte sich, wie Cyane ihr eines Tages erklärt hatte, was dieses Zeichen bedeutete. Die Schlange beschützte die Welt der Amazonen. Alles ein Kreislauf, ohne Anfang, ohne Ende. Cyane sagte ihr damals, dieses Zeichen bedeutete das Überleben aller Amazonen oder ihren Untergang. Skifra hatte dies nicht verstanden. Aber Cyane hatte nicht mehr dazu gesagt. So oft sie es versuchte, Cyane unterbrach diese Unterhaltung jedes Mal. Nun begann sie langsam zu verstehen. Cay-La trug dieses Zeichen. Wenn sie es schaffte, Allegra zu bezwingen, bedeutete dies das Überleben der Amazonen. Wenn nicht, würde das Volk der Amazonen mit ihr zusammen untergehen. Skifra schüttelte den Kopf. »Wenn diese Prophezeiung überhaupt stimmt«, dachte sie.

»Ah.« Cay-La zuckte zusammen und versuchte, Skifras Händen auszuweichen. Gleichzeitig hatte sie mit ihrem Aufschrei Skifra aus ihren Gedanken gerissen.

»Da haben wir den Punkt ja«, sagte Skifra zufrieden. Sie rückte näher an Cay-La heran, legte ihren rechten Arm um sie und ihre rechte Hand vorn an die Schulter und mit der linken Hand drückte sie von hinten dagegen. Sie formte ihre Hand zu einer Faust. Cay-La verzog vor Schmerzen ihr Gesicht, aber diese wurden immer weniger, je länger und intensiver Skifra dagegen preßte. Genauso unverhofft, wie bei ihrem Bein, preßte Skifra auf einmal mit all ihrer Kraft gegen den Punkt, sie hörte ein Knacken. Erneut schrie Cay-La auf.

Skifra setzte die sanften Berührungen fort.

Der Schmerz ließ nach. Cay-Las Atem fing wieder an ruhiger zu gehen. Die Hand von Skifra zog behutsam immer größere Kreise auf ihrer Schulter. Die angenehme Wärme kam auch hier. Cay-La schloß genüßlich ihre Augen, vergessen war der Schmerz.

Skifra zeichnete zärtlich das Mal von Cay-La nach, was ihr ein leises Seufzen entlockte. Behutsam legte Skifra ihre Hand darauf. Was dann geschah, versetzte beide Frauen in Erstaunen. Bilder schossen plötzlich durch ihre Köpfe. Cay-Las Kopf schnellte nach hinten an Skifras Schulter. »Skifra was . . . ah.«

Skifras rechte Hand glitt langsam zwischen Cay-Las Brüsten nach unten, blieb auf ihrem Nabel liegen. »Ich weiß nicht«, schrie Skifra. Die Bilder wurden immer stärker, immer mehr. Wild schossen sie durch die Köpfe der beiden Frauen.

»Ich kann es nicht aufhalten.« Skifra versuchte vergebens, ihre linke Hand von Cay-Las Mal zu nehmen. Beide atmeten immer schneller.

Cay-La hatte ihre Augen geschlossen, drückte sich noch mehr an Skifra. Sie tauchten ein in eine andere, ihnen unbekannte Welt. Genau wie Cay-La schloß auch Skifra ihre Augen, ließ sich an das Kopfteil des Bettes sinken. Die Bilder wurden nun ruhiger, klarer.

Sie sahen zwei Liebende, Amor und Cyane. Die Geburt eines Kindes, Cyane gebar ein Mädchen. Hielt es zärtlich in ihren Armen. Ihre Liebe be-

schwor den Zorn der Götter hervor. Gesandt zu töten erschien Allegra. Mit Hilfe von Artemis gelang es Amor, Allegra zu besiegen. Seine Tochter und deren Mutter zu schützen. Er übergab Artemis seine Tochter: »Beschütze sie! Sie wird sein dein Schicksal und das aller Amazonen.« Artemis brachte weit weg das Kind in ihren Armen. Gab ihm das Mal. Leise sprach sie zu dem Kind: »Dein Mal wird zeigen den Weg, wird sein der Schlüssel. Ein Mensch, der berührt dein Herz, deine Seele und dein Mal wird mit dir sehen, was gesehen werden muß und erfüllen mit dir das Schicksal.« Artemis machte sich auf den Weg. Um ihre Amazonenkönigin zu schützen, brachte Artemis Cyane zurück. Sie sollte weiterleben als die Königin der nördlichen Amazonen, die sie immer war. Weiterleben, um das Schicksal mit ihrer Tochter zu erfüllen.

Zeus zürnte über das Versagen von Allegra. Seine Strafe war hart. Verwandeln sollte sie sich in ein Geschöpf der Nacht. Verdammt zu einem Leben im Verborgenen. Erlösung nur findend im Tod von Cyane und ihrer Tochter. Belohnt mit dem Tod von Artemis und ihren Amazonen, um somit zurück zu gewinnen ihre göttliche Gestalt und Macht.

Cay-Las Augen schnellten unter den geschlossenen Lidern hin und her. Ihr Atem ging schnell. Ihr Herz raste.

Kriegsgeschrei in dunkler Nacht, sterbende Menschen. Krieger, die töteten, was lebte. Entzündeten, was aufgebaut, raubten, was ihnen nicht gehörte. Im Licht der Flammen zu sehen war eine Kriegerin. Erhaben saß sie auf ihrem Pferd, nicht aufhalten konnte, was ihre Männer taten. Skifra, die Kriegerprinzessin. Gnade gebend einem einzigen Menschen, dessen Familie ausgelöscht durch die Hand ihrer Männer. Ein blondes Mädchen namens Kallisto, das nicht wollte diese Gnade. Und schwor, diese Frau, die ihr Leben verschonte, zu finden und zu töten.

Schweißperlen standen auf Skifras Stirn, auch ihr Herz raste.

Immer noch tötend zog sie umher. Erlebt so vieles. Schwer ihr Herz. Gefunden noch immer kein Licht. Zerschlagen ihre Beine. Vereint mit Borias. Gemein ihre Gedanken und Pläne. Kein Frieden schließend, sondern töten den Feind. Eifersüchtig auf die Abgesandte des Reiches Chin. Vereitelt den Plan des Zusammenschlusses. Verstoßen von Borias, nun ausführend, was in ihren Gedanken. Entführt den Sohn, gefordert ein Lösegeld. Verraten und verkauft. Als Beute dienend. Gerettet in der Not von der Herrscherin des Reiches Chin, Lao-Ma.

Cay-Las Kopf schoß nach hinten an Skifras Schulter. Langsam sank er wieder nach vorn.

Lao-Ma versuchte zu bringen das Licht in Skifras Herz. Zu zeigen den Weg. Allen Bemühungen zum Trotz scheiterte sie. Skifra beschloß, den einmal gegangenen Weg fortzusetzten. Dunkelheit erfüllte wieder ihr Herz. Nichts mehr da von der Leichtigkeit ihres Seins bei Lao-Ma. Nichts mehr da von dem Licht. Noch mehr Dunkelheit findend in der Schamanin Alti.

Skifras Muskeln spannten sich an.

Artemis verlassend ihren Bruder. In ihren Armen lag das Kind. Beschützen wollte sie es. Geben ihm ein sicheres Leben. So brachte sie das Kind weit weg. Aufwachsen sollte es in Liebe und Geborgenheit. Ihre Wahl war getroffen. Das Ziel bekannt. Sie brachte das süße, kleine Mädchen in Lao-Mas Reich. Bat sie, es aufzuziehen, zu beschützen, ihr Mutter und Lehrmeisterin zu sein. Lao-Ma nahm das Kind. War fortan darauf bedacht, sie zu lehren, was sie für ihren Weg brauchte. Gab ihr Liebe und Geborgenheit. Die Macht, zu beherrschen ihre Sinne, ihren Geist, ihren Körper. Zu achten alles Leben. Zu kämpfen, um zu schützen ihr eigenes Leben.

Cay-Las Körper begann zu zittern. Skifra zog sie instinktiv noch näher an sich heran.

Zu sehen die dunklen Gedanken von Alti. Skifra einnehmend für ihre Pläne. Zu töten alle nördlichen Amazonen. Zu gewinnen das Blut von Cyane, um mächtiger zu werden, als je zuvor. Blind vor Gier nach Macht beschloß Skifra, die Pläne von Alti zu unterstützen. Schloß vermeintliche Freundschaft mit den Amazonen. Gewann das Vertrauen von Cyane. Lernte, was diese ihr beibrachte. Nun bereit, zu töten für ihre Pläne. Nicht hörend auf ihr Herz, dem Cyane ihr Vertrauen und ihre Freundschaft schenkte. Ohne Gnade ausführend, was sie begonnen. So besiegte im Kampf nun Skifra die mächtige Königin der Amazonen. Gab Alti die Macht, die diese so begehrte. Um weiterzugehen auf dem dunklen Weg.

Cay-La schlug um sich, schrie auf.

Skifra hielt sie so fest wie es ging. Sie vermochte noch immer nicht die Verbindung zu lösen.

Cay-La weinte. Tränen liefen über ihre Wangen. Unendlicher Schmerz schien ihr Herz zu zerreißen. Aber die Reise ging weiter, ließ die beiden Frauen nicht zur Ruhe kommen.

Skifra, weitergehend auf ihrem dunklen Weg. Bis nicht mehr ertragen konnten das Herz und die Seele den Schmerz. Nun suchend nach dem Licht. Fand, was so lange gesucht, in Taraneh. Taraneh, die Skifra Licht und Hoffnung brachte, ihr Herz berührte. Nun weisend für alles, was

Skifra tat. Ihr gebend das Licht und die Hoffnung, die sie so lange gesucht.

Cay-La hatte sich noch immer nicht beruhigt. Ihr Herz raste, ihr Atem ging schnell. Schweiß bedeckte ihren ganzen Körper, genau wie den von Skifra.

Epheny und Taraneh trafen auf dem Rückweg Eponin. Sie wollten gemeinsam zu Skifra. Als sie in die Nähe von Taranehs Haus kamen, hörten sie einen Schrei. Sie sahen sich alle fragend an und rannten los. Gemeinsam stürzten sie in das Haus. Was sie sahen, versetzte alle drei Frauen in Erstaunen. Skifra saß auf dem Bett in ihren Lederkleidern. Vor ihr saß Cay-La, nur bedeckt mit einem Laken, gehalten von Skifra. Beide Frauen hatten die Augen geschlossen, Schweiß auf ihren Körpern. Cay-La weinte und schlug um sich.

Taraneh und Eponin wollten gleichzeitig losrennen. Epheny hielt beide am Arm fest. »Nicht!« rief sie. Die beiden Frauen sahen Epheny ungläubig an.

»Die Prophezeiung«, sie deutete auf die Frauen auf dem Bett.

Sie beobachteten, was geschah, sahen die Verbindung von Skifra und dem Mal.

»Aber?« Taraneh sah Epheny in die Augen.

»Wir dürfen sie nicht trennen. Egal, was geschieht.« Epheny legte tröstend eine Hand auf Taranehs Unterarm. »Diesen Weg müssen die beiden allein gehen.«

Die drei Frauen verhielten sich ganz ruhig. Beobachteten aus einiger Entfernung das Geschehen, bereit einzugreifen, sollte dies aus irgendeinem Grund von Nöten sein.

»Es ist Zeit Cay-La. Zeit, deinen Weg zu gehen, dein Schicksal zu erfüllen.« Lao-Ma fuhr ihr zärtlich über die Wange. »Nein Lao-Ma. Ich muß hier sein, dir helfen, den grünen Drachen zu besiegen. Seine Macht ist viel zu groß.« Lao-Ma schüttelte den Kopf. »Das ist meine Aufgabe. Deine ist eine andere.« Lao-Ma nahm Cay-La in den Arm und legte ihre Hände auf ihre Schläfen. Redete ganz sanft »Vergessen sollst du, was einst war, finden deinen Weg, erfüllen dein Schicksal.« Leise suchte sich eine Träne den Weg über Lao-Mas Gesicht. »Vergeben, was einst geschehen, öffnen dein Herz und deine Seele, keinen Platz gib der Dunkelheit.« Sie küßte Cay-La auf die Stirn. Winkte ihre Diener herbei. »Tut, was ich euch gesagt.« Weit weg brachten sie die junge Frau. Tief schlafend ließen sie sie zurück an dem von Lao-Ma bestimmten Ort. Verschwanden so leise, wie sie gekommen. Erfüllen sollte sich nun ihr Schicksal.

Immer mehr schlug Cay-La um sich. Immer wieder aufschreiend. Leise liefen Skifra Tränen übers Gesicht: soviel Schmerz, soviel Leid.

Ein helles Licht erfüllte sie. Aus dem Licht trat Artemis. »Gefunden habt ihr nun den einen Teil des Schlüssels, eure Verbindung. Berührt hast du Skifra das Mal, berührt hast du Cay-Las Seele durch das Licht von Lao-Ma, berührt hast du Cay-Las Herz durch das Vertrauen von Cyane. Gehen müßt ihr den Weg gemeinsam. Nur vereint könnt ihr erfüllen das Schicksal. Finden müßt ihr den zweiten Teil des Schlüssels, den in sich trägt Cyane. Erfüllt ihr das Schicksal, sind gerettet alle Amazonen und ich. Sterben wird Allegra. Versagt ihr, so werden wir alle sterben.« So wie sie erschien, verschwand sie wieder.

Cay-Las und Skifras Körper glühten. Die Gefühle so groß. Gesehenes so tief in ihnen. Cay-La schrie erneut auf. Skifras Hand hatte sich von ihrem Mal gelöst. Sie öffneten beide langsam die Augen. Cay-La löste sich von Skifra. Sie griff diese so unerwartet an, daß Skifra nicht in der Lage war, sie abzuwehren.

Eponin war in schnellen Schritten bei den beiden und riß Cay-La von Skifra weg. »Hör auf Cay-La, hör auf!«

»Sie hat ...« Cay-La schrie, »sie hat ...« Ihre Stimme erstickte unter Tränen. Erneut wollte sie auf Skifra los. Aber Eponin hielt die kleinere Frau fest.

»Schhht.« Eponin versuchte Cay-La zu beruhigen, die wild um sich schlug.

Taraneh lief zu Skifra. »Alles in Ordnung«, fragte sie besorgt.

Skifra nickte. Tränen rannen über ihr Gesicht. Sie sah Cay-La an.

»Bring Cay-La weg, Eponin, schnell!« Epheny stellte sich vor die beiden, damit Cay-La die Sicht auf Skifra versperrt war.

Eponin nickte und wickelte eine Decke um Cay-La. Dann zog sie diese mit sich. Sie verließen das Haus von Taraneh und Skifra.

»Kann ich was für euch tun?« Epheny sah Taraneh und Skifra an. Skifra saß in sich zusammengesunken auf dem Bett, mit ihren Gedanken weit weg.

»Nein, Epheny, im Moment wohl nicht.« Taraneh legte schützend den Arm um Skifra und zog sie an sich.

Epheny ließ die beiden allein.

Skifra ließ sich in Taranehs Arme fallen und weinte leise. Taraneh wußte nicht, wann sie ihre Freundin je so erlebt hatte. Sie hielt sie ganz fest, fuhr ihr zärtlich über die Haare. Sie wußte, irgendwann würde ihr Skifra erzählen, was sie mit Cay-La erlebt und gesehen hatte.

Eponin hatte Cay-La in ihr Haus gebracht. Sie sprach kein Wort und schien weit weg zu sein. Eponin spürte, daß sie Cay-La nicht erreichen konnte.

Langsam ging Cay-La auf das Bett zu, stieg hinein. Sie legte sich auf die Seite, zog ihre Beine ganz eng an den Körper. Ihre Muskeln zitterten, Bilder durchliefen ihren Kopf, immer wieder. Tränen suchten ihren Weg über ihr Gesicht. Stille Schreie ließen ihren Körper immer wieder erzittern. Eponin beobachtete dies. Sie wich in dieser Nacht nicht von Cay-Las Seite.

Die folgenden Tage zogen Skifra und Cay-La sich von allen zurück, verließen nicht das Haus, schienen weit weg zu sein. Nicht ansprechbar. Nicht fähig, ihre Umgebung wahrzunehmen. Eingeschlossen in sich, in dem, was geschehen sein mußte.

Taraneh beobachtete in diesen Tagen ihre sonst so stolze Kriegerin. Sie war nicht mehr sie selbst. Noch kein Wort hatte sie ihr erzählt von dem, was geschehen war, blieb in sich zurückgezogen, schien so weit weg zu sein. Taraneh machte sich Sorgen.

Epheny besuchte sie, wie jeden der letzten Tage. »Und?«

»Nichts Epheny, sie redet nicht mit mir. Ich erreiche sie nicht.«

Taraneh sah Epheny verzweifelt an. »Was ist mit Cay-La?«

Epheny holte tief Atem: »Dasselbe. Ich war eben bei Eponin.« Sie sah, wie Taraneh eine Träne über die Wange lief. Sofort schloß sie sie in ihre Arme. »Es wird alles wieder gut, glaube mir.« Epheny hoffte es so sehr. Es tat ihr weh zu sehen, was mit Skifra und Cay-La geschah. Wie sollte sie ihnen helfen? Epheny fühlte sich genau so hilflos wie Taraneh und Eponin. Epheny löste sich von Taraneh. »Wenn du mich brauchst, ich bin immer für dich da.«

Taraneh nickte dankbar.

Epheny verabschiedete sich von Taraneh. Nur ungern ließ sie diese allein. Aber hier konnte sie nicht helfen. Sie machte sich auf zur Schamanin.

»Was führt dich zu mir, meine Königin?«

»Ich weiß nicht, wie ich den beiden helfen kann.«

Die Schamanin sah sie eindringlich an. Ohne daß Epheny die Namen genannt hatte, wußte sie, von wem sie redete. »Sie haben den Weg verloren, in dem, was sie gesehen haben, in dem, was sie gefühlt haben. Laßt ihnen Zeit, auf den Weg zurückzufinden.«

»Werden sie das denn?« Epheny konnte ihre Zweifel nicht verbergen.

Die Schamanin lächelte sie sanft an. »Vertrau ihnen.«

Epheny zweifelte weiter an den Worten der Schamanin. Als sie diese verließ beobachtete sie, wie Skifra auf Argo davonritt.

Cay-La hatte sich zur selben Zeit an den Fluß außerhalb des Amazonendorfes gesetzt. Sie wußte nicht mehr, was sie glauben sollte. So vieles hatte sie gesehen, so vieles gefühlt. In ihr tobte ein Sturm, der sie zu zerreißen drohte. Wellen von Gefühlen schlugen über ihr zusammen, drohten sie zu ersticken. Die ganze Flut von Bildern überschwemmte sie, immer und immer wieder. Je mehr sie versuchte, gegen all dies anzukämpfen, um so mehr zog es sie mit in die Tiefe. Jedes Mal ein wenig tiefer. Skifra hatte ihre Mutter getötet, und dafür haßte sie diese Kriegerin. All das Erlebte füllte sie aus. Sie roch das Blut, hörte die Todesschreie. Unvermittelt sprang sie auf und rannte zurück zum Haus. Zog sich zurück, noch mehr als zuvor.

An einem fernen Ort.

»Meine Herrscherin, es scheint sich zu erfüllen.«

»Erzähle, sofort«, drang die rauhe, kalte Stimme aus der Dunkelheit.

»Ich habe die junge Frau gesehen, als sie etwas anderes trug an Kleidung als sonst. Sie trägt das Mal.«

Ein Schrei, der die Wände der Höhle zu zerbersten drohte, zerriß die Stille. »Das Ziel!« Ein Lachen, so böse und abgrundtief folgte dieser Aussage.

»Kallisto ist unweit des Amazonenreiches mit ihren Männern, immer noch darauf bedacht, Skifra zu töten.« Der Schatten wartete.

»Das ist gut. Bring mir Kallisto. Ich habe etwas sehr Interessantes für sie. Geh!«

Die Botin gehorchte und verließ die Höhle.

Es war Nacht. Der Wind war kühl. Cay-La konnte ihn auf ihrer Haut fühlen. War er kälter als ihr Herz, fragte sie sich. Bei einer Baumgruppe hielt sie an. Sie sah in den Nachthimmel. Vergebens suchte sie den Mond, ihren Freund der Nacht. Die vergangenen Nächte hatten ihm das Licht genommen. »Wo bist du mein Freund der Nacht«, leise sprach sie in den Himmel. Langsam sank sie in die Knie. Ihr Schmerz war so groß. Sie fühlte Rachegefühle in sich, als eine sanfte Stimme zu ihr sprach: »Cay-La.« Cay-La blickte erschrocken hoch.

Vor ihr stand Lao-Ma. »Deine Gedanken werfen dunkle Schatten.«

»Sie hat meine wahre Mutter getötet.« Cay-Las Stimme überschlug sich. »Wie soll ich ihr das je verzeihen«, flüsterte sie niedergeschlagen.

»Erinnerst du dich«, zärtlich strich ihr Lao-Ma durchs Haar.

»Ich habe dir beigebracht zu vergeben.« Sie machte eine Pause. »Dein Herz, deine Seele, sie sind so rein, erhellt von Licht. Laß nicht zu, daß die Dunkelheit die Macht über dich gewinnt. Du hast gesehen, was sie anrichten kann.« Die Worte, sanft gesprochen von Lao-Ma, drangen tief in sie ein. »Du kennst den Weg, Cay-La. Verlaß ihn nicht.«

Eine Träne rann über Cay-Las Gesicht. Lao-Ma fing sie auf und hielt sie in das Licht, das sie umgab. »Siehst du das funkelnde Licht darin?«

Cay-La nickte.

»Es ist in dir und auch in Skifra.« Lao-Ma fuhr ihr noch einmal zärtlich über die Haare. »Und tief in dir weißt du das.« Lao-Ma legte ihre Hand auf Cay-Las Herz, schenkte ihr ein sanftes Lächeln und verschwand.

Cay-La erhob sich langsam. Noch lange stand sie da und sah auf den Ort, an dem Lao-Ma vor ihr gestanden hatte. Noch immer glaubte sie Lao-Mas Hand auf ihrer Haut zu spüren. Tief atmete sie die kühle Nachtluft ein. Dann ging sie zurück zu Eponins Haus. Alles in ihr schien so unendlich aufgewühlt zu sein. Als sie das Haus leise betrat, sah sie Eponin, die unruhig auf und ab ging, denn sie hatte das Haus heimlich verlassen.

Eponin bemerkte sie. »Wo warst du«, fragte sie ganz aufgeregt.

Cay-La sah zu Boden. »Noch ein wenig draußen. Ich wollte dich nicht wecken. Darum habe ich mich rausgeschlichen.«

»Weißt du eigentlich, wie gefährlich das ist?« Erst jetzt bemerkte Eponin, daß Cay-La mehr geredet hatte, als die ganzen letzten Tage. Sie blickte in ihre Augen. Gleichzeitig erinnerte sie sich, daß sie Cay-La nicht sagen durfte, daß Kallisto noch in der Nähe war. Wie sehr sie dieser Umstand beunruhigte, sobald Cay-La allein unterwegs war.

»Gehen wir schlafen, Eponin«, sagte Cay-La müde.

Eponin nickte. Sie war froh, daß Cay-La nicht nachfragte, warum sie sich solche Sorgen machte.

In dieser Nacht erzählte Cay-La Eponin alles, was sie mit Skifra erlebt hatte. Von den Bildern, den Gefühlen. Was sie nun über sich selber wußte und welcher Weg vor ihr und Skifra lag.

Ebenfalls in dieser Nacht erzählte auch Skifra Taraneh was sie mit Cay-La erlebt hatte.

Kallisto wachte auf, schoß hoch und griff zu ihrem Schwert.

»Das brauchst du nicht.«

Vor Kallisto stand eine Gestalt, eingehüllt in einen langen schwarzen Umhang, die Kapuze tief ins Gesicht gezogen.

»Wer bist du?« Kallisto hielt der Gestalt noch immer ihr Schwert an die Kehle.

»Ich bin die Botin von Allegra«, antwortete die Gestalt ruhig. »Und habe dir ein interessantes Geschäft vorzuschlagen.«

Kallisto traute der Frau nicht, ließ aber ihr Schwert sinken. »Was für ein Geschäft?« Kallisto ließ die Frau keinen Moment aus den Augen. Nichts entging ihr.

»Folge mir zu meiner Herrscherin, und du wirst es erfahren.«

Die Frau drehte sich um und ging von Kallisto weg, blieb jedoch beim Eingang stehen. »Es wird sich für dich lohnen, glaube mir.«

»Was habe ich zu verlieren«, dachte Kallisto. Obwohl sie nicht wußte, auf was sie sich einließ, folgte sie dieser schattenhaften Gestalt.

Die Nacht war dunkel und kalt. Kallisto konnte in der Dunkelheit nicht erkennen, wo die Frau sie hinführte. Der ganze Ritt erschien Kallisto so unwirklich. Sie wurde aus ihren Gedanken gerissen, als die Frau ihr Pferd anhielt und schweigend abstieg. Sie wartete, bis auch Kallisto von ihrem Pferd abgestiegen war und führte diese zu einem Höhleneingang. Vorsichtig folgte Kallisto der Frau im schwarzen Umhang. Kein Wort war gefallen, seit sie das Lager von Kallisto verlassen hatten. Sie konnte im fahlen Licht der Fackeln in der Höhle nicht viel erkennen. Versuchte aber, trotz dieses Umstandes, soviel wie nur möglich von diesem Ort aufzunehmen.

»Ah, Kallisto.« Düster und tief ertönte eine Stimme.

Kallisto zuckte unmerklich zusammen. Der heisere Ton der Stimme jagte ihr einen kalten Schauer über den Rücken. Etwas tief in ihr warnte sie vor dem, was sich in der Höhle vor ihr verbarg. Sie versuchte in der Dunkelheit zu erkennen, wer zu ihr sprach. Aber auch nachdem sich ihre Augen langsam an das fahle

Licht gewöhnt hatten, gelang es ihr nicht. Sie konnte nur ausmachen, woher die unheimliche Stimme kam.

»Was willst du von mir«, rief Kallisto in die Richtung, in der sie das ihr unbekannte Wesen vermutete. Die Botin hatte sie Allegra genannt, ihre Herrscherin.

»Dein Herz hat einen großen Wunsch, den kann ich dir erfüllen, wenn auch du mir den meinen erfüllst.« Die Stimme war kalt.

»Du glaubst meinen Wunsch zu kennen«, spöttisch kamen die Worte über Kallistos Lippen.

»Du willst das Leben von Skifra.« Ein Lachen drang zu ihr.

»Ja, das will ich. Und was willst du«, langsam wurde Kallisto neugierig.

Ruhig und ohne Emotionen schien die Stimme von Allegra zu sein, als sie Kallisto einiges über Cay-La erzählte. »Lebt sie weiter, wird sie Skifra und Taraneh noch mächtiger machen, als diese schon sind.«

Kallisto hörte aufmerksam zu.

»Die junge Frau ist jetzt bei den Amazonen. Bring sie mir und du hast meinen Wunsch erfüllt. Ich gebe dir dafür das Leben von Skifra und erfülle dir damit deinen Wunsch.«

»Das ist das Geheimnis von Cay-La«, dachte Kallisto. Die Gedanken rasten nur so durch ihren Kopf. Sie lächelte hämisch vor sich hin. Cay-La hatte sie betrogen. Mit der Übergabe von Cay-La würde sie endlich Skifra bekommen und Cay-La für ihren Verrat bestrafen. Gleichzeitig würde Artemis sterben und mit ihr alle Amazonen. Das klang mehr als verlockend.

»Wirst du es tun?«

»Ich werde es tun. Aber halte dich an unsere Abmachung. Ich will Skifra«, kalt schossen die Worte aus Kallisto.

Ein durchdringendes Lachen erfüllte die Höhle. »Ich werde mich daran halten, Kallisto. Du wirst Skifra bekommen. Und nun geh, der Tag wird bald erwachen. Du hast mir einen Wunsch zu erfüllen«, wiederholte Allegra.

Kallisto drehte sich um und folgte der Botin aus der Höhle. Sie brachte Kallisto zurück zu ihrem Lager und verschwand so, wie sie aufgetaucht war, still und heimlich wie ein Schatten.

Kallisto verbrachte den Rest der Nacht versunken in ihre Gedanken. Es schien so verlockend, Skifra zu bekommen. Damit würde sie endlich ihre Rache erhalten. Tun, was sie seit diesem einen Tag tun wollte. Sie hatte damals geschworen Skifra zu töten. Obwohl sie ihrem Ziel so nah schien, beunruhigte sie etwas. Sie konnte es nicht beschreiben oder in Worte fassen. Aber dieses Gefühl löste einen Zwiespalt in ihr aus. Gedankenverloren trank sie in einem Zug den Becher mit Port leer.

Cay-La lief unruhig hin und her. »Wie lange bist du denn schon auf?« Eponins Stimme riß sie aus ihren Gedanken. Sie sah zu ihr auf und lächelte. »Ach, schon ein Weilchen.«

»Was ist?«

»Ich sollte mit Skifra reden.« Cay-La sah wieder in Eponins Gesicht, in ihre braunen Augen. Die Kriegerin ging einen Schritt auf sie zu und schloß Cay-La in ihre Arme. »Ja, das solltest du.«

Cay-La atmete hörbar aus. In ihr tobte ein Sturm, den sie kaum bändigen konnte.

»Hast du Angst davor?« Eponin trat einen Schritt zurück und sah Cay-La fragend an.

Sie nickte. »Ich habe Skifra seit diesem Tag nicht mehr gesehen. Vielleicht will sie gar nicht mit mir reden.« Cay-La machte eine abwehrende Handbewegung.

»Versuche es.« Eponin hatte nicht vor, Cay-La recht zu geben. Sie wußte nur zu gut, wie wichtig es war, daß Cay-La mit Skifra redete. Leicht schubste sie Cay-La an. »Na los, sie wird dich schon nicht fressen«, grinste sie und versuchte die Anspannung ein wenig von Cay-La zu nehmen.

Diese mußte ebenfalls grinsen. »Ich würde ihr auch kaum bekommen, wohl eher schwer im Magen liegen«, gab sie mit einer Grimasse zurück. Langsam ging sie in Richtung Tür, blieb stehen und blickte ihre Freundin nochmals hilfesuchend an.

»Soll ich mitgehen?« Eponin war Cay-La gefolgt und blieb neben ihr stehen.

Cay-La nickte zustimmend. Sie war froh, daß Eponin sie begleitete.

Sie verließen das Haus. Cay-Las Herzschlag wurde immer schneller, je näher sie Taranehs Haus kamen. Sie sah zu, wie Eponin an die Tür klopfte. »Nun gibt es kein zurück mehr«, schoß es durch ihren Kopf. Kaum hatte sie diesen Gedanken zu Ende gedacht, erschien Taraneh.

»Hallo, ihr beiden.«

Cay-La sah sie an und bemerkte, wie müde Taraneh war. Leise fing sie an: »Ich möchte mit Skifra reden.« Sie konnte Taraneh nicht in die Augen sehen und senkte ihren Kopf, als wäre etwas auf dem Boden zu sehen.

»Kommt rein.« Taraneh hielt die Tür weit auf.

Cay-La hob ihren Kopf an und folgte der einladenden Handbewegung von Taraneh. Als sie neben Taraneh war, flüsterte diese: »Sie ist beim Kamin. Geh zu ihr.«

Während Cay-La weiterging, suchten ihre Augen den Raum ab. Da stand Skifra. Cay-La glaubte, ihr Atem würde aussetzen. Sie war unvermittelt stehen geblieben, so daß Eponin von hinten in sie reinlief. »Ups«, kam es über ihre Lippen.

Cay-La drehte sich zu ihr um, wollte an Eponin vorbei und weglaufen.

»Nicht, Cay-La«, flüsterte Eponin und hielt sie auf. »Geh.« Eponin schubste sie sanft in Skifras Richtung.

»Ich, ich kann nicht«, kam es flüsternd von Cay-La.

»Doch, du kannst. Geh!« Eponin sah, wie Cay-La sich umdrehte und langsam Schritt für Schritt auf Skifra zuging.

Taraneh stand nun neben Eponin. Sie sahen sich an. Dann wanderten ihre Blicke zu den beiden Frauen. Leise zogen sie sich an den großen Tisch zurück.

»Cay-La.« Skifras Stimme war ruhig.

»Hallo.« Cay-La brachte nicht mehr heraus. Sie sah die große Kriegerin an. Ihre Augen trafen sich und wieder konnte sie in Skifras Herz und Seele sehen. Sie sah eine unheimlich große Traurigkeit. Genau das sah auch Skifra in ihr.

»Es tut mir leid, ich wollte dich nicht verletzen. Aber . . .« Sie stockte, ihr Blick senkte sich.

»In diesem Moment, da wolltest du es, Cay-La. Aber ich kann es verstehen.« Skifras Stimme war so sanft. Sie fuhr fort: »Wie hätten wir ahnen können, was mit uns geschehen wird? Wie damit umgehen? Es war schlimm, zu sehen, was wir gesehen hatten. Tief ist es nun in uns.«

Taraneh hatte die beiden Frauen nicht aus den Augen gelassen. Wie gebannt beobachtete sie das Geschehen vor dem Kamin. Sie wußte, daß Skifra diese junge Kriegerin mochte. Wußte, wie gern sie mit ihr trainierte. Was war es, daß diese beiden verband, überlegte Taraneh. Sie spürte ein Gefühl in sich, das sie nicht wirklich einordnen konnte. Sie wußte von Skifras Erzählung, wie schlimm diese Verschmelzung mit Cay-La gewesen war. Aber trotzdem beneidete sie Cay-La darum. Sie war damit Skifra so nah gekommen, wie noch kein Mensch zuvor. Taraneh spürte gegen Cay-La eine Wut in sich aufsteigen. Dies hätte ihr zugestanden. Sie sollte es sein, die Skifra so nahe war. Immer noch fixierten ihre Augen die beiden Frauen.

Cay-La schluckte, spürte, wie Tränen über ihre Wangen liefen. Sie konnte sie nicht aufhalten. Cay-La hob ihren Kopf und sah Skifra durch ihre verweinten Augen an. Sie drehte sich abrupt um und rannte aus dem Haus. Sie konnte all diese Gefühle nicht ertragen. Sie mußte weg. Alles in ihr schien zu schreien, so laut, daß sie glaubte, es nicht auszuhalten. Ein Teil von ihr wollte Skifra um den Hals fallen. Ein anderer Teil von ihr wollte erneut auf sie losgehen, auf sie einschlagen. Sie hatte die Stufen vor dem Haus schnell erreicht, rannte diese hinunter und verschwand in Richtung Fluß. Eponin und Taraneh waren sofort aufgesprungen.

»Nein!« Skifra sah die beiden an. »Das muß ich tun.« Sie lief Cay-La nach. Sie sah, wie sie zum Fluß lief.

Cay-La hielt erst an, als sie am Ufer des Flusses angelangt war. In ihr war ein Kampf entbrannt. Sie wollte diese stolze Kriegerin in Liebe festhalten und gleichzeitig aus Haß töten. Immer größer wurde die Verzweiflung. Da hörte sie die Stimme von Lao-Ma: »Vergib, was einst geschehen, öffne dein Herz und deine Seele, keinen Platz gib der Dunkelheit.« Cay-Las Atem ging schwer. Sie schrie laut: »Lao-Ma!« Ihre Augen blickten in die tosenden Fluten des Flusses.

»Fühle es, Cay-La! Das Licht in dir, die Kraft in dir, fühle es!« Die sanfte Stimme von Lao-Ma ließ sie in sich eintauchen. Lao-Ma hatte es ihr beigebracht. Sie konnte das Licht sehen, die Kraft spüren und die Liebe. »Sie war da, sie war immer noch da.« Ein Lächeln umspielte ihren Mund, brachte ihr Gesicht zum Leuchten. Sie öffnete die Augen und sah auf das ruhig dahin fließende Wasser. Sie sah keine tosenden Fluten mehr. Ihr Lächeln verstärkte sich.

»Cay-La!« Die Stimme von Skifra riß sie aus ihren Gedanken. Die Kriegerin stand hinter ihr. Sie konnte ihre Nähe spüren.

»Skifra?«

»Hm?«

»Halt mich fest, bitte.«

Skifra trat näher an sie heran und legte ihre starken Arme um sie. So standen sie schweigend da, sahen beide in das ruhig dahinfließende Wasser.

»Skifra, wie war Cyane?«

»Sie war eine große und warmherzige Kriegerin und Königin«, antwortete Skifra ruhig.

»Wie sollen wir das Schicksal erfüllen ohne sie?« Cay-Las Stimme wurde traurig.

»Wir müssen ins Totenreich der Amazonen. Was aber nicht ungefährlich ist, weil . . .« Weiter kam Skifra nicht.

Cay-La hatte sich so schnell umgedreht. »Das geht?« Sie fiel Skifra strahlend um den Hals und gab ihr einen Kuß auf die Wange. Ihre überschwengliche Umarmung hatte Skifra ins Straucheln gebracht. Sie versuchte den drohenden Fall abzufangen, aber es gelang ihr nicht. Mit Cay-La in den Armen fiel sie nach hinten. Hart schlug sie auf dem Boden auf.

»Aua!« schrie Skifra.

Cay-La sah erschrocken auf die Frau unter sich. »Tut mir leid, das wollte ich nicht«, entschuldigte sich Cay-La. »Hast du dir weh getan«, fragte sie besorgt. Immer noch lag sie auf Skifra. Sie nahm dies gar nicht wirklich wahr.

Skifra schüttelte den Kopf. »Nein, nicht wirklich.« Sie lachte. »Das Gras hier ist sehr bequem.« Schelmisch grinsend sah sie Cay-La in die Augen. »Liegst du auch bequem?«

Jetzt erst bemerkte Cay-La, daß sie in der vollen Länge auf Skifra lag. »Ups«, sagte sie und mußte nun ebenfalls lachen. »Doch, ich muß sagen, es ist sehr bequem.« Grinsend ließ sie sich zur Seite fallen.

Die beiden Frauen bemerkten nicht, wie sich ihnen zwei Gestalten genähert hatten. Cay-La lag grinsend neben Skifra. »Sag mal, wie kommen wir denn ins Totenreich der Amazonen? Und warum ist es gefährlich? Was müssen wir tun ...« Weiter kam Cay-La nicht.

»Skifra«, schrie Taraneh und sah die beiden mit aufgerissenen Augen an.

Cay-La und Skifra blickten hoch und sahen nur noch, wie Taraneh wegrannte, Eponin den Kopf schüttelte und Taraneh in schnellen Schritten folgte.

Cay-La drehte sich Skifra zu. »Was war denn das eben?« Cay-La verstand überhaupt nicht, was geschehen war.

Skifra schüttelte den Kopf, »Ich weiß es nicht.« Beide standen auf und gingen den Freundinnen nach. Cay-La spürte, wie es in Skifras Kopf grübelte. Sie wußte instinktiv, daß Skifra jetzt nicht darüber reden wollte, was in ihrem Kopf vorging. So gingen sie schweigend zurück ins Dorf.

Epheny sah Taraneh und Eponin auf sich zukommen. »Hallo ihr bei...« Sie kam nicht weiter, denn Taraneh rannte sie fast schluchzend um, stürmte weiter in ihr Haus.

Eponin zuckte nur mit den Schultern. »Frage mich gar nicht erst Epheny ... ich hab keine Ahnung, was nun passiert ist.« Eponin ließ Epheny stehen und ging zum Kampfplatz.

Epheny stand da und verstand die Welt nicht mehr. Sie schüttelte den Kopf. Da sah sie, wie Cay-La und Skifra aus derselben Richtung kamen. Vielleicht konnten die beiden ihr sagen, was los war. »Könnt ihr mir sagen, was los ...«

»Später«, unterbrach Skifra sie barsch. Ohne weiter auf Epheny zu achten, ging Skifra zu Taranehs Haus. Cay-La lief zu Eponins Haus.

Epheny stand kopfschüttelnd da und sah den beiden nach.

Skifra betrat das Haus ganz leise. Suchend schweifte ihr Blick durch den Raum. Da hörte sie Taranehs Schluchzen. Es kam vom Bett. Sie schloß die Tür hinter sich und ging zu Taraneh. Diese lag auf dem Bauch im Bett. Ihren Kopf hatte sie in einem Kissen vergraben.

»Taraneh?« Skifra wollte sie berühren. Aber Taraneh schob ihre Hand beiseite.

»Geh weg«, rief sie unter Tränen.

»Taraneh, bitte laß es mich erklären.«

»Was gibt es da zu erklären. Ich habe es gesehen.«

»Es ist nicht immer alles so, wie es aussieht.«

»Ach nein«, schrie Taraneh.

Skifra seufzte. »Was glaubst du denn gesehen zu haben?«

»Das muß ich nicht gerade dir erzählen, du warst ja dabei«, schrie sie Skifra wütend an. »Geh weg, laß mich allein!«

Skifra kannte Taraneh gut genug, um zu wissen, daß es im Moment besser war, sie erst mal zu lassen. So zog sie sich zurück, setzte sich vor den Kamin und starrte in die Flammen. Taraneh würde sich beruhigen, und dann konnte sie mit ihr reden. Ihre Gedanken schweiften um das Geschehene und um Taraneh. Sie liebte sie. Konnte es denn sein, daß auch Taraneh sie so liebte, wie sie es tat? War Taraneh eifersüchtig auf Cay-La? Es war wirklich an der Zeit, dies mit Taraneh zu klären. Sie beschloß zu warten, bis Taraneh sich beruhigt hatte. Dann wollte sie es ihr sagen.

Cay-La rannte die Stufen zum Haus hoch. Sie trat ein und ihr Blick suchte Eponin. Aber sie war nicht da. Sie beschloß zu warten, und sie setzte sich vor den Kamin, genau wie Skifra. Das Haus schien ihr so verlassen. Sie fror. Ihre Gedanken tauchten tief in sie ein. Sie schüttelte den Kopf. Sie wußte nicht, wie viele Stunden sie da schon saß. Wo blieb Eponin nur? Eponin war ihre Freundin. Taraneh war Eponins Königin. Vielleicht wußte ja Eponin, was mit Taraneh los war. Cay-La seufzte laut.

»Hilft es?« Die tiefe Stimme von Eponin riß sie aus ihren Gedanken.

»Was?« Cay-La sah sie fragend an.

»Zu seufzen.« Eponin versuchte sie anzulächeln, was ihr nicht wirklich gelang.

»Eponin ... weißt du, was da eben geschehen ist?« fing Cay-La an, »ich ...«

Eponin unterbrach sie. »Genau weiß ich das auch nicht ... aber Cay-La?« Eponin schien nach Worten zu suchen.

»Was?« Cay-La sah, wie Eponin schwer schluckte. »Liebst du Skifra«, schossen die Worte über ihre Lippen.

Cay-La sah sie entgeistert an. »Was?« schrie sie auf. »Nein, wie kommst du auf so etwas?« Nun verstand sie gar nichts mehr. »Ich mag Skifra sehr gern.« Cay-La grübelte. »Vielleicht ist das sogar eine Art von Liebe aber nicht so, wie du das meinst, wirklich nicht«, versuchte Cay-La ihre Gefühle zu erklären.

»Na ja«, Eponin druckste herum, »als wir zum Fluß kamen, hast du Skifra gerade angesprungen, dann seid ihr im Gras gelandet und ... na eben«, schloß sie.

»Was, na eben?«

»Na, es sah halt aus, als würdet ihr ... du weißt schon.« Eponin sah Cay-La nicht an.

»Kannst du dich vielleicht etwas deutlicher ausdrücken«, meinte Cay-La.

»Es sah aus, als würdet ihr euch küssen«, erklärte Eponin.

»Oh.« Cay-La sah sie an. »Das haben wir nicht, Eponin.«

»Dann ist ja gut« Eponin wandte sich ab, ging zum Kamin und legte neues Holz auf das fast erloschene Feuer.

»Eponin?« Cay-La stellte sich neben sie. »Glaubt Taraneh das was du mich gefragt hast?«

Eponin stand auf und sah ihr tief in die Augen. »Ich glaube ja.«

»Wie kommt sie nur auf so etwas«, fing Cay-La an zu schimpfen. »Weiß sie denn nicht, wie sehr Skifra sie liebt, nur sie?« Fassungslos sah sie Eponin an.

Eponin zuckte mit den Schultern. »Ich glaube, das weiß sie eben nicht oder hat es noch nicht bemerkt, wohl genau so wenig wie ihre eigenen Gefühle, die sie für Skifra hat«, seufzte Eponin, »aber da müssen sie selber durch. Ich glaube kaum, daß wir ihnen helfen können.«

»Es tut mir leid, daß dies geschehen ist.« Cay-La fühlte sich schlecht. »Das wollte ich nicht.«

»Dafür kannst du nichts, Cay-La.« Eponin zog sie mit sich in

Richtung Schlafraum. »Vielleicht mußte das sein, wer weiß das schon«, versuchte sie Cay-La zu beruhigen. »Laß uns schlafen gehen.«

Cay-La blieb stehen. »Geh du schon vor, ich möchte noch ein wenig aufbleiben. Ich kann jetzt nicht gleich schlafen«, erklärte sie.

Eponin nickte und ließ Cay-La allein.

Cay-La ließ sich in die Kissen vor dem Kamin fallen. Sie sah in die züngelnden Flammen. Sie versuchte immer und immer wieder zu begreifen, was geschehen war. Sie konnte die Gedanken noch so oft drehen und wenden, es brachte sie nicht weiter. Sie beschloß, mit Taraneh am nächsten Tag zu reden. Das war die einzige Möglichkeit, um ihr zu erklären, was am Fluß vorgefallen war. »Es ist ja gar nichts vorgefallen.« Cay-La verzog ihr Gesicht. Dann schweiften ihre Gedanken ab zu Kallisto. Sie vermißte diese Frau, ihr Herz sehnte sich nach ihr. Obwohl sie hier glücklich war, holten sie die Bilder und Gefühle immer wieder ein. Müde schloß sie die Augen, überließ sich den Bildern und Gefühlen für Kallisto.

»Es reicht!« Wütend schlug Taraneh auf das Kissen, das unter ihr lag. Die Tränen liefen ihr über das Gesicht. Wieder schluchzte sie laut auf. Aus dem anderen Zimmer drangen dumpfe Geräusche zu ihr. Atemlos starrte sie auf den Türknauf, der sich langsam drehte. Die Tür wurde einen schmalen Spalt weit geöffnet und Skifra steckte ihren Kopf in das Zimmer.

»Taraneh«, flüsterte sie leise, »möchtest du Wein?« Unsicher suchten Skifras Augen den Raum ab. Taraneh lag ausgestreckt auf dem Bett, ihren Kopf zur Seite gedreht. Sie schaute nicht einmal in ihre Richtung, stellte Skifra enttäuscht fest. Taraneh schwieg. »Du redest also immer noch nicht mit mir«, fragte Skifra nach einer Weile. Sie hielt den Becher Wein immer noch in ihrer Hand. »Dann willst du sicherlich auch nichts essen?« Wieder wartete Skifra auf irgendein Zeichen von Taraneh. Skifra beobachtete, wie Taraneh da lag: ausgestreckt auf dem Bett. Sie kannte dieses Bild.

Tausendmal gesehen, tausendmal hatte sie Taraneh berührt, tausendmal war nichts geschehen.

Taraneh antwortete nicht. Sie vergrub ihr Gesicht in das Kissen, konnte sich kaum noch beruhigen. Sie spürte Skifras Blicke auf sich, spürte, wie Skifra ihren Körper mit diesen klaren blauen Augen abtastete, nach einem Zeichen suchte, nach irgend etwas. »Geh endlich«, dachte Taraneh verzweifelt. Der Kloß in ihrem Hals wurde immer größer.

Skifra drehte sich enttäuscht um. »Na gut, dann der Wein für mich und der Fisch für dich.«

Taraneh hörte, wie ihre Freundin den Becher in einem Zug leerte. Laut krachend fiel die Tür ins Schloß. Taraneh zuckte erschrocken zusammen. Regungslos blieb sie eine Weile liegen. Sicherlich würde Skifra gleich wieder in das Zimmer gestürmt kommen, mit ihr reden, sie in den Arm nehmen. Nichts. Die Minuten verstrichen, Skifra kam nicht zu ihr. Sie hörte nur Skifras Gemurmel aus dem Nebenraum.

Entschlossen setzte Taraneh sich auf. Es brodelte in ihr. Am liebsten wäre sie raus in den Nebenraum gerannt, hätte Skifras Kopf an den Haaren nach hinten gerissen und ihr einen sehnsuchtsvollen Kuß auf die Lippen gedrückt, um ihr zu zeigen, daß Skifra nirgends anders ihre Befriedigung suchen mußte. Sie sehnte sich nach diesem Körper. Sie liebte es, Skifra zuzusehen, wie sie sich bewegte. Sie konnte kaum ihre Finger bei sich behalten, wenn sie gemeinsam badeten. Taraneh seufzte. Heiße Schauer liefen über ihren Rücken. Bei allen Göttern dachte sie, als sie sich ertappte, wie sie den Türknauf in ihrer Hand hielt. Sie mußte raus, sich abkühlen. »Und zwar jetzt sofort«, dachte sie und schlich leise aus dem Haus. Ihrer Sehnsucht nach Skifra war der Wut gewichen. Nicht nur, daß sie sich ihren eigenen Gefühlen hingab, sondern auch wegen Cay-La. Was hatte Skifra sich dabei nur gedacht? Wußte sie denn nicht, was in ihr, Taraneh, vorging? Betroffen senkte Taraneh ihren Kopf. Sie machte es sich zu einfach. Zu allem gehörten zwei und sie hatte Skifra nie gesagt, was sie für sie wirklich empfand. Also durfte sie sich auch nicht wundern, wenn Skifra mit einer anderen . . . Taraneh erschauderte bei dem Gedanken. Ziellos wanderte sie weiter.

Der Mond war hinter den Wolken hervorgekommen. Geheimnisvoll beleuchtete er die Landschaft. Taraneh sah sich um. Sie war in Richtung der Hügel gegangen, die außerhalb vom Dorf lagen. Dort sprudelte wohlig warmes Wasser aus dem Boden. Noch ein paar Schritte, und sie hatte die Quelle erreicht. Gedankenverloren setzte sie sich auf einen der Steine. Sie bemerkte nicht, wie sie vom Ufer aus beobachtet wurde. Sie schloß verträumt ihre Augen. Sie genoß es, in das warme Wasser hinabzusteigen. Sie dachte wieder an Skifra, wie es wäre, Skifras Hände auf ihrem Körper zu fühlen, zu fühlen, wenn Skifra sie einseifte oder neckte und untertauchte. Skifras Brüste, wie sie sich sanft in ihren Rükken eindrückten, das prickelnde Gefühl, was Skifra zwischen ihren Beinen auslöste. Langsam begann sie ihr Top aufzuschnüren, als sie spürte, wie sich ein kühler Gegenstand in ihren Rücken bohrte.

»**D**a rein!« Grob stieß der Krieger Taraneh in die Höhle.

»Ja, ja, ich geh ja schon«, maulte sie.

Sie hatte Mühe sich aufzufangen, nicht zu fallen. Einige Pechfackeln erhellten nur spärlich die Höhle.

»Los, weiter!« Mit festem Griff umklammerte der Krieger Taranehs Oberarm und schob sie vor sich her.

Die Augen der jungen Frau füllten sich mit Tränen. Sie konnte nicht sagen, ob vor Schmerzen wegen der Hand, die sich wie ein Schraubstock um ihren Oberarm legte oder vor Wut, daß dieser derbe Klotz sie beim Baden überrumpelt hatte. Morgen würde sie sicherlich voller blauer Flecken sein. Er führte sie immer tiefer in die Höhle.

»Hier ist sie!« Mit diesen Worten schupste er sie weit in einen Raum hinein.

Der Stoß überraschte Taraneh und sie fiel der Länge nach hin. Mit den Händen versuchte sie den Sturz abzufangen. Es mißlang. Sie rutschte über den felsigen Boden und ihre Hände rissen auf. Taraneh schluckte. Der Schmerz durchzog ihren ganzen Körper. Schwer atmete sie. Einige Sekunden vergingen, bis Taraneh sich beruhigte. Zögernd richtete sie sich auf. Ihr Blick schweifte orientierungslos umher. In einer Ecke trennten Gitterstäbe den Raum. »Ein Verlies«, dachte sie. Eine schmale Liege stand in der anderen Ecke des Verlieses. Fesseln baumelten an der Wand. Taraneh drehte sich halb um. Sie kniete vor einem großen Tisch. Es roch nach schwerem Wein, gebratenem Fleisch und frischem Brot.

»Du kannst gehen«, zerriß eine scharfe Stimme ihre Gedanken.

Instinktiv versteifte Taraneh sich. Sie kannte diese Stimme. Ihre Augen zogen sich zu schmalen Schlitzen zusammen. »Kallisto«, zischte sie. Wütend sprang sie auf, ihre Hände zu Fäusten geballt und drehte sich in die Richtung, aus der die Stimme kam. Sie hatte Kallisto beim Eintreten nicht bemerkt. »Wie auch«, dachte sie.

Kallisto saß scheinbar gelangweilt mit dem Rücken zum Eingang in einem dieser hohen Stühle. Sie trug wie immer ihre Rüstung, die mehr zeigte als schützte. Taranehs Augen glitten über den schmalen Bauch, fuhren die Hüften hinunter zu den nicht enden wollenden Beinen, die in hohen Stiefeln steckten. Kallistos linkes Bein baumelte über der Armlehne, während ihr rechter Arm auf der anderen Armlehne aufgestützt war. Sie hielt einen Becher in ihrer Hand.

»Ja ich«, lachte sie hämisch und prostete Taraneh zu.

Der Krieger räusperte sich. »Soll ich wirklich gehen?« Ihm war Taranehs Stimmungswandel nicht entgangen. Instinktiv spürte er, daß diese Frau bereit war zu kämpfen, koste es was es wolle, sogar ihr Leben. Kallisto schien diese kleine, rotblonde Frau zu unterschätzen, soviel stand für ihn fest.

»Ja«, unwirsch hob Kallisto ihre linke Hand. »Verschwinde, laß mich allein! Ich will mit meinem Gast . . .« Kallisto hielt inne und sah Taraneh lange an, »nicht mehr gestört werden«, vollendete sie ihren Satz. Sie grinste hämisch in Taranehs Richtung.

Taraneh versteifte sich immer mehr. Sie zitterte am ganzen Körper. Schwer rang sie nach Luft.

»Willkommen, Taraneh, setz dich.« Mit einer großzügigen Geste zeigte Kallisto auf die reichhaltig gedeckte Tafel. Dabei nippte sie an dem Becher, nicht ohne Taraneh aus den Augen zu lassen. Auch ihr war Taranehs Wut und Anspannung nicht entgangen, als Taraneh ihre Stimme gehört hatte. Nur ein paar Sekunden, einen winzigen Augenblick hatte es gedauert, bis Taraneh ihre Stimme erkannt hatte. Diesen Augenblick hatte Kallisto genossen. Zu sehen, wie Taraneh auf dem Boden lag, ihre Bewegungen, als sie schnell aufgesprungen war, wie ein Hase, der vor dem Jäger davonlief. Wie sie sich umdrehte, ungläubig ihre grünen Augen aufriß, sie anstarrte und ihre Zunge nervös über ihre Lippen fuhr. Genau diesen Augenblick hatte sie ausgekostet. Kallisto fühlte, wie ihr Blut raste. Wieder nippte sie an dem Wein. Kühl rann er ihren trockenen Hals hinunter, breitete sich langsam in ihrem Körper aus, berauschte sie.

»Eher falle ich tot um«, preßte Taraneh wütend hervor. Ihr Körper war steif vor Anspannung. Weiß traten die Knöchel an ihren Händen hervor. Unruhig glitten ihre Blicke über Kallisto. Taraneh hatte Kallisto unzählige Male in Aktion gesehen. Sie wußte, daß die Kriegerin schnell und ansatzlos in ihren Bewegungen war.

»Du lehnst meine Gastfreundschaft also ab?« Verwundert legte Kallisto in ihrer typischen Art den Kopf halb zu Seite. »Das finde ich gar nicht nett, überhaupt nicht nett.«

Mit einem Satz war sie aufgesprungen und stand nun dicht vor Taraneh. Die junge Frau wich erschrocken zurück, jedoch nicht schnell genug. Kallisto umgriff ihren Hals, fest und tödlich und zog sie dicht zu sich heran.

Taranehs Augen suchten Kallistos Augen, während sie versuchte, sich aus ihrer Umklammerung zu befreien.

Kallisto lachte laut auf und drückte noch fester zu.

Wieder wich Taraneh einen Schritt zurück und stolperte über einen Stuhl, der ihr den Weg versperrte. Sie verlor das Gleichgewicht, fiel nach hinten und riß Kallisto, die sie immer noch festhielt, mit sich. Unsanft schlug Taranehs Kopf auf dem Boden auf. Taraneh bemerkte nur das Gewicht, das auf ihr lag, spürte Haut, die ihre Haut berührte und wurde ohnmächtig.

Kallisto atmete schneller. Ruckartig war sie von Taraneh aufgesprungen und starrte die Frau, die vor ihr auf dem Boden lag, an. Langsam ging sie in die Knie, beugte sich über das Gesicht. Erleichtert stellte sie fest, daß Taraneh atmete. Vorsichtig fuhr sie mit ihrer Hand über Taranehs Gesicht, berührte ihre Lippen.

»Bist du in Ordnung?«

Kallisto blickte erschrocken auf. Sie hatte den jungen Krieger nicht bemerkt. »Ja, bin ich.« Wütend schob sie die helfende Hand beiseite und richtete sich auf. »Was machst du hier? Warum hast du deinen Posten verlassen? Hatte ich dir nicht gesagt, daß ich mit meinem Gast ungestört sein will?«

»Ich, ich hatte ein Geräusch gehört und mir Sorgen um dich gemacht«, stammelte der junge Krieger und sah erschrocken die Frau vor sich an.

Er hatte es nicht einmal bemerkt. Eine Dolchspitze drückte sich in seinen Hals, schlitzte seine Haut auf. Er fühlte, wie ein kleines Rinnsal Blut seinen Hals entlang lief. Er schluckte schwer. Schweiß bildete sich auf seiner Stirn. Er hatte abenteuerliche Geschichten über Kallisto gehört. Jetzt spürte er die Angst, die andere wohl vor ihr zu haben schienen, selber. Sie war gefährlich.

»Ich brauche deine Hilfe nicht«, wisperte Kallisto leise. »Aber wo du nun schon einmal da bist, bring meinen Gast in sein neues Zuhause. Aber gehe nicht, bevor du sie gefesselt hast und dann«, sie drückte den Dolch noch etwas tiefer in seinen Hals, »befolgst du meine Befehle.« Kallisto drehte sich wütend um.

Taraneh stöhnte.

»Los, beeile dich«, fauchte Kallisto und setzte sich wieder in den Stuhl.

Genüßlich spießte sie ein Stück Fleisch mit dem Dolch auf. Wieder schluckte der Krieger. Mit ein paar Handgriffen hatte er Taraneh an den Händen gefesselt.

»Du brauchst die Tür nicht zu verriegeln.« Kallisto beobachtete jede einzelne seiner Bewegungen. »Sie kann nicht fliehen, es sei denn . . .«

»Es sei denn«, wiederholte er zögernd.

». . . daß du sie nicht richtig gefesselt hast«, vollendete Kallisto ihren Satz.

Sie sah, wie dem Krieger der Schweiß herunterlief. Er hatte Angst vor ihr. »Geh jetzt!« Mit einer herrischen Kopfbewegung zeigte sie zum Ausgang. »Komm das nächste Mal erst, wenn du gerufen wirst.« Sie hielt ihre Hand auf. Verwirrt schaute der Krieger sie an. »Den Schlüssel!« Ungeduldig winkte sie mit der Hand. Zittrig überreichte er ihr den Schlüssel und verschwand hastig.

Kallisto betrachtete den Schlüssel in ihrer Hand, dann steckte sie ihn zwischen ihre Brüste. Dort waren Dinge immer noch am besten aufgehoben. Lange beobachtete sie Taraneh. Die Amazonenkönigin hing schlaff in den Ketten, ihre Arme weit ausgestreckt. Ihr Kopf war nach vorn auf die Brust gefallen. »Taraneh, Taraneh, Taraneh«, flüsterte Kallisto und füllte den Becher mit Wein. Gierig trank sie ihn leer und füllte ihn erneut. Während sie das Verlies betrat, nippte sie wieder an dem Becher. Sie blieb dicht vor Taraneh stehen.

Taraneh bewegte sich langsam. Zu dem Schmerz in ihrem Kopf spürte sie noch einen Schmerz in ihrem Nacken, ihre Schultern waren verspannt. Sie stöhnte leise. Vorsichtig hob sie ihren Kopf. Sie spürte etwas, etwas Bedrohliches.

Kallisto stand dicht vor ihr. Mit ihrem linken Arm stützte sie sich gegen die Wand, nah an Taranehs Kopf. In der anderen Hand hielt sie den Becher. Fasziniert schweiften ihre Blicke über Taranehs Körper. Taraneh war gut einen halben Kopf kleiner als sie. Sie war durchtrainierter als früher. Es stand ihr gut. »Nicht zu viele Muskeln, wie diese Amazonenweiber, die vor Kraft nahezu explodierten«, dachte Kallisto. Atemlos verfolgte sie, wie Taraneh ihren Kopf hob. Wie sie wohl auf die Ketten reagierte? Ein Lächeln umspielte Kallistos Lippen.

Taraneh hielt immer noch ihre Augen geschlossen. Alles um sie herum drehte sich. Ihre Stirn berührte etwas Weiches.

»Skifra?«

»Nein, ich bin es meine Süße.« Wieder diese spöttische Stimme.

»Kallisto«, fauchte Taraneh, hob ruckartig den Kopf und stöhnte laut auf. Der Schmerz in ihrem Kopf war nicht zu vergleichen mit dem Schmerz in ihren Schultern, ihren Armen. Entsetzt bemerkte sie die Ketten, an denen sie gefesselt war. Verzweifelt riß sie mehrmals an diesen Ketten, versuchte sich zu befreien. Wütend starrte sie Kallisto an. Betroffen stellte sie fest, daß sie Kallisto hilflos ausgeliefert war.

Kallisto hatte jede Bewegung ihrer Gefangenen verfolgt. Wieder nippte sie an dem Becher.

»Oh, wie unhöflich von mir. Möchtest du auch einen Schluck?« Lachend hielt sie Taraneh den Becher hin.

Taraneh wich zurück. Vergebens. Sie spürte den kalten, glatten Stein in ihrem Rücken.

Kallisto beobachtete sie eindringlich. Sie hatte ihren Kopf schräg gelegt. Ihre langen, blonden Haare fielen in das Gesicht. Dunkle Augen, tief wie die Nacht, schauten Taraneh neugierig an. »Nein?«

Taraneh preßte ihre Lippen fest aufeinander und schüttelte ihren Kopf.

»Dann nicht.« Hastig trank die Kriegerin den Becher leer und warf ihn über ihre Schultern. Klirrend prallte er gegen die Eisenstäbe des Verlieses, um dann laut scheppernd auf dem Felsboden entlang zu rollen. Beide Frauen folgten den Bewegungen des Bechers.

»Taraneh, Taraneh, Taraneh«, flüsterte Kallisto heiser.

Plötzlich umklammerte sie mit festem Griff Taranehs Gesicht, drehte es zu sich, sah sie an. Sanft strich sie mit ihrem Daumen über Taranehs Lippen, öffneten sie leicht, fuhr über das Kinn hinunter zu ihrem Hals.

Schauer durchzogen Taranehs Körper. Kallistos Finger waren rauh. Sie spürte den Druck, den Kallisto auf ihren Kehlkopf ausübte, bevor ihre Finger wieder an ihrem Hals hochwanderten. Taraneh schloß ihre Augen, sie konnte diesem Blick nicht mehr standhalten. Kallisto sollte nicht sehen, wie sehr sie es genoß, daß sie sie berührte. Nervös leckte Taraneh ihre Lippen und drehte ihren Kopf zur Seite.

Kallisto lächelte. Der Sturm in Taranehs Augen war nicht zu übersehen.

Taranehs Gedanken rasten. Was machte Kallisto mit ihr? Spielte sie wieder eines dieser grausamen Spiele? In Taranehs Kopf drehte sich alles. Ihr Herz raste. Sie verspürte diesen unsagbaren Drang, Kallisto zu fühlen, sie zu schmecken, zu riechen, sie zu berühren. Erschrocken riß sie ihre Augen weit auf. Sie spürte Kallistos Atem auf ihrer Haut, fühlte, wie die langen Haare ihre Haut berührten, spürte etwas Weiches das ihre Lippen umfing.

Sanft sog Kallisto an Taranehs Unterlippe, während ihre Hand weiter über Taranehs Hals glitt, eine brennende Spur dort hinterließ, wo sie Taraneh berührte. Kallisto stöhnte leise. Sie wußte nicht, was sie mehr berauschte, der Wein oder Taraneh.

»Nicht«, hörte sie Taraneh aus weiter Ferne stöhnen.

Kallisto spürte, wie Taranehs Körper sich unter ihrer Berührung anspannte, spürte Taranehs hastigen Atem. Ihr Daumen hatte längst die feine Stelle am Hals gefunden, an der man das Herz fühlte. Sie spürte, wie Taranehs Herz raste, ihre Worte Lügen strafte. Gierig saugte sie an Taranehs Lippen. Wieder waren ihre Finger hoch zu Taranehs Mund gewandert, berührten sanft die Stellen, an denen sie eben noch gesaugt hatte.

Längst hatte Taraneh die Kontrolle verloren. Sie glaubte, in ein tiefes, schwarzes Loch zu fallen. Ungeahnte Sehnsüchte breiteten sich in ihrem Körper aus. Ein Kribbeln durchzog ihre Brust, ihren Bauch und floß langsam in ihren Unterleib. Sie wollte berühren und überall berührt werden, wollte diese Zunge, diese Finger überall auf ihrem Körper fühlen. Sehnsüchtig drückte sie ihren Körper vor. Wieder fuhr Kallisto mit ihrem Daumen über Taranehs Lippen, öffneten sie leicht. Instinktiv schob Taraneh ihre Zunge zwischen ihre Zähne. Zärtlich fuhr Kallisto mit ihrem Daumen über Taranehs Zungenspitze und wieder über ihre Lippen. Erneut spürte sie Kallistos Atem dicht auf ihrer Haut. Fühlte, wie Kallistos Mund sanft ihre Lippen berührten und dann Kallistos Zunge ganz leicht gegen ihre stieß, um wieder dem Daumen Platz zu machen, um sie dann gierig zu küssen. Taraneh erwiderte jeden einzelnen dieser Küsse, schmeckte den schweren Wein, ihr Blut rauschte durch ihre Adern. Mit jeder Berührung von Kallistos Zunge schien ihr Herz wilder zu springen, ihr Bauch mehr zu kribbeln.

Lustvoll stöhnten beide auf und sahen sich an. Ihre Zungen berührten sich. Genüßlich schlossen beide für einen kurzen Moment die Augen. Abwechselnd küßten sie sich, trafen ihre Zungen aufeinander, um sich dann wieder zu küssen. Minuten verstrichen. Keine der Frauen konnte sagen, wie lange sie sich so küßten. Jede wußte nur, daß die Sehnsucht, die andere zu schmecken, die Wärme des Körpers der anderen zu fühlen, schier grenzenlos zu sein schien. Beide stöhnten auf. Kallistos Zunge wanderte langsam über Taranehs Hals, folgten der Spur der Finger, setzte sie in Flammen.

Taraneh hatte ihren Kopf weit in den Nacken gelegt. Sie wollte überall geküßt werden.

Bisher hatte Kallisto nur Taranehs Gesicht berührt, ihren Hals. Neugierig suchten sich ihre Hände einen Weg über Taranehs Körper. Sie fühlte den rauhen Baumwollstoff, der zwischen ihrer Hand und Taranehs Brüsten lag. Kallisto zog mit ihren Fingern den Ausschnitt von Taranehs Top nach, setzte unbeirrbar ihre Reise fort und strich sanft über Taranehs Bauch.

Taraneh stöhnte leise.

Kallistos Küsse wurden gieriger. Vorsichtig hatte sie die Stellung gewechselt. Sie stand nun dicht vor Taraneh. Gekonnt lockerte sie die Schnüre, die Taranehs Top zusammenhielten. Neugierig wanderte ihre Hand unter den Stoff.

Taraneh sog scharf die Luft ein, als sie Kallistos festen Griff um ihre Brust spürte. Sofort zogen sich ihre Warzen zusammen und richteten sich steil auf. Sie stöhnte in Kallistos Mund, als Kallistos Daumen ihre Warze rieb. Wieder spürte sie das Ziehen zwischen ihren Beinen, das Kribbeln in ihrem Körper, das Verlangen sich an Kallisto zu reiben.

Sanft drückte Kallisto Taraneh gegen die kühle Wand.

Verwundert blickte diese mit halb geöffneten Augen die Kriegerin an. Ihr blieb jedoch keine Zeit darüber nachzudenken, was Kallisto vorhatte.

Mit ein paar Griffen hatte Kallisto sie von ihrem Top befreit. Kallisto schnalzte mit der Zunge, als sie Taranehs Brüste sah. Irritiert zog Taraneh ihre Stirn kraus. Kallisto grinste nur breit, nahm Taranehs Brüste in ihre Hände und küßte sie zärtlich auf den Mund. Taraneh wandt sich. Kallisto preßte sich fester gegen ihren Körper.

Taraneh spürte das Leder und Metall von Kallistos Rüstung, das über ihren Körper strich, fühlte den kalten, glatten Stein, gegen den Kallisto sie drückte. Heiße Schauer liefen über ihren Rücken. Abwechselnd knetete oder rieb Kallisto die kleinen Brüste. Taraneh stöhnte immer lauter. Gierig sog sie an Kallistos Zunge, ihren Lippen. »Bitte«, flüsterte sie heiser, ohne zu wissen, was sie eigentlich wollte.

Kallisto beugte sich vor.

Taraneh stöhnte laut auf. Das hatte sie nicht erwartet.

Kallistos Mund war so heiß, ihre Zunge so rauh. Taranehs Brustwarzen zogen sich bei jeder Berührung zusammen. Zärtlich und sanft sog Kallisto Taranehs Warzen, so wie sie eben noch ihre Lippen und ihre Zunge berührt hatten. Ihre Hände glitten immer unruhiger über Taranehs Körper, entfachten immer neue Feuer. Langsam zog sie Taraneh den Rock aus, küßte ihren Bauchnabel, zog ihr Unterkleid aus und knetete ihren nackten Hintern.

Taraneh stöhnte. »Laß mich dich berühren«, hörte Kallisto Taraneh aus weiter Ferne, »bitte!«

Kallisto sah auf. Sie suchte nach einer Falle, sah ihr tief in die Augen. Pure Lust blickte ihr entgegen, stachelte sie an, ließ sie alles vergessen. Mühsam richtete sie sich auf, rang nach Atem. Sie lehnte sich gegen Taraneh, vergrub ihr Gesicht tief in den Nacken der jungen Frau.

»Laß mich nicht betteln«, flüsterte Taraneh heiser. Sie hatte ihr Gesicht auf Kallistos Wange gelegt.

Mit zittrigen Händen fingerte Kallisto an ihrer Rüstung, schnürte ihren Top auf und holte den Schlüssel heraus. Sie mußte hoch greifen, um an die Armfessel zu gelangen. Ihre Rüstung öffnete sich. Befreit von dem engen Leder reckte sich ihre Brust Taraneh entgegen. »Halt dich an mir fest«, raunte Kallisto heiser. Taranehs Haut auf ihrer zu spüren, raubte ihr die letzten Sinne. Sie mußte nur noch die andere Fessel losbekommen. Wieder streckte sie sich, ihre Rüstung rutschte vollends hoch. Ihre Brüste drückten sich gegen Taranehs Hals.

Taraneh schluckte. Sie verspürte den Drang, Kallistos Brüste genauso zu liebkosen, an ihnen zu saugen, wie die Kriegerin es bei ihr getan hatte. Schwer lag ihr Arm auf Kallistos Schultern. Taranehs Knie waren ganz weich. Beide Frauen hatten das Gewicht unterschätzt, als Taranehs Fesseln gelöst waren. Diesmal verlor Kallisto ihr Gleichgewicht und fiel nach hinten. Sie versuchte den Aufprall abzufangen. Hart landeten sie auf dem Boden.

»Es, es tut mir leid«, flüsterte Taraneh. Sie lag nun halb auf Kallisto und blickte ihr direkt in die Augen.

Kallisto hielt die Luft an. Die Amazonenkönigin hatte nun Oberwasser. Was würde sie tun? Weglaufen?

Als hätte sie Kallistos Gedanken erraten, beugte sich Taraneh vor und berührte sanft Kallistos Augen, küßte ihre Nasenspitze und dann ihren Mund. Ihre Zungenspitze leckte sanft über die Lippen, die sich ihr öffneten. Wieder küßten sie sich. Noch leidenschaftlicher als vorher. Es war, als duellierten sie sich. Hart und wild trafen ihre Zungen aufeinander. Wer würde gewinnen?

Es geht nicht um das Besiegen, dachte Taraneh und sank leicht auf Kallisto nieder. Zärtlich drückte sie ihren Körper gegen Kallisto, rieb ihren Leib an dem der anderen Frau. Beide stöhnten. Taraneh richtete sich auf und sah auf Kallisto herunter. Ihre Augen tasteten den Körper, der vor ihr lag, genüßlich ab. Sie umfing mit ihren Händen die Brüste, die sich stolz aufrichteten. Sie küßte abwechselnd die Brustwarzen. Genüßlich sog sie an ihnen, neckte sie mit ihrer Zunge, um sie dann wieder zärtlich zu küssen.

Kallisto drückte ihren Körper hoch und stöhnte laut auf. Sie fühlte, wie sie immer feuchter wurde.

Taranehs Hände tasteten sich immer weiter über Kallistos Körper, öffneten ihre restliche Rüstung, kneteten ihre Oberschenkel und strichen leicht über das Unterkleid. Mit einem Ruck drehte Kallisto sich um und lag nun auf Taraneh.

»Warte«, stöhnte Taraneh und drückte Kallisto von sich. »Deine Stiefel.«

»Was, was ist mit meinen Stiefeln«, irritiert blickte Kallisto in Taranehs Gesicht.

»Du hast sie an.«

»Oh«, Kallisto setzte sich und lehnte sich mit dem Rücken gegen die Wand. Die Kühle des Steins ließ ihren erhitzten Körper etwas entspannen.

Taraneh setzte sich vor ihr in die Hocke, nicht ohne Kallisto einen Blick auf ihren Körper zu verwehren. Genüßlich schnürte sie die Stiefel auf.

»Taraneh?«

»Hm«, fragend blickte sie hoch.

»Du machst mich rasend.« Kallisto griff in den Schaft des linken Stiefels und zog einen kleinen Dolch hervor. Hastig schnitt sie die Schnüre auf, griff an die Sohlen und zog die Stiefel mit einem Ruck aus. Sie sah Taraneh an und lachte. »Und nun«, raunte sie und krabbelte auf Taraneh zu, »werde ich beenden, was ich begonnen habe.« Sanft drückte sie Taraneh auf den Boden und ließ Taranehs Gesicht nicht aus den Augen. Wieder begann ihre Reise über Taranehs Hals. Sanft knabberte sie an Taranehs Ohrläppchen. Taraneh drückte ihren Rücken durch. Kallisto küßte ihr Ohr. »Liebe mich«, flüsterte sie kaum hörbar. Dann küßte sie den Hals. Sanft zog ihre Zunge imaginäre Kreise auf Taranehs Haut.

Kallistos Hand streichelte ihren Bauch, ihre Schultern, ihre Brüste. Streichelte sie überall dort, wo sie Taraneh geküßt hatte und küßte sie nun überall dort, wo sie sie vorher gestreichelt hatte. Kallisto küßte ihre Achseln, ihre Handinnenflächen, ihre Fingerspitzen.

Taraneh wußte gar nicht, daß es so viel Spaß machte, an gewissen Stellen geküßt zu werden. Genußvoll stöhnte sie auf, als Kallisto an ihren Fingerspitzen sog. Ein leises Grummeln durchbrach die Stille. »Ich, ich habe heute noch nichts gegessen«, wisperte Taraneh kleinlaut.

Kallisto beugte sich über sie und drückte ihr einen zärtlichen Kuß auf den Bauch. »Heißt es nicht, daß die Liebe durch den Magen geht?« Schwerfällig stand sie auf, ging an den großen Tisch und füllte eine Decke. Langsam kam sie auf Taraneh zu.

Taraneh starrte die Frau an. Genießerisch glitten ihre Augen über Kallistos Körper.

Kallisto ging vor Taraneh in die Knie und schüttelte den Inhalt der Decke vor ihr aus.

Taraneh staunte. Vor ihr lagen Köstlichkeiten aller Art: Hühnchen, Brot, Käse, Fleisch, Trauben, Erdbeeren und Datteln. Kallisto beobachtete Taraneh und lächelte verschmitzt. Sie hatte sich wieder zu Taraneh auf den Boden gelegt, mit ihrem Oberkörper halb über Taraneh.

Diese schaute sie mißstrauisch an.

»Nimm dir, wonach dir gelüstet.« Dabei nahm sie eine Weintraube und steckte sie sich genüßlich in den Mund.

»Wonach dir gelüstet«, hallten Kallistos Worte durch Taranehs Kopf. Das brauchte sie ihr nicht zweimal zu sagen. Sie wollte Kallisto, ihre Lippen kosten, ihre Hände spüren. Sie wollte wissen, wie es ist von ihr geliebt zu werden, wissen, wie Kallisto liebte. Kallisto machte sie schier wahnsinnig. Taraneh beugte sich vor und strich mit ihrer Zunge über Kallistos Lippen. Kallisto öffnete ihren Mund. Immer wieder unterbrach sie den Kuß, indem sie mit ihrer Unterlippe an Kallistos Lippen knabberte, um dann wieder die Reise aufzunehmen. Taraneh erforschte Kallistos Mund begierig. Sie genoß die Wärme des Mundes. Ihre Zungen trafen sich.

Kallisto stöhnte. Ihre Muskeln zitterten vor Anspannung.

»Wußte Taraneh nicht, was sie mit ihr anrichtete? Bei allen Göttern. Ihre Küsse konnten sie um den Verstand bringen.«

Taraneh küßte Kallistos Gesicht, die kleine Narbe unterhalb des Auges. Ihre Zunge fuhr sanft darüber. Sie sah wie Kallisto genießerisch die Augen schloß. »Kann ich das Hühnchen haben«, fragte sie heiser, als ihr Magen die wirklich prickelnde Stille durch lautes Grummeln unterbrach.

Kallisto stöhnte und verdrehte die Augen. Ihr Kopf sank auf Taranehs Bauch. Sie brauchte einige Sekunden, um sich wieder unter Gewalt zu bekommen. Taranehs Küsse hatten sie erhitzt. Sie brannte.

Taraneh schlang gierig das Hühnchen hinunter. Als sie ihre Finger ableckte, trafen sich wieder ihre Blicke.

Kallisto nahm ihre Hände und leckte zärtlich einen Finger nach dem anderen ab.

Taraneh schluckte schwer. Sie stöhnte laut auf. In ihr tobte ein Sturm. Sie fühlte, wie sie immer feuchter wurde.

Kallisto drückte sie sanft aber bestimmend auf den Boden, auf die Decke. Wieder fuhr Kallisto mit ihrer Zunge über ihren Hals, über ihre Schultern.

Taraneh wollte, daß Kallisto ihre Brüste berührte, sie jetzt sofort in den Mund nahm. Ungeduldig faßte Taraneh Kallisto am Nacken und zog sie zu sich hinunter.

Kallistos heißer Mund umschloß gierig eine Brust. Taraneh stöhnte laut auf. Kallisto drückte die anderen Brustwarze mit ihrem Daumen runter und ließ sie wieder los, so daß sie hochsprang. Abwechselnd bedeckten ihre heißen Küsse Taranehs Brüste.

Lustvoll knetete Taraneh Kallistos Arme, ihren Rücken. Sie fühlte ihre Muskeln und genoß das heisere Keuchen der Kriegerin.

Kallistos Hand streichelten Taranehs Schenkel, ihren Bauch, ihre Hüften und ihren Rücken.

Taraneh erzitterte. Schauer liefen ihren Rücken entlang. Kallisto brachte ihre ganze Sinneswelt durcheinander. Sie schloß genußvoll ihre Augen. Taraneh stöhnte immer lauter. Sie drückte ihren Rücken durch. Sie wollte, daß Kallisto sie jetzt nahm. Sie war bereit.

Kallisto beugte sich über Taranehs Gesicht, sah ihr Verlangen. Sie küßte Taraneh leidenschaftlich und drang gleichzeitig mit ihren Fingern tief in sie ein. Taraneh keuchte bei dieser Berührung. Kallistos Finger waren geübt. Taraneh erschauerte. Abwechselnd massierte oder rieb sie ihr Lustzentrum mit ihrem Daumen und trieb sie immer höher, um dann den Höhepunkt hinauszuzögern.

Taraneh wimmerte, flehte um Erlösung. Sie hob ihr Becken, um Kallistos Finger tiefer in sich zu stoßen. Tiefer, immer tiefer drangen ihre Finger in sie ein. Taraneh stöhnte immer lauter, als sie ihren Höhepunkt erreichte. Müde und ermattet sank sie, kaum zu einer Regung fähig, in Kallistos Arme. Sie spürte nur wie Kallisto sie streichelte.

Kallisto hielt Taraneh immer noch eng umschlungen. Ihre Sinne waren wie betäubt. Sie mußte sich nun Befriedigung verschaffen. Kallisto schob ihre Finger in ihr feuchtes Geschlecht. Allein der Gedanke, daß sie sich mit den Fingern, die eben noch Taraneh berührt und zum Höhepunkt getrieben hatten, nun befriedigen würde, steigerte ihre Lust nahezu ins Unermeßliche. Ihre Finger glitten immer schneller und tiefer auf und ab und immer fester kneteten sie dabei Taranehs Brust. Kallisto spürte plötzlich, wie sich der Druck ihrer Hand verstärkte.

Taraneh hatte sanft ihre Hand auf die der Kriegerin gelegt. »Laß mich dich berühren, bitte«, flüsterte sie leise.

Kallisto war nicht mehr in der Lage, einen klaren Gedanken zu fassen. Sie brauchte jetzt Befriedigung.

»Ich möchte dich berühren«, wieder erklang Taranehs Stimme.

»Gleich mein Lieb...« Mit einer schnellen Bewegung glitten Kallistos Finger tief ein. Sie schrie laut auf, als sie den ersehnten Höhepunkt erreichte. Erschöpft sank sie halb auf Taraneh.

Taraneh löste sich aus Kallistos Umarmung und schaute sie neugierig an. Kallisto war eine Augenweide. Sie war durchtrainiert, jedoch nicht zu sehr. Bei jeder Bewegung zeichneten sich ihre Muskeln auf ihrem schmalen Körper ab. Taraneh strich mit den Fingerspitzen über Kallistos Brüste.

Kallisto atmete schwer, stöhnte auf. Sie spürte wieder, wie das Verlangen in ihr wuchs. Erregt stellten sich ihre Brustwarzen auf.

Taraneh beugte sich vor und leckte mit ihrer ganzen Zunge über Kallistos Brust, um sie dann sanft zu saugen, während sie die andere Brust zärtlich drückte.

Kallisto preßte sanft Taranehs Nacken, zog sie noch dichter zu sich hinunter, rieb ihren erhitzten Leib an dem der Amazone.

Taranehs Hände erkundeten neugierig Kallistos Körper. Leicht wie eine Feder strichen ihre Hände über Kallistos straffen Bauch, glitten tiefer und blieben schließlich zwischen Kallistos Beinen liegen. Kallisto stöhnte laut auf. Taraneh rührte sich nicht. Fasziniert blickte sie in Kallistos Gesicht, spürte, wie sie sich unter ihrer Hand bewegte, hörte ihr Flehen und ihr Wimmern. Eine Träne lief seitlich aus Kallistos Augen. Taraneh küßte sie sanft auf die Schläfe, auf die Lippen. Genießerisch schloß sie ihre Augen, küßte sie immer gieriger. Taraneh fühlte, wie sie immer feuchter wurde. Sie suchte Kallistos Bein und rieb ihr naßes Geschlecht an Kallistos hartem Oberschenkel.

Kallisto stöhnte in Taranehs Mund. Sie wollte Taraneh tief in sich fühlen. Mit einer einzigen Bewegung änderte sie die Stellung und lag wieder auf Taraneh. Ihr Oberschenkel drückte sich fest gegen Taranehs Schoß. Kallisto fühlte immer noch Taranehs Hand zwischen ihren Beinen. Langsam hob sie ihre Hüften und rieb sich an Taranehs Hand. »Hab erbarmen«, stöhnte Kallisto.

Taranehs Finger drangen tief in sie ein.

Kallisto keuchte laut auf. Ihre Finger glitten wild über Taranehs Körper, suchten ihr Lustzentrum, stießen wild hinein. »Beweg dich«, stöhnte Kallisto heiser.

Taraneh hob und senkte ihr Becken in Kallistos Rhythmus. Heiße Wellen durchfluteten beide und trieben sie immer weiter weg. Beide stöhnten laut auf, als sie gemeinsam den Höhepunkt erreichten. Sichtlich erschöpft und nach Atem ringend lagen beide Frauen ineinander verschlungen. Zärtlich liebkoste Taraneh Kallistos Rücken, zog sie fester an sich und schlief mit ihr in den Armen ein.

Kallisto löste sich vorsichtig aus Taranehs Armen. Seufzend drehte Taraneh sich zur Seite und schlief weiter. Kallisto lächelte. Liebevoll schlang sie die Decke um Taranehs nackten Körper. Sanft drückte sie einen Kuß auf Taranehs Schläfe, auf ihr Ohr. Nachdenklich setzte sie sich auf, zog ihre Beine an ihren Körper, umschlang sie mit ihren Armen und beobachte Taraneh, wie sie schlief.

»Skifra hat Glück, daß sie dich hat«, flüsterte sie leise. Kallisto war nicht entgangen, was Taraneh gerufen hatte, als sie den Höhepunkt erreicht hatte. Sie hat mit mir geschlafen, Skifra, dachte Kallisto, und sie ruft deinen Namen. Du bist ihr erster und ihr letzter Gedanke. Kallisto seufzte. Obwohl sie weiß, wer und was du bist oder warst Skifra, liebt sie dich. Sie liebt dich mit der letzten Faser ihres Herzens und verzeiht dir. Wieder seufzte Kallisto. Sie fragte sich, nach wem sie wohl gerufen hat und ob sie jemals genauso bedingungslos geliebt werden würde. Müde schloß sie ihre Augen und lehnte sich gegen die kühle Wand.

Unruhig wälzte Taraneh sich hin und her. Ihr war kalt, sie fror. Genüßlich seufzend zog sie die Decke über ihren Körper, rekelte sich in ihr und drehte sich um. Irgend etwas war anders. Sie spürte es. Geräusche drangen dumpf zu ihr. Tiefe Stimmen. »Skifra?« Langsam öffnete sie ihre Augen. Suchend blickte sie umher.

»Endlich wach«, hörte sie eine vertraute Stimme aus dem Hintergrund.

Ihre Nackenhaare sträubten sich. Kallisto. Es war also doch kein Traum. Hastig setzte Taraneh sich auf. Die Decke rutschte von ihren Schultern und entblößte ihren nackten Körper. Mit zittrigen Fingern umklammerte sie die Decke und zog sie schützend über sich. Wieder schaute sie sich suchend um. Ihre Kleider, wo war ihre Kleidung? Fragend blickte sie in die Ecke, in der sie Kallisto vermutete.

»Auf der Liege«, raunte Kallisto heiser. Taranehs Anblick hatte sie unvermutet getroffen. Eilig war sie aufgesprungen.

Taraneh zuckte erschrocken zusammen, als sie Kallisto auf sich zu kommen sah. Schnell griff sie nach ihren Kleidern und preßte sie fest an sich. Kallisto stand nun dicht vor ihr. Taraneh blickte auf. Sie konnte Kallistos Gesicht nicht erkennen. Sie spürte nur die Anspannung. Kallisto ging langsam in die Hocke, schaute sie an. Verschämt blickte Taraneh zur Seite.

Schweigend nahm Kallisto Taranehs Gesicht in ihre Hände,

strich zärtlich mit den Daumen über ihre Wangen, ihre Lippen. Dann beugte sie sich vor und gab Taraneh einen sanften Kuß auf die Lippen. »Zieh dich an und geh. Bitte. Sei verschwunden, wenn ich wiederkomme.« Wieder küßte sie Taraneh zärtlich. Mit schnellen Schritten verließ sie den Raum.

Taraneh blickte ihr wortlos nach. Sie wußte nicht, wer gefährlicher war. Die Kallisto, die sie gestern abend gespürt hatte oder die, die sie kannte.

Zuerst dachte Skifra, daß Taraneh wohl nur frische Luft schnappen wollte, als sie ihr Bett am Abend leer vorfand. Die Stunden vergingen, und Taraneh kehrte nicht zurück. So beschloß Skifra in den frühen Morgenstunden Taraneh zu suchen. Was sie bei den warmen Quellen fand, beunruhigte sie. Da waren im feuchten Boden nicht nur Taranehs Fußspuren zu finden. Sie mußte die anderen verständigen. Als sie bei Epheny eintraf, waren auch Eponin und Cay-La da. Sie berichtete ihnen von Taranehs Verschwinden, von dem, was sie gefunden und gesehen hatte.

»Glaubst du ...« Epheny schluckte schwer, »glaubst du, Kallisto könnte Taraneh haben?« Diese Worte kamen schwer über ihre Lippen.

Cay-La stockte der Atem, das Herz schien auszusetzen, als Epheny den Namen Kallisto nannte. Cay-La hoffte, daß keine der anderen dies bemerkt hatte. Sie sah unbemerkt von einer zur anderen. Bei Skifra blieb ihr Blick an den eisblauen Augen hängen. Sie spürte, wie Skifra versuchte, in sie vorzudringen. Sofort wandte sie ihre Augen ab. Sie hatte bemerkt, was für ein Sturm in Skifra tobte. »Ich möchte es nicht glauben, aber ich gehe davon aus.« Cay-La bemerkte ohne Skifra anzusehen, wie ihre Augen sie fixierten. Sie hielt es nicht aus, sie mußte hier raus. Hier drinnen glaubte sie keine Luft mehr zu bekommen. Ohne auf die Frauen zu achten, verließ sie in schnellen Schritten das Haus von Epheny. Sie blieb auf der obersten Stufe der Außentreppe stehen, zog tief die frische Luft ein. »Kallisto«, schoß es durch ihren Kopf, ihr

Körper spannte sich an und ihre Muskeln traten unter der Haut hervor. Was, wenn Kallisto Taraneh wirklich hatte. Ein Schauer lief über ihren Rücken. Cay-La kannte die Rachegefühle von Kallisto nur zu gut. Mit Taraneh in ihren Händen hatte sie das beste Druckmittel gegen Skifra, das sie sich nur wünschen konnte. Sie mußte etwas tun, nur was? Ihr Herz raste. Cay-La war so mit ihrem inneren Kampf beschäftigt, daß sie nicht bemerkt hatte, wie Eponin hinter sie getreten war.

»Was ist los, Cay-La?«

»Nichts«, erwiderte diese barsch. Sie wollte nur in Ruhe gelassen werden. Das war eindeutig der falsche Zeitpunkt, um Fragen zu stellen, dachte sie genervt.

»Was ist da zwischen dir und Kallisto?« Eponin hatte nicht vor Cay-La in Ruhe zu lassen. »Und versuche nicht wieder auszuweichen«, sagte sie bestimmt.

Cay-La schoß wütend herum. Sah, daß nicht nur Eponin hinter ihr stand. Alle drei sahen sie gespannt an, warteten auf ihre Antwort. Was sollte sie den Frauen sagen? Daß sie Kallisto immer noch begehrte, daß ihr Herz sich nach ihr sehnte. Wohl kaum. Sie würden sie nicht verstehen. Wie auch, sie verstand es selber nicht. Immer noch starrten die Frauen sie erwartungsvoll an. »Nichts«, schrie sie Eponin entgegen. Sie war wütend, fühlte sich in die Enge getrieben.

»Nichts?« Eponin sah sie herausfordernd an. »Und darum rufst du im Schlaf ihren Namen?«

Cay-La sah Eponin entgeistert an. »Was«, flüsterte sie leise. Für einen kurzen Moment schloß sie ihre Augen. »Nein«, hauchte sie.

»Was?« Skifras Stimme riß sie zurück, forderte eine Antwort.

Cay-Las Blick wanderte zu den drei Frauen vor ihr. Sie schluckte schwer. Sie fühlte sich nun wirklich in die Enge getrieben. Ihr Atem ging schneller. Ihr ganzer Körper spannte sich an. Ihre Augen funkelten. Sie wußte, daß es nicht viele Möglichkeiten gab. Entweder sie sagte die Wahrheit oder fast die Wahrheit. Oder sie versuchte wegzulaufen, mit der Aussicht, daß die drei erfahrenen Kriegerinnen sie erwischten. Und dann war da ja immer noch Taraneh. Sie mußte ihr helfen. Cay-La schluckte hörbar. »Ich sehe sie in meinen Träumen. Genau wie vorher Skifra und Taraneh. Da sind Bilder, die ich nicht deuten kann. Sie kommen immer wieder, auch am Tag.« Cay-La verschwieg den Frauen, daß sie auch noch ganz andere Dinge von Kallisto träumte. Bei diesen Gedanken sah sie verlegen zu Boden und redete schnell weiter. »Ich sehe sie kämpfen. Kämpfen mit einem Schatten. Und kämpfen mit einer Gestalt halb Mensch, halb Tier. Eine Gestalt, wie ich sie in den Bildern mit dir, Skifra, gesehen habe.« Ihre Stimme stockte. »Ich sehe sie sterben in diesem Kampf, den sie allein führt.«

Schweigend standen die drei Frauen vor Cay-La.

»Es wird Zeit, die Reise ins Totenreich der Amazonen vorzubereiten.« Skifra sah Cay-La in die Augen. »Aber zuerst müssen wir Taraneh finden«, sagte sie bestimmt. Skifra sah Cay-La direkt an.

Diese spürte instinktiv, daß Skifra ihre wahren Gefühle erkannt hatte, sie wußte, daß dieser kurze Moment, bevor sie ihre Augen abwandte, Skifra gereicht hatte, in sie hineinzusehen.

Ephenys Stimme riß Cay-La zurück. »Wir werden unsere besten Späherinnen aussenden.« Epheny wandte sich zu Eponin. »Schick sie los und bereite alles vor, sollte es nötig sein, daß wir unsere Königin befreien müssen.« Mit einem Nicken verließ Eponin die anderen.

»Und was tun wir?« Skifra ging unruhig auf Epheny zu.

»Wir warten, was uns die Späherinnen berichten.« Sie wußte, daß Skifra mit dieser Antwort überhaupt nicht einverstanden war. »Skifra, es bringt nichts loszureiten, bevor wir nicht wissen, was wirklich ist. Sollte es so sein, daß Kallisto sie gefangen hält, wäre diese Vorgehensweise fatal und das weißt du.«

Sicher wußte Skifra das. Aber nur zu warten, war für sie fast unmöglich. Sie glaubte innerlich zerrissen zu werden. Was, wenn Kallisto Taraneh etwas antat? Sie spürte, wie ihre innere Unruhe noch mehr anstieg. Aus einem Reflex heraus schlug sie mit aller Kraft gegen das Geländer von Ephenys Veranda. Krachend brach das Holz entzwei.

Cay-La sah sie entgeistert an. Mit einem solchen Ausbruch hatte sie nicht gerechnet.

Epheny sah zuerst auf das zerschlagene Holz und dann auf Skifra. »Hast du dir weh getan? Du weißt, daß es nichts hilft?« Sie warf ihr einen bösen Blick zu. »Wir werden in der Zwischenzeit Cay-La erklären, wie man in das Totenreich der Amazonen reist.« Epheny zog Skifra leicht am Arm. »Komm!«

Widerwillig folgte Skifra Epheny in ihr Haus. »Tut mir leid wegen deinem Geländer. Ich werde das wieder in Ordnung bringen«, sagte sie leise, als sie neben Epheny zum Kamin ging.

»Schon gut, ich weiß ja«, besänftigte Epheny die immer noch merklich aufgewühlte Skifra.

Cay-La beobachtete Skifra. »Sie liebt Taraneh«, dachte sie. »Mehr als ihr Leben«. Sie wußte, daß Skifra jetzt keine Lust hatte ihr zu erklären, wie man in das Totenreich der Amazonen kam. Sie wäre lieber losgeprescht, um Taraneh zu suchen. Gab aber den Einwänden von Epheny nach, denn sie wußte, daß sie recht hatte. Vertieft in ihre Gedanken hatte Cay-La die beiden eingeholt und setzte sich zu ihnen vor den Kamin. Skifra begann mit ruhiger Stimme zu erzählen. Cay-La versuchte aufmerksam zuzuhören. Immer wieder schweiften ihre Gedanken ab. Verließen den Ort hier, ließen die Worte von Skifra in die Ferne rücken. »Was, wenn Kallisto Taraneh etwas antat? War sie schuld an dem Verhalten von Kallisto? Hatte sie damit, daß sie sich gegen Kallisto gestellt hatte, ausgelöst, was jetzt geschah? Oder ging es bei dem Ganzen darum, sich an Skifra zu rächen? Hatte es gar nichts mit ihr zu tun.« Ihr Kopf drohte zu zerbersten.

Skifras Stimme drang wieder an ihr Ohr. »Wir müssen beide mit Pfeil und Bogen einen Hirsch erlegen. Sein Blut wird uns in das Totenreich der Amazonen führen. Jemand wird über unsere Reise wachen, eine Verbindung zwischen hier und dort sein.«

Cay-La sah sie gespannt an, sie wußte, daß dem noch etwas folgen mußte. Und so war es auch.

Skifra erhob sich, trat vor den Kamin. »Sollte diese Verbindung getrennt werden, kann es geschehen, daß uns der Weg zurück für immer verwert ist, daß wir im Totenreich gefangen sind.«

Cay-La erschauerte bei diesem Gedanken.

Eine beklemmende Stille hatte sich über die drei Frauen gelegt, bis eine aufgeregt hereinstürmende Eponin sie aus ihren Gedanken riß. »Wir haben sie gefunden«, rief sie mit keuchender Stimme.

»Wo ist sie?« Skifra war in schnellen Schritten bei Eponin.

»Sie werden gleich mit ihr da sein.« Eponin machte eine Kopfbewegung nach draußen.

Skifras Herz raste. Sie stürmte aus dem Haus, gefolgt von den anderen. Die Sonne stand schon hoch. Sie standen unten an den

Stufen und sahen zu dem Hügel außerhalb des Dorfes. Da waren die Reiterinnen bereits auszumachen. Die kleine Gruppe hatte das Dorf schnell erreicht. Die Aufregung unter den Amazonen war deutlich zu spüren. Dieser Tag hatte alle in Atem gehalten. Als die Reiterinnen fast bei der Gruppe vor dem Haus angekommen waren, eilte Skifra ihnen in schnellen Schritten entgegen. Die Amazonen, die den Weg gesäumt hatten, sahen gespannt auf das Geschehen. Eine beklemmende Stille herrschte, als Skifra bei den Reiterinnen war. Sie sah erleichtert in Taranehs Augen und half ihr vom Pferd. Bevor sie ein Wort an sie richten konnte, fiel ihr Taraneh in die Arme. Skifra wußte, daß es jetzt keiner Worte bedurfte. Sie hielt ihre Freundin einfach nur fest, schloß ihre Arme um sie, küßte zärtlich ihr Haar. Die umstehen Amazonen jubelten ihnen kurz zu.

Epheny machte eine Handbewegung und sofort trat Ruhe ein, und alle zogen sich zurück.

Cay-La hatte die beiden nicht aus den Augen gelassen. Sie bemerkte, daß Taraneh an ihren Handgelenken Spuren von Fesseln hatte. Ein blauer Fleck war auf ihrem Oberarm. Sonst schien sie unverletzt zu sein.

Skifra und Taraneh zogen sich zurück.

Cay-La sah ihnen nach. »Sie werden wohl einiges zu klären haben«, dachte sie. Langsam ging sie in Richtung Fluß. Sie wollte allein sein. Zu viel war in diesen Tagen geschehen.

Eponin sah ihr nach. Sie verstand und respektierte den Wunsch von Cay-La. Traurigkeit lag in den Augen der jungen Kriegerin, auf ihrem Herzen. Was war geschehen? Was hatte Taraneh erlebt? Hatte sie diese Stunden wirklich bei Kallisto verbracht? Kallisto. Cay-La seufzte laut auf, als sie an die blonde Kriegerin dachte. Die Spuren an Taranehs Handgelenken zeigten, daß sie irgendwo festgehalten worden war, sinnierte Cay-La weiter. Sie saß im Gras am Ufer des Flusses. Ihr war an Taraneh etwas aufgefallen aber sie konnte es nicht in Worte fassen, nicht deuten. »Was«, fragte Cay-La leise in den Himmel. Sie wußte nicht, wie lange sie am Fluß saß und in ihre Gedanken versunken war. Ein Vogel schrie über ihr und schreckte sie auf. Da erst bemerkte sie die Dunkelheit. Die unzähligen Sterne, die den Himmel schmückten. Es sah wunderschön aus. Sie ließ sich zurück ins Gras fallen, legte ihre Arme unter den Kopf und sah verträumt in den Sternenhimmel. Erst als die Kälte der Nacht ihren Körper bedeckte, stand sie auf. Als sie in Richtung Dorf ging, schweifte ihr Blick immer wieder zu den Sternen, die sie in ihren Bann zogen.

Als Cay-La mitten in der Nacht zurückkehrte, war Eponin erleichtert. »Du bist noch auf«, fragte Cay-La erstaunt, als sie Eponin vor dem Kamin sitzen sah.

»Ja, ja, ich war noch nicht müde«, schwindelte diese.

Cay-La wußte, daß Eponin wegen ihr noch auf war. Sie schenkte ihr ein Lächeln und setzte sich zu ihr. Ihre Augen starrten in die Flammen. Cay-La war sehr ruhig und nachdenklich.

Eponin stand auf. »Ich gehe schlafen, kommst du auch?«

Cay-La sah hoch zu ihr. »Nein, geh du nur, ich bleibe noch ein wenig hier.«

Eponin nickte und verließ die junge Kriegerin.

Auch diese Nacht legte Cay-La sich vor den Kamin. Sie wollte nicht bei Eponin schlafen. Zu aufgewühlt war sie. Zu unsicher, nicht im Traum wieder Kallistos Namen zu rufen. Oder vielleicht noch ganz andere Dinge zu sagen. Ein Zittern lief ihr bei dem Gedanken über den Rücken.

In den folgenden Tagen wurden die Vorbereitungen für die Reise ins Totenreich der Amazonen von Skifra und Cay-La getroffen. Sie mußten stundenlang im Dampfbad sitzen, um ihre Herzen, ihre Seelen und ihren Geist zu reinigen. Cay-La war davon gar nicht begeistert. Was sie auch immer wieder brummelnd kundtat. Skifra quittierte dies jedes Mal mit einem Schmunzeln. So saß sie mit Skifra allein schweigend und schwitzend in diesem Zelt, beide gefangen im Kampf ihres Inneren.

Die Botin der Göttin Allegra hatte vieles zu berichten. Sie erzählte ihrer Herrin von den Vorbereitungen, die sie beobachtet hatte.

»Sie wird also versuchen, in das Totenreich der Amazonen zu reisen.« Allegras Stimme klang nachdenklich.

»So wie es aussieht, reist sie nicht allein«, warf die Botin ein.

»Nicht allein?« schrie die dunkle Gestalt auf.

»Skifra . . .«

»Skifra«, laut und durchdringend schrie Allegra Skifras Namen. »Du mußt sie aufhalten, mein Schatten. Laß sie eintreten in das Totenreich, aber nicht mehr zurückkehren.« Sie lachte hämisch.

Die Botin verbeugte sich, »Ich werde tun, was du mich geheißen.«

»Geh!«

Allegra zog sich weiter in ihre Höhle zurück. Dunkel und kalt war dieser Ort, der sie gefangen hielt. Genau wie ihre Erscheinung. Sie lachte siegessicher vor sich hin. »Das Ziel ist so nah. Ich werde wieder eine Göttin sein und meine Gestalt erhalten, diesen Ort verlassen und alle töten.« Sie lachte laut und durchdringend auf. »Artemis, du und deine Amazonen, bald seid ihr nur noch Geschichte.«

Unweit dieses Ortes überbrachte ein Späher Kallisto die Nachricht von den Vorbereitungen, die er im Amazonendorf beobachtet hatte. Sie wies ihn mit einer Handbewegung an, sie allein zu lassen. Was hatte Allegra zu ihr gesagt? »Cay-La wird Skifra und Taraneh noch mächtiger machen?« Wie konnte sie das, die Liebe zwischen den beiden war so mächtig, mächtiger konnte sie nicht werden. Kallisto erinnerte sich an die Nacht mit Taraneh, wie sie jedes Mal Skifras Namen geschrieen hatte. Sie konnten nicht mächtiger werden. Kallisto schüttelte den Kopf. Ihre Gedanken kreisten um Cay-La. »Hatte Allegra sie belogen? War vielleicht ihre Aussage gar nicht die Prophezeiung? Denn, würde Allegras Aussage stimmen, was hätten Cay-La und Skifra dann für einen Grund, ins Totenreich der Amazonen zu gehen?« Immer mehr Zweifel krochen in Kallisto auf. Zweifel über den Handel, den sie mit Allegra geschlossen hatte. Zweifel über all das Gesagte von Allegra. Kallistos Gedanken blieben bei Cay-La. »Warum hast du mich verraten?« fragte sich Kallisto leise. Sie erinnerte sich daran, wie sie Cay-La das erste Mal gesehen hatte. An die Zeit, die sie bei ihr gewesen war. An den Verrat. Wütend füllte sie ihren Becher erneut mit Wein. Gleichzeitig spürte sie wieder dieses Gefühl in sich, das sie verunsicherte. Warum fehlte sie ihr? Nach all dem was geschehen war? Gedankenverloren nippte Kallisto an ihrem Becher Wein.

Cay-La trank so viel Wasser, daß Eponin sie auslachte. »Was«, keifte sie. »Du mußtest da ja nicht stundelang vor dich hinschwitzen.« Sie glaubte, ausgetrocknet zu sein. Am liebsten hätte sie sich in eine volle Wanne gelegt und diese ausgetrunken. Bei diesem Gedanken mußte sie selber schmunzeln. Sie zog sich zurück und nahm ein ausgiebiges Bad, bis der Hunger sie antrieb aus der Wanne zu steigen. Als sie den Baderaum verließ, bemerkte sie, daß Eponin dabei war, den Tisch zu decken. Mit einem Lächeln ging sie zu ihr. Ohne viel zu reden saßen sie zusammen und machten sich über die Köstlichkeiten her.

Nachdem sie gegessen hatten, zog Cay-La sich zurück. Sie sollte morgen mit Skifra zusammen die letzte Aufgabe erfüllen. Sie mußten gemeinsam einen Hirsch erlegen, um mit dessen Blut die Reise anzutreten. Cay-La spürte, wie sie sich immer unbehaglicher fühlte. Alles, was hier vorging, war so neu für sie. Und der Gedanke an den nächsten Tag ließ ihr Blut sofort schneller durch die Adern rasen. Sie würde ihre wahre Mutter sehen, vor dem Menschen stehen, der sie geboren hatte. Diese Tatsche machte sie nervös. Was würde sie da erwarten? Sie beschloß zu schlafen, um für den nächsten Tag ausgeruht zu sein.

Eponin hatte Cay-La den ganzen Abend nicht aus den Augen gelassen. Sie sah den unruhigen Schlaf, in den ihre Freundin gefallen war. Immer wieder Kallistos Namen rufend, drehte sie sich hin und her. Kopfschüttelnd zog Eponin sich zurück.

Cay-La schoß schweißgebadet auf. Wieder hatte sie den Tod von Kallisto gesehen. Es durfte nicht sein. Sie überkam eine große Angst, daß sie diese Frau nie mehr sehen würde. Was, wenn sie nicht aus dem Totenreich zurückkehren konnte? Ein Schauer lief über ihren Rücken. Sie stand auf, zog sich an. Sie blickte auf ihr Schwert. »Nein, das brauche ich nicht«, dachte sie. Leise verließ sie das Haus. Mit schnellen Handgriffen sattelte sie ihr Pferd, führte es aus dem Dorf und stieg dann auf. Sie umging die Wachen an der Grenze des Amazonenreiches und ritt in die Dunkelheit. Schnell war sie an ihrem Ziel angekommen. Vorsichtig umging sie die Wachen. Sie wußte genau, wo sie standen. Sie kam ungesehen zum Höhleneingang. Ein letzter Blick über das Lager zeigte ihr, daß sie nicht bemerkt worden war. Alles war ruhig. Sie schlich den kalten Wänden nach, den Gang hinunter zu Kallistos Schlafraum. Noch einmal blickte sie zurück, um sich zu vergewissern, daß niemand sie gesehen hatte. Nichts war zu hören. Sie atmete tief ein. Leise schob sie die Lederplanen beiseite und trat ein. Im fahlen Licht der Fackeln versuchte sie auszumachen, wo Kallisto war. Zu spät bemerkte sie, wie ein Schatten seitlich hervorschoß. Bewegungen, so schnell und genau. Ihr Herz blieb fast stehen bei dem Anblick dieser Frau. Kallisto stand genau vor ihr, ihre Hände um Cay-Las Hals gelegt. Cay-La spürte, wie sie immer weniger Luft bekam. Verzweifelt versuchte sie Kallistos Hände wegzureißen. Je mehr sie es versuchte, desto enger schlossen sich die Hände um ihren Hals, drückten gegen ihren Kehlkopf. Würde sie hier und jetzt sterben, durch die Hände dieser Frau? Sie sah Kallisto mit aufgerissenen Augen an. Haß schoß ihr aus deren Augen entgegen. Was hatte sie sich gedacht? Kallisto würde ihr vergeben, daß ihre Liebe zu dieser Frau alles andere in Kallisto besiegen würde? Wie dumm sie doch war. Sie hatte Kallisto verraten. Und nur das zählte für die Kriegerin. Grund genug für Kallisto sie zu töten. Cay-La bekam immer weniger Luft. Verzweifelt rang sie nach Atem. »Ich werde nicht sterben, ohne es ihr gesagt zu haben«, dachte sie. »Das habe ich mir geschworen. Wenn ich schon sterben muß für den Verrat, soll sie wissen, was ich empfinde.«

Sie spürte Kallistos Atem, so nah war sie ihr. Cay-La kämpfte damit, nicht bewußtlos zu werden. Der Schmerz um ihren Hals, das Ringen nach Luft nahm ihr alle Kraft.

»Sag es, sag es!« Kaum hörbar kamen die Worte über ihre Lippen.

»Was mußt du sagen?« Die hämische, kalte Stimme von Kallisto erschreckte sie.

»Ich ...« Cay-La rang nach Atem. Kallisto löste kaum spürbar ihren Griff um Cay-Las Hals. »Ich, ich liebe dich«, brachte sie mit letzter Kraft hervor.

Kallisto hatte sie so unverhofft losgelassen, daß sie hinfiel. Hustend und nach Luft ringend blieb sie auf ihren Knien liegen. Sie rieb sich ihren schmerzenden Hals. Sterne tanzten vor ihren Augen. Sie versuchte ruhig zu atmen. Jeder Atemzug schmerzte.

»Geh!«

Cay-La blickte erschrocken, noch immer nach Luft ringend, auf Kallisto. Sie stand mit dem Rücken zu ihr, vor dem Bett.

»Geh«, wiederholte sie eindringlich.

Cay-La rappelte sich hoch: »Aber ...«, rief sie verzweifelt.

»Sofort!« schrie Kallisto.

Cay-La wußte, daß sie gehen mußte. Traurigkeit hatte sich auf ihr Herz gelegt, schien es zu zerdrücken. Langsam wandte sie sich ab, beim Eingang blieb sie stehen und sah noch einmal zu Kallisto, in der Hoffnung, daß diese es sich anders überlegt hatte. Aber Kallisto stand bewegungslos mit dem Rücken zu ihr da. Keine Regung schien in ihr zu sein. Cay-La ließ resigniert den Kopf sinken und verließ diesen Ort, verließ diese Frau. Tränen suchten sich ihren Weg über Cay-Las Gesicht. Sie konnte sie nicht mehr zurückhalten. Bevor sie die Höhle verließ, wischte sie die Tränen ab, versuchte sich zu beruhigen. Sie mußte beim Verlassen von Kallistos Lager vorsichtig sein. Trotz diesem Wissen gelang es ihr nicht wirklich, sich zu beruhigen. Zu groß war der Schmerz in ihr. Die Wut über sich, über ihre Dummheit zu glauben, Kallisto könnte ihr verzeihen, zu glauben, diese Kriegerin könnte sie genau so lieben, wie sie Kallisto liebte.

Kallisto stand immer noch unbeweglich vor ihrem Bett. Konnte es wirklich sein? Sie wollte diese junge Kriegerin töten. Im Kampf mit dem Tod hatte sie diese Worte gesagt. Worte, die sie glaubte nie von einem Menschen zu hören. In den Augen Cay-Las konnte sie lesen, was ihre Ohren hörten. Leise suchte eine Träne den Weg über ihr Gesicht.

Cay-La schlich zurück. Genau so leise wie sie das Dorf verlassen hatte, betrat sie es wieder. Still und heimlich brachte sie ihr Pferd zurück in den Stall. Sie fuhr mit einer Hand über den Hals, der so schmerzte. Kallisto hatte so sehr zugedrückt, daß sogar ihre Haut an einigen Stellen aufgerissen war. Erneut konnte sie die Tränen nicht aufhalten. Vorsichtig verließ sie den Stall und schlich sich zurück ins Haus. Sie zog sich ihre Lederkleider aus und versuchte im Schlaf Vergessen zu finden. Es gelang ihr nicht. Wieder quälten sie die Träume. Sie wachte schweißgebadet auf. Sie wollte so sehr, daß es aufhörte. Sie brauchte dringend frische Luft. Leise erhob sie sich, verließ das Haus und wanderte ziellos durch das Dorf. Ihre Gedanken schienen keine Ruhe zu finden. Sie erinnerte sich an das Dampfzelt, an die Stunden, die sie mit Skifra dort verbracht hatte. Daran, was die Schamanin gesagt hatte: »Es wird eure Herzen, eure Seelen und euren Geist reinigen. Nur so könnt ihr in das Totenreich eintreten.« Cay-La schluckte schwer. Sie bekam ein schlechtes Gewissen. Sie wußte, daß Skifra in ihre Seele sehen konnte, wußte, daß Skifra sicherlich ihre Gefühle für Kallisto erahnte. Aber sie mußte es ihr sagen, bevor sie morgen die Reise antreten würden. Als sie sich dem Haus von Taraneh näherte, wurde sie immer nervöser. Wie würde Skifra reagieren? Mit einem komischen Gefühl im Magen stand sie vor der Tür. Leise klopfte sie an, hörte Stimmen. Aber niemand öffnete die Tür. Sollte sie wieder gehen? Vielleicht war es ja nicht so wichtig Skifra davon zu erzählen. Cay-La ärgerte sich über sich selber. »Hör schon auf, du weißt genau, daß es wichtig ist, stell dich nicht so an«, schimpfte sie mit sich. Leise und vorsichtig drückte sie die Türklinke hinunter, stieß die Tür langsam einen Spalt auf, versuchte etwas zu erkennen. Sie bemerkte Skifra und Taraneh, vertieft in ein Gespräch vor dem Kamin sitzend. Sie wußte, daß es Unrecht war zu lauschen. Aber sie konnte der Versuchung nicht widerstehen. Sie stand kaum atmend an der Tür und lauschte Taranehs Worten. Was sie hörte, ließ ihr Blut immer schneller durch den Körper rasen. »Es ist einfach geschehen, ich ...«, sprach Taraneh leise.

Skifra sprang wütend auf. »So was geschieht nicht einfach«, schrie sie Taraneh an.

Cay-La traute sich nicht mehr zu atmen, glaubte ihren Herzschlag im ganzen Körper zu fühlen und zu hören.

»Das sagt genau die Richtige«, schrie Taraneh Skifra wütend an und sprang ebenfalls auf. Sie stemmte ihre Hände in die Hüften und stellte sich provozierend vor Skifra auf.

»Was?«

»Na, wer hat sich denn gestern mittag mit Cay-La im Gras vergnügt, hä?«

Skifra machte noch einen Schritt auf Taraneh zu. Ihre Augen waren schwarz vor Wut. »Das habe ich nicht! Aber die gnädige, allwissende Königin, wollte ja nicht mit mir reden. Sie zog es vor, sich davonzuschleichen und sich«, Skifra machte eine abwertende Handbewegung, »Kallisto an den Hals zu werfen.« Bitter warf sie Taraneh die Worte an den Kopf. Bei jedem Wort, das Skifra sprach, schien Taraneh mehr in sich zusammenzusinken. Skifra stieß sie unsanft beiseite und kam in schnellen Schritten auf die Tür zu. Sie ignorierte Taraneh, die hinter ihr herrief: »Skifra, warte bitte.«

Skifra hatte nicht vor zu warten. Sie wollte nur noch weg, weg von Taraneh. Sie ertrug ihre Nähe nicht mehr.

Cay-La hatte es gerade noch geschafft, sich in der Dunkelheit der Hauswand zu verstecken. Sie sah, wie Skifra über die Stufen nach untern rannte und in der Dunkelheit verschwand. Cay-La stand unbeweglich an der Hauswand. In ihr tobte ein Sturm. Die Worte von Taraneh hallten in ihr. Sie glaubte eine Hand zu spüren, die durch ihren Brustkorb nach dem Herzen griff, es langsam, ganz langsam immer mehr zusammendrückte. Sie nahm nichts mehr um sich wahr und rannte los. Sie hörte erst auf zu rennen, als sie kaum mehr atmen konnte. Keuchend ließ sie sich in die Knie fallen und weinte bitterlich. Sie schrie in den Himmel: »Warum bestraft ihr mich, ihr Götter? Warum?« Wütend schlug sie immer wieder mit ihren Fäusten auf den Boden. Sie konnte spüren, wie Steine ihre Haut aufrissen. Aber was war dieser Schmerz gegen den in ihrem Herzen? Sie glaubte es kaum auszuhalten.

Es zerriß Artemis fast das Herz, das Leid ihres Schützlings mit anzusehen. Aber sie konnte es ihr nicht nehmen, das war der Weg, den Cay-La gehen mußte.

Cay-Las Körper zitterte, vor Wut, vor Verzweiflung und vor Kälte. Sie bemerkte erst jetzt, daß sie fror. Sie war nur in den Unterkleidern aus dem Haus gegangen. Schwerfällig erhob sie sich und ging zurück. Der Weg zum Dorf schien ihr so lang, so einsam. Die Spuren der Tränen abwischend, kam sie beim Haus von Eponin an. Im fahlen Licht des Kamins sah sie das Blut an ihren Händen. Sie mußte es abwaschen. Im Baderaum angelangt füllte sie die auf der Kommode stehende Schale mit frischem Wasser, hielt ihre schmerzenden Hände hinein. Das kühle Wasser linderte wenigstens den Schmerz ihrer Hände. Sie wusch das Blut ab, trocknete vorsichtig ihre Hände und ging zurück zum Kamin.

Eponin fand sie am Morgen zusammengekauert und eingewickelt in einer Decke vor. »Cay-La?« Unsicher ging sie auf sie zu.

Keine Antwort. Sie ließ sich neben Cay-La auf eines der Kissen sinken. »Cay-La?« Wie aus weiter Ferne drangen die Worte von Eponin an ihr Ohr. Verweinte Augen blickten Eponin an. Cay-La ließ sich in ihre Arme sinken. Eponin hielt sie fest. »Was ging in dieser jungen Frau vor? Was war nur geschehen?« Eponin versuchte sie zu beruhigen, hielt das zitternde Etwas in ihren Armen fest und zog sie noch näher an sich heran. Dabei rutschte die Decke seitlich an Cay-La hinunter. Eponin sah ihre aufgerissenen Hände, die Male um ihren Hals. »Was ist mit dir geschehen«, fragte sie erschrocken.

»Ich bin in der Nacht hingefallen.«

»Hingefallen?« Eponin sah sie ungläubig an.

»Ich wollte nur frische Luft schnappen und habe in der Dunkelheit einen Stein übersehen.« Kaum hatte sie diese Worte gesprochen, wußte sie, wie dumm sie waren. Beschämt sah sie zu Boden.

Eponin glaubte ihr nicht. »Bist du auch auf deinen Hals gefallen?«

Cay-La schluckte schwer. Senkte ihren Kopf. »Nein«, antwortete sie kurz.

Eponin wollte nicht weiter in ihre Freundin eindringen. Zu gut wußte sie, daß Cay-La sich dann noch mehr zurückziehen würde, als sie es im Moment schon machte. Aber das was sie sah, beunruhigte sie.

Epheny war unterdessen bei Taraneh. »Wie geht es dir?«

»Gut, danke Epheny.« Taraneh versuchte, jeden Blickkontakt zu vermeiden. Sie wußte, Epheny würde sehen, wie aufgewühlt sie in Wirklichkeit war. Sie hatte, nachdem Skifra das Haus so überstürzt verlassen hatte, die ganze Nacht auf sie gewartet. Aber sie war nicht zurückgekommen. Taraneh war sich nicht mehr sicher, ob es gut gewesen war, Skifra alles zu sagen. Ihre Angst, Skifra dadurch zu verlieren, war ins Unermeßliche gestiegen. Sie kämpfte gegen die aufkommenden Tränen.

»Wo ist Skifra«, wollte Epheny wissen. »Sie und Cay-La müssen sich auf die Jagd vorbereiten.«

»Sie . . . sie ist . . .« Taraneh stotterte.

»Ich bin hier.«

Epheny drehte sich um und sah wie Skifra die Stufen hochkam.

Der kalte Blick von Skifra, der Taraneh traf, schmerzte sie so sehr. Sie glaubte, ihr Herz würde aus ihrem Körper gerissen. Sie war sich nun sicher, daß sie ihr niemals hätte erzählen dürfen, was in dieser Nacht bei Kallisto geschehen war. Aber hätte sie mit der Lüge leben können? Konnte sie damit leben, daß Skifra es wußte? Konnte sie mit ihr weiterleben? Ihr Kopf drohte bei all diesen Gedanken zu zerbersten.

Epheny war die Stimmung zwischen den beiden nicht entgangen. Sie hatte Skifra nur einmal in diesem Zustand erlebt. Damals, als ihr Sohn Solan durch die Hände von Taranehs Tochter Hope gestorben war. Damals hatte Skifra versucht, Taraneh zu töten. Bei diesem Gedanken erschauderte Epheny.

Skifras Stimme riß sie zurück. »Ich bin soweit. Wo ist Cay-La?«

»Hier.«

Die Frauen hatten nicht bemerkt, daß Cay-La und Eponin unten an den Stufen standen. Alle schauten zu ihnen. Die Spuren an Cay-Las Hals waren nicht zu übersehen. Skifra, Epheny und Taraneh sahen alle gleichzeitig zu Eponin, die nur mit den Schultern zuckte. Skifras Blick wanderte zu Cay-La. Sie sah ihr tief in die Augen. Auch Cay-Las Augen hatten die von Skifra gesucht. Sie konnten in ihre Herzen sehen. Beide sahen was die andere wußte, sahen, was die andere fühlte, sahen die große Traurigkeit, die sich in ihnen ausgebreitet hatte, die Verzweiflung.

Epheny riß sie beide zurück. »Dann wird es Zeit, daß wir aufbrechen.«

Schweigend verließ die Gruppe das Dorf. Am Waldrand angekommen, überreichte Epheny jeder einen Bogen und Pfeile. »Ihr wißt, was zu tun ist?« Beide nickten bejahend. Schnell verschwanden sie zwischen den Bäumen. Zurück blieben die anderen. Besorgt sah Epheny Taraneh an, dann Eponin. »Was ist mit Cay-La geschehen«, wollte sie wissen.

»Ich weiß es nicht, Epheny. Sie wollte es mir nicht sagen«, erwiderte Eponin resigniert.

Epheny sah zu Taraneh, die in sich versunken, neben ihr saß. »Und was ist mit dir und Skifra?« Epheny sah, wie eine Träne über Taranehs Wange lief. Sie legte ihren Arm um sie und zog sie an sich.

Taraneh fing an zu weinen. Langsam nur beruhigte sie sich. »Das ist eine lange Geschichte«, sagte sie leise.

»Wir haben Zeit, Taraneh.« Epheny und Eponin hörten ihr aufmerksam zu, als sie erzählte, was geschehen war. »Ich verstehe«, kam es von Epheny. Mehr war sie nicht fähig dazu zu sagen. Sie wußte, daß es keine Worte brauchte. Schweigend saßen die drei Frauen zusammen und warteten auf Skifra und Cay-La. Als die Sonne genau über ihnen stand, kamen die beiden aus dem Wald. Sie hatten einen Hirsch erlegt, sahen verschwitzt und müde aus.

Gemeinsam gingen sie zur Schamanin. »Ihr habt die Aufgabe erfüllt. Dann werden wir jetzt das Letzte tun, was getan werden muß, um die Reise anzutreten.« Sie führte die beiden auf den Dorfplatz. In der Mitte war während ihrer Jagd ein rundes Zelt aufgestellt worden.

Skifra ließ den Hirsch von ihren Schultern fallen.

Die Schamanin drehte sich zu ihnen. »Wer wird über euch auf dieser Reise wachen?«

Skifra und Cay-La sahen sich gleichzeitig an.

»Das werde ich.« Taraneh ging auf die Schamanin zu.

»Du mußt mit deinem Leben die Reisenden beschützen, Verbindung sein zu hier.«

Taraneh nickte zustimmend. »Das werde ich.«

Skifra und Cay-La sahen zuerst Taraneh an, dann wieder sich. Cay-La sah den Kampf in Skifra, der nicht minder groß war, wie ihr eigener. Cay-La wußte nicht, wer von ihnen wütender auf Taraneh und Kallisto war. Die Emotionen, die dieses Geständnis von Taraneh ausgelöst hatte, waren übermächtig. Es brodelte in Skifra und Cay-La. Sie beide versuchten krampfhaft damit umzugehen.

Zu Epheny und Eponin gerichtet sprach die Schamanin: »Es darf keiner stören. Ihr müßt sehr wachsam sein. Denkt an die Schatten, die sind überall.« Epheny und Eponin nickten.

Dann ging die Schamanin mit Skifra, Cay-La und Taraneh in das Zelt. Es war warm darin, die Sonne hatte es aufgeheizt. In der Mitte waren zwei Decken auf dem Boden ausgebreitet, nahe zusammen. An einem Ende lag ein Sitzkissen. Das mußte dann wohl für Taraneh sein. Der Duft von Kräutern schwebte in der Luft. Durch die Öffnung im Dach des Zeltes konnte man sehen, wie der Tag verging. Leise knisterte das Feuer in der Feuerstelle vor den beiden Decken.

»Seid ihr soweit?« Die Schamanin sah beide fragend an.

»Dann werde ich jetzt das Blut vorbereiten, das euch an euer Ziel bringt.« Sie verließ das Zelt.

Vor dem Zelt hörte man Gemurmel, emsiges Treiben. Skifra ging zum Eingang und sah hinaus, beobachtete das Geschehen draußen auf dem Dorfplatz.

Cay-La beobachtete Taraneh. Sie war wütend auf Taraneh, gleichzeitig spürte sie die Verzweiflung in Taraneh. Cay-Las Blick schweifte zu Skifra und zurück zu Taraneh. Sie lieben sich und sie hassen sich, schoß es ihr durch den Kopf. Langsam ging Cay-La zu Taraneh. Sie sah ihr tief in die Augen. So vieles sah sie darin. »Taraneh, sie liebt dich. Sie liebt dich mit jeder Faser ihres Herzens. Gib nicht so schnell auf.« Cay-La wußte nicht, warum sie das gemacht hatte. Aber es schien ihr wichtig zu sein, auch wenn Taraneh sie verletzt hatte. Cay-La wandte sich ab und durchquerte das Zelt. Sie wußte nicht, daß sie mich damit verletzt, dachte Cay-La. Mit einem Seufzer stellte sie sich neben Skifra.

»Hast du Angst?« Skifra fuhr ihr sanft mit der Hand über den Rücken.

»Ja, das habe ich«, nickte Cay-La.

Skifra zog sie an sich heran. »Wir werden das schon schaffen«, versuchte sie Cay-La aufzumuntern.

»Sicher«, gab diese lakonisch zur Antwort.

Die Schamanin kam zurück. In jeder ihrer Hand hielt sie eine Schale mit frischem Blut. Sie wies Skifra und Cay-La an, sich auf die Decken zu setzen. Mit dem Rücken zu dem Sitzkissen, dem Blick auf das Feuer. Sie taten, wie ihnen geheißen.

Cay-La spürte, wie ihr Herz immer schneller schlug.

Dann kniete die Schamanin sich vor beide und reichte jeder eine Schale. Sie tauchte ihren Mittelfinger in das Blut von Cay-Las Schale und zeichnete damit auf jede ihrer Wangen zwei Linien. Dasselbe machte sie bei Skifra. Dazu sprach sie Worte, die Cay-La nicht verstehen konnte. Sie tauchte denselben Finger zuerst in Cay-Las Schale, dann in Skifras und zeichnete mit dem Blut von beiden auf Taranehs Stirn zwei Linien. Leise sprach die Schamanin: »Die Linien sollen euch führen, sie sind der Weg ins Totenreich und zurück, die Verbindung zu eurer Wächterin.« Sie sah ihnen in die Augen: »Trinkt nun.«

Cay-La suchte noch einmal Skifras Augen, die ihr aufmunternd zunickte. Beide tranken von dem Blut. Es war noch warm, floß langsam die Kehle hinunter.

Die Schamanin nahm beiden die Schale ab, stellte sie neben die Feuerstelle. Leise fing sie an zu summen, leise drangen Trommeln an ihre Ohren. Sie warf etwas in das Feuer. Es zischte, Rauch stieg auf, vermischte sich mit der Luft, die sie atmeten, drang tief in sie ein.

Cay-La spürte, wie ihre Augenlider immer schwerer wurden. Verschwommen nahm sie nur noch ihre Umwelt wahr. Ihr Kopf sank auf ihre Brust. Lauter wurden die Trommeln, lauter der Gesang. Sie fiel nach hinten, spürte, wie die Hände von Taraneh sie auffingen und langsam auf die Decke gleiten ließen. Immer dunkler wurde es. Mit letzter Kraft drehte sie ihren Kopf und nahm verschwommen wahr, wie Taraneh nun Skifra sanft auf die Decke sinken ließ. Auch Skifras Kopf drehte sich zu ihr. Im staubigen Boden fanden sich ihre Hände.

Cay-La spürte, wie sie fiel, immer tiefer, immer schneller. Kein Halt zu finden. Dann schlug sie unsanft auf. Sie spürte steinigen Boden unter sich. Langsam öffnete sie ihre Augen. Wo war Skifra? Da hörte sie schon, wie Skifra ihren Namen rief. Sie stand auf. »Also, weich landet man hier nicht«, dachte sie. Als sie aufblickte, stand Skifra vor ihr. »Alles klar bei dir?«

»Ja.« Sie wischte sich den Staub von ihrer Lederkleidung. »Sind die Landungen immer so?«

Skifra mußte lachen. »Ja, sind sie. Komm jetzt, da ist der Eingang.«

Cay-La sah in die Richtung, in die Skifra zeigte. Nur wenige Meter hinter ihnen befand sich im Fels ein Torbogen, ausgefüllt mit gleißendem Licht, groß wie ein Mahnmal. Sie gingen darauf zu. Davor wurden sie von einer großen Amazone aufgehalten. »Ihr wollt das Totenreich der Amazonen betreten. Dann sagt mir die Losung.«

Cay-La stutzte. »Die Losung?« Da hörte sie schon, wie Skifra sprach: »Liebe.« Sie sah erstaunt zu ihrer Begleiterin.

»Seid willkommen im Totenreich der Amazonen.« Die Wächterin trat zur Seite und ließ die beiden Frauen passieren.

Sie durchschritten dieses Licht, warm und angenehm fühlte es sich an. Cay-La schloß ihre Augen und sog diese Gefühle in sich auf, die sich auf ihrer Haut und in ihrem Körper ausbreiteten. Cay-La riß erschrocken die Augen auf, Skifra hatte ihren Arm ge griffen und zog sie weiter. Was sie sah, überwältigte sie. Eine große Ebene lag vor ihnen, die Bäume so groß, die Wiesen so grün, das Wasser so klar und hell. Die Luft erfüllt vom Duft der Blumen. Häuser groß und hell. Singende Vögel. Stimmen. Cay-La drehte sich um sich selber. Sie wollte alles sehen, riechen, hören. Vergessen waren auf einmal die ganzen schrecklichen Erlebnisse der letzten Tage und Wochen.

Eine junge Amazone rannte zu einer Gruppe Frauen. »Cyane, sieh nur, da!«

Cyane sah in die Richtung, die ihr gewiesen wurde. Da sah sie vor dem Tor Skifra stehen. Cay-La befand sich genau hinter Skifra und wurde von Cyane nicht bemerkt. Sie ging langsam auf Skifra zu. »Warum war sie hier«, fragte sie sich. Sie war keine Amazone.

»Hallo, Skifra.« Sie blieb einige Schritte vor ihr stehen.

»Cyane.« Skifra begrüßte die Frau.

Cay-La blieb fast das Herz stehen. Was hatte Skifra eben gesagt? »Cyane«, kam es leise über ihre Lippen. Sie bemerkte erst jetzt, daß sie genau hinter Skifra stand.

»Es überrascht mich, dich hier zu sehen«, fügte Cyane hinzu. »Aber sei willkom...« Cyane hatte mitten im Wort aufgehört zu reden.

Skifra hatte einen Schritt zu Seite gemacht. Was Cyane den Blick auf die junge Frau freigab. Diese war etwa einen halben Kopf kleiner als Skifra, hatte einen schlanken, durchtrainierten Körper, kurzes, dunkelbraunes Haar und wunderschöne, grüne Augen. Diese Augen starrten sie an.

»Du bist nicht allein wie ich sehe.« Bei diesen Worten sah Cyane Skifra wieder an, spürte den durchdringenden Blick der jungen Frau, sah wieder in deren Richtung. »Redet deine Begleiterin nicht?« Sie kannte diese junge Frau nicht. Aber sie fühlte etwas tief in sich.

»Eigentlich schon.« Skifra mußte lächeln. »Ich ...« Skifra unterbrach. Sie sah, wie Cyane auf sie und Cay-La zukam.

Je näher Cyane den Frauen kam, um so stärker wurde das Gefühl in ihr. Sie konnte ihre Augen nicht mehr von Cay-La nehmen.

Skifra blickte zu Cay-La, diese stand nah neben ihr, nicht fähig, sich zu bewegen oder ein Wort zu sagen. »Da mußt du durch«, dachte sie und ging leise einen Schritt von Cay-La weg.

Cyane blickte in diese tiefen, grünen Augen. Ging den letzten Schritt auf sie zu. Zärtlich ließ sie ihre Hand über Cay-Las Gesicht streichen. Tränen liefen über ihre Wangen. Sie spürte, wie Cay-La ihren Kopf in ihre Hand legte, sah, wie sie die Augen schloß und eine Träne ihren Weg über Cay-Las Wange suchte. Sie öffnete ihre Augen, um in diese sanften, brauen Augen zu sehen.

Endlich verschwand der Kloß in ihrem Hals, leise flüsterte sie: »Mutter.«

Cyane zog sie an sich, hielt ihre Tochter fest in ihren Armen. »Ich habe mich so danach gesehnt, dich festzuhalten«, flüsterte sie Cay-La ins Ohr.

Taraneh fragte sich, was wohl vorging. Cay-La schlug ihren Kopf hin und her, atmete immer schwerer. Skifra lag ganz ruhig daneben. Was geschah, schien nur Cay-La zu betreffen.

Im Schatten der Nacht beobachtete eine Frau das Geschehen im Dorf. Sie wußte, es würde bald soweit sein. Sie konnte den Auftrag ihrer Herrin bald ausführen. Verhindern, daß Skifra und Cay-La aus dem Totenreich der Amazonen zurückkehrten. Sie lächelte hämisch und siegessicher.

Kallisto lief unruhig in ihrem Schlafraum auf und ab. Was sollte sie tun? Den Worten von Allegra glauben oder ihrem Herzen? »Habe ich überhaupt ein Herz«, flüstere sie leise.

Sie kannte das Ritual der Amazonen, um ins Totenreich zu gelangen. Sie wußte auch, wie angreifbar man dann war. Der Späher hatte berichtet, daß es begonnen hatte. Kallisto war sich sicher, daß Allegra ihren Schatten aussenden würde, um Cay-La zu töten. Bei diesem Gedanken schoß ein stechender Schmerz durch ihr Herz. »Ich habe ein Herz«, schoß es durch ihren Kopf. Nun wußte sie, was zu tun war. Eilig verließ sie die Höhle, nahm eines der Pferde und ritt aus dem Lager. Ihre Männer sahen ihr verständnislos nach. Kallisto trieb ihr Pferd immer wieder auf das Neue an. Sie mußte sich beeilen.

Cay-La wollte, daß dieser Augenblick niemals enden sollte. Es war so schön von Cyane gehalten zu werden, die Liebe zu spüren, die sie ihr entgegenbrachte.

Skifra trat unruhig von einem Fuß auf den anderen. Sie wußte, daß ihnen nicht viel Zeit blieb. »Wir müssen mit dir reden, Cyane«, unterbrach sie beide mit zugleich sanfter und unruhiger Stimme.

Cyane löste sich von Cay-La. »Es ist also so weit?«

Skifra nickte: »Ja, es ist soweit, wir brauchen deine Hilfe.« Skifra machte eine Pause. »Durch die Bilder in Cay-La haben wir gesehen, daß du ein Teil des Schlüssels bist.«

Cyane sah Skifra tief in die Augen. »Du hast Cay-Las Herz und Seele berührt.« Sie drehte leicht ihren Kopf und sah Cay-La an. »Dann hat sie auch die Bilder in dir gesehen«, sprach sie leise.

Skifras Stimme versagte fast. »Ja.«

Cyane berührte sanft Cay-Las Wange, fuhr zärtlich die Konturen ihrer Augen nach. Sie wußte nur zu gut, was Cay-La gesehen haben mußte. Schwer wurde ihr Herz. »Ich hätte es dir so gern erspart, was du gesehen hast«, dachte sie. Sie trat einen Schritt von den beiden zurück. »Sie sind so verschieden und doch so gleich«, dachte sie. »Ihr habt einen schwierigen Weg vor euch. Allegra wird alles daran setzen, Cay-La zu töten. Ihre Kräfte sind groß. Besiegen könnt ihr sie nur vereint.« Cyane atmete tief durch.

Skifra und Cay-La hörten ihr aufmerksam zu. Als Skifra auf einmal wie von unsichtbarer Hand getroffen in die Knie ging, aufstöhnte. Cay-La wollte ihr helfen. Da wurde Skifra schon wieder von unsichtbarer Hand getroffen.

»Was geschieht hier?« Hilfesuchend sah sie ihre Mutter an.

»Sie oder eure Wächterin werden im Reich der Lebenden angegriffen.« Cyane hatte es sofort bemerkt, genau wie Skifra.

Die Botin von Allegra hatte es geschafft, unbemerkt hatte sie das Zelt auf der Mitte des Dorfplatzes erreicht. Mit einem Dolch schnitt sie die Zeltwand auf, an der sie stand. Ihre Bewegungen waren schnell und mit einem dumpfen Stöhnen sank die Schamanin beim Feuer zusammen.

Taraneh öffnete bei dem ihr nicht bekannten Geräusch die Augen. Ihr Kopf schoß hoch. Sie nahm nur noch wahr, wie ein Schatten auf sie zukam. Sie schrie und fiel nach hinten. Der Schatten hatte sie getroffen. Der Schlag war hart. Taraneh spürte den Schmerz in ihrer Schulter. »Ich muß die beiden beschützen«, schoß es durch ihren Kopf, als sie bereits wieder von dem Schatten angegriffen wurde.

Epheny und Eponin, die vor dem Zelt standen, hörten Taranehs Schrei. Als sie in das Zelt stürmen wollten, drang noch ein ganz anderer Schrei zu ihnen. Beide hielten in ihrer Bewegung inne, blickten in die Richtung, aus der sie den Kampfschrei vernommen hatten. »Kallisto«, rief Epheny. Sie sahen, wie die Kriegerin auf ihrem Pferd in das Amazonendorf stürmte. Sie war nicht aufzuhalten, ritt nieder, was sich ihr in den Weg stellte.

Wieder hörten sie Taraneh. »Geh zu Taraneh, Epheny, ich kümmere mich um Kallisto.«

Eponin hatte nicht vor, Kallisto an sich vorbeizulassen. Breitbeinig stellte sie sich auf, das Schwert gezogen, bereit, mit ihrem Leben Kallisto aufzuhalten.

Taraneh kämpfte mit all ihrer Kraft gegen den Schatten, teilte Hiebe aus, mußte Hiebe einstecken. Dieser hatte sie schon mehrmals hart getroffen. Unterhalb ihrer Schläfe war die Haut aufgerissen, Blut lief langsam seitlich an ihrem Hals hinunter. Erneut schlug der Schatten zu. Taraneh stolperte über Skifra und fiel. Sie war nicht schnell genug. Mit weit aufgerissenen Augen sah sie, wie der Schatten sich über Cay-La beugte, in seiner Hand einen Dolch haltend. »Nein!« schrie Taraneh.

In diesem Moment betrat Epheny das Zelt. Sie sah sofort, was der Schatten vorhatte. Dieser blickte hoch, sah Epheny. »Schnell«, dachte der Schatten. Weiter kam er nicht, Epheny sprang den Schatten an und riß ihn von Cay-La herunter. Taraneh rappelte sich auf, sah kurz auf Skifra, alles schien noch in Ordnung zu sein. Sie hatte nicht aufgepaßt und wurde von den beiden Kämpfenden umgestoßen. Wieder traf sie Skifra. Nun war sie wütend, wirklich wütend. Es war Zeit, dem ein Ende zu setzen. Sie sprang auf. Da sah sie, wie der Schatten Epheny seinen Dolch in die Seite rammte. Sie hörte das laute Aufstöhnen von Epheny. »Nein!«

Kallisto war nun fast bei Eponin angelangt. Keine hatte es geschafft, sie aufzuhalten. Ihre Augen schienen zu glühen. Ihr Haar wehte im Wind. Sie sprang im vollen Galopp von ihrem Pferd auf Eponin. Sie hatte nicht vor, sich aufhalten zu lassen. Nicht jetzt, nicht hier. Sie mußte zu Cay-La. Und nichts würde sie aufhalten. Eponin bekam die ganze Kraft von Kallisto zu spüren. Sie kämpfte wie besessen, ließ Eponin nicht zu Atem kommen. Als sie Taranehs Schrei hörte, konnte nichts und niemand mehr sie aufhalten. Sie schlug Eponin mit all ihrer Kraft zurück. Eponin war eine gute Kämpferin, aber sie hatte in diesem Moment nicht die Macht, Kallisto aufzuhalten. Eponin spürte den dumpfen Schlag auf ihrem Kopf, dann wurde es dunkel um sie. Kallistos Knauf vom Schwert hatte sie schwer getroffen.

Kallisto stürmte atemlos in das Innere des Zeltes, ließ ihre Augen durch den Raum schweifen. Sie sah, wie Taraneh auf die Frau im langen, schwarzen Umhang zustürmte, sah Epheny vor dem Schatten liegen. Sie verstand sofort. Taraneh schlug so hart sie konnte zu. Aber die Bewegungen des Schattens waren zu schnell. Sie traf ihn nicht. Dafür traf der Schatten. Die Wucht des Schlages ließ sie nach hinten taumeln. Sie schaffte es nicht, den Fall aufzuhalten. Neben Cay-La schlug Taraneh unsanft auf dem Boden auf. Cay-La bewegte sich leicht. »Durchhalten«, dachte sie, als sie auf Cay-La blickte. Sie wurde aus ihren Gedanken gerissen, durch Stahl der hart aufeinander schlug. Abrupt drehte sie sich um. Was sie sah, konnte sie kaum glauben. »Kallisto«, flüsterte sie.

Da schoß mit einem Kampfschrei Eponin in das Zelt. Wollte auf Kallisto los.

»Halt Eponin!« Taraneh sprang hoch, hielt sie am Arm zurück. »Sie hilft uns.«

Eponin sah zuerst Taraneh ungläubig an, dann zu Kallisto, die mit dem Schatten kämpfte. Als sie auf einmal eine Gestalt auf dem Boden liegen sah. »Epheny!« schrie Eponin. In wenigen Schritten war sie bei ihr.

Taraneh versuchte unterdessen, Kallisto zu helfen.

»Nett von dir«, sagte diese spöttisch. »Sieh nach Cay-La und Skifra, das schaffe ich allein«, keuchte sie.

Taraneh war unsicher, was sie tun sollte.

»Mach schon!« Kallisto schubste sie zur Seite.

»Epheny«, raunte Eponin. Sie sah das Blut, das aus einer Wunde an ihrer Seite lief. Sie brauchte etwas, um die Wunde abzudrücken. Suchend blickte sie sich um.

Taraneh kniete sich wieder zwischen Skifra und Cay-La, schloß ihre Augen und berührte beide.

Kallistos Kampfschrei durchdrang das Zelt. Ihr Schwert steckte in der Brust des Schattens. Ein grausames Lächeln umspielte Kallistos Mund. Langsam, fast genüßlich zog sie das Schwert aus dem sterbenden Körper, gab ihm einen Stoß mit ihrem Zeigefinger und sah zu, wie dieser röchelnd nach hinten an die Zeltwand fiel. Der Schatten bewegte sich nicht mehr.

Als Kallisto sich zufrieden umdrehte, sah sie, wie alle im Zelt sie anstarrten. »Was?« rief sie ihnen entgegen. Die Frauen senkten ihre Köpfe. Die Schamanin, die unterdessen wieder zu sich gekommen war, half Eponin Epheny aus dem Zelt zu tragen. Taraneh sah ihnen besorgt zu.

»Sie lebt noch Taraneh, keine Sorge, sie schafft es schon.« Eponin versuchte sie zu beruhigen. »Kann ich dich hier mit ihr allein lassen?« Eponin machte eine Kopfbewegung zu Kallisto.

»Ja, sicher.« Taraneh schaute zu Kallisto. Ihre Augen waren wieder ganz ruhig. Sie ging langsam auf Taraneh und die beiden liegenden Frauen zu.

»Ist bei beiden alles in Ordnung?« Sie kniete zwischen den Frauen, sah von einer zur anderen, dann zu Taraneh.

»Ich glaube schon.« Taranehs Stimme war ein wenig unsicher.

Die Höhle unweit des Amazonenreiches wurde erschüttert durch den Schrei von Allegra. Sie spürte den Tod ihrer Botin, die Augen und Ohren für sie war.

Cyane berührte Cay-Las Anhänger, zeichnete mit ihren Fingern die Konturen leicht nach. Sie lächelte.

Cay-La sah sie fragend an.

Sanft lächelte Cyane sie an. »Du hast seine Augen.« Sie legte leicht ihren Kopf zur Seite. »Dieselben wunderschönen, grünen Augen wie dein Vater.«

Cay-La hatte nicht bemerkt, wie Cyanes Hand sich auf ihren Anhänger gelegt hatte, bis es anfing, auf ihrer Haut zu brennen, da wo ihre Hand lag. Cay-La stöhnte auf vor Schmerzen, griff nach Cyanes Handgelenk. Sie wollte, daß dieser Schmerz aufhörte. Aber ihre Kraft reichte nicht aus, die Hand ihrer Mutter wegzunehmen. Skifra wollte Cay-La helfen. Cyanes Blick hielt diese auf. Skifra spürte in diesem Blick, daß Cyane wußte, was sie tat.

»Dieses Mal ist der Schlüssel, es deutet den Weg. Nie mehr

kannst du es verlieren, ewig auf deiner Haut«, sanft fuhr sie fort: »vereint müssen sein *die Weisheit des Ostens, das Schwert des Südens, der Stern des Nordens und die Reinheit des Westens.*« Cyane machte eine Pause. »Ihr müßt den Weg gehen zu dem Menschen, den ihr wirklich liebt, um den Schlüssel zu finden. Sind die vier Elemente vereint, kann vor Allegra sie nur schützen der Schild der Liebe.« Bei diesen Worten zog Cyane langsam ihre Hand zurück. Ein helles Licht warf seine Strahlen, verschwunden war der Anhänger. Geblieben war ein Mal auf Cay-Las Brustbein.

Cay-La sah erstaunt auf sich herunter, erhob sich und sah Cyane tief in die Augen. Als sie auf einmal mit einem Aufschrei in die Knie ging. Sie schloß kurz die Augen. Skifra sah zu Cyane, dann zum Tor.

»Es wird Zeit zu gehen.« Diese Worte richtete Skifra an Cay-La, die dabei war aufzustehen.

»Zu gehen?«

»Je länger wir hier bleiben, um so mehr verlieren wir an Kraft. Um so schwächer wird die Verbindung zu Taraneh«, erklärte Skifra.

Wieder traf Cay-La ein unsichtbarer Schlag, sie stöhnte auf.

Skifra blickte zwischen Cay-La und dem Tor hin und her.

Cyane nahm ihr die Entscheidung ab. »Geh Skifra, Cay-La wird dir folgen.«

Skifra blickte in die Augen der Frau, die sie vor langer Zeit getötet hatte. Was sie in ihren Augen sah, ließ eine einsame Träne über ihre Wange fließen. Cyane hatte ihr vergeben. Sie machte einen Schritt auf sie zu und umarmte sie.

»Danke«, dann drehte sie sich um und rannte los.

Taraneh sah, wie unruhig Skifra auf einmal war. Schweiß hatte sich auf ihrem Körper gebildet. Ihr Atem ging immer schneller. Dann öffneten sich ihre Augen. Ihr Blick erfaßte sofort Kallisto, die immer noch neben ihr kniete. Ihre Hände griffen zu und sie warf Kallisto über sich nach hinten. Beim Aufspringen sah sie Taraneh, die Wunde in ihrem Gesicht. »Kallisto«, schrie sie und griff diese wieder an. Kallisto hatte keine Zeit sich aufzurichten. Skifra hatte sich auf sie gestürzt, schlug zu, immer und immer wieder. Kallisto versuchte, ihre Schläge abzuwehren, schlug zurück. Verzweifelt versuchte sie, sich aus Skifras Umklammerung zu befreien. Diese hatte sich auf sie gesetzt, hielt sie mit ihrem Körper am Boden. Ihre Augen glühten vor Haß. Ihre Gedanken rasten zu dem, was Taraneh ihr erzählt hatte. Noch wütender wurde sie. Erneut holte sie aus.

»Hör auf, Skifra!« schrie Taraneh. Taranehs Hand hielt ihren Arm fest.

»Sie hilft ihr auch noch«, schoß es Skifra durch den Kopf. Unwirsch stieß sie Taraneh weg. Die Wut und der Haß brannten ihn ihr.

Kallisto hatte diesen Moment der Unachtsamkeit für sich genutzt. Ihre Faust traf Skifra unerwartet. Kallisto setzte sofort nach. Skifra fiel nach hinten. Beide sprangen auf. Ihre Kampfschreie durchdrangen die Wände des Zeltes. Sie stürmten aufeinander zu. So schnell, wie sie losgestürmt waren, so schnell stoppten sie ihre Bewegungen.

Taraneh hatte sich zwischen sie geworfen. »Hört sofort auf«, schrie sie die beiden Kriegerinnen an. Zu Skifra gewandt: »Sie hat uns das Leben gerettet, Skifra.« Mit einer Kopfbewegung deutete Taraneh auf die leblose Gestalt neben dem Eingang.

Schweigend standen sie da, bis ein Aufstöhnen von Cay-La die Stille durchbrach.

»Cay-La.« Taraneh lief sofort zu ihr, gefolgt von den beiden Kriegerinnen.

Cay-Las Augen rasten wild unter den geschlossenen Lidern. Sie schlug ihren Kopf hin und her. Sie atmete kurz und schwer. Tränen rannen aus ihren geschlossenen Augen. Nicht zu übersehen war der Kampf, den sie führte.

»Was ist mit ihr?« Kallisto sah fragend von einer zur anderen.

»Sie will das Totenreich nicht verlassen.« Skifras Stimme war angespannt.

Cay-La sah ihre Mutter an, dann blickte sie zum Tor. »Ich möchte nicht gehen.« Ihr Blick ging zurück zu Cyane. »Ich möchte noch so vieles von dir wissen.«

Cyane fuhr zärtlich mit ihrer Hand über Cay-Las Gesicht. »Ich weiß.«

»So viele Jahre habe ich darauf gewartet. Und jetzt soll ich gehen?« Tränen rannen über Cay-Las Gesicht.

»Cay-La, du kannst nicht hier im Totenreich bleiben. Dein Weg hat erst begonnen. Es ist dir nicht bestimmt, daß er hier und jetzt endet.« Sanft war Cyanes Stimme. »Du wirst erwartet.«

Cay-La hörte Skifras Stimme: »Komm zurück, Cay-La, komm schon.« Cay-Las Blick schweifte wieder zu dem Tor. Sie glaubte, ihr Herz würde zerreißen. Da war ein Gefühl, das sie zurückzog, aber da war Cyane, direkt vor ihr.

Die drei Frauen starrten auf den Körper von Cay-La, der vor ihnen lag. Skifra schüttelte Cay-La und rief wieder: »Komm schon!« Es darf nicht so enden, dachte Skifra, nicht so. Sie blickte hilfesuchend zu Taraneh, als auf einmal Kallisto sich neben Cay-La kniete. Sie legte sanft ihre Hand auf Cay-Las Arm. »Cay-La!«

Cay-La brach zusammen und stöhnte auf, da war wieder Skifras Stimme. Cyane half ihr aufzustehen, sah ihr tief in die Augen, als auf einmal eine Stimme das Tor durchdrang. »Cay-La!«

Cay-Las Kopf schoß herum. »Kallisto«, flüsterte sie.

»Cay-La, bitte komm zurück.« Kallistos sanfte Stimme berührte ihr Herz.

Sie drehte sich zu Cyane um. »Ich muß gehen.«

Cyane nahm sie in die Arme. »Wenn du in dein Herz hörst und an mich denkst, wird es dir alles sagen.« Cyane berührte ihr Mal auf dem Brustbein. »Ich bin ein Teil von dir, Cay-La.« Ein letztes Mal hielt sie ihre Tochter in ihren Armen. »Ich liebe dich«, flüsterte sie.

»Ich lieb dich auch, Mutter.«

Cyane löste sich von Cay-La. »Geh jetzt!«

Cay-La sah die Tränen in Cyanes Augen. Sie drehte sich ab und rannte los. Sie konnte die Tränen nicht mehr zurückhalten. Weinend durchschritt sie das Tor.

Cay-Las Körper bäumte sich auf. Immer noch rannen Tränen aus ihren Augen.

Kallisto beugte sich tief zu Cay-La hinunter. »Komm schon«, flüsterte sie ihr ins Ohr, »komm zurück zu mir.«

Cay-Las Augenlider schossen hoch. Ihre Augen sahen direkt in die Augen von Kallisto. Cay-La rang nach Atem. »Kallisto«, flüsterte sie. Sie sah die Frau, die neben ihr kniete und deren Gesicht ihres beinahe berührte, an. Sanft waren in diesem Moment die braunen Augen von Kallisto. Cay-Las Atem ging immer noch schwer, ihr Herz raste. Kallisto setzte sich auf, ließ den Arm von Cay-La nicht los. »Zu nah, sie ist zu nah«, schoß es durch Cay-Las Kopf. Sie mußte weg, raus, sie brauchte Luft. Was sie in den letzten Minuten erlebt hatte, füllte sie aus. Die Berührung von Kallisto tat ihr übriges. Cay-La wollte nur noch raus aus diesem Zelt. Sie schoß auf, dabei stieß sie Kallisto zur Seite. Alles um sie herum fing an, sich zu drehen. Sie schloß die Augen, holte tief Luft. Da spürte sie, wie Arme sie stützten. Sie blickte erstaunt von Kallisto zu Skifra. Jede stand auf einer Seite von ihr.

»Nicht so schnell, Cay-La«, hörte sie Taranehs Stimme hinter sich.

»Ihr könnt mich loslassen.« Unwirsch versuchte sie die beiden Frauen abzuschütteln. »Ich kann allein gehen.«

Nur langsam ließen die beiden Kriegerinnen Cay-La los, darauf achtend, sie sofort wieder aufzufangen, sollte sie es allein nicht schaffen. Die Stimmung war alles andere als angenehm. So viel Spannung lag in der Luft. Cay-La ging vorsichtig auf den Ausgang zu, gefolgt von den anderen. Gemeinsam verließen sie das Zelt. Cay-La hatte beim Verlassen des Zeltes den leblosen Körper gesehen. Fragen wollte sie nicht. Nicht jetzt. Zu viel war in ihr.

Taranehs Worte holten sie aus ihren Gedanken zurück. »Ich werde nachsehen, wie es Epheny geht.«

»Epheny«, kam es gleichzeitig von Skifra und Cay-La, die sofort stehengeblieben waren.

»Der Schatten hat sie im Kampf verletzt.« Taraneh verließ ohne ein weiteres Wort die anderen.

»Ich ziehe mich auch zurück.« Skifra blickte in Cay-Las traurige Augen, strich ihr sanft über den Unterarm. »Wir reden morgen.«

Cay-La nickte nur und sah Skifra nach.

»Und wir?« Kallisto stand noch immer neben Cay-La.

»Gehen auch schlafen«, antwortete sie kurz und knapp. Als Cay-La weiterging, bemerkte sie, daß Kallisto ihr nicht folgte. Sie sah sich um. »Wohin gehst du?«

»Mir einen Schlafplatz suchen«, brummte Kallisto, ohne sich zu ihr umzudrehen.

Cay-La schluckte schwer. »Du kannst bei mir schlafen.«

Kallisto nahm das Angebot von Cay-La an, denn eigentlich fand sie den Gedanken, noch ein Lager aufschlagen zu müssen, nicht gerade angenehm. So ging sie schweigend mit Cay-La. Sie hatten das Haus schnell erreicht. Ohne weiter auf Kallisto zu achten, zog Cay-La ihre Lederkleidung aus und legte sich vor den Kamin.

Kallisto beobachtete sie. Sie sah, wie Cay-La sich in die Decke einwickelte. Die Kriegerin wickelte sich ebenfalls in eine neben ihr liegende Decke ein, saß da und beobachtete, wie Cay-La einschlief. Sie hörte die Worte, die Cay-La zu ihr sagte, als sie dabei war sie zu töten. »Ich liebe dich.« Ein Schauer durchlief Kallistos Körper. Noch enger zog sie die Decke um sich. Die Gefühle, die die junge Kriegerin in ihr auslöste, ließen ihr keine Ruhe. War es Liebe, die sie fühlte? Konnte sie lieben, wie sie geliebt werden wollte?

Cay-La konnte ihre Blicke fühlen. Der Schlaf war stärker und übermannte sie. Träume holten sie ein. Bilder von dem, was sie erlebt hatte, Bilder ihrer Mutter, Bilder von Kallisto.

Immer noch saß Kallisto da, sah ihrem unruhigen Schlaf zu. Bis auch sie sich nicht mehr vor dem Schlaf retten konnte. Langsam sank sie ein Stück neben Cay-La in die Kissen. Suchend griff sie nach Cay-Las Hand und hielt sie fest in der ihren.

Taraneh hatte sich erkundigt, wie es Epheny ging. Sie war erleichtert auf dem Weg zu ihrem Haus. Es ging ihr recht gut. Sie würde sich mit Sicherheit erholen. Im Haus angekommen, suchte ihr Blick nach Skifra. Schließlich fand sie sie auf dem Bett liegend vor. Sie schien zu schlafen. Taraneh drehte sich leise um und ging zum Kamin.

»Sie läßt mich einfach allein«, schoß es Skifra durch den Kopf. Es machte sie unendlich traurig. Ihr Herz war schwer. Schatten hatten sich darüber gelegt.

Taraneh hatte sich beim Kamin im anderen Raum eingekuschelt und versuchte ebenfalls zu schlafen. Beiden gelang es noch lange nicht, zu viel war in ihnen, das sie quälte.

Immer wieder kreisten Skifras Gedanken zu dem, was Taraneh ihr erzählt hatte. Zu dieser einen Nacht. Diese Gedanken wechselten sich ab, mit dem, was sie zusammen mit Cay-La erlebt hatte. Sie versuchte zu verstehen, was Cyane ihnen mitgegeben hatte. »Dieses Mal ist der Schlüssel, es deutet den Weg. Nie mehr kannst du es verlieren, ewig auf deiner Haut. Vereint müssen sein *die Weisheit des Ostens, das Schwert des Südens, der Stern des Nordens und die Reinheit des Westens*. Ihr müßt den Weg gehen zu dem Menschen, den ihr wirklich liebt, um zu finden den Schlüssel. Sind die vier Elemente vereint, kann vor Allegra sie nur schützen der Schild der Liebe.« Was hatten diese Worte zu bedeuten. Versunken in ihre Gedanken fand auch sie den langersehnten Schlaf.

Die Bilder rasten ohne Pause in Cay-Las Kopf herum, ließen ihr keine Ruhe. Langsam öffnete sie ihre Augen. Sie spürte die warme Hand, die die ihre festhielt. Ihr Blick fiel auf Kallisto, die in einiger Entfernung neben ihr lag. Im letzten Licht, das der Kamin in den Raum warf, beobachtete sie diese. »So sanft sieht sie aus, wenn sie schläft«, dachte sie. Traurigkeit schien ihr Herz zu erdrücken, legte sich wie ein dunkler Schatten darüber. Sie wollte sie so gern berühren, sanft über ihre Haut streicheln, sie küssen. Sie sehnte sich nach ihrer Nähe. In Gedanken hörte sie wieder die Worte von Taraneh, die sie belauscht hatte. Noch mehr zog sich ihr Herz zusammen, ließ eine einsame Träne über ihr Gesicht fließen. Warum hatte Kallisto das getan? Wußte sie denn nicht, wie sehr sie sie damit verletzte? Sie hatte geglaubt, daß Kallisto auch sie liebte. Sie hatte mit ihr diese Nacht verbracht. Sie hatten sich geliebt. »Du bist dumm, Cay-La«, sagte sie zu sich selber. »Sie liebt dich nicht. Sie wollte nur ihre Lust befriedigen.« Cay-La erinnerte sich an die zweite Nacht. »Und dich bestrafen«, schrie es in ihr. Traurig zog sie die Decke von sich weg, löste ihre Hand aus der von Kallisto und erhob sich. Sie war schnell angezogen. Raus, sie wollte nur noch raus, Abstand haben zu Kallisto.

Als sie vor die Tür trat, spürte sie die angenehm kühle Luft auf ihrem Körper und atmete tief ein. Die Morgendämmerung hatte schon begonnen. Sanft lag ein Dunst über dem Land. Sie wanderte ziellos durch das Amazonendorf, wollte vergessen. Etwas außerhalb des Dorfes setzte sie sich unter einen großen Baum, lehnte mit dem Rücken an dessen Stamm. Sie sah, wie die Sonne feuerrot hinter dem Horizont erschien und langsam den Dunst über dem Boden vertrieb. Laut sangen die Vögel. Es war so friedlich hier, so leicht. Aber nichts von dem konnte ihr Herz erreichen. Zu groß, zu mächtig waren die Schatten, die sich darüber gelegt hatten.

»Cay-La?«

Cay-La blickte hoch und sah Taraneh vor sich stehen.

»Morgen, Taraneh.«

Taraneh setzte sich neben sie, sah zum Horizont. »Das ist auch einer meiner Lieblingsplätze.«

Cay-La drehte leicht ihren Kopf und schaute zu Taraneh. Sie sah die Traurigkeit in den Augen, die den Horizont betrachteten.

»Ich hatte gestern wirklich Angst, daß du den Weg nicht zurück gehst«, sagte Taraneh leise.

Cay-Las Blick schweifte zurück zum Horizont. »Ich weiß.«

»Erzählst du mir, was ihr erlebt habt?« Taraneh sah sie gespannt an. »Natürlich nur, wenn du magst«, fügte sie sogleich hinzu.

Cay-La mußte innerlich lächeln. Das war typisch für Taraneh. Obwohl sie die Amazone noch nicht lange kannte, war ihr die Neugier, die in ihr war, nicht entgangen. Als sie erneut zu Taraneh blickte, bemerkte sie die zwei Frauen, die auf sie zukamen.

Taraneh sah, wie Cay-Las Blick an ihr vorbeiging, drehte den Kopf in die Richtung, in die Cay-La schaute. Beiden schien das Herz stehenzubleiben. Skifra und Kallisto kamen auf sie zu. Die Spannung zwischen den Frauen war unglaublich stark. Man glaubte, sie würden jeden Moment aufeinander losgehen.

Als sie zu ihnen gestoßen waren, kam von Skifra nur ein Brummiges: »Morgen.«

Kallisto ging um die beiden sitzenden Frauen herum und kniete sich neben Cay-La. »Na, was habt ihr den Spannendes zu bereden?« fragte sie spöttisch.

Cay-La sah sie böse an.

Kallisto hob beschwichtigend einen Arm. »Schon gut.«

Cay-La war es schließlich, die die Stille unterbrach. »Taraneh wollte wissen, was wir beide im Totenreich der Amazonen erlebt haben.« Bei diesen Worten sah sie zu Skifra. Ihre Blicke trafen sich, hielten sich fest.

Kallisto beobachtete argwöhnisch das Geschehen. »Reicht es Skifra nicht, daß sie Taraneh hat«, dachte sie wütend.

Skifra nickte Cay-La zu. Und so begann sie zu erzählen, was sie erlebt hatten. Auch die Worte, die ihre Mutter ihnen mitgegeben hatte. Cay-La machte eine Pause, bevor sie fortfuhr: »Ich habe die ganze Nacht versucht, das Rätsel dieser Worte zu lösen.« Leise sprach sie weiter: »Habe es aber nicht geschafft. Wie sollen wir den Schlüssel finden, wenn ich es nicht lösen kann.« Verzweifelt klang nun ihre Stimme.

Taraneh legte beruhigend ihre Hand auf Cay-Las Arm. »Gemeinsam schaffen wir es sicher das Rätsel zu lösen.«

Skifra bemerkte kühl: »Taraneh ist in so etwas toll.«

Die Kälte, die Skifra Taraneh entgegenbrachte, traf immer wieder ihr Herz und ließ es zu, daß Verzweiflung und Traurigkeit von ihm Besitz ergriffen.

Cay-La konnte fühlen, was zwischen den beiden geschah, den Schmerz sehen. Lao-Ma hatte ihr vieles beigebracht. Gaben an sie weitergegeben, die sie jetzt eher als Fluch sah, nicht als Geschenk. »Siehst du in den Worten eine Bedeutung?« Fragend blickte sie in Taranehs Augen, holte diese aus ihrem Schmerz.

»Hm.« Taraneh sprach leise die Worte nach, schloß dabei die Augen. »Cyane hatte alle vier Himmelrichtungen genannt und eine ergänzende Begebenheit. Sind es Menschen?« Fragend sah sie die Frauen um sich herum an. Sie bekam von keiner eine Antwort. »Ihr könntet schon was mithelfen«, sagte sie vorwurfsvoll.

»Das Schwert des Südens«, leise sprach Cay-La die Worte, ihre Augen schweiften zu Skifra, »wenn es Menschen wären, dann . . .«, immer noch blickte sie Skifra an, »dann könnte das Skifra sein. Oder?« Bestätigung suchend sah sie zu Taraneh.

»Ja, sie kommt aus dem Süden, ihr Schwert ist ein Teil von ihr, unzertrennlich mit ihr verbunden.« Sie überlegte weiter. »Das würde heißen, daß du die Weisheit des Ostens bist.«

»Ich komme aus dem Osten, Weisheit hat Lao-Ma versucht mir beizubringen, aber ob ich weise bin, daran wage ich zu zweifeln«, sagte Cay-La zynisch.

Die beiden stolzen Kriegerinnen, die neben ihnen saßen, hörten den Worten von Taraneh und Cay-La gespannt zu.

»Dann ist Kallisto der Stern des Nordens«, kam es kurz und trocken von Skifra.

»Was?« Kallisto sah diese mit funkelnden Augen an.

Cay-La sah das Feuer, das schon wieder in Kallisto zu brennen schien. Leicht berührte sie deren Arm.

Kallisto legte ihren Kopf leicht schräg, sah zu ihr. »Glaubst du das auch?« fragte sie Cay-La herausfordernd. Die Berührung von Cay-La machte sie nervös, ließ ihr Blut schneller durch den Körper fließen.

Cay-La zog ihre Hand zurück. »Ja, ich glaube, Skifra hat recht. Deine Kälte allem gegenüber, was lebt, entspricht dem Norden.

Das Funkeln dabei in deinen Augen gleicht dem Licht von Sternen.« Ohne eine Gefühlsregung zu zeigen hatte Cay-La diese Worte gesagt.

Die Worte, die Cay-La eben an sie gerichtet hatte, trafen Kallisto, ließen das Feuer in ihr wieder größer werden. Wütend sah sie Cay-La an, die ihrem Blick standhielt. »Dann ist die letzte Person ja einfach«, fauchte Kallisto, ohne den Blick von Cay-La abzuwenden. »Taraneh ist die Reinheit des Westens«, vollendete sie ihre Gedanken.

»Was?« fragte Taraneh zweifelnd. »Wie soll ich die Reinheit sein«, fragte sie sich in Gedanken.

Cay-La sprach ganz ruhig: »Ja, das glaube ich auch.« Erst jetzt unterbrach sie den Blickkontakt zu Kallisto und sah Taraneh an. Sie konnte in ihren Augen die Zweifel sehen. »Dein Herz, deine Seele, deine Gedanken und deine Liebe sind so rein, wie ich es noch bei keinem Menschen gesehen habe, Taraneh.« Sie bemerkte in ihren Augenwinkeln, wie Skifra sich erhoben hatte. »Tue es nicht Skifra«, dachte sie.

Aber es war zu spät, kalt schossen die Worte aus deren Mund: »Na, da hat sich aber in der Zwischenzeit etwas geändert. Sieht so aus, als hätten die Götter bei dem Rätsel geschlafen.«

Cay-La schloß die Augen. Sie wollte so sehr, daß dies nicht geschah. Taraneh war schluchzend aufgesprungen und Richtung Dorf gerannt. Cay-La sprang ebenfalls wütend auf, stand ganz nah vor Skifra, ihre Augen warfen Blitze. Kallisto beobachtete diese Szene mit Hochgenuß. »Mußte das sein?« schrie Cay-La Skifra an. Sie ballte ihre Hände zu Fäusten, hätte am liebsten auf Skifra eingeschlagen. Mit aller Macht versuchte sie ihren Jähzorn zu zügeln.

»Na, komm schon, schlage zu!« Skifra hatte sofort bemerkt, was in Cay-La vorging.

Langsam und tief atmete Cay-La ein und aus. »Nein, dann wäre ich nicht besser als du.« Kalt war ihre Stimme. »Ich schlage nicht zu, wenn mein Gegenüber schon unten liegt.« Mit diesen Worten ließ sie Skifra einfach stehen.

Die Worte trafen genau da, wo Cay-La wollte, daß sie trafen. Kallistos hämisches Grinsen blieb keinem verborgen. Sie hatte wieder ihren Kopf leicht schräg gelegt und sah Skifra an. »Getroffen«, kam es spöttisch über ihre Lippen.

Skifra drehte sich um und verschwand. Gefolgt von dem lauten spöttischen Lachen von Kallisto folgte sie Cay-La ins Dorf.

Cay-La stand mit Taraneh auf den Stufen vor ihrem Haus. Skifra sah, wie intensiv die beiden miteinander redeten. Langsam ging sie die Stufen hoch. Da traf sie schon wieder der Blick von Cay-La. Sie hob versöhnlich ihre Arme. »Sollte es stimmen, was wir aufgelöst haben, dann müssen wir den Schild der Liebe finden«, versuchte sie die Situation zu entschärfen.

Kallistos Stimme riß alle aus ihren Gedanken. »Und wo?«

Taraneh wußte es sofort. »Im Tempel von Aphrodite. Wo sonst könnte der Schild der Liebe sein, als bei der Göttin der Liebe?«

Das klang mehr als einleuchtend. »Gut, das heißt, wir müssen erneut eine Reise antreten.« Cay-La sah von einer Frau zur anderen. Die Gedanken an eine Reise mit diesen drei Frauen erschienen ihr mehr als unangenehm. Ihr Blick blieb bei Kallisto hängen. »Würde sie mitgehen?« fragte sie sich.

Kallisto schien ihre Gedanken aufgefangen zu haben. »Dann wird es wohl Zeit, daß wir uns aufmachen.« Herausfordernd sah Kallisto die anderen an.

Die Vorbereitungen waren schnell getroffen. Eponin und Epheny sahen den davonreitenden Frauen mit sehr gemischten Gefühlen nach. »Glaubst du, sie schaffen es?« Eponin sah zu Epheny.

Epheny zuckte nur mit den Schultern. Sie fand keine Worte, die annähernd hätten beschreiben können, was zwischen diesen Frauen geschah.

Taraneh blickte wieder auf. Ihre Augen suchten Skifra. Seit Beginn ihrer Reise mied die stolze Kriegerin jeglichen Kontakt mit ihr und den anderen Frauen. Skifra ritt, aß und schlief weit ab von ihnen, sprach kaum ein Wort. So wie jetzt. Scheinbar teilnahmslos saß sie in der Nähe des Lagers auf einem Baumstamm. Wieder und wieder polierte sie ihr Schwert.

»Es ist eine Waffe und kein Spiegel«, riß Kallistos hämische Stimme sie aus ihren Gedanken.

Skifra schnellte zur Seite und hielt Kallisto die Klinge an den Kehlkopf.

»Ho ... ho ... ho ...« Kallisto hob breit grinsend ihre Hände. »Du kannst Allegra ja blenden Skifra, während ich sie abmurkse.« Kallisto lachte laut auf. Mit einer Fingerspitze schob sie das Schwert weg.

Skifra schluckte schwer. Seit Tagen kämpfte sie gegen diese unbändige Wut an, sich auf Kallisto zu stürzen, sie zu würgen, jeden Funken Leben aus ihr herauszuprügeln. Wenn sie ihre Augen schloß, dann sah sie Bilder vor sich. Bilder, die sich tief in ihren Kopf eingebrannt hatten und ihr den Verstand zu rauben schienen. Sie sah, wie Kallisto Taraneh berührte, ihre Hände über Taranehs Körper glitten, wie sie heiße Küsse und Worte austauschten, wie sie sich liebten. Skifra fühlte wieder diese kalte Hand, die sich nach ihrem Herzen ausstreckte, es nahm und zerdrückte. Und irgendwo, ganz weit hinten in ihrem Kopf, lachte jemand hämisch. Noch immer hielt Skifra ihr Schwert auf Kallisto gerichtet, jederzeit bereit, sie anzugreifen. Auch wenn Kallisto Taraneh, ihres und Cay-Las Leben gerettet hatte, traute sie ihr nicht. Skifra sog scharf die Luft ein. Sie hatte eine Bewegung aus den Augenwinkeln bemerkt. Taraneh war aufgesprungen, als sie das Schwert gegen Kallisto gerichtet hatte.

Cay-La verfolgte die Szene atemlos. Kallisto und Skifra, Taraneh und Kallisto, Skifra und Taraneh. Ihre Gedanken kreisten wild umher. Auch sie hatte gesehen, wie Taraneh aufgesprungen war.

»Hört auf ihr beide, sofort! Hört endlich auf!« Taraneh stand plötzlich zwischen den beiden Kriegerinnen. Ihre grünen Augen blitzten wild. Sie war wütend auf Skifra, auf Kallisto, auf Cay-La, auf sich selber.

Kallisto lachte und schlenderte dicht an Taraneh vorbei.

»Zu dicht«, dachte Skifra wütend. Kallistos Schultern berührten die von Taraneh. Wieder hörte sie Kallistos Lachen. Langsam nahm sie ihr Schwert herunter und setzte sich auf den Baumstamm. Ihre Wangenknochen sprangen auf und ab. Nur mühsam beruhigte sie sich. Wütend schloß sie ihre Augen. Es fiel ihr immer schwerer, ihre Gefühle für Taraneh zu verbergen. Sie liebte Taraneh mit jeder Faser ihres Körpers. Schloß sie ihre Augen, dann sah sie Taraneh vor sich, hörte den Klang ihrer Stimme, spürte ihre Wärme, sog ihren Duft ein. All diese Gefühle füllten sie aus, wärmten sie, betäubten ihre Sinne. Aber da waren auch diese lähmenden Fragen. Sie wußte um die Liebe, die Taraneh für sie empfand. Aber war es auch die gleiche Liebe, die sie spürte? »Offenbar nicht«, dachte Skifra bitter. Von einem zum anderen Augenblick verdrängte dieser Gedanke ihre Liebe, griff nach ihrem Herzen, erdrückte es. Kalt, eisig.

»Skifra?« Fragend schaute Taraneh auf ihre Freundin herab, schob ihre Fingerspitzen unter deren Kinn, hob es hoch.

Skifra hielt ihre Augen geschlossen. Sie spürte Taranehs Körper. Dicht angelehnt stand Taraneh zwischen ihren Beinen. Haut berührte Haut. Weich und warm, raubte ihr den Verstand. Skifra stöhnte. Taraneh war so weich. Sie sog Taranehs Duft ein. Sie verspürte den unstillbaren Drang, ihr Gesicht zwischen den Brüsten von Taraneh zu vergraben, sie zu riechen, ihre weichen Lippen zu berühren, sie zu küssen, sie zu schmecken, sie ganz dicht an ihren Körper zu pressen, in ihr einzutauchen, sie nie wieder loszulassen.

Zärtlich strich Taraneh mit ihren Fingern über Skifras Gesicht, zog die Konturen der Augenbrauen, Nase und Lippen nach. Sie begehrte Skifra. »Fühlt Skifra denn nicht, wie sehr ich sie begehre«, dachte Taraneh verzweifelt. Taraneh seufzte. »Sieh mich an, Skifra«, forderte Taraneh sie auf. »Ich kann nicht das Geschehene ändern.« Taraneh schluckte. »Verdammt, Skifra, sieh mich endlich an.« Wieder suchten Taranehs Augen die von Skifra.

Skifra saß weiter regungslos mit geschlossenen Augen vor ihr, ihre Lippen fest aufeinander gepreßt.

»Laß mich nicht betteln, Skifra.« Taraneh hielt immer noch Skifras Gesicht in ihren Händen. Sanft strichen ihre Daumen über Skifras Wangen. »Sag mir, daß du mich liebst, nur einmal, nur ein einziges Mal«, flüsterte sie leise.

Skifra schwieg.

»Es gibt für Liebe ein anderes Wort, Skifra.« Taraneh atmete schwer auf. »Es ist der Name des Menschen, den man liebt und ich liebe dich, Skifra.« Noch einmal strich sie sanft über Skifras Gesicht, küßte sie auf die Stirn und ging davon. Tränen füllten ihre Augen.

Schweigend verfolgte Cay-La die Szene. Der Streit zwischen der Kriegerprinzessin und der Amazonenkönigin belastete sie. Sie erinnerte sich an das Gespräch, das sie zwischen Taraneh und Skifra angehört hatte. An jenem Abend hatte Taraneh Skifra gesagt, daß sie die letzte Nacht mit Kallisto verbracht hatte. Der Abend lag wie ein dunkles Tuch auf Cay-Las Seele, schien sie zu erdrükken. Mit halb geschlossenen Augen verfolgte Cay-La Kallisto, wie sie breit grinsend auf sie zukam. Cay-La wandte sich ab.

Skifra war wie betäubt. Nur mühsam hatte sie ihren Atem unter Kontrolle gebracht. Taranehs Nähe und Berührungen waren eine Folter für sie. Ihr Blut raste heiß durch ihren Körper. Ihre Gedanken drehten sich im Kreis. »Konnte es sein, daß Taraneh die Wahrheit sagte, daß Taraneh sie genauso liebte und begehrte? Aber warum hatte sie dann mit Kallisto geschlafen?« Nachdenklich zog Skifra ihre Stirn kraus. Sicher, sie war auch kein Kind von Traurigkeit. Ab und zu holte sie sich ihre Befriedigung in den Tavernen, wenn Taraneh schlief. Sie kannte die Orte. Aber das war etwas anderes. War es das? Hatte Taraneh es bemerkt? Wollte diese sie so bestrafen? Skifra seufzte. Aber warum Kallisto? Es machte keinen Sinn. Mit halb geschlossenen Augen beobachtete sie Taraneh.

Traurig kehrte Taraneh zum Lager zurück. Der Gedanke, den sie seit Beginn der Reise hatte, wurde immer mächtiger. Sie wollte weg, weg von Skifra, weg von Kallisto und von Cay-La. Sie würde zu Aphrodite gehen und den Schild der Liebe holen. Taraneh seufzte. Sie mochte die Göttin der Liebe. Aphrodite konnte ihr sicherlich helfen. Wer sonst, wenn nicht die Göttin der Liebe? Verzweifelt schloß sie ihre Augen. Sie konnte nicht länger gegen ihre Tränen ankämpfen.

»Was machst du da?«

Taraneh zuckte erschrocken zusammen.

Kallisto kniete vor ihr und hielt ihren Arm fest.

»Nach was sieht es denn aus?« Taraneh zog unwirsch ihren Arm zur Seite. Hastig packte sie ihre restlichen Sachen in den Beutel.

»Nach aufgeben.« Kallisto nahm Taranehs Gesicht in ihre Hände. Ihre Daumen berührten Taranehs zitternden Lippen. So weich und so zart. Bilder schossen durch ihren Kopf. Wie sie diese Lippen geküßt hatte. Sie fühlte diese Lippen auf ihrem Körper. »Es sieht dir nicht ähnlich, Taraneh«, raunte sie heiser. Ihre Blicke trafen sich.

Taraneh schluchzte auf. »Was bleibt mir denn sonst?« Taraneh zitterte am ganzen Leib. »Sie liebt mich nicht, Kallisto, sie liebt mich nicht.« Verzweifelt blickte sie in Kallistos Augen.

Überrascht sah Kallisto Taraneh an. Bevor sie etwas erwidern konnte, zerriß Skifras schneidende Stimme die Stille, die sich lähmend über das Lager gelegt hatte.

»Nimm deine Finger von ihr.« Skifra stand breitbeinig vor Taraneh und Kallisto. Mit einer schnellen Bewegung riß sie Taranehs Kopf an den Haaren nach hinten und zog sie langsam hoch. »Hat es euch nicht gereicht, müßt ihr es auch noch am Tag hier vor unseren Augen treiben«, preßte Skifra wütend hervor. Immer noch hielt sie Taraneh an den Haaren fest.

»Skifra, du tust mir weh«, wimmerte Taraneh und versuchte, sich aus Skifras Griff zu befreien »Skifra bitte«, flehte sie erneut und Taranehs Wimmern erstarb.

Skifra hatte sich ihr zugewandt. Eisige Kälte strömte ihr entgegen. »Und du meine Königin«, preßte Skifra mühsam hervor, »bleibst dort, wo du hingehörst.« Mit Wucht stieß sie Taraneh von sich.

Taraneh stöhnte laut auf, sie war gegen die Felsen gestolpert. Der Aufprall raubte ihr sekundenlang den Atem. Langsam rappelte sie sich auf. »Du hast kein Recht dazu«, keuchte Taraneh.

»So, habe ich also nicht, bist du dir da sicher?« Skifra drehte sich wieder Taraneh zu. Taraneh schluckte. Kein Gefühl, keine Regung. Skifra sah sie nur an. Stumm standen sie voreinander und starrten sich an.

Von Skifras Angriff überrascht war Kallisto auf den Rücken gefallen. Sie stützte sich auf ihre Ellenbogen ab und sah grinsend zu Skifra auf. Noch vor ein paar Tagen hätte sie alles gegeben, sogar ihr Leben, Skifra und alles, was die Kriegerin liebte, zu zerstören, endlich ihre Rache zu bekommen. Sie dachte immer, daß Rache süß schmecken, sie befriedigen würde. Aber sie irrte sich. Sie schmeckte bitter und befriedigte sie ganz und gar nicht. Ihre zwiespältigen Gefühle machten sie nervös. Konnte man einen Menschen gleichzeitig lieben und ihn hassen? Sie hatte für ihre Rache gelebt. Hatte sie jemals geliebt? Wer liebte sie? Suchend irrten Kallistos Augen umher. Sie sah Cay-Las Blicke, sah die Traurigkeit in ihren Augen. Kallisto hatte das Gefühl, als setzte ihr jemand ein Messer an die Brust und drückte langsam zu.

Die folgenden Stunden zogen schwer wie dunkle Wolken über die Gruppe. Vergessen schien der Grund ihrer Reise. Vergessen schien jegliches Gefühl zu sein. Cay-La seufzte. Taraneh saß in der Nähe von Skifra. Abwechselnd beobachtete sie die Frauen. Skifra beschäftigte sich stumm mit ihren Waffen oder mit Argos Zaumzeug, während Kallisto scheinbar ungerührt gegen imaginäre Krieger kämpfte. Cay-La hatte sich in den Schatten des großen Baumes gesetzt. Die Augen geschlossen, ihre Beine übereinander gelegt und die Hände auf ihren Knien.

»Was macht sie da?« Neugierig fragend drehte Taraneh sich zu Skifra um.

»Meditieren.«

»Aha.« Taraneh schaute weiter interessiert in Cay-Las Richtung.

»Sie sucht ihre innere Ruhe«, erklärte Skifra. »Es ist eine Übung für den Geist und den Körper und die Seele. Man kehrt in sich, hört in sich hinein.«

Taraneh war aufgestanden.

»Wohin willst du?« Skifra schaute Taraneh fragend an.

»Zu Cay-La«, antwortete Taraneh knapp und wollte gehen.

Skifra umgriff Taranehs Arm und zog sie zurück. »Du bleibst hier.«

»Aber ich . . .«

»Ich sage es dir nur noch einmal«, unterbrach Skifra sie unwirsch, »du bleibst dort, wo dein Platz ist.« Unruhig glitten ihre Augen über das Gesicht von Taraneh, suchten nach einem Hinweis des Verstehens. Taraneh blickte sie verständnislos an. Skifra seufzte. »Es ist Zeit.«

»Wofür?« Taraneh schaute sich suchend um.

»Um uns schlafen zu legen, denn wir brechen morgen früh auf.«

Skifra warf ihr die Decken und Felle zu. »Lege sie dort aus.« Mit einer Kopfbewegung zeigte sie auf die Felsnische. »Dort ist es besser.«

Taraneh schluckte. Was glaubte Skifra eigentlich, wer sie sei? »Ich bin nicht deine Sklavin, Skifra«, preßte sie wütend hervor und warf Skifra die Decken vor die Füße.

Irritiert blickte Skifra sie an. »Ich dachte ja nur, daß du gern weich und warm liegen würdest. Es wird heute eine kühle Nacht. Aber wenn du lieber hier auf dem Boden liegen willst, bitte.« Skifra zuckte mit ihren Schultern und breitete die Felle aus.

Taraneh starrte sie fassungslos an. Wortlos legte sie sich auf die ausgebreiteten Felle. Unruhig schlief sie ein.

Taraneh stöhnte. Warme Schauer überzogen ihren Körper, füllten sie aus. Träumte oder wachte sie? Sie spürte Skifras gleichmäßigen und warmen Atem in ihrem Nacken, und daß Skifra sie von hinten umarmte. Langsam öffnete sie ihre Augen. Sie lag in Skifras Armen. Ihr Herz begann zu rasen. Sie spürte, wie Skifras Hand sanft über ihren Bauch strich, wie Skifras Bein zwischen ihren Beinen lag. Regungslos blieb sie liegen, wollte diesen Augenblick in Skifras Armen genießen. Vielleicht war es die einzige Erinnerung, die ihr blieb. Taraneh seufzte. Nach einer Weile schlief sie wieder ein.

Skifra spürte Taranehs Wärme. Sie sog den Duft ihres Körpers ein. Wie weich sie war. Skifra zog die Amazonenkönigin noch näher an sich. Plötzlich hörte sie ein Wimmern, erschrocken lockerte Skifra ihren Griff. »Taraneh«, flüsterte sie leise und sah auf die junge Frau hinunter. Sie schlief ganz fest. Wieder ein Wimmern. Instinktiv drückte Taraneh ihren Körper dichter an Skifra. Selbst im Schlaf suchte sie Schutz bei ihr. Skifra drückte ihr liebevoll einen Kuß auf die Schläfe. Wieder hörte sie es wimmern. Ihre Augen zu schmalen Schlitzen zusammengezogen, suchte sie das Lager ab. Im Feuerschein sah sie einen Schatten, der sich über Cay-La beugte. Vorsichtig löste Skifra sich von Taraneh. Ihre Hände tasteten den Boden ab. Entschlossen griff sie nach ihren Waffen und schlich leise auf das Lager zu.

Cay-Las Augen rasten unter ihren Lidern hin und her. Wieder und wieder hatte sie diesen Traum, der sie erdrückte. Verzweifelt versuchte sie, ihre Augen zu öffnen, ihren Blick abzuwenden. Sie sah, wie das Schwert brach und das Licht immer dunkler wurde. Sie spürte eine eisige Hand, die nach ihrem Herzen, ihrer Seele griff. Hastig atmete sie ein und aus. Unruhig wälzte sie sich hin und her, schlug wieder die Decke von sich. Tränen liefen aus ihren geschlossenen Augen. Nur langsam kam sie zur Ruhe. Irgendwo weit in der Ferne hörte sie eine sanfte Stimme, fühlte eine warme Hand, die sich ihr entgegenstreckte.

»Beruhige dich!« Sanft strich Kallisto der jungen Frau über die Stirn und die schweißnassen Haare aus dem Gesicht. Wieder zog sie die Decke hoch und legte sie über Cay-Las Körper. Schützend beugte sie sich halb über Cay-La, als sie aus den Augenwinkeln eine Gestalt wahrnahm. Kallisto entspannte sich, als sie die Gestalt erkannte. »Ach, du bist es.« Kallisto richtete sich langsam auf. Nur kurz schaute sie Skifra an. Sie wollte nicht, daß Skifra sie so besorgt, so aufgewühlt sah. Kallisto wußte, daß Skifra tief in die Seele ihres Gegenübers blicken konnte und deren Schwäche für sich ausnützte. Sie hatte Angst davor, daß Skifra herausfinden würde, was sie zu verbergen versuchte, verdrängte. »Warum du? Wieso hast du Cay-Las Herz berührt«, flüsterte sie leise und wandte ihren Blick von Cay-La ab.

Fassungslos starrte Skifra Kallisto an. »Hast du etwa auch geglaubt, daß Cay-La und ich . . .«

Kallisto unterbrach sie mit einer unwirschen Handbewegung. »Was sollte ich denn sonst glauben«, entgegnete sie barsch. »Skifra, ich kenne die Prophezeiung«, fuhr Kallisto mit kalter Stimme fort, »ich weiß um ihren Ursprung. Reicht dir Taraneh nicht? Mußt du, mußt du auch noch . . .« Kallisto sprach nicht weiter, sie war zu aufgewühlt. Was sollte sie Skifra sagen? Daß sie Cay-La begehrte, liebte, durch Cay-La endlich das Gefühl kennengelernt hatte, um das sie Skifra und Taraneh immer beneidet hatte? Kallisto seufzte bitter auf. Es war nicht nur die Freundschaft, um die sie beide beneidete, es war die tiefe Liebe, die diese verband, immer verbinden würde, egal was geschah oder noch geschehen würde.

Unverholen blickte sie Skifra an. Wie weit konnte sie Skifra trauen? »Nicht weiter als mein Arm reicht«, dachte Kallisto verbissen und sah Skifra herausfordernd an.

Cay-La hatte Kallisto gespürt. So wie immer. Sie fühlte Kallistos Nähe. Von Beginn an hatte sie Kallisto gespürt, ohne daß sie wußte, wer sie war. Angespannt hörte sie den beiden Frauen zu. Es war seltsam. Kallisto und Skifra waren Todfeinde. Sie würden sich bekämpfen, bis sie beide zu Grunde gingen. Dennoch verbündeten sie sich für diesen einen Kampf. Aus welchen Gründen Skifra kämpfte war ersichtlich. Sie kämpfte für Taraneh und die Amazonen. Warum Kallisto mit in diese Schlacht zog, war Cay-La ein Rätsel. Nein, es stimmte nicht. Cay-La belog sich selber. Sie wußte es. Kallisto kämpfte um des Kämpfens willen. Es war ihr egal ob sie starb oder andere starben. Für sie schien es die einzige Lösung zu sein, ihrem Leben zu entfliehen. Cay-La schluckte.

Skifra seufzte. Ihre Gedanken kreisten wild umher. Was konnte sie Kallisto antworten? Wie viel ihr sagen? Sicher, sie ritten zusammen, kämpften dieses Mal Seite an Seite, aber wie lange? Für was oder wen würde Kallisto sie früher oder später verraten? Würde Kallisto sie verraten? Und hatte Kallisto nicht längst einen Keil zwischen ihr und Taraneh getrieben? Würde Kallisto mit diesem Wissen dann nicht auch einen Keil zwischen Cay-La und ihr treiben? Skifra war hin und her gerissen. So viele Fragen, keine Antworten. Wärme suchend, stellte sie sich vor das Feuer. Sie spürte immer noch Kallistos Blicke auf sich. »Es hat mit meiner Vergangenheit zu tun, Kallisto«, zerriß Skifras Stimme die Stille. Sie schloß ihre Augen. Wieder tauchten die Bilder der Vergangenheit auf, einer Vergangenheit, für die sie sich schämte, die sie verletzte und zerriß.

»Ah, nennt man das jetzt Vergangenheit«, bemerkte Kallisto spöttisch. »Dann kennst du Cay-La also schon längere Zeit?« Kallistos Frage klang beiläufig und dennoch hatte sie Angst vor der Antwort. Sie sah Skifra von der Seite an.

»Nein, nein«, entgegnete diese gereizt. »Ich kannte ihre Mutter. Sie ist durch meine Hand gestorben.« Skifra stand nun ganz dicht vor Kallisto. »Durch meine Gier nach Macht und Zerstörung, nicht anders als deine Gier«, fügte sie wütend hinzu. »Alles zerstören zu wollen, egal um welchen Preis.« Skifra starrte in die dunklen Augen der Kriegerin.

Kallisto zuckte bei jedem dieser Worte zusammen. Sie wollte antworten.

Unwirsch hob Skifra ihre Hand. »Ich weiß, was du sagen willst, Kallisto, daß ich diese Finsternis in dir geweckt habe, aber das ist nicht so, es ist nicht die ganze Wahrheit und du weißt es. Du hast nicht anders als ich die Dunkelheit in dir zugelassen. Sie beherrscht dich. Tag für Tag, Nacht für Nacht. Nicht anders, als diese Dunkelheit mich beherrscht hat. Ich habe teuer dafür bezahlen müssen.« Skifra seufzte. »Taraneh«, dachte sie traurig. »Ich habe Cyane aus diesen Gründen getötet, getötet, um noch mächtiger zu sein, noch stärker. Und ich schwöre dir Kallisto, es vergeht kein Tag, keine Nacht in meinem Leben, an dem ich es nicht bereue, wirklich bereue.« Skifra spürte die Anspannung in sich. Sie sah Cyane. Bitter schnaubte sie auf. »Ich weiß nicht«, flüsterte sie leise, »was die Götter sich dabei gedacht haben, ein Band zwischen mir und Cay-La zu knüpfen. Vielleicht soll ich so für all meine Taten sühnen, dann werde ich es tun, für jede einzelne. Aber vielleicht ist es auch nur wieder eines dieser Spiele, das die Götter sich für uns ausgedacht haben, ich weiß es nicht. Ich weiß nur, daß ich Freundschaft für Cay-La empfinde. Nicht mehr und nicht weniger. Und ich kann nur hoffen, daß Cay-La genauso viel Güte, Wärme und Liebe hat wie . . .« Skifra brach ab.

»Taraneh«, flüsterte Kallisto.

»Ja«, Skifra lachte bitter auf, »wie Taraneh.«

Es war das erste Mal, daß Skifra so mit ihr gesprochen hatte. Tief in Gedanken versunken ging Kallisto zu der Feuerstelle und hielt ihre Hände über die Flammen. Sie wärmten kaum. Seit Tagen war ihr kalt, sie fror. »Was willst du noch Skifra?« Unwirsch drehte Kallisto sich um. Skifra stand immer noch neben ihr. Sie konnte ihre Nähe jetzt nicht ertragen. Sie wollte allein sein und darüber nachdenken, was Skifra gesagt hatte. Stimmte es überhaupt, was Skifra gesagt hatte? Empfand sie wirklich nur Freundschaft für Cay-La, nicht mehr? Der Schein des Feuers tanzte wild in Kallistos Gesicht. Unergründlich blickten ihre dunklen Augen Skifra an. Augen, die jedes Gefühl zu verbergen schienen. »Willst du mit mir kämpfen? Für was Skifra?« Trotzig verzog Kallisto ihr Gesicht. »Taraneh liebt dich.« Wieder drehte sie sich dem Feuer zu. »Gleichwohl was du getan hast. Sie vergibt dir. Du bist ihr erster Gedanke, wenn sie aufsteht und ihr letzter, wenn sie einschläft. Nicht einmal als wir beide zusammen waren, konnte sie dich vergessen, Skifra.« Kallisto schwieg. Sie war auf Skifra zugegangen. Hastig glitten ihre Augen über Skifras Gesicht. »Sie hat deinen Namen gerufen, Skifra.«

Skifra atmete hörbar aus.

Die beiden Frauen sahen sich schweigend an. Kallisto wußte, daß Taraneh Skifras schwächster Punkt war, aber für den Moment war es ihr egal. Dieses Wissen bedeutete ihr nichts mehr. Nachdenklich blickte sie wieder zu Cay-La hinüber, die offensichtlich ruhig schlief. »Es ist besser, wenn wir uns morgen trennen«, begann Kallisto nach einer Weile. Wieder hatte sie ihre Hände über das Feuer ausgestreckt. »Ich reise mit Cay-La zum Tempel und wir holen den Schild. Du ziehst inzwischen mit Taraneh weiter. Wir treffen uns dann in vier oder fünf Tagen bei den grauen Felsen.«

Skifra starrte Kallisto entgeistert an. »Und warum meinst du, sollte ich dir trauen«, preßte sie hervor.

Kallisto hatte wieder ihren Kopf schräg gelegt. Sie zuckte mit den Schultern. Ihr langes, blondes Haar fiel weit in ihr Gesicht und verdeckte es.

»Weil ich ihr vertraue.« Cay-La war aufgesprungen und stand zwischen den beiden Frauen.

Skifra zog verwundert ihre Augenbraue hoch. »Du vertraust ihr noch, nach all dem? « Ungläubig sah sie Cay-La an.

»Ja«, flüsterte Cay-La. »Ja, ich vertraue ihr«, fügte sie nochmals hinzu.

»Du bist närrisch«, wütend griff Skifra nach Cay-Las Arm. »Du kennst sie nicht, nicht so wie ich. Was ist, wenn es eine Falle ist? Sie könnte immer noch mit Allegra unter einer Decke stecken. Ihre Männer könnten irgendwo lauern und dich gefangen nehmen.« Skifra schaute Cay-La besorgt an.

»Und was ist, wenn nicht?« Fragend sah Cay-La Skifra an. Beschwichtigend legte Cay-La ihre Hand auf Skifras Arm. »Skifra, verwechselst du da nicht etwas?« Sie sah in Skifras schuldbewußtes Gesicht. »Du und Taraneh, ihr beide seit kampferprobt. Wenn ich sterben sollte, dann kannst du und Taraneh immer noch gegen Allegra kämpfen, sie töten. Es gibt keinen Sinn, wenn wir vier in Gefahr geraten. Schon aus diesem Grunde sollten wir uns trennen.«

Kallisto hatte den beiden stumm zugehört. Ihr fiel es schwer, sich zu konzentrieren. Cay-Las Verteidigung hatte sie erstaunt. Nach all dem, was sie Cay-La angetan hatte, sprach sie von Vertrauen? Konnte es wirklich wahr sein, was Cay-La in der Höhle gesagt hatte? Wieder stiegen Zweifel in ihr auf. Nachdenklich zog sie ihre Stirn kraus. »Du mußt zugeben, Skifra, wo sie recht hat, da hat sie recht. Dann kannst du wieder ganz allein alle retten und die Heldin sein. Du kannst es dir natürlich auch anders überlegen. Du und Cay-La, ihr geht zum Tempel und ich, ich bleibe hier.« Kallisto grinste diabolisch. »Bei Taraneh«, fügte sie hinzu und lachte laut auf. Ihr Lachen erstarb, als sie Cay-Las Blicke trafen. »War ja nur ein kleiner Scherz zwischen mir und Skifra.« Maulend verließ Kallisto das Lager.

»Skifra, du brauchst dir um mich keine Sorgen zu machen.« Cay-La sah sie an. «Ich bin die Tochter von Cyane und Lao Ma. Ich kann Kallisto jederzeit besiegen. Sie weiß es nur nicht. Geh jetzt. Laß uns noch die restlichen Stunden ruhen.«

Cay-La versuchte vergebens, die letzten Stunden der Nacht zu schlafen. In ihr war alles aufgewühlt. Immer und immer wieder hörte sie die Worte, die Kallisto und Skifra ausgetauscht hatten. Konnte es sein, daß Kallisto etwas für sie empfand? War es wirklich so? Warum sollte sie sonst eifersüchtig auf Skifra sein? Die Fragen ließen Cay-La keine Ruhe, hielten den Schlaf fern. Unruhig drehte sie sich immer wieder auf ihrem Nachtlager hin und her. Ihre Augen suchten Kallisto. Diese hatte das Lager maulend verlassen und war noch nicht zurückgekehrt. Genervt über ihre Unruhe und das Fernbleiben von Kallisto drehte Cay-La sich mit einem Seufzer auf den Rücken. Ihre Augen schweiften über den Sternenhimmel. Sie liebte die Sterne, liebte es, stundenlang in den Nachthimmel zu sehen. Aber heute, heute nervte sie sogar das. Ein Knacken im Unterholz schreckte sie aus ihren Gedanken. Obwohl sie Kallisto nicht sah, wußte sie genau, daß sie es war. Cay-La schloß die Augen. Sie wollte nicht, daß Kallisto bemerkte, daß sie nicht schlafen konnte. Angespannt lauschte sie. Kallisto mußte sehr nahe sein. Sie glaubte, sie zu fühlen. Ihre Unruhe steigerte sich. Erneut fing sie an sich zu drehen. Alle Versuche ruhig liegen zu bleiben, scheiterten kläglich. Sie war viel zu angespannt, einfach zu aufgewühlt.

Kallistos Kämpfe waren nicht minder so groß, wie die von Cay-La. Unbemerkt hatte sie sich nahe dem Lager hingesetzt, darauf bedacht, einen guten Blick auf Cay-La zu haben. Mit funkelnden Augen hatte sie beobachtet, wie Cay-La und Skifra sich unterhalten hatten. Erleichtert nahm sie auf, wie Skifra sich sehr schnell zurückzog und Cay-La sich auf ihre Decke legte. Sie sah die Kämpfe, die Cay-La austrug, sah, wie sie sich hin und her drehte. Empfindet Cay-La wirklich nur Freundschaft für Skifra? Stimmten die Worte, die Skifra mir sagte? Kallisto grübelte. Cay-La hatte sich auf ihre Seite gestellt, sie vor Skifra in Schutz genommen. Vielleicht . . . Kallisto schüttelte den Kopf. »Warum sollte sie gerade mich lieben«, sprach sie leise und traurig vor sich hin. Ihr Blick schweifte zu Skifra, die sich wieder zu Taraneh gelegt hatte. »Taraneh liebt Skifra, warum sollte Cay-La mich nicht lieben?« Ihr Blick suchte erneut Cay-La. Kallisto sah, wie sich Cay-La entnervt auf den Rücken drehte und in den Sternenhimmel schaute. Automatisch folgte ihr Blick dem von Cay-La. Sie atmete tief bei dem Anblick der vielen Sterne ein. Sie konnte auf einmal verstehen, warum Cay-La diese so mochte. Es war wunderschön. Kallisto war erstaunt über sich selber. »Jetzt werde nicht sentimental«, schimpfte sie mit sich selber und erhob sich. Als sie sich dem Lager näherte, bemerkte sie sofort, daß Cay-La sich schlafend stellte. Sie grinste. Neben Cay-La angekommen, blieb Kallisto stehen. In ihrem Kopf raste alles wild durcheinander. Sie sah, wie Cay-La sich unruhig von einer Seite auf die andere drehte. Leise ging Kallisto zu ihrer Decke und hob diese auf. Unschlüssig sah sie darauf, dann zu Cay-La. »Ihre Felldecke am Boden reicht schließlich für zwei. Also, was soll ich hier ohne rumliegen«, flüsterte sie zu sich selbst.

Cay-La ertrug ihre Anspannung kaum noch. Sie hörte Kallisto

nicht mehr. Sie war erneut von ihr weggegangen. Es war still, so unheimlich still, bis sie leise Schritte hörte, die sich ihr vorsichtig näherten. »Was ist jetzt?« schoß es durch ihren Kopf. Cay-La drehte sich auf die Seite. Sie wollte nicht, daß Kallisto bemerkte, wie unruhig ihre Augen unter den geschlossenen Lidern hin und her rasten. Krampfhaft versuchte sie, ihren Herzschlag und ihren Atem zu beruhigen, was ihr kaum gelang. Sie spürte, wie Kallisto direkt neben ihr herumhantierte. »Was sollte das nun werden«, fragte sich Cay-La. Diese Frage wurde ihr schneller beantwortet als ihr lieb war. Sie spürte, wie Kallisto sich neben sie auf die Felldecke legte. Cay-La glaubte keine Luft mehr zu bekommen. Sie hielt es kaum aus, sich nicht zu bewegen. Mit einem Seufzer drehte sie sich auf den Rücken, die Augen immer noch geschlossen. Dabei berührte ihr Arm leicht den von Kallisto. »Zu nah, ich bin zu nah«, schrie alles in ihr auf. Instinktiv drehte sie sich mit einer schnellen Bewegung wieder auf die Seite. Die Decke rutschte dabei von ihrem Körper.

Kallisto griff nach der Decke und zog sie über Cay-La. »Schhht«, versuchte Kallisto sie zu beruhigen.

Cay-La spürte, wie Kallisto an sie herangerückt war, während diese die Decke über sie zog, wie ihr Arm sie umfing, auf ihrem Bauch zum Liegen kam und die andere Hand von Kallisto durch ihr verschwitztes Haar fuhr. »Schhht«, kam es erneut nahe an ihr Ohr. Sie konnte den Atem von Kallisto auf ihrer Haut fühlen. Kallisto mußte sich die Rüstung ausgezogen haben. Ihre Haut berührte Cay-Las Haut, die sich ebenfalls in den Unterkleidern hingelegt hatte. Cay-La atmete tief ein. Die Hand auf ihrem Bauch, die Haut von Kallistos Bauch an ihrem Rücken, den Atem in ihrem Nacken, dies zu fühlen machte sie fast wahnsinnig. Kallisto schien entspannt an ihr zu liegen. »Wie kann sie nur so ruhig sein?« schoß es durch Cay-Las Kopf. »Weiß sie denn nicht, was sie in mir auslöst?« Cay-La seufzte erneut auf. Die Kämpfe, die sie in diesen Stunden mit sich ausgetragen hatte, forderten ihren Tribut. Cay-La schlief ein. Wieder holten die Träume sie ein. Unruhe machte sich in ihr breit. Ihr Atem wurde schneller.

Kallisto, die ebenfalls eingeschlafen war, wachte sofort auf. Sie sprach leise und sanft zu Cay-La. Diese drückte sich im Schlaf noch näher an Kallisto. Kallistos Arme umfingen sie stärker. Cay-

La wurde ruhiger. Ihr Atem ging wieder gleichmäßig. Kallisto küßte sie sanft in den Nacken, bevor auch sie wieder in den Schlaf fiel.

Cay-La wachte sehr früh auf. Langsam öffnete sie die Augen. Die Morgendämmerung war gerade dabei, die Dunkelheit der Nacht zu vertreiben. Viel sehen konnte man noch nicht. Cay-La spürte die kalte, feuchte Morgenluft, spürte, wie der Körper an ihr sie wärmte. Kallisto, erinnerte sie sich schlagartig. Sie lag in Kallistos Armen, so wie sie eingeschlafen war. Ihr Herz begann sofort wie wild zu schlagen. Cay-La schloß die Augen, sog die Nähe und Wärme von Kallisto in sich auf. Es war so schön und beängstigend zugleich. Cay-La erlaubte sich diesen Moment, diese Gefühle zu genießen und tief in sich aufzunehmen. Traurig löste sie sich nach einigen Minuten langsam und vorsichtig aus Kallistos Armen. Sie blickte die schlafende Kallisto mit sehnsüchtigen Augen an. Sie sah so friedlich aus, wenn sie schlief. Cay-La schüttelte den Kopf und stand abrupt auf. »Laß das«, schimpfte sie mit sich. Schnell hob sie ihre Decke auf und verschwand aus dem Lager. Sie mußte ihr Pferd nicht lange suchen. Gedankenverloren führte sie es in die Nähe des Lagerplatzes. Sie wollte so schnell wie möglich zu Aphrodites Tempel.

Kallisto sah Cay-La nach, als sie das Lager verließ. Sie seufzte leise und schloß die Augen. Immer noch glaubte sie, den Körper von Cay-La an ihrem zu fühlen, ihre Wärme, ihre weiche, zarte Haut.

Cay-La war gerade dabei ihr Pferd zu satteln, als sie ein Geräusch hinter sich wahrnahm. »Auch schon auf?« Cay-La drehte sich nicht um. Sie wußte genau, daß es Kallisto war. Sie spürte sie mit jeder Faser ihres Körpers.

»Was hampelst du auch schon im Dunkel rum?« Kopfschüttelnd machte sich Kallisto daran, ihr Pferd einzufangen und zu satteln. Dabei blieben ihre Gedanken bei Cay-La, warum war sie heute Morgen so kühl und abweisend gegen sie? Vor wenigen Stunden hatte sie sich noch an ihren Körper gedrängt. In Kallisto stieg eine Wut auf, ihre Augen funkelten.

Cay-La atmete hörbar ein. »Sie kann es einfach nicht lassen«, dachte sie. Die letzten Handgriffe waren schnell getan. Cay-La zog ihren Mantel an, es war kühl. Ein Zittern lief durch ihren Körper. Sie fror. Sie blickte zurück. Abseits vom Lagerplatz waren Taraneh und . . . wo war Skifra? Sie konnte sie nicht sehen. Auf ihrem Nachtlager lag nur Taraneh. Unruhig schweifte ihr Blick suchend umher.

»Ihr seid soweit?« Skifras Stimme kam unerwartet von der Seite.

Cay-La drehte sich zu ihr. »Ja.«

Skifra stand ganz nah bei ihr. Sie sah in diese schönen, grünen Augen. Die Traurigkeit war immer noch da. Sie hatte diese junge Frau in ihr Herz geschlossen. Da war so vieles in ihr, das Skifra gesehen hatte. »Sie weiß gar nicht, was für ein besonderer Mensch sie ist«, dachte Skifra.

»Paß gut auf dich auf.« Skifra strich ihr sanft über die Wange, zog sie in eine innige Umarmung. »Versprich es mir«, flüsterte sie ihr ins Ohr.

»Ich verspreche es dir«, kam es leise, nur für Skifras Ohren hörbar, über ihre Lippen. Dann löste sie sich etwas aus der Umarmung. »Versprichst du mir auch etwas?«

Skifra sah sie fragend an. »Paß gut auf Taraneh auf.« Cay-La sah Skifra eindringlich an. »Es gibt Dinge im Leben, Skifra, die bekommt man nur einmal. Sind sie verloren, kommen sie nie wieder zurück.« Skifra zog sie nochmals zu sich heran. Cay-La flüsterte ihr ins Ohr: »Laß nicht verloren gehen, was du so sehr begehrst.« Sie löste sich von Skifra und bestieg ihr Pferd. Ohne zurückzublicken ritt sie aus dem Lager.

Kallisto hatte das Lager schon vor ihr verlassen. Unruhig saß sie auf ihrem Pferd und verfolgte mit wütendem Blick, was zwischen Skifra und Cay-La geschah. Ohne bei Kallisto anzuhalten, ritt Cay-La weiter. Kallisto trieb immer noch wütend ihr Pferd an und folgte ihr. So ritten sie mehrere Stunden schweigend nebeneinander her.

Die Sonne stand bereits hoch über ihnen, als sie an einen kleinen See kamen. Cay-La hielt ihr Pferd an, stieg ab und ließ es zum Wasser. Langsam ging sie hinterher, kniete sich an das Ufer. Das Wasser war kühl und angenehm. Sie hielt ihre erhitzten Arme in das Wasser, formte ihre Hände zu einer Schale und ließ das Wasser sich darin sammeln. Genüßlich senkte sie ihren Kopf hinein und seufzte auf, als das kühle Wasser ihr Gesicht berührte.

Kallisto hatte sie ohne abzusteigen beobachtet. Nichts schien ihr zu entgehen. Sie spürte eine Wärme in sich aufsteigen, während sie Cay-La zusah. Sie erinnerte sich an die Nacht, wie sie Cay-La in den Armen hielt, ihren Körper spürte, ihre Nähe. Kallisto seufzte in sich hinein.

Cay-La hatte nicht mehr auf ihr Pferd geachtet. Völlig unerwartet schubste es sie von der Seite an. Sie war nicht darauf vorbereitet und fiel vornüber in den See. Prustend kam sie hoch, schlug mit ihrer flachen Hand auf das Wasser und brummelte wütend Worte vor sich hin.

Kallisto stieg laut lachend von ihrem Pferd, was Cay-La noch wütender machte.

Cay-La sah hoch.

Kallisto stand am Ufer genau vor ihr und lachte noch lauter.

»Das amüsiert dich, ja?« Cay-Las Augen funkelten.

Kallisto schien sich nicht zu erholen. Lachend stand sie da. Sie versuchte sich ein wenig zurückzuhalten. »Also, du mußt zugeben, es sieht wirklich zum Lachen aus.« Und schon lachte sie wieder lauthals los.

Cay-La stand wütend auf. »Freut mich für dich«, keifte sie Kallisto an. Sie schlug wütend Kallistos Hand weg, die sie ihr helfend angeboten hatte. Kochend vor Wut stieg sie aus dem Wasser. Achtlos ging sie an Kallisto vorbei und nahm ihr Pferd am Zügel. Sie führte es unter ein paar Bäume. Als Kallisto zu ihr trat, war sie gerade dabei, in ihren Satteltaschen zu kramen. Sie brauchte dringend ein Handtuch, um sich abzutrocknen.

Da stand Kallisto schon hinter ihr und reicht ihr über die Schulter ein Tuch, das sie ohne ein Wort nahm. »Die Pferde brauchen eine Pause und wir auch«, bemerkte Kallisto sachlich. Sie hatte aufgehört zu lachen.

Cay-La nickte nur. Sie drehte Kallisto immer noch den Rücken zu. Aber so langsam hatte sie sich wieder beruhigt.

»Zieh dich aus!« Kallistos Worte rissen sie aus ihren Gedanken.

»Wie?« Cay-La schoß herum und sah Kallisto mit weit aufgerissenen Augen an.

»Deine Kleider müssen trocknen«, erklärte ihr Kallisto.

Cay-La schluckte. Obwohl Kallisto sie schon nackt gesehen hatte, fiel es ihr nun schwer, sich vor ihr auszuziehen. Jetzt, jetzt war alles anders. Cay-La schluckte hörbar.

Kallisto, die Cay-Las Unsicherheit spürte, wandte sich ab. »Ich gehe für ein Feuer Holz suchen.« Im Weggehen warf sie Cay-La noch eine Felldecke zu.

Diese sah ihr kopfschüttelnd nach. Dann zog sie sich aus, legte ihre nassen Lederkleider über ein paar große Steine, breitete die Felldecke aus, setzte sich darauf und wickelte das Tuch ganz eng um ihren nackten Körper. Cay-La zog die Beine ganz nahe an sich und umschlang sie mit den Armen. Ihren Kopf hatte sie auf die Knie gelegt.

Vor sich hinsummend kam Kallisto mit Holz zurück. Sie hatte mit schnellen Handgriffen ein Feuer gemacht. Ohne ein Wort legte sie sich auf die Decke neben Cay-La, schloß genüßlich die Augen, legte ihre Arme unter ihren Kopf und genoß scheinbar die Sonne.

Cay-La sah irritiert auf Kallisto. Sie schaffte es immer wieder, sie in Erstaunen zu versetzen. Cay-La schloß müde ihre Augen. Wie lange würde der Kampf zwischen ihnen noch weitergehen? Wie lange, bis eine von ihnen aufgab? Cay-Las Herz schmerzte bei den dunklen Gedanken. Sie wußte, lange würde sie es nicht in Kallistos Nähe aushalten. Nicht so. Sie liebte diese verrückte Kriegerin. Aber das reichte anscheinend nicht aus. Obwohl die Sonne auf sie herunterbrannte, fror sie. Ein leichtes Zittern erfaßte ihren Körper. Kallisto war dies nicht entgangen.

Cay-La zuckte zusammen, als sie spürte, wie Kallisto sie zu sich hinunterzog. Ihr ganzer Körper versteifte sich. Mit fragenden Augen sah sie in Kallistos Gesicht.

»Entspann dich, Cay-La. Versuche die Wärme von meinem

Körper zu nehmen«, flüsterte sie ihr ins Ohr. Cay-La konnte Kallistos Atem auf ihrer Haut spüren. Ihre Arme hielten sie eng umschlungen. Sie hatte Cay-La halb auf sich gezogen. »Versuche etwas zu schlafen.«

»Schlafen«, dachte Cay-La. O was glaubte diese Frau, was sie in ihr auslöste? Müdigkeit mit Sicherheit nicht. Cay-La wollte aufstehen, weg von Kallisto, nur weg. Aber die Arme von Kallisto ließen sie nicht, hielten sie fest. Sie hob ihren Kopf an, wollte sehen, was in Kallisto vorging. Kallisto lag lächelnd da, die Augen geschlossen. Cay-La konnte sie nicht verstehen, immer weniger. Sie ließ resigniert ihren Kopf zurück auf Kallistos Brust sinken. Sie hörte ihren Herzschlag. Langsam schloß sie die Augen. Aufgewühlt von Kallistos Nähe nickte sie trotzdem ein.

Als sie aufwachte, war Kallisto weg. Habe ich nur geträumt, fragte sich Cay-La. Sie räkelte sich auf der Decke. Streckte sich.

»Auch wieder wach?«

Cay-La drehte sich um und sah Kallisto mit einem Hasen in der Hand beim Feuer stehen. Sie war dabei, den Hasen in das Feuer zu legen und sah mit einem frechen Grinsen zu Cay-La. Sie versuchte gar nicht zu verbergen, wie sie es genoß, den nackten Körper von Cay-La zu bestaunen. Leise pfiff sie durch ihre Zähne.

Schlagartig wurde Cay-La sich ihrer Nacktheit bewußt. Schnell griff sie nach der Decke neben sich und setzte sich auf. Wo waren ihre Kleider? Suchend sah sie sich um. Sie lagen nicht mehr auf den Steinen. Ihr Blick suchte das Lager ab.

»Neben dir auf der Decke«, kam es immer noch grinsend von Kallisto.

Cay-La zog sich hastig an und ging zu Kallisto ans Feuer. Sie vermied es, die Kriegerin direkt anzusehen. Zu aufgewühlt war sie. Aber jedes Mal, wenn sie bemerkte, daß Kallisto wegsah, konnte sie ihren Blick nicht von ihr lassen. Sie setzte sich langsam auf den Boden neben dem Feuer.

Kallisto kniete davor, stocherte im Feuer herum oder drehte den Hasen. Langsam vertrieb die Nacht den Tag. »Hungrig?« Kallisto schaute sie an.

Cay-La hatte Kallisto unverhohlen angestarrt, als diese jetzt zu ihr sah, senkte sie verschämt ihren Blick. Sie wollte nicht, daß die andere Frau sah, was in ihren Augen stand. »Ja«, kam es leise von

Cay-La.

»Hier!« Kallisto reichte ihr ein Stück vom Hasen. Genüßlich biß Cay-La hinein, sie hatte wirklich Hunger. Schweigend saßen sie am Feuer und kauten auf ihrem Fleisch herum. Beide ließen immer wieder ihren Blick zur anderen schweifen.

Die Nacht hatte sie eingeholt. Die Sterne hatten den Nachthimmel erobert. Cay-La blickte verträumt in den Himmel, gähnte laut vor sich hin.

Dies war Kallisto nicht entgangen. »Bist du müde?« Kallisto drehte ihren Kopf zu Cay-La.

»Ja. Du nicht?« fragte sie zurück.

»Doch. Legen wir uns hin. Morgen reiten wir früh los.«

»Ist es noch weit«, wollte Cay-La wissen.

Kallisto hatte die Felldecke nahe dem Feuer auf dem Boden ausgelegt. Darauf eine große Decke. »Nein, wir werden den Tempel morgen erreichen.« Kallisto stand auf und hielt Cay-La auffordernd ihre Hand hin. »Komm, wir gehen schlafen.«

Cay-La schluckte. Sie stand langsam auf und ging auf Kallisto zu. Diese hielt ihr die Decke hoch. »Bitte.« Ohne sie aus den Augen zu lassen, wollte Cay-La sich hinlegen.

»Willst du die Lederkleidung nicht ausziehen«, fragte Kallisto unvermittelt.

Cay-La sah an sich hinunter. »Ich ...«, stotterte sie und sah, wie Kallisto ihre Rüstung auszog und sie dabei fragend ansah. »Doch ... sicher.« Mit zittrigen Fingern zog Cay-La ihre Lederkleider aus und kroch schnell unter die Decke.

Kallisto kroch zu ihr und drehte sich auf die Seite. »Schlaf schön.«

Cay-La wußte nicht, was sie davon halten sollte und drehte sich ebenfalls auf die Seite. »Du auch.« Rücken an Rücken lagen sie da. So sanken sie in einen unruhigen Schlaf. Gefangen in all den Gedanken und Gefühlen, die von der Frau neben ihnen ausgelöst wurde.

»Ausgeschlafen?« Skifra schnürte ihren Brustpanzer, als Taraneh sich laut gähnend ausstreckte. Ohne eine Antwort von Taraneh abzuwarten, zog sie an den Decken, so daß Taraneh herausrollte, dabei achtete sie nicht auf Taranehs Proteste. »Beeil dich.«

»Wo sind Kallisto und Cay-La?« Fragend suchte Taraneh das Lager ab. Hastig aß sie das Brot und den Käse den Skifra ihr hingelegt hatte.

»Zum Tempel. Können wir jetzt endlich los?« Mit kräftigen Tritten löschte Skifra das Feuer.

Taraneh schaute Skifra erstaunt an. »Findest du es nicht etwas gefährlich, Cay-La mit Kallisto allein zum Tempel ziehen zu lassen?«

»Das sagst ausgerechnet du«, fauchte Skifra wütend und bereute sofort ihre Worte. Ihr war Taranehs Regung nicht entgangen, ihre Worte hatten Taraneh getroffen, sie verletzt. Skifra stöhnte leise.

Taraneh schluckte. Letzte Nacht war alles nur ein Traum gewesen. »Wie dumm ich doch bin«, dachte sie bitter. Sie hatte geglaubt Skifra hätte ihr vergeben. Sie kannte Skifra besser, Skifra würde ihr diesen Verrat ihrer Freundschaft niemals verzeihen. Skifra liebte sie nicht, empfand nicht das, was sie empfand. »Warum auch«, durchschoß es Taraneh. Ihre Hände zitterten. Langsam hob sie ihre Sachen auf und verstaute sie in ihren Wanderbeutel.

»Also, bist du endlich soweit?« Wartend saß Skifra auf Argo und streckte ihr die Hand zum Aufsitzen entgegen.

»Ja sicher, reite du nur vor, ich komme nach.« Taraneh blickte sich nochmals um. Sie konnte kaum ihre Gefühle unterdrücken. Jetzt in Skifras Nähe zu sitzen, sie zu spüren, würde ihr den Verstand rauben.

Skifra zuckte mit ihren Schultern und trieb Argo an.

Die Reise war beschwerlich. Warm und unerbittlich schien die Sonne auf sie. Immer wieder mußte Skifra anhalten oder rasten, bis Taraneh nachkam.

»Wie weit ist es noch?« Taranehs Blicke glitten suchend durch die Landschaft. Sie hatte Hunger, ihr Rücken und ihre Füße schmerzten. Seit mehr als einer Stunde gingen sie nun schon schweigend nebeneinander über den felsigen Boden.

»Noch ein paar Meilen, dann beginnt die Ebene. Siehst du hinten am Horizont die graue Wand?« Taranehs Blicke folgten Skifras ausgestrecktem Finger. »Dort müssen wir hin.«

Taraneh stöhnte. »Aber doch nicht heute, oder?«

Skifra grinste. »Es ist nicht so weit, wie es aussieht.« Schweigend gingen sie weiter.

»Es ist doch besser, wenn wir dort bei der Lichtung rasten.« Seit einer Weile hatte Skifra nun die junge Frau neben sich beobachtet. Taraneh litt. Sie ging immer noch stumm neben ihr her. Sie schien ihr nicht zugehört zu haben.

Taraneh dachte an die letzten Tage, die letzte Nacht. Was hatte Skifra gesagt? Sie sollte dort bleiben, wo ihr Platz war. Aber wo war ihr Platz, wenn nicht bei Skifra? Während ihres stummen Marsches hatte sie immer wieder Skifra von der Seite beobachtet, sie angesehen und über ihre Gefühle nachgedacht. Sie hatte der Kriegerprinzessin alles gegeben, ihr Leben für sie aufgegeben, ihre Heimat verlassen. Sie hatte mit und gegen Skifra gekämpft und nun führten sie die entscheidende Schlacht. Eine Schlacht, die über ihre Zukunft bestimmen würde. Was ist, wenn Skifra sich gegen sie entscheiden würde? Traurig blickte sie auf den Boden. Skifra hatte sie neugierig angesehen. Taraneh spürte den Kloß in ihrem Hals und seufzte.

»Taraneh?« Skifras Stimme riß sie aus ihren Gedanken. Fragend schaute sie die große Frau neben sich an. Skifra war stehengeblieben und hielt sie fest.

Taranehs Haut brannte dort, wo Skifra sie berührte.

»In ein paar Stunden wird es dunkel. Wir werden hier rasten. Suche du nach Holz, ich werde Argo verpflegen und das Lager aufschlagen.« Skifra ließ Taraneh stehen und ging mit Argo zu der Baumgruppe in der Nähe des kleinen Sees. Mit schnellen Handgriffen hatte sie Argo von dem Zaumzeug und Sattel befreit. »Na, lauf schon meine Gute, ich kümmere mich gleich um dich.« Dann gab sie Argo einen liebevollen Klaps. Laut schnaubend lief das Pferd auf die Wiese. Skifra beobachtete Argo eine Weile. Sie holte tief Luft. Sie mochte diese Gegend. Ein schmaler Fluß durchzog die Ebene, grüne Wiesen und Wälder wechselten sich ab. Nur selten kamen Wanderer oder Händler durch diese Gegend. Kaum jemand lebte in den Bergen. Suchend drehte sie sich um. Taraneh stand in der Nähe einer Baumgruppe.

»Such nach Holz«, äffte Taraneh Skifra nach und hob ein paar dünne Äste auf.

»He, lauf nur nicht zu weit weg, sonst muß ich dich wieder retten«, hörte sie Skifras spöttische Bemerkung.

Taraneh maulte wütend. Drohend hob sie ihre rechte Faust in Skifras Richtung. »Paß du mal lieber auf, mein Kriegerherzchen, daß ich dich nicht vermöble.« Taraneh schluckte. Was war es nur, was sie so in Weißglut brachte? Sie wußte, daß Skifra sie neckte. So wie sonst auch. Nur warum war es jetzt anders?

Skifra schüttelte traurig ihren Kopf. Taranehs Geste war ihr nicht entgangen. Müde schloß sie ihre Augen. Wie lange würden sie und Taraneh sich noch bekämpfen? Auch in ihr hatte die gestrige Nacht ihre Spuren hinterlassen. Sie war eine Qual für Skifra gewesen. Sie hatte Taraneh gespürt, die Schauer gefühlt, die Taranehs Körper durchzogen, ihr lustvolles Stöhnen gehört. Noch so eine Nacht würde sie nicht verkraften. Wieder suchten ihre Augen nach Taraneh. Langsam setzte sie sich auf einen Felsen nahe des kleinen Sees und zog sich aus.

Taraneh konnte ihre Blicke nicht abwenden. Sie starrte fasziniert auf das Bild, das sich ihr bot. Skifras Körper war braun gebrannt und bei jeder ihrer Bewegungen spannten sich die Muskeln. Taraneh liebte diesen Körper. Wie gern würde sie jetzt Skifra berühren, sie küssen, sie lieben. Sie vertrieb diese sehnsuchtsvollen Gedanken wieder. Nach allem, was passiert war, würde Skifra ihr niemals mehr vertrauen.

Skifra hatte Taraneh nicht aus den Augen gelassen. Erneut stieg die Wut über Kallisto in ihr auf. Wieder sah sie die Bilder von Kallisto und Taraneh vor sich. Was hatte Kallisto gesagt? Sie hat mit mir geschlafen, aber deinen Namen gerufen, Skifra. Tausend Gedanken rasten ihr durch den Kopf. Was sah Taraneh in ihr? Die meisten Menschen, denen sie auf ihren Reisen begegneten, hatten Angst vor ihr. Ihr Ruf eilte ihr immer wieder voraus. »Die Zerstörerin der Welten« wurde sie oft genannt und nur Taraneh war ihr neugierig und vorbehaltlos gefolgt. Taraneh hatte vieles in ihrem Leben verändert. Sicherlich hatte sich auch im Laufe ihres Beisammenseins die Freundschaft geändert. Was würde sein, wenn Taranehs Liebe zu ihr verging, würde die Freundschaft bestehen bleiben? Konnte sie diese besondere Freundschaft, die sie und Taraneh verband, der Liebe wegen opfern? War es das alles wert? Langsam stand sie auf und ging zum See. Sie wußte, daß ein Bad sie nicht abkühlen würde.

»Hast du schon etwas gefangen?« Taraneh schlenderte zum Flußufer.

»Nein«, rief Skifra, »sollte ich?«

»Es wäre nicht schlecht, denn wir haben keine Vorräte mehr«, erwiderte Taraneh und ließ das Feuerholz fallen. »Wir haben nur noch etwas Brot und Käse. Ich würde dem ein Fischfrühstück vorziehen.«

»So, würdest du«, flüsterte Skifra leise und stand triefend naß vor Taraneh.

Diese schaute auf. Sie hatte nicht bemerkt, daß Skifra den See verlassen hatte. Die untergehende Sonne blendete sie. Sie sah Skifras Umrisse. »Bei allen Göttern«, dachte Taraneh, »weiß sie denn nicht, was sie mit mir macht?« Eifrig zerrte Taraneh an dem Feuerholz und schaute nicht mehr auf. Es bereitete ihr schon genug Schwierigkeiten, Skifra nicht immer zu beobachten, geschweige denn, Skifra nackt vor sich stehen zu haben und sie nicht berühren zu können. Taraneh entging Skifras amüsiertes Grinsen. Nach einer Weile bemerkte sie erst die Ruhe im Lager. »Wo ist sie jetzt schon wieder hin?« Suchend richtete sie sich auf. Von Skifra war weit und breit nichts zu sehen. Resigniert hockte sie sich wieder hin. Also, mußte heute abend doch Brot und Käse dran glauben. Verärgert stocherte sie in der Glut.

»Hat dir das Feuer etwas getan?«

»Oh, wie schön, die Kriegerprinzessin ist auch wieder da. Wo warst du? Ich habe nach dir gesucht.« Taraneh richtete sich wütend auf.

»Während Madame schmollt, habe ich unser Abendbrot gefangen, es ausgenommen und schon spießfertig gemacht. Schau hier, ein Kaninchen.« Skifra wedelte mit dem Kaninchen vor Taranehs Augen. »Es freut mich immer, wenn ich dir einen Gefallen tun kann.« Mit diesen Worten legte Skifra das Kaninchen in das Feuer und gab Taraneh einen liebvollen Klaps auf den Po.

»Autsch.« Taraneh rieb sich den Hintern.

»Na, nun hab dich mal nicht so. Das war doch nur ein leichter Klaps.«

»Ja, schon«, erwiderte Taraneh zögernd, »aber als du mich geschubst hast, bin ich auf einen Stein gefallen. Ich kann gar nicht richtig sitzen.« Die letzten Worte sagte sie vorwurfsvoll.

»Es tut mir leid, Taraneh«, flüstere Skifra betroffen und setzte sich auf den Felsen am Feuer.

Taraneh schaute sie an.

»Wirklich, das wollte ich nicht«, begann Skifra nach einer Weile. »Aber du mußt zugeben, daß du mich hin und wieder zur Weißglut bringen kannst«, fügte sie grinsend hinzu. Bevor Taraneh noch etwas erwidern konnte, hatte Skifra sie gepackt und über ihre Knie gelegt. Sie schob den Rock hoch und das Höschen leicht zur Seite und begutachtete Taranehs Hintern. »Das wird ein übler Fleck werden«, bemerkte sie kopfnickend.

»Skifra, Skifra bist du wahnsinnig?« Taraneh japste nach Luft. Wild ruderte sie mit den Armen und Beinen. Bei allen Göttern, was machte Skifra nun jetzt schon wieder mit ihr?

Skifra achtete gar nicht auf Taranehs Protestschreie. »Außerdem hast du eine Prellung. Die solltest du kühlen. Alles in allem gar nicht so schlimm. Du wirst halt eine Weile nicht richtig sitzen können, sondern nur liegen oder stehen.« Skifra legte ihre Hand auf die rote Stelle.

Taraneh erstarrte mitten in ihrer Bewegung. Ihr ganzer Körper stand in Flammen. »Wenn ein guter Zeitpunkt zum Sterben gekommen ist, dann ist es dieser«, dachte sie. »Du kannst jetzt deine Hand da wegnehmen. Es schmerzt nicht mehr«, wisperte Taraneh heiser.

»Bist du sicher? Man sagt mir zwar nach, daß ich heilende Hände habe, aber daß sie so schnell heilen? Ich werde meine Hand besser noch ein wenig drauflassen«, erwiderte Skifra und verharrte in dieser Stellung.

»Bitte, Skifra, laß mich aufstehen. Deine Beine drücken in meinen Magen, und außerdem glaube ich nun wirklich, daß es meinem Hintern besser geht. Er schmerzt zumindest nicht mehr so wie vorher«, wimmerte Taraneh nach einer Weile. Jede Sekunde die verstrich, brannte ihr Körper mehr. Sie hatte das Gefühl, nicht mehr atmen zu können. Ihr Bauch berührte Skifras Beine und der

Gedanke, daß Skifra ihren halbnackten Hintern anstarrte, erhitzte sie noch mehr. Sie wollte aufstehen, weit weg von Skifras Berührungen laufen.

»Hm.« Skifra legte nun ihre Hand auf Taranehs Rücken. »Du bist ganz heiß«, bemerkte sie, »du wirst mir doch nicht krank?« Besorgt drehte Skifra Taraneh um und befühlte ihre Stirn. »Nein . . .«, zitterte Taraneh und schüttelte ihren Kopf. »Ich bin nur müde vom Laufen und . . . und hungrig«, stotterte Taraneh. Sie konnte Skifra nicht in die Augen blicken.

Skifra hob mit zwei Fingern Taranehs Gesicht und sah sie an. »Bei allen Göttern«, dachte sie, »wie sehr ich dieses Gesicht liebe, diese Augen, diese Lippen.« Skifra sah immer noch in Taranehs Augen. In ihnen tobte ein Sturm. »Nun ja, hungrig und müde bin ich auch«, raunte sie heiser. »Also, dann laß uns mal was essen. Ich denke, das Kaninchen ist schon gar.« Skifra schob Taraneh von ihrem Schoß.

Taraneh war sprachlos. Sie starrte Skifra an. »Ich geh uns etwas Wasser holen und mich abkühlen.«

»Gut.« Skifra nickte ihr zu.

Taraneh konnte es nicht fassen. Langsam ließ sie das kühle Wasser über ihre Arme laufen. Überall dort, wo Skifra sie angefaßt hatte, hatte sie das Gefühl, als sei sie gebrandmarkt worden. Taraneh stöhnte. So sehr sie sich danach sehnte, mit Skifra zu schlafen, Skifras Berührungen und liebevollen Küsse zu spüren, so sehr hatte sie nun Angst davor. Skifra war momentan unberechenbar. »Erst macht sie mich an und dann, dann läßt sie mich für ein Kaninchen stehen.« Wütend stampfte Taraneh nun mit den Füßen auf dem Boden auf. Am liebsten hätte sie laut geschrieen. So hatte sie sich die Reise mit Skifra nicht vorgestellt. »Warum konnte sie auch nicht ihren Mund halten«, dachte sie verzweifelt. Immer und immer wieder fragte sie sich, warum sie Skifra von dieser Nacht mit Kallisto erzählt hatte. Vielleicht aus Angst, daß Kallisto Skifra gegen sie aufbringen würde. Vielleicht aber auch nur, weil sie geglaubt hatte, daß Skifra, wenn sie es von ihr hörte, ihr vergeben, verzeihen würde. Aber sie hatte sich geirrt. Was war es dann gewesen, was sie in der letzten Nacht gespürt hatte? Wieder dachte sie an Skifras Berührungen. Heiße Schauer durchzogen ihren Körper, breiteten sich aus.

Skifra blickte Taraneh verstohlen nach. Noch nie hatte sie sich so entsetzlich hilflos gefühlt wie in den vergangenen Tagen. Taranehs Geständnis, Kallistos Anwesenheit, ihre Gefühle für Taraneh, ihre Ängste Taraneh zu verlieren, ihre Sehnsüchte, sie in den Armen zu halten. Leise seufzte sie. Hastig griff sie nach einem Stück Fleisch als Taraneh auf sie zukam. Scheinbar teilnahmslos verfolgte sie ihre Bewegungen. »Und, besser«, fragte Skifra mit vollem Mund, als Taraneh das Lager betrat.

»Ja.« Taraneh hockte sich hin und kaute lustlos auf ihrem Kaninchen herum.

»Bist du wirklich in Ordnung«, fragte Skifra nach einer Weile. »Ich meine du bist so ruhig.«

»Ja, mir fehlt nichts«, gereizt sprang Taraneh auf. »Ich lege mich jetzt hin. Ich bin müde.«

»Dann schlafe gut.« Skifra nickte ihr zu.

»Du auch, Skifra.« Taraneh war sich sicher, daß sie nicht ruhig schlafen würde. Endlos lang schien ihr die Nacht, unruhig wälzte sie sich hin und her und wünschte mit jeder Stunde den Tag herbei. Skifra hatte sich nicht, wie sonst üblich, neben sie gelegt. Laut seufzend drehte sie sich um.

Das Lager war leer. Die Sonne hatte fast ihren höchsten Punkt erreicht. Sie hatte nicht bemerkt, daß sie doch eingeschlafen war und Skifra hatte sie einfach schlafen lassen. Suchend blickte sie sich um. Sie war allein. Sicherlich streifte Skifra irgendwo umher. Vielleicht würde sie ja wieder ein Kaninchen fangen. Taranehs Magen knurrte leise. Sie würde warten müssen, bis Skifra zurückkehrte. Ein Bad würde sie sicher beleben. Mühsam stand sie auf und ging zum See. Das Wasser war herrlich kühl. Taraneh tauchte langsam unter. Sie zuckte erschrocken zusammen. Irgend etwas streifte ihr Bein. Taraneh drehte sich schnell um ihre eigene Achse. Sie konnte jedoch nichts erkennen. Wieder berührte irgend etwas ihre Beine. Bevor sie reagieren konnte, wurde sie in die Luft gehoben und flog wieder in das Wasser. Prustend und schnaubend tauchte sie auf.

Skifra lachte laut auf.

»Skifra, bist du verrückt geworden«, schrie Taraneh wütend und rang nach Luft.

»Nein«, lachte Skifra, »nur ein wenig übermütig. Ich wollte dir den Morgenmuffel aus den Augen treiben.«

Wutentbrand drehte Taraneh sich zu ihr um. Ihre grünen Augen funkelten wild. Immer noch japste sie nach Luft. »Du, du«, zornig stieß sie gegen Skifras Schulter und rannte aus dem Wasser zum Lager. Eilig griff sie nach ihren Kleidern und zog sie hastig über. Welche Spielchen Skifra auch immer mit ihr trieb, sie würde es nicht mehr zulassen. »Eher verrecke ich«, fluchte sie leise und schnürte mit zittrigen Fingern ihr Top zu. Tränen liefen über ihre Wangen. Plötzlich versteifte sie sich. Ein Geräusch hinter ihr ließ sie zusammenfahren. »Skifra?« Suchend drehte sie sich um.

»Ich bin hier.« Skifra stand dicht hinter Taraneh, schlang ihre Arme um sie und zog sie sanft an sich.

Taraneh spürte, wie Skifra ihren nackten Körper gegen ihren preßte. Wohlige Schauer breiteten sich über ihren Körper aus. Ihr Puls raste. Regungslos blieb Taraneh stehen. Ihr Atem ging schwer. Was machte Skifra nun schon wieder mit ihr? Wußte Skifra denn nicht, welche Macht sie über sie hatte? Taraneh stöhnte leise auf, als Skifra ihren Nacken küßte. Genießerisch schloß sie ihre Augen. Es war ein Traum. Es konnte nur ein Traum sein. »Bei allen Göttern«, dachte sie, «bitte laßt es keinen Traum sein.« Skifra hielt sie immer noch von hinten fest umschlungen, küßte zärtlich ihren Nacken, ihre Schultern. Taraneh legte ihren Kopf gegen Skifras Schulter, um ihr noch mehr Möglichkeiten zu bieten, ihren Hals zu küssen. Skifra lockerte den Griff. »Nein, nicht«, rief Taraneh verzweifelt.

»Schhht«, flüsterte Skifra heiser, dabei fuhr sie mit ihren Händen über Taranehs Rücken, ihre Seiten und den Bauch.

Taraneh erschauerte. »Wie viele Hände mochte Skifra wohl haben«, durchschoß es ihre Gedanken. »Tausende«, antwortete sie zugleich. Sie spürte Skifra überall. Auf ihrem Bauch, auf ihrem Rücken, an ihren Beinen und Armen. »Skifra«, stöhnte Taraneh heiser. Skifras Hände und Lippen hinterließen heiße Spuren auf ihrem Körper. Heiß schoß das Blut durch ihre Adern.

Taranehs heißer Körper erhitzte Skifra immer mehr. Ihr Herz raste wild. Sie wollte Taraneh nur noch fühlen, sie schmecken, sie riechen. Nichts auf der Welt schien mehr zu zählen. Ihre Sinne waren nur noch auf Taraneh eingestellt. Genußvoll stöhnte sie auf und küßte zärtlich Taranehs Rücken. Ihre Hände glitten wieder auf Taranehs Hüften, bevor sie sie zu sich drehte. Langsam ging sie in die Knie, küßte Taranehs Bauch.

Taraneh schwankte. Schützend stützte sie sich mit beiden Händen auf Skifras Schultern ab.

»Setz dich«, raunte Skifra heiser und zog sie auf ihren Schoß, während sie Taranehs engen Rock hochschob.

»So warm«, dachte Taraneh. Laut stöhnte sie bei der Berührung von Skifras heißer Haut auf. Fest umschlangen ihre Beine Skifras Hüften, rieb sie ihr Becken an Skifras Schoß.

Skifra fühlte, wie Taranehs Hitze immer mehr ihren Körper umfing, ihr langsam den Verstand raubte. Sie fiel, fiel in ein tiefes schwarzes Loch. Ihre Blicke trafen sich.

Taraneh sah auf Skifra hinunter.

»Ich ertrinke«, dachte Skifra, »ich ertrinke in ihr.« Verschwunden waren die Fragen und Ängste, die sie seit Tagen zu überrollen schienen. Sie war völlig eingehüllt in ihre und Taranehs Liebe. Dieser Augenblick zählte. Nicht die Frage nach dem Morgen oder danach. Skifra schloß ihre Augen, sie wollte nur noch fühlen, Taranehs zärtlichen Berührungen, ihre liebkosenden Worte hören.

Taraneh hörte Skifra aus weiter Ferne stöhnen. Sie fühlte ihr Blut durch die Adern rasen, wie ihre Brustwarzen immer härter wurden und gegen den groben Wollstoff rieben. Jetzt erst wurde sie sich ihrer Kleidung bewußt. Sie wollte, daß Skifra sie überall berührte.

»Warte«, vorsichtig drückte Taraneh sich von Skifras Schultern ab. Sie fingerte nervös an den Ösen des Verschlusses herum, als Skifra sie an ihren Handgelenken festhielt. Enttäuscht blickte Taraneh sie an. Zum Nachdenken blieb ihr keine Zeit.

Skifra hatte die Stellung gewechselt. Sanft drückte sie Taraneh auf die Decke und lag nun halb über ihr. Sie hatte ihr Bein zwischen Taranehs Beine geschoben. Genüßlich schlossen beide für einen kurzen Moment ihre Augen, versuchten ihren Puls, ihren Atem zu beruhigen. Skifras Finger glitten zärtlich über Taranehs Seiten, zogen imaginäre Kreise, strichen über den groben Baumwollstoff des Tops und fuhren weiter über ihren Hals, über das Kinn. Skifras Daumen strich über Taranehs Lippen.

Instinktiv öffnete Taraneh ihren Mund. Ihre Zunge berührte Skifras Finger. Beide stöhnten unter dieser Berührung auf.

Skifra beugte sich noch weiter über Taranehs Gesicht. Sanft lächelte sie auf die geliebte Frau hinunter. Zärtlich strich sie ihr die Haare aus dem Gesicht, streichelte ihr über die Stirn, fuhr mit den Fingerspitzen die Konturen ihrer Augenbrauen nach, ihrer Nase. Taraneh sah sie an. Wieder glaubte Skifra zu ertrinken. Gierig sog sie an Taranehs Unterlippe, während ihre Finger wieder die Reise über Taranehs Körper aufnahmen.

»Skifra«, keuchte Taraneh.

Skifras Hand glitt über ihren Bauch, über ihre Schenkel, kneteten das feste Fleisch, wanderten wieder hoch.

Taraneh hielt den Atem an.

Skifras Finger rieben über den Stoff ihres Höschens und wanderten langsam wieder hinauf über den flachen Bauch, zogen Kreise über ihren Bauchnabel. Erneut suchten Skifras Lippen Taranehs Mund. Sanft strich Skifra mit ihrer Zunge über Taranehs warme Lippen, erforschten ihren Mund, bedeckten ihn mit zärtlichen Küssen, um dann wieder mit ihrer Zunge einzudringen. Beide stöhnten, als ihre Zungen sich berührten. Leicht wie eine Feder strich Skifra mit ihren Fingerkuppen über Taranehs Körper, die Seiten entlang und blieben auf Taranehs Brust liegen.

Taraneh stockte der Atem. Instinktiv drückte sie ihren Körper noch enger an den von Skifra. Sie wollte überall berührt werden, wollte Skifra spüren, ihre Wärme, ihre Liebkosungen. Sie wollte, daß Skifra sie überall küßte, ihre Haut auf der ihren fühlen. Taraneh spürte wie das Kribbeln sich immer weiter in ihrem Körper ausbreitete. Lustvoll rieb sie ihr Becken gegen Skifras harten Schenkel.

Skifras Küsse wurden immer fordernder. Tief drang ihre Zunge in Taranehs Mund ein. Heiße Schauer durchzogen Skifras Körper, während Taraneh sich unablässig an ihr rieb.

Taranehs Fingerspitzen fuhren sanft ihren Rücken entlang, zogen Kreise über ihre Seiten hinunter zu ihren Hüften, ihren Beinen.

Skifra stöhnte leise in Taranehs Mund. »Du folterst mich, meine Königin«, flüsterte sie heiser. Sie spürte das Ziehen zwischen ihren Beinen, das Kribbeln in ihrem Körper. Zärtlich hob Taraneh Skifras Gesicht und sah sie neugierig an. Sie sah den Sturm, der in ihren Augen tobte.

Skifra brannte, sie brannte lichterloh. Wieder senkte Skifra ihr Gesicht über das von Taraneh. Ihre Zunge strich leicht über die halbgeschlossenen Lippen, die sich ihr bereitwillig öffneten. Skifra stöhnte. Sie konnte sich kaum noch beherrschen. Fester preßte sie ihren Schoß gegen Taranehs Oberschenkel, rieb sich langsam an ihm, während ihr Mund wieder auf Wanderschaft ging. Zärtlich drückte sie sanfte Küsse auf Taranehs Kinn, wanderte langsam ihren Hals hinunter, über ihre Schultern, küßte ihre Achseln. Skifra sog tief Taranehs Duft in sich auf. Taraneh schmeckte genauso gut, wie sie roch. Immer noch lag ihre Hand auf Taranehs Brust. Ihre Handfläche strich sanft über den groben Wollstoff. Schauer durchzogen ihren ganzen Körper, als Taraneh sich noch enger an sie preßte.

Taraneh bog ihren Körper noch enger an Skifras Körper. Sie spürte Skifras warmen feuchten Schoß, der sich gegen ihren Schenkel rieb, spürte, wie Skifras Schenkel immer fester gegen ihren Schoß drückte. »Ich zerfließe«, dachte Taraneh. Sie atmete stoßweise. Ihre Hände kneteten gierig Skifras Oberschenkel, glitten wild suchend über ihren Rücken und zogen sie immer näher.

Skifra stöhnte unter Taranehs Berührungen. Ihre Zunge zog eine kleine feuchte Spur den Hals entlang. Wieder fanden sich ihre Lippen. »Sie ist so weich«, schoß es Skifra durch den Kopf. Sie wollte Taraneh genießen, sie entdecken. Sie hörte Taranehs lustvolles Stöhnen. Zitternd wanderten ihre Hände über Taranehs Top, um es zu öffnen. »Ich bekomme es nicht auf«, stöhnte Skifra in Taranehs Mund.

Taraneh sah sie fragend an. »Was, was kriegst du nicht auf?« Irritiert und nach Luft ringend schaute Taraneh in das grinsende Gesicht der Kriegerin.

»Das Top.« Atemlos legte Skifra ihre heiße Stirn gegen Taranehs glühende Wange.

Taraneh lachte kehlig. Zärtlich schob sie Skifra zur Seite, die halb auf ihr lag. »Sieh, es ist ganz einfach.« Mit diesen Worten richtete sie sich auf, um das Top zu öffnen.

Skifra beugte sich vor und küßte Taranehs Finger, die unruhig die Ösen öffneten. »Ja«, raunte Skifra heiser, »wenn man Schmied ist.« Dabei fuhr ihre Zunge über Taranehs Finger und sie blickte unverhohlen auf.

Taraneh atmete schwer aus. Sie konnte ihrem Blick nicht widerstehen und gab Skifra einen leichten Klaps auf die Schulter. »Du bist frech«, flüsterte sie leise.

Skifra zog erstaunt ihre Stirn kraus.

Taraneh grinste nur und gab ihr einen zärtlichen Kuß auf die Stirn. »Siehst du, es ist ganz einfach.« Dabei löste sie die Schnur des Tops.

»Hm«, entrann es Skifra und sie drückte Taraneh wieder zurück auf die Decke. Immer noch blickte sie in ihr Gesicht. Wie sehr sie es liebte, Taraneh anzusehen. Ihre Finger folgten dem Saum des Tops und suchten den schmalen Durchlaß zu Taranehs Brüsten.

Taraneh keuchte. Ganz sanft hatten Skifras Finger ihre Brustwarze berührt, die sich sofort aufstellte.

Skifra lächelte und begann gierig an Taranehs Unterlippe zu saugen. Wieder fanden sich ihre Zungen für einen noch leidenschaftlicheren Kuß.

Taranehs Herz raste. Ihr Atem ging immer schneller. Skifras Berührungen lösten immer neue Schauer auf ihren ganzen Körper aus. Sie wollte Skifra nur noch fühlen, sie spüren. »Bitte«, flehte sie in Skifras Mund, als Skifra das Top gelöst hatte.

Wieder glitt Skifras flache Hand sanft wie eine Feder über ihre Brust. Skifra hatte kaum merklich die Position geändert, sie lag nun halb über Taranehs Körper. Ihre Zunge wanderte immer wieder zwischen den Brüsten hin und her, die sie mit beiden Händen fest umfing und sie knetete.

Taraneh zog Skifras Kopf mit beiden Händen gegen ihren Körper. Sie bäumte sich auf, als Skifras heiße Lippen an einer ihrer Brustwarzen sog. Scharf stieß Taraneh die Luft aus. Skifras Mund war heiß. Taraneh glaubte zu verbrennen.

Skifra schloß genießerisch ihre Augen, ihr ganzer Körper bebte und kribbelte. Sie spürte die Nässe zwischen ihren Beinen. Langsam bewegte sich ihr Körper rhythmisch auf und ab. Immer wieder streichelte sie Taranehs Brüste und rieb die immer härter werdenden Brustwarzen zwischen Daumen und Zeigefinger. Sie wußte nicht, wie lange sie sich noch beherrschen konnte. Ein Schweißfilm überzog ihren ganzen Körper.

»Bei allen Göttern«, stieß Taraneh hervor, als Skifra ihren Bauchnabel küßte. Sie beugte ihren Körper noch weiter vor. Skifras Hände wanderten an ihren Seiten entlang, zogen den unter ihr liegenden Körper noch näher an sich, immer tiefer glitten Skifras Hände über Taranehs Körper. Beide stöhnten laut auf, als Skifras rechte Hand über Taranehs Schoß glitt und sie dort liegen ließ. Taraneh krallte ihre Hände in Skifras Haare. Langsam hob sie den Kopf der Geliebten an und sah ihr tief in die Augen. »Bei allen Göttern«, wiederholte sie. »Du machst mich wahnsinnig«, keuchte sie atemlos. Wieder spürte sie den hinderlichen Stoff, der sie von Skifras Berührungen, nach denen sie gierte, trennte.

Skifra schien Taranehs Gedanken erraten zu haben. Langsam fuhr ein Arm unter ihren Rücken, hob sie an, während sie mit der anderen Hand das Unterkleid abstreifte. Skifra hatte die Geliebte nicht aus den Augen gelassen.

Lustvoll stöhnte Taraneh auf, als ihre Beine von Skifra berührt wurden. Genießerisch strich Skifra mit ihrer Hand die Schenkelinnenseite hoch, fühlte das feste Fleisch unter ihrer Hand.

Taraneh seufzte und drückte Skifras Kopf wieder hinunter. Gierig hob sie ihr Becken an. Sie wollte Skifra jetzt in sich fühlen. Sie riß erschrocken ihre Augen weit auf. »Skifra«, keuchte sie laut, als Skifras Zunge sanft gegen ihren Liebespunkt drückte. Sie zog Skifras Kopf noch dichter an sich. Fortgetrieben von Skifras Zungenspiel glaubte sie, über das Tal zu fliegen. Immer weiter trieb Skifra sie an.

Skifras ganzer Körper stand unter Spannung. Sie fühlte die Hitze in sich, wie sie sich immer mehr in ihr ausbreitete. Gefangen von ihrem eigenen Spiel stöhnte sie laut auf. Sie küßte abwechselnd Taranehs Schenkel, glitt mit ihrer Zunge immer und immer wieder über Taranehs Lustpunkt, während sie mit ihrer freien Hand über Taranehs Körper strich. Abwechselnd über die Brüste, ihren Bauch, immer wilder. Taraneh wimmerte. »Zeigst du es mir«, raunte Skifra heiser und sah Taraneh durch halbgeschlossene Augen an. Fasziniert blickte sie auf die Amazonenkönigin.

»Was soll ich dir zeigen«, fragte Taraneh atemlos flüsternd. Sie hatte Skifras Worte aus weiter Ferne gehört.

»Wie du geliebt werden möchtest«, antwortete Skifra angespannt. Sie amtmete heftig, ihr Brustkorb hob und senkte sich.

Taraneh sah sie an. Langsam glitt ihre Hand aus Skifras Haaren hinunter zu ihrem Schoß.

Skifras Augen folgten der Bewegung. Zärtlich bedeckte sie die Finger mit Küssen.

Lustvoll schloß Taraneh ihre Augen, als sie die Wärme ihres Körpers spürte. Gefangen von ihren Gefühlen nahmen ihre Finger die Reise auf. Laut nach Luft ringend riß Taraneh ihre Augen weit auf, als sie Skifras feuchten Schoß an ihrer Hand spürte.

Skifra hatte ihre Position geändert und kniete nun halb über ihrem Körper. Sanft bewegte sie sich in Taranehs Rhythmus auf und ab. Ihre harten Brustwarzen zogen eine Spur über Taranehs heißer Haut. Beide keuchten laut auf. Wieder küßte Skifra Taranehs Mund, berührten sich ihre Zungen, erst leicht, dann immer gieriger werdend. Skifras linker Arm fuhr unter Taranehs Rücken, während sie mit der anderen Hand immer tiefer glitt. Sie wollte Taraneh jetzt fühlen, in sie eindringen. Schwer legte sich ihre Hand auf Taranehs Hand. Beide Frauen sahen sich einen kurzen Moment an. »Lieb mich«, flüsterte Skifra.

Taraneh zog ihre Hand unter Skifra weg. Tastend glitt diese über Skifras Schenkel, berührten ihre Fingerspitzen ganz sanft Skifras Liebespunkt. Taraneh wollte Skifra nur noch fühlen. Ihre eigene Hitze und Lust stieg mit Skifras Hitze, fast synchron glitten ihre Finger auf und ab. Beide hatten den Rhythmus gefunden, ihren Höhepunkt immer wieder hinauszuzögern, die andere noch ein wenig mehr anzustacheln, sie noch höher anzutreiben. Immer wilder wurden ihre Küsse und immer wilder ihr Rhythmus, immer enger preßten und rieben sie den Körper der anderen an sich. Nichts auf der Welt schien sie noch aufhalten zu können. Beide waren eins, ihre Gefühle, ihre Seelen. Gleichzeitig fühlten sie, wie ihr gemeinsamer Höhepunkt in immer größer werdenden Wellen einsetzte. Beide schrieen laut auf. Wieder und wieder wurde die Stille von ihren Schreien und Stöhnen unterbrochen. Aufgescheucht flogen einige Vögel unruhig hin und her. Aber nichts schien die beiden Liebenden davon abhalten zu können, tiefer und tiefer in die andere einzudringen, als eine letzte Welle der Erregung ihre Körper durchflutete. Ihr Atem ging stoßweise. Noch immer lagen sie eng aneinander gepreßt auf der Seite und noch immer waren ihre Finger fest umschlossen.

Skifra fühlte, wie die Feuchtigkeit von Taraneh über ihre Finger lief. Sie lächelte matt auf. Genußvoll schloß sie ihre Augen. Taraneh seufzte leise auf als Skifra ihre Finger langsam aus ihrem Schoß zog. Ihre Hand ließ sie auf Taranehs Schoß ruhen. Skifra seufzte.

Taraneh sog an ihrer Unterlippe und zog langsam ihre Finger aus Skifras Schoß. Zärtlich fuhr sie mit den Fingern über die Lippen der Geliebten. Taraneh beugte sich ein wenig vor, ein feines Lächeln umspielte ihren Mund. Skifras Hand lag immer noch zwischen ihren Beinen.

»Du bist unersättlich, meine Königin«, lächelte Skifra.

»Wenn es um dich geht«, japste Taraneh laut auf, »dann ja, meine Kriegerin.« Mit einem Schwung hatte sie die Stellung gewechselt und lag nun halb auf Skifras wohlgeformten Körper. Taraneh richtete sich etwas auf, um Skifras Finger tiefer in sich aufnehmen zu können. Langsam bewegte sie sich auf Skifras Hand hin und her, dabei wippten ihre Brüste leicht auf und ab.

Skifra beugte sich vor. Sie fühlte, wie Taraneh sie wieder anstachelte, wie die Hitze sich wieder in ihrem Körper ausbreitete. Mit ihrer freien Hand umfing sie eine von Taranehs Brüsten. Liebevoll knetete sie die Brustwarzen, während sie ihren Kopf weiter vorbeugte und mit ihren Lippen die andere Brustwarze umfing, sie zwischen ihre Zähne gleiten ließ, um dann wieder an ihr zu saugen. Beide stöhnten auf. Skifra hatte ihre Position geändert. Ihr Bein war angewinkelt, so daß Taraneh fast aufrecht saß.

Taraneh stützte sich mit beiden Händen auf Skifras Schultern ab. Sie fühlte Skifra tief in sich. Sie wollte diesen Moment genießen. Langsam, fast zögernd bewegte sie sich auf und ab. Sie hörte Skifras Stöhnen, daß sie noch mehr anstachelte.

Immer gieriger sog Skifra an ihren Brüsten, preßte sie zusammen, um sie dann wieder liebevoll zu küssen. Taraneh legte ihren Kopf weit in den Nacken. Skifra fühlte, wie die Wellen durch Taranehs Körper rasten, wie ihre Muskeln zitterten. Aus weiter Ferne hörte sie Taranehs lauten erlösenden Schrei. Langsam und vorsichtig zog Skifra Taraneh auf die Decke zurück.

Taranehs Kopf lag zwischen ihren Brüsten. »Ich liebe dich Skifra«, keuchte sie nach Luft ringend. »Oh, ich liebe dich, meine Kriegerin«, flüsterte sie leise und küßte die Stelle, an der Skifras Herz schlug. Wieder legte sie ihren Kopf auf die Brust der Geliebten und zog mit ihrem Finger immer kleiner werdende Kreise um Skifras Brust. Sofort richteten sich die Brustwarzen auf. »Hui«, lachte Taraneh und richtete sich etwas auf.

Skifra sah sie erstaunt an.

»Da muß man ja aufpassen, daß einem nicht das Auge ausgestochen wird«, grinste Taraneh breit und rieb theatralisch ihr Auge.

Skifra brummte und sah Taraneh mit hochgezogener Augenbraue an.

Taraneh zog ihre Unterlippe ein und grinste frech. Schnell beugte sie sich vor und berührte mit ihren Lippen Skifras harte Brustwarze.

Schauer durchzogen Skifras ganzen Körper. Leicht öffnete sie ihren Mund.

Taraneh lächelte. Noch immer zog ihr Finger Kreise um Skifras Brustwarze. Sie küßte neckend die andere Brustwarze, sog an ihr, um sie dann wieder zu küssen. Taraneh fühlte, wie Skifra sich unter ihr leicht aufbäumte. Ihr waren die Schauer, die ihre Berührungen bei Skifra ausgelöst hatten, nicht entgangen. Nun würde sie die Kriegerprinzessin lieben, so lieben, wie sie noch nie einen Menschen vorher geliebt hatte und sicherlich niemals einen Menschen nach ihr lieben würde. Ihre Zunge zog eine kleine Furche zwischen den Brüsten. Sie küßte abwechselnd die Brustwarzen, sog daran und ließ das weiche Fleisch zwischen ihren Lippen gleiten. Taraneh war gefangen in dem Spiel ihrer Lippen. Fest drückte sie ihren Körper gegen Skifras, drückte ihren Oberschenkel an den Schoß der Freundin, damit sie ein wenig Erleichterung hatte. Sie fühlte Skifras Nässe, roch ihren Duft.

»Ich zerfließe«, stöhnte Skifra.

»Ach ja?« Neckisch hob Taraneh ihren Kopf und sah Skifra an. »Wo denn?« Fragend knabberte sie an Skifras Hals, dabei glitt ihre Hand über den flachen Bauch der Frau unter sich und blieb auf dem Schoß liegen. Skifras Nässe breitete sich genauso unter ihrer Handfläche aus, wie vorher auf ihrem Schenkel. Taraneh seufzte. Einen größeren Liebesbeweis konnte sie ihr nicht geben. Langsam glitten ihre Finger in den Schoß der Freundin.

Skifra bewegte sich immer schneller, hob ihre Hüften, wollte Taraneh tief in sich fühlen. Skifra hatte jedes Zeitgefühl verloren. Sie wollte nur noch fühlen. Wie oft hatte sie davon geträumt, daß Taraneh sie so berührte. Unzählige Male und nun, nun fühlte sie Taraneh wieder in sich, so wie eben und doch anders, neu.

Taraneh schaute fasziniert auf Skifras Gesicht. In ihm spiegelten sich tausend Gefühle: Erstaunen, Freude, Begierde, Lachen und unendliche Liebe. Taraneh drückte liebevoll ihre Lippen auf Skifras Mund. Sie streichelte zärtlich mit der Zunge über die Lippen der Freundin, die ihren Mund bereitwillig öffnete. Beide keuchten unter den heißen Berührungen der Zungen. Tiefer und tiefer glitt Taranehs Zunge in Skifras Mund. Erforschte ihn. In dem Rhythmus ihrer Zunge glitt sie mit den Fingerspitzen über Skifras Lustzentrum, berührten es leicht, um dann wieder sanft tiefer einzutauchen, sich der Öffnung zu nähern und wieder langsam heraufzugleiten.

Skifra wurde immer feuchter. Sie zog Taraneh noch fester an sich heran. Taraneh schien sie foltern zu wollen. Immer gieriger wurden ihre Bewegungen. Skifra wimmerte.

Taraneh hatte ihre Hand auf ihren Schoß gelegt. »Nicht so wild meine Kriegerin«, flüsterte Taraneh leise in Skifras Mund. »Ich will dich lieben, nicht gegen dich kämpfen.« Wieder trafen sich ihre Blicke. Skifra schloß ihre Augen, als Taraneh erneut langsam in sie eindrang. Wieder erforschte Taranehs Zunge Skifras Mund. Genauso zärtlich und liebevoll wie eben glitten ihre Finger über Skifras Schoß.

Skifra keuchte bei jeder Bewegung, sie fühlte, wie sie noch feuchter wurde.

Taraneh lächelte erneut. »Ich habe die Quelle der Liebe gefunden«, seufzte sie leise. Sie rieb ihren Körper fester gegen Skifras heißen Körper. Langsam nahm ihr Mund die Reise über den Hals hinunter zu den Brüsten auf. Zärtlich sog sie abwechselnd an den Brustwarzen, während sie immer tiefer rutschte.

Skifra stöhnte laut auf, als Taraneh ihren Bauchnabel mit der Zunge umspielte. Immer noch bewegten sich Taranehs Finger leicht über ihrem Lustzentrum. »Bei allen Göttern, Taraneh«, schrie Skifra.

Taranehs Zunge hatte nun ihr Ziel erreicht. Leicht drückte sie gegen Skifras Lustzentrum. Gleichzeitig waren ihre Finger tiefer in ihr eingetaucht. Mit der freien Hand knetete sie Skifras feste Brüste.

Skifra bäumte sich auf. Taraneh führte sie auf eine Reise, von der sie hoffte, niemals mehr zurückkehren zu müssen. Heißer und heißer rann ihr Blut durch ihre Adern. Ihr Herz raste, während Taranehs Zunge und ihre Finger gekonnt ihre Lust weiter anstachelten. Skifras Hände suchten Halt. Sie fanden Taranehs freie Hand. Fest umgriff Skifra sie.

Taraneh stöhnte leise in Skifras Schoß auf. Immer mehr zogen sich Skifras Muskeln um ihre Finger zusammen. Wieder berührte sie Skifras Lustzentrum leicht mit der Zungenspitze. Noch einmal bäumte Skifra sich laut schreiend auf, heiße Wellen durchfluteten ihren Körper. Taraneh trieb Skifra immer weiter voran. Immer wieder schaffte Taraneh es, Skifras Höhepunkt zu verlängern.

»Hab Erbarmen«, keuchte Skifra laut.

Taraneh spürte die Wellen, die sie in Skifra auslöste und drang mit einer Bewegung tiefer in Skifra ein. Laut schreiend sackte Skifra zitternd unter ihr zusammen, während Taraneh Skifras Bauch mit sanften Küssen bedeckte. Langsam zog sie ihre Finger aus dem Schoß der Freundin, die noch einmal aufstöhnte. Taraneh glitt an Skifras heißem Körper hoch und nahm sie in ihre Arme. Liebevoll hauchte sie ihr einen Kuß auf die Nase. Eng aneinander liegend schliefen beide erschöpft ein.

Laut seufzend räkelte Taraneh sich auf der Decke. Ein versonnenes Lächeln umspielte ihre Lippen, als sie an den gestrigen Tag und die Nacht dachte. »Skifra«, flüsterte sie leise. Tastend suchte ihre Hand nach der Geliebten das Fell ab, erschrocken zuckte sie zusammen. Ein fester Griff umklammerte ihre Hand und zerrte sie hoch.

Cay-La spürte, wie die Sonnenstrahlen sanft ihr Gesicht berührten. Sie seufzte und streckte sich. Da merkte sie, wie eine Hand auf ihrem Bauch sie noch näher an den Körper zog, der hinter ihr lag. Träumte sie? Sie öffnete nur leicht die Augen, wollte sehen und spüren. Nein, sie träumte nicht. Kallistos Arm lag über ihr, ihre Hand auf ihrem Bauch. Cay-La schloß sofort wieder ihre Augen und ließ sich fallen, in das, was von ihren Sinnen wahrgenommen wurde. Kallisto lag ganz eng an sie geschmiegt. Ihr Körper berührte den von Cay-La. Kallistos warme Haut berührte die ihre. Cay-La seufzte leise.

»Schläfst du noch«, riß Kallistos Stimme sie aus ihren Tagträumen.

Cay-La murmelte nur vor sich hin und hörte ein leises Kichern hinter sich, spürte den Atem von Kallisto auf ihrer Haut. Kallisto stand so unerwartet auf, daß Cay-La erschrak. Sie ließ sich enttäuscht auf den Bauch sinken und streckte sich.

»Du hast wieder geträumt.« Scheinbar ohne eine Regung sprach Kallisto. Weg war ihre sanfte Stimme, als wäre sie nie da gewesen. Sie zog die Decke von Cay-La und fing an, diese einzurollen. Dabei achtete sie nicht auf die Proteste von Cay-La. »Nun steh schon auf, wir müssen weiter!« Kallisto schubste Cay-La unsanft an.

»Ja«, kam es unwirsch von Cay-La. »Ich mache ja schon.« Während sie sich erhob, warf sie Kallisto einen wütenden Blick zu.

Kallisto ignoriert ihn. Sie rollte die Felldecke, auf der sie geschlafen hatten, ein, ohne auf Cay-La einzugehen. Schnell war das Lager abgebrochen, die Pferde gesattelt. Kallisto sprach kein Wort mehr. Sie stieg auf ihr Pferd und wartete, bis Cay-La ebenfalls aufstieg. »Wenn wir uns ranhalten, erreichen wir den Tempel von Aphrodite noch vor dem Mittag.« Dann trieb sie ihr Pferd an und galoppierte los.

Cay-La folgte ihr. Sie verstand diese Frau wirklich nicht. Was ging in ihr nur vor? Immer wieder schien es, als würde Kallisto ihre Nähe zulassen, ja sogar suchen, um sie sogleich wieder von sich zu stoßen. Ihre Stimmungen wechselten so schnell, daß Cay-La nicht folgen konnte. Sie war irritiert und verunsichert zugleich. Sie versuchte immer wieder, in Kallistos Seele zu sehen, sie zu erkennen. Aber es gelang ihr nicht. Cay-Las Gabe, in die Seele anderer Menschen zu sehen, schien bei ihr zu versagen. Oder wollte sie nicht sehen? War es nicht so, daß sie Angst vor dem hatte, was sie entdecken könnte? Cay-La seufzte. Sie mußte sich selber eingestehen, daß sie es nicht sehen wollte.

»Da«, in ihren Gedanken gefangen war sie an Kallisto vorbeigeritten. Sie stoppte ihr Pferd, sah zurück zu Kallisto und dann in die Richtung, in die sie zeigte. Da war der Tempel von Aphrodite. Cay-La atmete hörbar aus. »Endlich«, dachte sie. Sie wollte so schnell wie möglich diesen Schild holen, zurückreiten und alles beenden. Es fing an, ihr wirklich weh zu tun in Kallistos Nähe zu sein. Schnell hatten sie den Tempel erreicht. Cay-La sprang, noch bevor ihr Pferd stand, ab und rannte in den Tempel. Kallisto folgte ihr in einigem Abstand. Als sie den Tempel betrat, sah sie, wie Cay-La suchend durch die Halle wanderte.

Kallisto ging auf den Altar zu und stocherte unbeeindruckt von dem Ort, an dem sie sich befand, mit ihrem Dolch in den Gaben herum.

»Kannst du das nicht lassen«, riß eine verärgerte Stimme Kallisto aus ihren Gedanken.

Kallisto schoß herum, vor ihr stand Aphrodite. Kopfschüttelnd hatte sie beobachtet, was die Kriegerin machte.

Cay-La ließ sich enttäuscht auf den Boden sinken. »Es gibt hier keinen Schild«, flüsterte sie leise und traurig vor sich hin. Sie hatte nicht bemerkt, daß Aphrodite bei Kallisto stand. Zu sehr war sie in die Suche versunken, zu groß die Enttäuschung in ihr, den Schild nicht gefunden zu haben.

»Ach, was ist denn schon dabei, du ißt es ja nicht«, kam es spöttisch von Kallisto.

»Das ist kein Grund, es nicht zu lassen. Vergiß nicht, wo du bist!« Böse und herausfordernd klangen Aphrodites Worte.

»Ist ja schon gut.« Kallisto steckte ihren Dolch wieder ein und hob abwehrend ihre Hände. »Ich laß es ja.« Sie wollte Aphrodite nicht noch mehr erzürnen, denn schließlich brauchten sie etwas von ihr.

Kallistos Blick fing an, in der Halle nach Cay-La zu suchen. Ihre Augen blieben auf einer zusammengesunkenen Gestalt haften. Sie spürte, wie dieser Anblick ihrem Herzen einen Stich versetzte.

Aphrodite war ganz nah hinter Kallisto getreten und flüsterte ihr ins Ohr: »Weißt du eigentlich, wie sehr diese junge Frau dich liebt?« Kallisto schoß herum, sah Aphrodite erstaunt an. Diese fuhr fort: »Mit jeder Faser ihres Herzens, ihrer Seele. Sie würde für dich sterben, Kallisto, ohne ihr Verhalten in Frage zu stellen oder dich.«

Cay-La rappelte sich hoch, sie hatte Stimmen gehört. Ihre Augen sahen eine Gestalt neben Kallisto. Mit schnellen Schritten war sie bei ihnen. Cay-La atmete erleichtert auf, als sie sah, daß Aphrodite neben Kallisto stand. Die Worte schossen nur so aus ihr heraus: »Aphrodite, wir brauchen den Schild der Liebe von dir.«

Aphrodite lachte laut und neckisch auf und verschwand.

»Was?« Cay-La stand da, sah verwirrt auf den Ort, an dem eben noch Aphrodite gestanden hatte. »Sie kann doch nicht einfach gehen. Wir brauchen den Schild!« Aus Cay-Las Stimme klang Wut und Enttäuschung, genauso wie Verzweiflung und Traurigkeit.

Kallisto fuhr ihr sanft über den Arm. »Wir schaffen es auch ohne diesen Schild.«

»Wie denn«, schrie Cay-La sie verzweifelt an. Tränen rannen über ihr Gesicht.

»Wir alle sind kampferfahren.« Kallisto schubste Cay-La sanft vor sich her aus dem Tempel. »Wir sind zu viert, also werden wir das sicher schaffen.« Sie wollte die junge Kriegerin so schnell wie möglich aus dem Tempel haben.

Kallistos Worte beruhigten Cay-La nicht, auch wenn sie einleuchtend klangen. Sie hatten die Pferde schnell erreicht.

Kallisto drängte Cay-La aufzusteigen. »Wir reiten zum Treffpunkt und besprechen alles mit den anderen.« Kallisto versuchte immer noch Cay-La zu beruhigen. Sie ritten nicht mehr lange, wählten unter ein paar Bäumen ihren Lagerplatz für die Nacht, die bald hereinbrechen würde.

Cay-La war schweigsam und in sich gekehrt. Kallisto beobachtete sie, als sie ihre Pferde absattelten und auf die Wiese ließen. Die Worte von Aphrodite klangen immer wieder in ihr nach. »Weißt du eigentlich, wie sehr diese junge Frau dich liebt? Mit jeder Faser ihres Herzens, ihrer Seele. Sie würde für dich sterben, Kallisto, ohne ihr Verhalten in Frage zu stellen oder dich.«

Kallisto verfolgte jede von Cay-Las Bewegungen, suchend nach der Antwort in ihren Augen.

Cay-La sprach sie unverhofft an. »Glaubst du, Skifra kann Taraneh vergeben?« Ihre Augen suchten die Augen von Kallisto, die am Boden kniete und die Feuerstelle vorbereitete.

Kallistos Blick ging hoch zu der jungen Kriegerin, die vor ihr stand. Was sie in ihren Augen sah, ließ sie schwer schlucken, da war immer noch dieselbe unheimliche Traurigkeit wie vor zwei Tagen. Sie wußte die Antwort nicht, fragte sich in Gedanken: »Was weiß sie und . . . wirst du mir je vergeben können?« Kallisto sah Cay-La immer noch in die Augen und versuchte abzulenken, herauszufinden, was Cay-La wußte. »Was meinst du denn damit?« Sie war sich nicht sicher, ob Cay-La überhaupt wußte, was alles geschehen war. Was zwischen ihr und Taraneh geschehen war.

Cay-La seufzte. »Ich weiß nicht, was sie ihr vergeben muß, Kallisto. Da scheint irgend etwas zu sein. Sie bekämpfen sich, sie bekämpfen sich so sehr.«

Kallisto atmete erleichtert auf. »Sie weiß es nicht«, schoß es durch ihren Kopf. »Ich weiß auch nicht, was los ist, Cay-La. Und ob Skifra ihr das, was ist, vergeben kann.« Sie winkte ab. »Daran zweifle ich, egal was es ist.« Scheinbar ungerührt antwortete sie und widmete sich wieder dem Feuer. Sie konnte Cay-La nicht länger ansehen. Sie spürte, daß sie ihre Sehnsucht, diese junge Kriegerin in den Arm zu nehmen, nicht mehr lange zurückhalten konnte.

Cay-La drehte sich ab. Sie konnte nicht länger in Kallistos Nähe sein. Ihre Schritte führten sie aus dem Lager. Was sie sah, wärmte ihr Herz. Die Sonne war dabei am Horizont zu verschwinden, als wollte sie ihr Gehen entschuldigen, ließ sie ihre Farben so warm und schön erstrahlen, füllte damit jeden Zentimeter des Horizontes aus. Wunderschöne Farben, die ständig dabei waren, sich zu verändern. Noch mehr zu geben. Cay-La war fasziniert von dem, was sie sah. Ihr ganzer Körper spannte sich an, als sie bemerkte, daß Kallisto sich ihr näherte. Ihr Herz schlug immer schneller.

Kallisto stand direkt hinter ihr und legte unverhofft ihre Arme um Cay-La.

Diese konnte im Nacken den Atem von Kallisto fühlen, fühlen, wie diese sich noch näher an sie heranstellte.

Sanft legte Kallisto ihr Kinn auf Cay-Las Schulter. »Es sieht wunderschön aus.«

Cay-La schluckte schwer. »Ja«, brachte sie mit heiserer Stimme hervor. Sie mußte all ihre Kräfte aufwenden, um überhaupt ein Wort über ihre Lippen zu bringen.

Kallistos Hände begannen auf ihrem Körper zu wandern. Leicht hauchte sie ihr einen Kuß auf den Hals.

Cay-Las Körper schien augenblicklich in Flammen aufzugehen. Sie mußte es aufhalten. In ihren Gedanken sah sie, wie Kallisto dies mit Taraneh machte. Unvermittelt befreite sie sich aus Kallistos Armen, drehte sich um, was sie sah, ließ sie erstarren, löste alle Worte in ihr in Rauch auf. Kallisto sah ihr tief in die Augen, Cay-La konnte in ihre Seele sehen und spürte, wie Kallisto in ihre Seele vordrang. Ihr Atem ging schwer, ihr Körper brannte. Da war kein Zeichen von Falschheit, kein Zeichen einer Falle in Kallisto zu finden. Was sie in ihren Augen sah, war warm und voll mit Zärtlichkeit, sanft und leidenschaftlich zugleich, ausgefüllt mit Liebe. Cay-La schluckte schwer.

Mit einem schnellen Schritt überbrückte Kallisto die Distanz zwischen sich und Cay-La, zog sie in ihre Arme und küßte sie zärtlich auf den Mund, ließ ihre Hände über ihren Rücken kreisen. Ihr Kuß war gebend und nehmend zugleich. Mal sanft, dann wieder leidenschaftlich. Ihre Zungen spielten miteinander.

Immer heißer schien Cay-Las Körper zu werden. Das Kribbeln breitete sich aus, wanderte hinunter bis in ihren Unterleib. Sie stöhnte leise auf, ließ ihren Kopf in den Nacken fallen.

Kallistos Mund erkundete ihren Hals, übersäte ihn mit Küssen. Ihre Zunge hinterließ feuchte Spuren der Lust. Cay-La rang nach Atem. Sie fiel, fiel unaufhaltsam in all die Gefühle, die Kallisto in ihr auslöste. Kallisto spürte, wie ihr Blut zu rasen begann. Sie wollte diese junge Kriegerin spüren, riechen, in sich fühlen. »Nicht zu schnell«, dachte Kallisto, sie wollte alles richtig machen. Sanft zog sie sich zurück, rang nach Atem, sah in Cay-Las Augen die Enttäuschung und Unsicherheit, die ihr Verhalten ausgelöst hatte. Sanft nahm Kallisto das Gesicht von Cay-La in ihre Hände, ließ ihre Daumen die Wangenknochen nachziehen, hauchte ihr einen sanften Kuß auf den Mund. »Komm!« Sie nahm Cay-Las Hand und führte sie zurück ins Lager.

Das Verhalten von Kallisto verunsicherte Cay-La. Was spielte Kallisto für ein Spiel mit ihr? Sie waren schnell im Lager angekommen. Cay-La bemerkte den bereits vorbereiteten Schlafplatz. Wild schossen die Gedanken und Gefühle durch sie hindurch.

Kallistos Stimme riß sie zurück. »Ich werde Holz suchen gehen.« Ohne weiter auf Cay-La zu achten ging sie aus dem Lager und rief ihr zu: »Geh nicht weg!« Dazu schickte sie Cay-La ein verschmitztes Lächeln und verschwand.

Was machte Kallisto mit ihr? War das eines ihrer vielbekannten Spiele? Cay-La schüttelte den Kopf, nein. Sie hatte andere Dinge in ihr gesehen, glaubte, sie gefühlt zu haben, wie noch nie. Cay-La war aufgewühlt. Nachdenklich ließ sie sich auf der ausgebreiteten Felldecke nieder, zog ihre Beine eng an ihren Körper, umschlang sie mit den Armen und legte ihr Kinn auf die Knie. Sie begehrte diese verrückte Kriegerin, liebte sie, wollte ihre Nähe fühlen. Ein Lächeln umspielte ihren Mund. Sie spürte das Kribbeln, das zurückkam, Besitz von ihrem ganzen Körper ergriff.

Kallisto suchte mit schnellen Handgriffen Holz zusammen. Immer wieder kehrten die Bilder von vorhin zurück. Sie begehrte die junge Amazone. Wollte verschmelzen mit ihr, eins werden, sie lieben und geliebt werden. Erleben, wonach sie immer gesucht hatte. Ihre Gedanken ließen ihr Blut immer heißer durch den Körper schießen.

Als sie das Lager betrat, sah sie Cay-La zusammengekauert und in Gedanken auf der Felldecke sitzen. Sie kniete sich neben die Feuerstelle und legte einen Teil des mitgebrachten Holzes hinein. Ihre Augen dabei nie von Cay-La lassend. »Frierst du?«

Cay-La war in Kallistos braune Augen eingetaucht. »Was?«

»Ob du frierst?« Kallisto lächelte.

»Nein, nein.« Cay-La schüttelte ihren Kopf.

Das Feuer war schnell entfacht. Kallisto legte ihren Kopf leicht auf die Seite, ein verschmitztes Lächeln umspielte ihren Mund. Ihre Augen trafen sich, ließen sich nicht mehr los. Langsam kroch sie auf Cay-La zu. Diese hielt ihren Atem an. Sanft nahm sie Cay-Las Hände von den Beinen weg, schob sich zwischen diese und drängte Cay-La mit ihrem Körper nach hinten auf die Decke. Aufgestützt auf ihre Arme sah sie die junge Frau unter sich an. Sie ließ sich ganz zaghaft auf Cay-La sinken und ihr Mund suchte Cay-Las Mund. Ihre Zunge streifte zärtlich über deren Lippen, die sich sofort bereitwillig für Kallisto öffneten. Kallisto genoß es, Cay-Las Mund zu erkunden. Als ihre beiden Zungen sich trafen, stöhnten sie auf. Kallisto ließ ihren Körper langsam auf den von Cay-La sinken, was beiden ein kehliges Stöhnen entlockte.

»Die Kleider, die blöden Kleider«, dachte Cay-La. Sie wollte Kallistos Haut auf ihrer fühlen, sie berühren.

Kallisto schien ihre Gedanken aufgefangen zu haben, stieß sich mit ihren Armen vom Boden ab und zog Cay-La mit sich. Ihre Augen sogen jede Bewegung von Cay-La in sich auf. Langsam fuhren ihre Hände unter Cay-Las Oberteil, schoben es nach oben, ließen Kallisto einen freien Blick auf Cay-Las Brüste. Sie streifte das Oberteil über Cay-Las Kopf und warf es achtlos beiseite. Ihre Augen nahm sie nicht von dem Zeichen, das Cay-La auf dem Brustbein trug. »Was ist das?« fragte sie neugierig, während ihre Finger sanft darüber strichen.

Cay-La schluckte schwer. »Das ... das ... oh«, stotterte sie, kaum fähig einen Satz zu bilden. »Das habe ich von meinem Besuch im Totenreich der Amazonen«, preßte sie schwer atmend hervor.

Kallisto küßte es zärtlich. »Und was bedeutet es?«

Cay-La seufzte: »Bitte ... ich ...« Sie konnte sich nicht mehr konzentrieren. Ihre Sinne waren nur noch auf die Berührungen von Kallisto fixiert, ihre Haut so empfindlich geworden, der Körper heiß.

»Du kannst es mir ja später erzählen«, flüsterte Kallisto, während ihre Hände sanft über die Brüste zum Bauch von Cay-La strichen.

Cay-La stöhnte laut auf. Ihr Kopf fiel in den Nacken, aufgestützt auf ihre Arme saß sie vor Kallisto.

Diese umfaßte mit ihren Händen die Brüste und knetete sie sanft. Cay-La stöhnte laut auf.

Kallisto ließ ihre Zunge um die bereits steil aufstehen Brustwarzen kreisen, bevor sie anfing daran zu saugen.

Cay-Las Stöhnen wurde immer lauter. Sie preßte ihren Körper Kallisto entgegen, was Kallisto wiederum ein Stöhnen entlockte. Cay-Las Kopf kam hoch, sah in Kallistos Augen, sah ihren Mund.

Kallistos Mund hatte ihren Händen Platz gemacht. Immer noch spielten diese mit Cay-Las Brüsten.

Cay-La faßte in Kallistos Nacken und zog sie zu sich heran, küßte ihren Mund, ließ ihre Zunge sanft über ihre Lippen fahren, bevor sie sie in ihren leicht geöffneten Mund schob. Ihr Körper schien endgültig in Flammen zu stehen. Das Kribbeln raste durch ihren Körper. Sie spürte die immer größer werdende Feuchtigkeit in ihrem Schoß. Ihre Hände begannen Kallistos Rüstung zu öffnen und die Schnüre von ihrem Top zu lösen. Sie wollte Kallistos Brüste berühren, jeden Zentimeter ihres Körpers. Mit schnellen Handgriffen zog sie Kallisto das Oberteil aus, ließ ihre Hände über die Brüste nach unten sinken und zog Kallisto weiter aus. Kallistos Hände waren mit demselben Ziel unterwegs. Ihre restliche Kleidung flog achtlos zur Seite. Cay-La konnte ihren bewundernden Blick nicht mehr von Kallisto nehmen.

»Atme, sonst fällst du mir noch um«, dachte Kallisto. Genauso bewundernd ließ Kallisto ihren Blick über Cay-Las Körper gleiten. Sie war schlank und durchtrainiert, genau wie sie und trotzdem erschien ihr der Körper von Cay-La weicher.

Cay-La sah, wie die Muskeln auf dem schlanken Körper von Kallisto unter der Haut immer wieder hervortraten.

Kallisto kroch wieder auf sie zu.

Cay-La ließ sich nach hinten auf die Decke fallen und verfolgte Kallistos Bewegungen, sog den Anblick von ihr tief in sich ein. Kallisto war über ihrem Körper. Immer noch Abstand haltend zu dem Körper unter ihr. »Bitte«, keuchte Cay-La.

Kallisto verstand und ließ sich genüßlich auf Cay-La sinken. Dabei strich ihre Zunge sanft über Cay-Las Lippen, forderte Einlaß.

Cay-La öffnete ihre Lippen und Kallisto küßte sie leidenschaftlich, ließ ihre Zunge den Mund der jungen Kriegerin erkunden, immer tiefer. Endlich berührten sich ihre Körper Haut auf Haut. Mit geschlossenen Augen sogen beide das Gefühl in sich auf, die andere so nah zu spüren, stöhnten der anderen in den Mund, ihre Zungen trafen sich. Cay-La glaubte zu zerfließen.

Kallisto zog sich sanft zurück, sah auf Cay-La. Vorsichtig bewegte Kallisto ihren Körper etwas nach unten, um sich sogleich wieder an Cay-La hochzuziehen. Beide stöhnten laut auf.

Cay-Las Hände strichen über Kallistos Rücken, hinunter zu ihrem straffen Po.

Während Kallistos Mund über Cay-Las Hals wanderte und sich zu ihren Brüsten aufmachte, ihre Zunge spielte mit der einen und ihr Daumen und Zeigefinger mit der anderen.

Cay-La stöhnte immer mehr, wandt sich unter Kallisto, was sie noch mehr erregte.

Kallisto rieb ihren Körper an dem von Cay-La, drückte sich hoch, um diese leidenschaftlich zu küssen. Die Hand, die eben noch die Brust verwöhnt hatte, wanderte nach unten, strich sanft an der Außenseite ihres Schenkels hinab, drehte beim Knie um und wanderte an der Innenseite hoch.

Cay-Las Körper erzitterte. Schauer liefen über ihren Rücken. Sie konnte keine klaren Gedanken mehr fassen.

Kallisto legte ihre Hand zwischen Cay-Las Beine. Diese schrie bei dieser Berührung auf. Ohne sich weiter zu bewegen, sah sie auf Cay-La, suchte ihre Augen, wollte sehen was in Cay-La vorging.

Cay-La öffnete ihre Augen. Ihre Augen trafen sich, Augen voll mit Leidenschaft und Liebe. Cay-La glaubte in Kallisto zu ertrinken. Erneut trafen sich ihre Lippen zu einem Kuß.

Kallistos Finger fingen an Cay-Las Liebespunkt zu streicheln. Cay-La stöhnte, hob sich den Fingern entgegen. Sofort stellte Kallisto die Bewegungen der Finger ein, ließ die Hand ruhig liegen.

Cay-La blickte auf, sah das Lächeln in Kallistos Gesicht, das sich ihr langsam entgegenbeugte.

Kallisto küßte sie auf die Schläfe, auf das Ohr, ließ das Ohrläppchen durch ihre Zähne gleiten und flüsterte heiser: »Sag es!«

Cay-Las Körper zitterte vor Verlangen. »Liebe mich bitte«, stieß sie mit keuchender Stimme hervor.

Das Lächeln um Kallistos Mund wurde noch intensiver, und ihre Augen funkelten. Sie beugte sich über Cay-La und küßte diese innig und leidenschaftlich. Sanft hatten ihre Finger die Berührung an Cay-Las Liebespunkt wieder aufgenommen. Sie nahm Cay-Las Bein zwischen ihre Schenkel, rieb ihr Geschlecht daran, ohne aufzuhören, was sie begonnen hatte.

Cay-La spannte immer wieder die Muskeln in ihrem Schenkel an. Sie fühlte die Feuchtigkeit von Kallisto, die sich darauf breit machte. Ihre Küsse wurden immer wilder. Die Hände von Cay-La glitten immer schneller über Kallistos Körper. Ihre Erregung stieg ins Unermeßliche, ihr Blut raste erhitzt durch ihren Körper, ihr Atem ging immer schneller. Sie wollte nur noch erlöst werden.

Kallistos Finger verließen den Lustpunkt, strichen sanft über die Schamlippen hinunter, hielten kurz bei der feuchten Öffnung inne.

Cay-La sah zu Kallisto hoch, die ihr Becken immer schneller auf ihrem Schenkel bewegte. Ihre Hände fuhren an den Seiten hoch und faßten Kallistos wippende Brüste, was der Kriegerin einen kehligen Schrei entlockte, ihr Keuchen noch lauter werden ließ. Cay-La schloß wieder die Augen, glaubte zu fallen.

Kallisto fühlte den Widerstand bei Cay-Las Öffnung. »Noch nicht«, schoß es ihr durch den Kopf. Sie öffnete ihre Augen und suchte Cay-Las Augen.

»Nicht aufhören«, keuchte Cay-La und wandt sich unter Kallisto.

»Schhht ... nicht so wild«, kam es von Kallisto, während sie sanft über Cay-Las Liebespunkt strich.

Cay-La ließ ihre Hand über den Arm von Kallisto hochgleiten, faßte sie im Nacken und zog sie zu sich herunter, küßte sie leidenschaftlich auf den Mund und flüsterte: »Bitte.« Cay-La glaubte, es nicht mehr auszuhalten. Sie schloß ihre Augen, spürte, wie Kallisto sich wieder auf ihrem Schenkel bewegte, wie sie sie immer leidenschaftlicher küßte.

Kallistos Hand wanderte mit sanften Bewegungen über den Bauch, langsam zu Cay-Las Liebespunkt. Ein Stöhnen entrann ihrer Kehle, als Kallisto ihn sanft berührte. Immer heißer schien ihr Körper zu werden, immer feuchter wurde sie zwischen den Beinen. Zärtlich ließ Kallisto ihre Finger weiter hinuntergleiten, Kreise über die Schamlippen ziehen, sanft wieder hochfahren.

Cay-La stöhnte laut auf.

Kallisto blickte noch einmal auf ihre Geliebte. Ein sanftes Lächeln umspielte ihren Mund. Sanft ließ sie ihre Finger im Schoß von Cay-La auf Wanderschaft gehen, genoß die Feuchtigkeit ihrer Geliebten. Es stachelte sie an. Vorsichtig ließ sie einen Finger in Cay-La gleiten. Diese hatte ihren Kopf nach hinten gedrückt. Langsam zog sie ihren Finger ein Stück zurück, den Blick nicht von Cay-La lassend. Ihr Keuchen zu hören, zu sehen wie sie sich wandt, erregten sie noch mehr. Kallistos Daumen fuhr sanft über den Liebespunkt.

»Bitte«, schrie Cay-La und bäumte sich auf, Kallistos Finger entgegen.

Sanft setzte Kallisto ihre Bewegungen fort, drang immer wieder in Cay-La ein, immer tiefer, immer schneller, sich den Bewegungen von Cay-La anpassend. Kallistos geübter Finger ließ Cay-La in Gefilde vordringen, die sie nicht kannte. Die Kriegerin sah auf die Frau unter sich, die ihren Namen laut schrie. Sah, wie sie ihren Kopf noch mehr nach hinten drückte, ihr Körper erzitterte, immer und immer wieder. Zu sehen, wie ihre Geliebte auf der Welle des Höhepunktes schwebte, ließ auch sie explodieren. Sie schaffte es, Cay-Las Höhepunkt zu steigern, sie immer wieder auf das Neue hochzuheben und gleichzeitig ihren Höhepunkt zu perfektionieren.

Cay-La glaubte nicht mehr auf dieser Welt zu sein. Sie schwebte. Öffnete ihre Augen und sah auf den nun mit Schweiß bedeckten Körper von Kallisto, sah, wie sie ihren Höhepunkt erlebte.

Kallisto spürte auf einmal, wie Cay-Las Hand ihren Liebespunkt berührte. Wie Cay-Las Finger damit spielten. Noch einmal bäumten beide sich auf, jede hörte wie die andere den Namen in die Nacht schrie. Dann sank Kallisto erschöpft halb auf Cay-La, deren Arme sich sofort um sie schlangen. Ganz genüßlich ließ sie ihren Finger aus Cay-Las heißer, feuchter Öffnung gleiten. Die Augen geschlossen, nicht fähig, was zu sagen, lagen sie da. Es dauerte lange, bis sich ihr Atem beruhigt hatte, bis ihre erhitzten Körper nicht mehr zitterten. Ihre Hände fuhren zärtlich über den Körper der anderen, bis beide erschöpft einschliefen.

»Endlich!« Aphrodite sah lächelnd auf die beiden hinunter und atmete tief aus. »Ich dachte schon, daß ich bei euch versagen würde.«

Kallisto wachte auf, sie fror. Wo war Cay-La? Sofort bemerkte sie ihr Fehlen. Unruhig suchend tasteten ihre Augen im fahlen Licht des Feuers das Lager ab. Ihre Augen blieben auf etwas, was da im Dunkeln saß, haften.

Cay-La saß in ihren Mantel gehüllt etwas außerhalb. Ihre Beine übereinander gelegt, die Hände auf den Knien, die Augen geschlossen.

Kallisto beobachtete sie fasziniert und beunruhigt zugleich. Warum hatte sie den Schlafplatz verlassen, schoß es durch Kallistos Kopf. Hatte sie etwas falsch gemacht? Kopfschüttelnd stand sie auf und näherte sich leise Cay-La. Diese hatte Kallisto schon längst bemerkt und lächelte. Vorsichtig setzte Kallisto sich hinter Cay-La, legte ihre Beine um ihren Körper, schlang die Arme um sie und zog sie ganz nah an sich heran.

Cay-La seufzte, lehnte sich entspannt an ihre Geliebte, hielt die Hände von Kallisto in ihren eigenen. Die Augen immer noch geschlossen, war es ein wunderschönes Gefühl, Kallisto zu spüren. Sie wollte, daß es niemals endete.

Kallisto sah sie an, küßte sie sanft auf ihre Wange. »Machst du dir Sorgen wegen dem Schild? Oder warum sitzt du hier in der Dunkelheit?« Unsicher klang ihre Stimme. Sie hatte Angst vor der Antwort.

Cay-La konnte es fühlen. Sie öffnete ihre Augen und sah hinauf in den Nachthimmel. »Was ist, wenn wir Allegra ohne diesen Schild nicht besiegen können?« Sie hörte wie Kallisto erleichtert ausatmete.

»Wir besiegen sie, sicher.« Kallistos Stimme klang überzeugt. Ihre Arme schlossen sich noch enger um Cay-Las Körper. Als sich dabei Cay-Las Mantel etwas öffnete, bemerkte sie erst, daß Cay-La darunter nackt war. Ihr Herz fing an zu rasen. Ihre Hände glitten, fasziniert von dem was sie sah, unter dem Mantel auf die weiche, warme Haut von Cay-La.

Ein Zittern durchlief Cay-Las Körper. »Deine Hände sind eiskalt.« Sie verzog ihr Gesicht. Sie zog sich von Kallisto zurück und stand langsam auf. Dabei bemerkte sie, daß Kallisto nackt vor ihr saß. Cay-Las Herzschlag erhöhte sich sofort bei dem Anblick. Bevor Kallisto reagieren konnte, zog Cay-La sie vom Boden hoch. Ohne ihre Hand loszulassen ging sie mit ihr zum Lager zurück, legte Holz auf das fast erloschene Feuer und schubste Kallisto auf die Felldecke. »Also, echt!« Sie schüttelte wieder ihren Kopf, während sie zusah, wie Kallisto sich hinlegte. Cay-La deckte die immer noch schweigende Frau zu, die sprachlos alles über sich ergehen ließ, streifte ihren Mantel ab und kroch zu ihr unter die Decke. »Brrr,« sagte sie, »du bist wirklich eiskalt.« Cay-La hatte sich halb auf Kallisto gelegt, ihr Bein lag zwischen ihren Schenkeln, ihr Kopf oberhalb ihrer Brüste. Die Arme umfingen den kalten Körper unter sich.

Kallisto schloß genießerisch ihre Augen. Sie sog den Duft von Cay-La ein, ihre Wärme. Sie lauschte ihrem Atem, der sanft ihre Haut streichelte. Ein Lächeln umspielte ihren Mund. »Es hat sich gelohnt, kalt zu sein«, dachte sie. Ihre Arme zogen Cay-La noch näher. Diese seufzte leise. Ihre Hände strichen sanft über Kallistos kalten Körper. Dabei holte ein ruhiger, tiefer Schlaf die beiden ein.

»Komm schon!« Skifra hielt Taranehs Hand, zog sie unsanft von der Decke und mit schnellen Griffen legte Skifra die Decken zusammen.

Ungläubig starrte Taraneh sie an. Hektisch suchten ihre Augen die Gegend ab. Sie sah keine Horde wilder Reiter, die auf sie zugestürmt kamen, keine Krieger, die sich auf sie stürzten. »Was, was soll das Skifra?« Hastig fing sie ihre Kleidung auf, die Skifra ihr zuwarf. Schnell zog sie sich an. Noch einmal suchten ihre Augen die Gegend ab. Sie verstand Skifras Eile nicht.

»Na los, komm schon, laß dir nicht immer alles fünfmal sagen!« Skifra zerrte die immer noch ganz verdatterte Taraneh hinter sich her und hob sie vor sich auf Argos Rücken. Dann klemmte sie ihre Beine fest um Taranehs Schenkel und trieb das Pferd mit wildem Geschrei an.

»Und? Gefällt es dir?« Skifra sah Taraneh von der Seite an. Sie hatte ihr Kinn auf Taranehs Schulter gelegt. Sanft blies der Wind Taranehs Haare in ihr Gesicht.

»Wunderschön«, für einen Moment schloß Taraneh ihre Augen.

»Ja, ist es.« Skifra sah sie immer noch an. Argo tänzelte nervös.

Taraneh saß dicht an Skifra gelehnt auf Argo und sah auf die Landschaft, die sich vor ihnen ausbreitete. Morgennebel stiegen auf, enthüllten das Geheimnis des schweren süßlichen Duftes, den er mit sich führte. Ein Teppich von bunten Blumen lag vor ihnen. Sie blühten in allen Farben. Langsam bahnte sich ein Fluß seinen Weg durch das Tal. Kleine Wäldchen, aufgereiht wie Perlen an einer Schnur, wuchsen an seinem Ufer entlang, graue Felsen umschlossen das Tal. »Ich habe so etwas Schönes noch nie gesehen.« Taraneh sah Skifra an. Ihre Augen glitzerten. »Danke«, zärtlich drückte sie Skifra einen Kuß auf die Wange.

Verlegen senkte Skifra ihren Kopf.

Taraneh lächelte. Das war es, warum sie Skifra liebte. Diese Momente, die sie ihr schenkte. Einen Augenblick wie diesen. Taraneh sog dieses Bild in sich ein, niemand konnte ihr das nehmen.

Vorsichtig führte Skifra das Pferd den schmalen Pfad entlang.

Jetzt erst bemerkte Taraneh wie groß das Tal war. So weit das Auge reichte, erstreckten sich saftige, grüne Wiesen.

Wieder tänzelte Argo nervös. Sie roch das frische Gras. »Ho, Argo«, beruhigte Skifra die Stute, »gleich kannst du laufen.«

Entspannt lehnte Taraneh sich in Skifras Arme. Der Duft der Blumen betäubte sie. Argos gleichmäßiger Lauf und Skifras Herzschlag lullten sie ein. Müde schloß sie ihre Augen.

Skifra schaute sie lange an. Ein geheimnisvolles Lächeln umspielte ihre Lippen. »Taraneh? Taraneh?«

Leise hörte Taraneh, wie jemand ihren Namen rief.

»Wach auf, wir sind da.« Skifra saß steif auf Argos Rücken. Sie spürte kaum noch ihre Beine und ihre Arme. Über ihren Rücken wollte sie erst gar nicht nachdenken. Sie war erstaunt, wie schwer Taraneh in ihren Armen lag. Wieder rief sie Taranehs Namen.

»Ich bin wohl kurz eingenickt?« Taraneh schaute Skifra entschuldigend an.

»Ja, kurz«, grinste Skifra. »In ein paar Stunden wird die Sonne untergehen.« Stöhnend richtete sie sich auf.

»Alles okay bei dir?« Taraneh hatte Skifras schmerzverzerrtes Gesicht gesehen.

»Mein Rücken. Offensichtlich bin ich für Kämpfe nicht mehr jung genug.« Skifra grinste breit. Kallisto hatte ihr im Dorf der Amazonen schwer zugesetzt. Die alte Rückenverletzung und ihre Beine schmerzten wieder. Mühsam stieg sie von Argo. Sie konnte kaum stehen. Wieder hatte sie das Gefühl, als verlöre sie jeglichen Halt unter ihren Füßen, als ziehe man ihr den Boden weg. Sie konnte sich grade noch an Argo abfangen.

»Du solltest damit keine Scherze machen.« Besorgt glitten Taranehs Blicke über Skifras Körper. Wie wollte Skifra in diesem Zustand gegen Allegra kämpfen, sie besiegen?

»Warum hast du mich nicht geweckt, ich wäre gelaufen.« Vorwurfsvoll sah Taraneh auf.

»Es war so friedlich, so ruhig.« Skifra grinste. Erstaunt stellte sie fest, wie Taranehs Gesichtszüge sich veränderten. Der Sorge war die Traurigkeit gewichen. »Es war ein Scherz, nur ein kleiner Scherz, Taraneh«, dachte Skifra und seufzte. Tröstend legte sie ihre Hand an Taranehs Wange, küßte sanft ihre Stirn. »Ein paar Stunden Ruhe und mir geht es besser.« Skifra öffnete Argos Sattelgurt. Sie hatte kaum noch Kraft, den Sattel herunterzuziehen. Taraneh stand dicht hinter ihr. Skifra hatte das Gewicht des Sattels unterschätzt und stolperte.

Taraneh fing sie auf. »Laß dir helfen, Skifra.« Wieder sah sie ihre Freundin besorgt an.

Skifra nickte stumm. Dankbar stützte sie sich auf Taranehs Schultern.

Taraneh führte sie in die Nähe der Bäume. Die Sonne stand hoch. Der Schatten der Bäume würde ihnen Kühle spenden. Während Taraneh das Lager aufschlug, schaute sie immer wieder besorgt zu Skifra hinüber.

Die Kriegerin schien kaum die Kraft zu haben, ihren Brustpanzer auszuziehen, mit zittrigen Fingern versuchte Skifra die Ösen zu öffnen. »Mist, verdammter Mist«, fluchte sie leise.

Sanft legten sich Taranehs Hände auf Skifras. Schweigend öffnete Taraneh die Ösen und zog Skifra die Rüstung aus. Skifra stöhnte, als Taraneh ihr Unterkleid aufschnürte und es von ihrem Körper streifte. Skifras Körper glühte. Alles drehte sich. So sehr sie sich nach Taranehs Berührungen sehnte, sosehr sehnte sie sich jetzt nach Ruhe.

»Leg dich hin.« Zärtlich und bestimmend drückte Taraneh Skifra auf die ausgebreiteten Felle. »Wie schön du bist«, flüsterte sie heiser und ergötzte sich an dem Anblick, den die Kriegerin ihr bot. Pralle Brüste reckten sich ihr entgegen, schienen nach ihrer Berührung nur so zu schreien. Nervös leckte sie ihre Lippen. Skifras flacher Bauch hob und senkte sich schnell unter ihrem hastigen Atem. Endlos scheinende Beine streckten sich auf dem Fell aus.

»Taraneh, bitte.« Skifra war zu keiner Regung fähig. Ihre Arme, ihre Beine, ihr Rücken schmerzte, raubten ihr den Verstand. Ermattet schloß sie ihre Augen. Langsam beruhigte sich ihr Puls, denn Taranehs sehnsuchtsvolle Blicke waren ihr nicht entgangen. Ein Blitz durchzuckte ihren Körper, erschrocken riß sie ihre Augen auf. Taranehs Hand war unter ihre Kniekehlen geglitten, um die Bänder der Knieschoner zu lösen. Skifra atmete hörbar aus.

»Laß mich das machen, Taraneh.« Sie wollte sich wieder aufsetzen. Keuchend fiel sie auf das Fell zurück. Ein stechender Schmerz bohrte sich in ihrem Rücken, um in ihrem Kopf zu explodieren.

Taraneh hatte Skifras schmerzverzerrtes Gesicht bemerkt. Vorsichtig zog sie die Stiefel über Skifras Beine. »Dreh dich um, auf den Bauch.« Stöhnend drehte Skifra sich langsam um. Mit einem leisen Plopp öffnete Taraneh die kleine Amphore, die sie aus der Tasche gekramt hatte. Taraneh bekam vor längerer Zeit von Skifra eine Pflanze gezeigt, aus dieser wurde Öl gewonnen. Das hatte sie nach einer langen Wanderung auf ihre schmerzenden Beine aufgetragen. Dieses milchige Öl trug sie seitdem immer bei sich. Sie hatte es mit ein paar gutriechenden Aromastoffen versehen. Taraneh tröpfelte zwei, drei größere Tropfen auf Skifras Rücken. Genau an der Stelle, an der die Wirbelsäule einen leichten Innenknick machte.

Bei der Berührung des kühlen Öls zog Skifra scharf die Luft ein und vergrub ihr Gesicht tief in das Fell. Ihr Körper versteifte sich. »Was machst du?«

»Schließ die Augen, meine Kriegerin und entspann dich. Vertraue mir.« Taraneh setzte sich rittlings auf Skifras Po und schob das Öl mit den Daumen und flachen Händen Skifras Rücken hinauf.

Skifra erschauderte. Wohlig streckte sie sich auf dem Fell aus, legte ihre Hände unter ihren Kopf und schloß die Augen.

Taraneh genoß die Erkundungstour über Skifras Körper und den Anblick, der sich ihr bot. Skifra lag ausgestreckt vor ihr. Taraneh spürte jeden Muskel. Sie massierte ihre Schultern, knetete das feste Fleisch und spürte, wie Skifra sich langsam unter ihr entspannte. »Strecke deine Arme aus«, raunte Taraneh heiser.

Skifra schnurrte genüßlich.

Taraneh beugte sich vor, um Skifras Arme einzureiben, dabei berührte ihr Oberkörper Skifras Schultern.

Skifra keuchte. Der harte Stoff von Taranehs Top rieb über ihre Schultern.

Taraneh hatte die Stellung gewechselt. Sie kniete nun neben ihrer Freundin und verrieb das Öl in kreisenden Bewegungen über die Seiten gradewegs hinab auf Skifras straffen Po.

Skifra stöhnte laut auf.

Taraneh leckte ihre Lippen. Sie hatte Mühe, sich zu beherrschen, Skifra nicht zu küssen. Lustvoll schloß sie ihre Augen, ließ ihre Hände den Körper weiter erkunden. Wieder rieben Taranehs Hände über Skifras Po. »Spreiz die Beine«, forderte Taraneh Skifra auf.

Was hatte Taraneh nun vor? Sie öffnete automatisch ihre Beine. Keuchend hob Skifra ihr Becken, als Taraneh die Innenseiten ihrer Schenkel massierte, die Kniekehlen, über die Waden strich. Sie konnte kaum noch still liegen. Was für eine Folter hatte sich die Amazone ausgedacht. Lange würde sie es nicht mehr ertragen können. Skifra krallte ihre Hände in das Fell. Ihr ganzer Körper bebte.

»Wie fühlst du dich«, preßte Taraneh mühsam hervor. Es fiel ihr von Sekunde zu Sekunde schwerer, nicht von ihrer eigenen Lust überrollt zu werden. Sie fühlte die Nässe zwischen ihren Beinen. Ihre Brustwarzen drückten gegen das enge Top, schmerzten schon, so hart waren sie, schrieen nach Berührung. »Skifra?« Taraneh beugte sich vor. Enttäuscht schaute sie die Kriegerin an. Taraneh seufzte. Skifra schlief. »Dann werde ich jetzt wohl Wache halten.« Frustriert stand Taraneh auf. Wieder blickte sie auf die schlafende Skifra hinunter. »Ich könnte dich . . .«, wütend streckte sie Skifra ihre Faust entgegen, dann lief sie zu dem kleinen See. Das Bad brachte nur wenig Abkühlung. Taraneh zog ihre nasse Kleidung aus.

Skifra beobachtete sie aus halbgeschlossenen Augen. Sie spürte ihr eigenes Verlangen, ihre Sehnsucht, Taraneh zu berühren. Aber der Schmerz, der immer noch ihren Körper durchzog, raubte ihr fast die Sinne. Kühl blies der Wind aus den Bergen in das Tal, vertrieb die letzte warme Luft. Skifra zitterte. Sie konnte mit ihren Händen immer noch nicht greifen. Kleine Schweißperlen standen auf ihrer Stirn. Angestrengt versuchte sie, das Fell über ihren Körper zu ziehen.

Schützend schlang Taraneh ihre Arme vor ihren nackten Körper, rieb die Hände an den Oberarmen auf und ab, tänzelte nervös umher. Der Wind blies ihr eisig entgegen. Ihre Kleidung würde nicht so schnell trocknen. Hastig griff sie nach einer Decke, schlang sie um ihren Körper und sah zu Skifra hinüber, die am ganzen Körper zitternd halb unter einem Fell lag. Dies war also eines der Geheimnisse dieses Tals, dachte Taraneh. Am Tag zeigt es dir all seine Reize, in der Nacht ist es kühl. So wie du, meine Kriegerin. Wie sollte sie Skifras Verhalten deuten? Gestern war sie noch die Geliebte und heute? Taraneh schluckte. Tat sie ihr Unrecht? Skifra hatte Schmerzen. Sorgenvoll blickte sie auf die Frau neben sich und legte sich vorsichtig zu ihr, zog das Fell noch enger um ihre Körper und fiel in einen tiefen unruhigen Schlaf.

Warm berührten die Strahlen ihre Haut. Wohlig rekelte Skifra sich auf dem Fell, hob ihren Körper nur ein paar Zentimeter. Die Schmerzen waren scheinbar verschwunden. Sie streckte ihre Beine aus, spannte die Muskeln. Tarанehs Massage hatte also doch geholfen. Skifra lächelte matt. Taraneh ... wo war sie überhaupt? Sie hob ihren Kopf und schaute sich suchend um. Argo graste in der Nähe des Lagers. Ihr Sattel und ihre Waffen lagen vor ihr. Skifra wandte ihren Kopf. Nirgends war Taraneh zu sehen. Vorsichtig drehte sie sich auf die Seite.

Regungslos saß Taraneh auf einem Felsen. Nachdenklich hatte sie ihre Augen geschlossen. Sie hatte Skifra beim Schlafen zugesehen. Taraneh seufzte leise. Vor zwei Tagen hatten sie sich das erste Mal geliebt, wild und leidenschaftlich. Es war so viel Liebe in ihr. Und Skifra? Liebte Skifra sie auch so? Nachdenklich schüttelte sie ihren Kopf. Man konnte nicht sagen, wer wie liebte. Skifra liebte sie, auf ihre besondere Art. Taraneh lächelte. Auf eine wirklich besondere und wilde Art. Wie oft hatte Skifra sich vor sie gestellt, sie beschützt. Was konnte sie Skifra geben? Sie war nicht stark genug. Taraneh lachte auf. Man konnte ihr vieles nachsagen, aber sie überschätzte sich selten. Nein, sie konnte nicht so kämpfen wie Skifra. Konnte sie Skifra dann schützen, wenn sie so verletzbar war wie jetzt? Zweifelnd zog sie ihre Stirn kraus. Waren sie beide jetzt nicht viel verletzbarer, als sie es sonst schon waren? Wie würden ihre Tage aussehen? Würden die steten Sorgen um die andere sie nicht eines Tages auseinandertreiben? Taraneh grinste. Sie sorgte sich immer um Skifra, eigentlich seitdem sie Skifra kannte. Aber was würde sein, wenn Skifra wirklich verletzt würde? Konnte sie mit diesem Gedanken umgehen. Und wie wäre es mit Skifra, wenn ihr, Taraneh, etwas geschehen würde? Taraneh seufzte. Und was war mit Kallisto? Würde diese eine Nacht nicht doch noch wie ein Hindernis zwischen ihnen stehen? Seit ihrem Geständnis hatte sie mit Skifra nicht mehr darüber gesprochen. War alles gesagt? Gedankenverloren schüttelte sie ihren Kopf. Sie wußte es nicht. Im Moment wußte sie eigentlich gar nichts. War es nicht besser, alles auf sich zukommen zu lassen? Wieder seufzte sie auf. Ihre Blicke glitten zur Decke. Skifra hatte sie neugierig beobachtet. Sekundenlang trafen sich ihre Blicke.

»Ausgeschlafen?« Taraneh lächelte. Skifra hatte fast einen ganzen Tag geschlafen, was selten genug passierte. Sie konnte sich kaum erinnern, daß die Kriegerin jemals so lange geruht hatte.

Skifra nickte. Sie streckte sich genüßlich aus und stützte ihren Oberkörper auf ihre Ellenbogen. Lange sah sie Taraneh an. Ein merkwürdiges Geräusch zerriß die Stille. Skifra zog ihre Stirn kraus. Sie kannte dieses Geräusch. Ihr Magen knurrte.

Taraneh war aufgestanden und kniete neben Skifra.

Skifra folgte ihren Bewegungen aufmerksam.

Wortlos schüttete Taraneh einen Beutel aus und reichte Skifra einen mit süßem Wein gefüllten Becher.

Skifra nippte vorsichtig daran. Der Wein brannte in ihrem Mund, in ihrem Hals. Heiß rann er ihre Kehle hinunter, breitete sich in ihrem Magen aus und wärmte sie. Skifra leckte ihre Lippen. Trank wieder einen Schluck Wein.

»Brot, Käse, Fleisch?« Taraneh drehte sich zu Skifra um, dabei traf ihr Ellenbogen Skifras Arm. Entsetzt blickte Taraneh sie an. »Das wollte ich nicht, wirklich nicht.« Taraneh hob entschuldigend ihre Hände und grinste.

Skifra sah sie mit zusammengezogenen Augen an. Die Kriegerin bot einen unvergeßlichen Anblick. Durch den Stoß war der Wein über den Becherrand geschwappt, lief Skifras Kinn hinunter, über ihren Hals, ihre Brüste, perlte über ihre Brustwarzen und rann weiter über ihren flachen Bauch in den Bauchnabel.

Vorsichtig beugte Taraneh sich vor und strich mit dem Daumen den Wein aus Skifras Gesicht, strich über ihre Lippen. Sanft setzten ihre Fingerspitzen die Reise über Skifras weichem Mund fort, öffneten ihn leicht, fuhren über das Kinn herunter zum Hals. Taraneh stöhnte leise. Skifra so zu berühren, lösten wieder diese Gefühle in ihr aus. Ihr Herz raste. In ihr tobte ein Sturm. Skifra regte sich nicht. Unsicher zog Taraneh ihre Hand zurück und sah Skifra zweifelnd an. »Verloren«, schoß es ihr durch den Kopf. Resigniert sah sie in das Gesicht, das sie so sehr liebte. Skifra hatte ihre Augen geschlossen. Wieder fühlte sie den Kloß in ihrem Hals. »Alles verloren«, dachte sie. »Kallisto hatte also am Ende doch noch das erreicht, wofür sie lebte. Sie hatte alles um Skifra zerstört. Hat mich zerstört.« Taraneh schloß ihre Augen. Sie mußte ihre Konsequenzen ziehen und gehen. Sie mußte alles, was sie liebte, verlassen. Taranehs Hände zitterten. Stumm küßte sie ihren Zeigefinger und legte ihn unsicher auf Skifras Mund. Taraneh keuchte laut auf. Skifras Berührung hatte sie unvorbereitet getroffen.

Skifra hielt ihren Finger mit den Zähnen fest. Sekundenlang verharrte Skifra in dieser Position, sah Taraneh an. Zärtlich rieb sie mit den Zähnen über Taranehs Fingerkuppe, bevor ihre Zunge sie berührte, an ihren Fingern sog.

Taraneh erschauderte bei jeder Berührung von Skifras Zunge. Taranehs Gedanken explodierten, flogen weit auseinander, wirbelten in bunten Lichtern durch ihren Kopf. Sie spürte, wie ihr Blut durch ihre Adern raste und atmete schwer. Ein Kribbeln durchzog ihre Brust, ihren Bauch, schoß in ihren Unterleib und raubte ihre Kraft. Sie verlor ihr Gleichgewicht und kippte leicht nach vorn. Langsam zog sie ihren Finger aus Skifras heißem Mund. Vorsichtig und ängstlich berührten Taranehs Finger Skifras Gesicht, den Mund und zogen die Konturen der Lippen nach.

Heiße Wellen durchfluteten Skifras Körper. Aus weiter Ferne hörte sie Taranehs Stimme.

»Wie schön du bist«, flüsterte Taraneh leise und küßte Skifras Augen, ihre Nasenspitze, ihre Lippen. Sanft sog sie an Skifras Unterlippe und fuhr gleichzeitig mit den Fingern über ihre weichen Lippen.

Skifra öffnete ihren Mund und überließ es Taraneh, ihn zu erkunden.

Zögernd suchte Taraneh Skifras Zunge. Immer wieder unterbrach sie den Kuß, indem sie an Skifras Unterlippe knabberte, um dann wieder die Reise aufzunehmen. Taraneh erforschte Skifras

Mund begierig. Sie genoß die Wärme. Instinktiv drückte sie ihren Körper noch näher an Skifra.

Skifra stöhnte leise unter Taranehs Berührungen. Wohlige Schauer breiteten sich in ihrem Körper aus, nahmen Besitz von ihm. Zärtlich schlang sie ihre Arme um Taraneh und zog sie auf sich.

»Liebe mich«, flüsterte Taraneh heiser.

»Das tue ich, meine Königin«, kam es rauh aus Skifras Kehle, »das tue ich.«

Nur langsam beruhigte sich ihr Atem. Beide lagen auf der Decke ausgestreckt. Die Sonne hatte ihren höchsten Punkt längst überschritten. Warm fielen ihre Strahlen durch das dichte Blätterwerk der Bäume.

»Ich glaube ...«, begann Skifra nach einer Weile und verzog ihr Gesicht. Tastend griffen ihre Hände unter ihren Rücken.

»Hast du, hast du Schmerzen«, unterbrach Taraneh sie besorgt. »Dein Rücken oder?« Sie sah auf Skifra hinunter.

»Nein, nein.« Skifra lachte. »Es ist nur, daß ich glaube, daß wir wohl heute nichts mehr zu essen bekommen.« Grinsend zog sie den lädierten Essensbeutel unter ihrem Rücken hervor.

»Nun ja«, lachte Taraneh, »wofür sind wir an einem See und wofür habe ich dich, meine Kriegerin?«

Skifra sah sie fragend mit hochgezogener Augenbraue an.

»Schau nicht so«, lachte Taraneh und stupste Skifra an. »Schließlich kannst du ja angeln gehen.«

Skifra grinste. »Aber nicht jetzt sofort, meine Königin«, fragend sah sie Taraneh an.

»Nein, nein, nicht sofort.« Taraneh lachte und legte sich dicht an Skifra. »Aber gleich«, kicherte sie, als sie ihren grummelnden Magen hörte.

Der Tag hatte schon vor ein paar Stunden Einzug gehalten. Cay-La und Kallisto lagen immer noch engumschlungen unter der Decke. Keine wollte aufstehen, sich rühren, die Nähe der anderen verlassen. Cay-La seufzte, hob vorsichtig ihren Kopf und befreite sich aus der innigen Umarmung von Kallisto. Diese schien immer noch zu schlafen. Cay-La lächelte innerlich. »Habe ich dich so geschafft, meine Kriegerin«, dachte sie.

Sie zog ihre Unterkleider an und verließ leise das Lager. Die Natur forderte ihren Tribut. Erleichtert kam sie zurück. Sie wollte sich so schnell wie möglich wieder an die Kriegerin legen, sie spüren, ihre Haut auf ihrer fühlen. Mit einem Seufzer betrat sie das Lager. Ihre Augen suchten Kallisto. Sie war nicht mehr auf der Felldecke. Ein Rascheln hinter ließ sie herumfahren. Ihre Arme hochgezogen, war sie bereit zuzuschlagen. Sie war so in ihre Gedanken versunken, daß sie nichts um sich wahrgenommen hatte.

»Ho, ho«, kam es mit einem breiten Grinsen von Kallisto. »Ach so ist das, nach so einer Nacht willst du deine Geliebte niederschlagen?« Neckisch legte sie ihren Kopf zur Seite.

Cay-La gab ihr einen leichten Hieb in die Seite. »Was schleichst du dich auch so an?« Sie mußte lachen.

»Du bist gut, schließlich bist du nicht die Einzige, die mal austreten muß.« Mit einem Schritt war sie bei Cay-La, zog sie stürmisch an sich und küßte sie leidenschaftlich und zärtlich zugleich. Sie beendeten den Kuß erst, als sie Luft holen mußten. »Das ist mir doch bedeutend lieber«, witzelte Kallisto atemlos.

»Ach ja?« Cay-La zog ihre Augenbrauen hoch. Ihre Hände strichen bereits wieder sanft über Kallistos Körper. Sie konnte nicht in ihrer Nähe sein, ohne sie zu berühren. Sie küßte Kallisto zärtlich über den Hals bis zum Mund.

Leidenschaftlich erwiderte Kallisto ihren Kuß.

Sanft beendete Cay-La den Kuß und sah in Kallistos Gesicht, als ihre Hand sanft über die eine Brustwarze strich, die sich sofort aufstellte. »Ui, ui«, grinste Cay-La.

Kallisto stöhnte laut auf und sah auf Cay-La. »Was machst du mit mir?«

Cay-La sah sie unschuldig an, während sie abwechselnd die Brüste von Kallisto küßte. Sie mußte zugeben, es war eindeutig ein Vorteil, kleiner zu sein als Kallisto. »Ich kann nichts dafür, wenn du in meiner Nähe bist, kann ich einfach meine Hände nicht zurückhalten«, seufzte Cay-La und sah Kallisto frech an.

»Das merke ich«, grinste diese und schob Cay-La ein wenig von sich weg. »Aber dafür haben wir jetzt keine Zeit.« Kallisto hatte sich umgedreht und suchte ihre Kleidung zusammen. Genau so suchte sie ihre Fassung wiederzufinden, die Cay-La in alle Winde zerstreut hatte. Kallisto ignorierte deren Proteste einfach.

So ergab sich Cay-La und machte sich ebenfalls auf, ihre Kleider zusammenzusuchen. Diese lagen verstreut um die Feuerstelle. Während sie sich anzog, war Kallisto bereits dabei zu packen.

Sie kam mit einem Beutel auf Cay-La zu. »Wir sollten noch etwas essen, bevor wir aufbrechen.« Sie schüttete den Inhalt auf Cay-Las Mantel. Sie hatten noch Brot, Käse und Trockenfleisch. Das war für diesen Morgen genau richtig. Ihre Blicke trafen sich immer wieder. Die restlichen Eßwaren packte Kallisto wieder in den Beutel, erhob sich und verstaute die Sachen in ihrer Satteltasche. Sie spürte, wie die Blicke von Cay-La ihren Körper abtasteten. Ein heißer Schauer durchlief ihren Körper bei dem Gedanken. Sie schloß für einen Moment ihre Augen. »Reiß dich zusammen«, schimpfte sie mit sich selber und seufzte. Kallisto hatte große Mühe, ihr aufsteigendes Verlangen zu zügeln. »Beherrsche dich«, sprach sie erneut zu sich selbst. Sie hatte nicht bemerkt, wie Cay-La auf einmal hinter ihr stand, sie sanft auf die Schultern küßte und ihre Arme um ihren Körper schlang. Sie stöhnte heiser auf. »Cay-La ...«, sie mußte tief Luft holen. »Cay-La ... wir ... wir müssen weiter«, flüsterte sie stockend. Cay-La war dabei, ihre ganzen Bemühungen zunichte zu machen.

Cay-La zog ihre Hände zurück, strich sanft über die Haut von Kallistos Bauch, ihrer Seiten, bevor sie den Körper von ihr verließen. »Dann hole ich mal die Pferde.« Ohne weiter auf Kallisto zu achten ging sie weg.

Kallisto schluckte schwer. »Sie macht mich noch wahnsinnig«, dachte sie und sah der jungen Kriegerin nach. Dabei versuchte sie ihren Herzschlag zu beruhigen.

Die Pferde waren schnell gesattelt, alles aufgepackt. Cay-La stand mit den Pferden da und sah zu, wie Kallisto das Feuer austrat. Als Kallisto auf sie zukam, wäre sie am liebsten über sie hergefallen, sosehr begehrte sie diese Frau. Sie seufzte. Als Kallisto bei ihr war, stahl sie sich unverhofft einen innigen Kuß und stieg auf ihr Pferd. »Na, was ist, kommst du?« Sie drehte ihr Pferd um und raste mit einem lauten Schrei los. Cay-La schüttelte ihren

Kopf, stieg auf und folgte ihr.

Sie waren schon einige Zeit unterwegs, als Kallisto auf einem sanften Hügel ihr Pferd stoppte. »Wie findest du das?« Sie sah zu Cay-La. Vor ihnen breitete sich eine große Lichtung aus, die man nur über diesen Punkt des Hügels leicht erreichen konnte. Von ihrem Standpunkt aus ging eine Schneise durch die Bäume und führte auf diese Lichtung. Die Lichtung war ansonsten umgeben von dichtem Wald. In der Mitte dieser Lichtung befand sich eine Gruppe großer Bäume. Ein paar Meter rechts davon war ein kleiner See.

»Es gefällt mir.« Cay-La sah in Kallistos Augen, die kurz aufblitzten. Gemächlich ritten sie auf die Lichtung zu. Sie schlugen ihren Lagerplatz bei der Baumgruppe auf, befreiten die Pferde vom Sattelzeug und ließen diese auf die Wiese zum Grasen. Holz war schnell gesammelt.

»Ich versuche mal unser Nachtessen zu besorgen«, und schon war Kallisto verschwunden.

Cay-La legte die Felldecken aus. Sie wollte alles im Lager fertig haben, wenn Kallisto zurückkam. Dann schlenderte sie zum Ufer des Sees. Dort setzte sie sich auf einen großen Stein und beobachtete das Wasser. Es war so ruhig. Nicht nur das Wasser. Auch sonst war es ruhig und friedlich hier. Sie hörte die Vögel singen, sah am Himmel einen Adler einsam seine Kreise ziehen. Sie atmete tief ein, es war schön hier. Langsam entspannte sie sich, ließ sich nach hinten auf den Stein sinken und schloß genüßlich die Augen. Sie wußte, es würde einige Zeit vergehen, bis Kallisto zurückkam. Die Sonne wärmte ihren Körper. Ihre Gedanken gingen auf die Reise. Sie sah Bilder von ihrer Mutter. Sie zu sehen und zu spüren war etwas Wunderbares gewesen. Aber die Traurigkeit darüber, daß sie Cyane wieder verlassen mußte, belastete immer noch ihr Herz. Cay-La seufzte. Ihre Gedanken schweiften zu den letzten Tagen. Sie dachte an Skifra und Taraneh, daran, wie sie sich zur Zeit bekämpften. An die Rolle, die Kallisto dabei spielte. Kallisto. Wieder seufzte sie. Sie liebte diese Kriegerin wirklich. Aber liebte Kallisto sie auch? Trotz der letzten Nacht war Cay-La immer noch unsicher, was die Gefühle von Kallisto ihr gegenüber betrafen. Zu viele ihrer Stimmungswechsel hatte sie miterlebt.

Cay-La döste friedlich auf dem Stein. Sie nahm das Erscheinen von Kallisto im Lager sofort wahr. Ihre Sinne waren hervorragend ausgebildet. Sie hatte es bis jetzt vermieden, zu viel von dem zu zeigen, was sie wirklich bei Lao-Ma gelernt hatte. Keine der Frauen wußte es. Daß Skifra es annahm, davon ging Cay-La aus. Aber Taraneh und Kallisto mit Sicherheit nicht. Und so sollte es bis auf weiteres bleiben, beschloß sie. Sie hörte, wie Kallisto bei der Feuerstelle herumhantierte. Es hörte sich an, als hätte sie etwas zum Essen gefangen. Cay-La bemerkte erst jetzt, daß sie hungrig war. Langsam erhob sie sich und ging zurück. Kallisto hatte eben das Fleisch auf das entfachte Feuer gelegt. »Hm, riecht gut.« Cay-La hob ihre Nase in Richtung des Feuers.

Kallisto erhob sich, stand ganz nah vor Cay-La. »Hast du mich vermißt«, kam es süß über ihre neckisch lachenden Lippen.

Cay-Las Hand faßte in Kallistos Nacken und zog ihr Gesicht zu sich. Sie küßte sie wild und leidenschaftlich, ließ ihre Zunge immer tiefer in ihren Mund vordringen, bis sie sich atemlos von ihr löste. »Reicht diese Antwort?« Sie grinste Kallisto frech an.

Kallisto schnappte nach Luft. »Ich überleg mir noch, ob mir das als Antwort reicht.« Sie grinste genau so frech zurück. Sie setzte sich ein Stück von der Feuerstelle mit dem Rücken an einen Stein, wo Cay-La die Felldecken ausgebreitet hatte. Cay-La folgte ihr. Kallisto streckte ihr die Hand entgegen, legte ihre Beine auseinander und ließ Cay-La sich dazwischen setzen.

Sie lehnte sich bei Kallisto an und wurde von ihren Armen umschlossen. Es war angenehm, den Körper von Kallisto zu spüren, ihre Wärme, ihren Herzschlag. Cay-La schloß die Augen, sie wollte einfach diesen Augenblick genießen, in sich aufsaugen. So saßen sie beide da, genossen den Augenblick, hielten sich fest. Cay-La konnte den gleichmäßigen Atem von Kallisto fühlen, die ihr immer wieder einen sanften Kuß auf den Hals hauchte. Sie konnten nicht mehr näher zusammenrücken, und trotzdem schien es, als versuchten sie es.

»Cay-La«, leise drang die Stimme von Kallisto an ihr Ohr, »ich muß mal nach dem Essen sehen.« Sie schob Cay-La leicht von sich weg, ignorierte ihr Brummen. »Bleib so, ich bin gleich wieder da.« Mit diesen Worten erhob sie sich.

Cay-La sah ihr nach, sog jede Bewegung ihres Körpers in sich auf.

Kallisto war schnell zurück, reichte Cay-La Fleisch und Brot und setzte sich wieder hinter sie. Beide hatten Hunger und aßen gierig. Kallisto bemerkte, wie Cay-La die Reste des Fleisches von ihrem Finger ableckte. Es erregte sie Cay-La zuzusehen. Langsam ging ihre Hand zu Cay-Las Hand, zog diese an ihren Mund, dann leckte sie den Finger genüßlich ab.

Cay-La wurde es heiß und kalt zugleich. Wohlige Schauer durchliefen ihren Körper. Die Zunge von Kallisto auf ihrem Finger zu fühlen, brachte ihr Blut zum Rasen. Ein Kribbeln machte sich in ihrem Körper breit, füllte ihn aus. Sie stöhnte leise, schloß die Augen und ließ sich nach hinten an Kallisto sinken.

Kallisto stöhnte leise auf. Ihre Umarmung wurde noch enger. Ihre heißen Lippen zogen Bahnen über Cay-Las Schulter, ihren Hals. Ihr Atem streichelte dabei die umliegende Haut.

Cay-La spürte, wie sie dabei war, den Boden unter sich zu verlieren. Das Kribbeln, das Kallisto in ihr auslöste, schien ihren ganzen Körper in Besitz genommen zu haben. Sie wollte Kallisto spüren, ihren Körper liebkosen, sie lieben und von ihr geliebt werden.

Ein heiserer Schrei entrann Cay-Las Kehle, als Kallisto sie zärtlich in den Hals biß, um dann sofort diese Stelle zu saugen, keinen Zweifel daran lassend, daß an dieser Stelle die nächsten Tage ein Fleck zu sehen sein würde. Cay-La wollte Kallisto berühren, sofort. Sie glaubte den Verstand zu verlieren. Vorsichtig fing Cay-La an, ihren Körper umzudrehen, bis sie vor Kallisto kniete und ihre Arme neben Kallistos Kopf am Stein abstützte. Sie sahen sich in die Augen, versanken ineinander. Jede Sekunde herausziehend näherte sich Cay-Las Mund dem Mund von Kallisto. Als sich diese endlich trafen, durchfuhr sie beide ein Schauer. Cay-La ließ Kallistos Unterlippe sanft durch ihre Zähne gleiten, sog an ihr, um dann ihre Zunge sanft über die Lippen zu schicken, bevor sie in den Mund von Kallisto vordrang. Ihre Zungen tanzten miteinander, mal langsam, dann wieder schneller, immer tiefer eindringend.

Kallistos Hände fingen an, auf Cay-Las Körper zu wandern. Sie hielt es kaum noch aus, die Haut von Cay-La nicht auf ihrer zu fühlen. Cay-La war dabei, sie immer weiter zu treiben. Kallisto wollte Cay-La spüren, auf sich, in sich. Ihr heißer Körper war dabei zu verglühen. Sie sehnte sich nach Cay-Las Mund, der mit ihren Brustwarzen spielte, auf ihrem Körper heiße Bahnen zog. Diese Gedanken ließen die Feuchtigkeit in ihrem Schoß immer größer werden.

Cay-Las Hände hatten den kalten Stein verlassen und erkundeten Kallistos Körper. Die weiche Haut und die Muskeln darunter zu berühren, ließ Cay-La in Kallistos Mund aufstöhnen. Schnell hatte sie die Rüstung von Kallisto geöffnet, die Schnüre vom Top aufgezogen. Genüßlich streifte sie die Kleidung von Kallistos schönem Körper, öffnete leicht ihre Augen und suchte Kallistos Augen. Ihre Blicke trafen sich, sagten mehr als tausend Worte. Zärtlich ließ Cay-La ihre Hände über Kallistos Körper gleiten, hielt bei den Brüsten inne, umfaßte sie und drückte sie leicht.

Kallisto keuchte.

Cay-Las Mund war dabei, ihre Brüste zu liebkosen, abwechslungsweise, zusammen mit ihren Händen. Die Kriegerin keuchte immer mehr. Was Cay-Las Erregung noch mehr steigerte.

Kallisto versuchte, Cay-La das Oberteil auszuziehen, wurde immer wieder von ihrem eigenen, aufbäumenden Körper daran gehindert. »Bitte«, hauchte sie Cay-La ins Ohr.

Cay-La zog sich ein wenig von Kallistos Körper zurück, um dieser die Möglichkeit zu geben, sie auszuziehen.

Kallisto ließ sich Zeit. Sanft steifte sie ihr das Oberteil über den Kopf, ließ ihre Hände zärtlich und langsam über die freiwerdende Haut streichen, nie aufhörend in Cay-Las Augen zu sehen. Das Licht, das sie in diesen wunderschönen, grünen Augen sah, ließ eine einsame Träne aus ihren Augen fließen.

Cay-La fing diese mit ihrer Zunge auf, küßte die Bahn, die die Träne geflossen war, spürte, wie Kallistos Hände ihre Lederhose öffnete, diese über ihren Po schob, immer weiter nach unten. Cay-La hatte die restliche Rüstung der Kriegerin geöffnet, schob diese ebenfalls nach unten. Beide sahen sich an und schmunzelten. »Es geht wohl nicht, ohne daß wir aufstehen«, neckte Cay-La ihre Geliebte.

Ohne die Hände vom Körper der anderen zu nehmen, erhoben sie sich. Kallisto ließ sich langsam über Cay-Las nackten Oberkörper nach unten sinken. Immer wieder küßte sie die Haut vor ihrem Gesicht, verweilte bei den Brüsten von Cay-La, ließ ihre Zunge über die steil aufstehenden Brustwarzen tanzen. Cay-La legte ihren Kopf in den Nacken, vergrub ihre Hände in den blonden, langen Haaren von Kallisto und stöhnte laut auf. Ganz langsam nahm der Mund von Kallisto den Weg zum Bauchnabel auf. Ihre Hände folgten den Spuren, die ihr Mund gelegt hatte.

Cay-Las Atem kam nur noch stoßweise, ihr Puls klang so laut in ihren Ohren, daß sie glaubte, gleich taub zu sein.

Genüßlich küßte Kallisto den Haaransatz unterhalb des Nabels, dabei schob sie die Kleidung von Cay-La herunter, öffnete die Schnüre der Stiefel. Vorsichtig hob sie einen Fuß nach dem anderen, um Cay-La nicht aus dem Gleichgewicht zu bringen und zog sie ganz aus.

Cay-La wußte nicht, wie lange sie noch fähig sein würde, auf den Beinen zu stehen. Alles in ihr war in Aufruhr.

Kallisto spürte, daß Cay-La nicht mehr lange stehen konnte, zog sich schnell ihre eigenen Stiefel und die restliche Kleidung aus. Cay-La hatte dies nicht mehr wirklich wahrgenommen. Sie war erleichtert, als Kallisto sie nach unten auf die Felldecke zog.

Sie knieten sich gegenüber, sahen sich gegenseitig an. Cay-La glaubte, daß Kallistos Körper noch schöner war als letzte Nacht. Ihre Augen strichen bewundernd über jeden Zentimeter Haut. »Du bist wunderschön«, kam es leise über Cay-Las Lippen.

Kallisto beugte sich vor, ihren Gefühlen freien Lauf lassend, küßte sie heiß und innig, und drängte sie mit ihrem Körper nach hinten auf die Felldecke. Genüßlich sank ihr Körper auf den von Cay-La. Beide stöhnten laut auf, hielten sich an der anderen fest, um in dem, was ausgelöst wurde, nicht zu ertrinken. Ihre Hände fuhren immer gieriger über den Körper der anderen. Nichts mehr außer ihnen schien auf dieser Welt zu existieren.

Cay-La glaubte, Kallistos Hände und Mund gleichzeitig überall auf ihrem Körper zu fühlen. Immer mehr drückte sie ihren Körper Kallisto entgegen. Immer größer wurde ihr Verlangen. Sie wollte nur noch mit dieser Frau verschmelzen. Sie umfaßte den Körper von Kallisto sanft, aber doch bestimmt und drehte diese auf den Rücken. Cay-La ließ ihre Hände, ihren Mund, ihre Zunge über die Haut von Kallisto wandern, jeden Zentimeter erkundend.

Immer lauter wurde Kallistos Keuchen, immer öfter stöhnte sie laut auf. Cay-La schien Punkte auf ihrem Körper zu finden, von denen sie nicht mal in ihren kühnsten Träumen etwas geahnt hätte. Sie wußte nicht, was in ihr ausgelöst werden konnte. Unverhofft traf sie, was sie nun fühlte. Tränen rannen aus ihren geschlossenen Augen.

Cay-La bemerkte die Tränen, zog sich sanft an ihrer Geliebten hoch, küßte zärtlich deren Augenbrauen, die Augen, die Nasenspitze, um dann sanft auf ihren Lippen zu verweilen, ihre Zunge spielen zu lassen. Dabei öffnete sie ihre Augen, um Kallisto anzusehen. Kallistos Augen sahen sie bereits an. Was Cay-La nun sah, gab ihr das Gefühl, jetzt endgültig in ihrer Geliebten zu versinken. Ein sanftes Lächeln umspielte ihren Mund. Leise flüsterte sie: »Ich will dich.«

Kallisto zog sie zu sich. Ihre Lippen trafen sich, die Zungen führten einen Tanz in ihren Mündern auf. Mal langsam, dann wieder schnell, erkundend und erforschend. Es schien, als wäre auf einmal alles in ihnen befreit.

Cay-La hatte sich so gelegt, daß sie besser an Kallistos Schoß gelangen konnte. Nun lag sie halb auf ihr, den Kuß nicht unterbrechend. Mit ihrer Hand fing sie an, den intimsten Bereich ihrer Kriegerin zu erkunden. Die Feuchtigkeit von ihr begrüßte ihre Finger. Sanft und langsam ließ sie ihre Finger über den Liebespunkt streichen, tiefer gehen, wieder hoch. Die Feuchtigkeit aufnehmend, um sie auf Kallistos Liebespunkt zu verteilen. Cay-Las Verlangen war ins Unermeßliche gestiegen. Sie wollte diese Frau, mehr als sonst etwas und zwar jetzt. Ihre Lippen trennten sich, um nun über den Körper von Kallisto eine neue Reise anzutreten. Einen kurzen Halt machte sie bei den Brüsten, umkreiste die Brustwarze mit der Zunge, sog daran und ließ sie sanft durch die Zähne gleiten.

Immer intensiver wurde Kallistos Atem, immer schneller schoß ihr Blut durch den Körper. Immer schneller bewegte sie ihr Becken Cay-Las Hand entgegen.

Cay-La nahm ihren Rhythmus auf. Küßte sich weiter nach unten vor. Zog eine heiße Bahn um den Nabel, um dann endlich dem Paradies näherzukommen, hinauszögernd die erste Berührung ihrer Lippen mit dem Liebespunkt. Noch einmal ging ihr Blick hoch zu Kallisto, als wollte sie sicher sein, das Richtige zu tun.

Kallisto hatte ihren Kopf etwas angehoben, sah sie flehendlich an. »Bitte ... bitte nicht aufhören«, hauchte sie.

Cay-La war erstaunt und glücklich, daß sie diese Worte von der stolzen Kriegerin das erste Mal hörte. Genüßlich, ihre Augen nicht von Kallistos Gesicht nehmend, berührten ihre Lippen den Liebespunkt.

Kallisto schrie auf, warf den Kopf in den Nacken zurück auf die Felldecke. Hin und her schlug sie ihn, ihre Hände griffen in die Decke.

Cay-Las Zunge hatte angefangen mit ihrem Liebespunkt zu spielen. Ihre Finger suchten die Öffnung, suchten den Weg in sie einzutauchen. Genußvoll schob Cay-La zwei Finger in Kallisto, dabei schloß sie wieder ihre Augen. Sie wollte nur noch fühlen, sog auf, was ausgelöst wurde. In sich, in Kallisto. Ihre eigene Hitze stieg mit der von der Frau unter sich. Immer feuchter wurde es zwischen ihren Beinen, immer mehr kribbelte ihr Körper. Eingetaucht in die Gefühle, nahm sie den Rhythmus von Kallisto auf, spielte mit ihrem Liebespunkt und drang tief in sie ein, ließ die freie Hand über die Brüste gleiten. Die Hände von Kallisto hatten in ihr Haar gegriffen, drückten immer wieder ihren Kopf noch näher an ihren Schoß, wanderten über ihre Schultern. Cay-La fühlte, wie der Höhepunkt von Kallisto wie eine Welle einsetzte. Ihre inneren Muskeln umfingen ihre Finger. Cay-Las eigene Erregung schoß ins Unermeßliche. Sie wollte fühlen, schmecken, hören, wie Kallisto stöhnte.

Kallistos Körper bäumte sich auf. Ihre Nägel drangen auf den Schultern in Cay-Las Haut. Ein Schrei durchdrang die angebrochene Nacht. Immer und immer wieder wurde die Stille davon unterbrochen.

Cay-La gelang es immer wieder, Kallisto weiterzutreiben, den Höhepunkt zu verlängern, mit jeder Bewegung von sich, von Kallisto, bis sie ihren Namen schrie und zitternd zusammensank. Ihr Atem ging stoßweise. Der Körper war von einer Schweißschicht bedeckt. Cay-La konnte den Pulsschlag an Kallistos Hals sehen. Vorsichtig zog sie sich aus Kallisto zurück, kroch neben ihr hoch, wollte sich in ihre Arme legen.

Aber Kallisto zog sie sofort auf sich. »Ich möchte dich fühlen«, flüsterte sie nach Atem ringend.

Cay-La lag entspannt auf ihr, genoß zu spüren, wie der Körper von Kallisto sich nur langsam beruhigte, sog alles in sich auf, hoffend, daß dieser Moment nie enden möge. Ihr eigener Körper war immer noch heiß, erregt, begierig darauf geliebt zu werden. Cay-La hielt es kaum noch aus. Sie sehnte sich nach den Berührungen von Kallisto, dem Atem von ihr, der ihre Haut streichelte. Diese Gedanken machten sie fast wahnsinnig, als sie wahrnahm, wie Kallistos Hände auf ihrem Körper auf Reisen gingen. Sie stöhnte heiser auf.

Kallisto hatte sie auf den Rücken gedreht, lächelte sie an und begann ihren Körper noch heißer werden zu lassen. Ihre Hände, ihr Mund, überall schien sie gleichzeitig zu sein. Cay-La glaubte innerlich zu verglühen. Kallisto spürte sofort, daß sie sich nicht zu viel Zeit nehmen durfte, ihre junge Geliebte wollte jetzt geliebt werden. Ihr Weg führte sie sehr schnell an die ersehnten Stellen. Als sie mit ihren Lippen an Cay-Las Liebespunkt sog, schrie Cay-La so laut, wie sie von ihrer Erlöserin noch nicht gehört wurde. Ein Lächeln flog über Kallistos Gesicht, über ihr Herz, ihre Seele. Genüßlich ließ sie zwei Finger auf die Reise gehen. Sie glitten durch ihre Feuchtigkeit.

Cay-La öffnete fragend ihre Augen, als sie bemerkte, daß Kallisto über ihr war. Sie hatte die Position gewechselt. Ihre Hand immer noch im Schoß ihrer Geliebten, sah sie ihr tief in die Augen. »Bitte«, flehte Cay-La. »Du folterst mich«, keuchte sie.

Kallisto küßte sie leidenschaftlich, zog sich ein wenig zurück und sah Cay-La wieder tief in die Augen. »Bist du bereit dafür«, fragte sie leise.

Cay-La verstand sie nicht: »Wofür?«

Ganz sanft ließ Kallisto ihre Finger in Cay-Las Schoß durch die Feuchtigkeit nach unten streichen. Sie sah, wie Cay-La stöhnend die Augen schloß, spürte, wie sie ihr Becken gegen ihre Finger hob, bis sie bei Cay-Las Öffnung verweilten. Kallisto stellte ihre Bewegung ein, wartete, bis Cay-La sie ansah. Dann drückte sie leicht gegen den Widerstand bei der Öffnung. »Dafür.«

»Ah«, entfuhr es Cay-La. Erstaunt sah sie Kallisto an. »Aber ... aber wir haben doch ... du bist doch«, stotterte sie. Nun verstand Cay-La gar nichts mehr.

Kallisto lächelte sanft und küßte sie kurz. »Wir haben schon ... aber ich habe darauf geachtet, es nicht zu zerreißen.«

Cay-La sah sie fassungslos an. »Du hast es nicht getan?« Sie verstand überhaupt nichts mehr.

Kallisto küßte Cay-La immer wieder, während sie antwortete: »Nein, habe ich nicht. Es stimmte noch nicht.« Kallistos Lippen strichen sanft über die ihren. »Etwas in mir hat mich zurückgehalten.« Ihre Zunge drang tief in Cay-Las Mund, die aufstöhnte.

In Cay-La schien sich alles aufzulösen. Sie verlor jeglichen Halt. Immer wilder und fordernder küßte sie Kallisto, strichen ihre Hände über den Körper der stolzen Kriegerin.

Kallisto unterbrach den Kuß. »Und?« Fragend blickte sie in Cay-Las Gesicht.

Diese öffnete die Augen und sah in Kallistos Augen, die vor Leidenschaft zu glühen schienen. Kallisto brannte, sie brannte lichterloh, genau wie Cay-La. »Tu es«, keuchte sie heiser, »bitte, tu es.« Sie wollte von Kallisto genommen werden, sie wollte, daß sie es war, die ihr endgültig die Unschuld nahm. Sie liebte sie so sehr.

»Das werde ich«, drang es heiser an ihr Ohr. Kallisto genoß es, Cay-La immer weiter zu treiben. Sie begann über ihren Körper eine Reise, die Cay-La immer weiter wegtrug. Zärtlich küßte sie ihr über die Brüste, den Bauch, den Nabel bis zu ihrem Schoß hinunter.

Cay-La stöhnte immer lauter. Sie glaubte zu verglühen.

Ganz sanft berührte Kallisto mit ihrer Zunge den Liebespunkt von Cay-La. Immer und immer wieder. Cay-Las Körper hob sich ihr entgegen, wollte erlöst werden. Kallistos Finger strichen sanft durch die Feuchtigkeit. Ihre freie Hand spielte mit den Brüsten von Cay-La. Noch einmal sah Kallisto hoch zu Cay-La. Sie wollte sehen, was sie auslöste. Dann ließ sie zwei Finger immer näher an die erlösende Öffnung fahren. Die Feuchtigkeit aufnehmen. Cay-La keuchte und griff nach der Hand von Kallisto. In diesem Moment drang Kallisto mit einer schnellen Bewegung in Cay-La ein. Cay-La schrie auf und drückte die Hand von Kallisto zusammen. Ganz sanft begann Kallisto ihre Finger in Cay-La zu bewegen. Dabei hörte sie nie auf, den Liebespunkt mit ihrer Zunge zu verwöhnen. Sie spürte, daß der Schmerz in Cay-La nachließ, daß Cay-Las Becken sich ihren Fingern entgegenhob. Kallisto paßte sich diesem Rhythmus an. Sie drang immer tiefer in ihre Geliebte ein, spürte, wie die Nässe über ihre Hand floß, wie Cay-La sich immer mehr dem Höhepunkt näherte.

Cay-Las Körper schien nicht mehr zu gehorchen. Wild schlug sie den Kopf hin und her, immer lauter stöhnend, immer tiefer fallend in dem, was Kallisto auslöste. Kallisto zog ihre Finger fast heraus, um dann noch einmal tief in sie einzudringen. Die Welle trug Cay-La fort. Hoch hinaus.

Ein Schrei aus Cay-Las Mund zeigte Kallisto, daß Cay-La oben war. Immer weiter trieb Kallisto sie nun. Hielt sie da, verlängerte ihren Höhepunkt, schoß sie immer wieder auf dieser Welle nach oben, bis Cay-La laut Kallistos Namen in die Nacht schrie. Ihr Körper bebte. Aber Kallisto ließ nicht ab. Immer wieder löste sie eine neue Welle aus, immer höher hinaus, immer mehr Farben sehend, schwebend über dem Boden. Kallisto hatte genüßlich die Augen geschlossen. Wußte genau, was zu tun war, um Cay-La oben zu halten, immer wieder erneut hochzuheben, bis diese total erschöpft zusammensank, nach Luft rang. Heiser flüsterte sie: »Komm hoch, bitte, komm hoch zu mir.« Kallisto rieb sich genießerisch über ihren erhitzen Körper hoch. Ihre Augen versanken ineinander.

Tränen liefen Cay-La seitlich über ihre Wangen, ihre Hände umfaßten Kallistos Gesicht. Die Daumen zeichneten ihre Wangenknochen nach, dann ihre Lippen. Sanft zog sie sie näher, küßte sie zärtlich. Beide konnten sich auf den Lippen der anderen selber schmecken. Was beiden einen heißen Schauer über den Körper jagte, ihre Leidenschaft wieder neu aufflammen ließ. Cay-La drehte sich zusammen mit Kallisto, so daß beide auf der Seite lagen, ließ ihre Hände wieder auf Reisen gehen. Mit nur einem Ziel, genau wie Kallisto.

Den Kuß nicht beendend, fingen sie an, sich erneut zu lieben, ihre Finger einzutauchen in der Geliebten. Zusammen schweben, danach sehnten sie sich. Dieser Gedanke sprang in ihren Köpfen herum. Gleichzeitig wurden sie sanfter, genossen das Gefühl, die Geliebte in sich zu fühlen, zu spüren, um dann den Liebespunkt mit dem Daumen zu liebkosen, abwechslungsweise den Mund und die Brüste der anderen mit Küssen zu bedecken. Und dabei immer tiefer einzudringen. Es war, als gäbe es keine Grenzen mehr. Nicht mehr war auszumachen, wo Cay-La aufhörte und

Kallisto begann. Sie waren verschmolzen. Ihre Gedanken, ihre Gefühle, ihre Herzen, ihre Seelen vereinten sich. In dem Augenblick, als sie beide den Höhepunkt erreichten, erfüllte sie ein Licht, so hell und warm, das sie noch höher, noch weiter, noch intensiver trug. Kein Boden mehr. Ganz langsam schwebten sie zurück auf den Boden, um immer wieder erneut hochgehoben zu werden, Erlösung zu finden in der anderen. Total erschöpft sanken ihre Körper auf die Felldecke, lagen sie engumschlungen da, nicht loslassend, was sie eben gefunden hatten. Ihre Körper beruhigten sich nur langsam.

Kallisto griff nach unten und zog die Decke hoch, um ihre erhitzen Körper vor der nächtlichen Kälte zu schützen.

Cay-La seufzte, kuschelte sich noch enger an Kallisto. So versanken sie in einen tiefen, ruhigen Schlaf.

Cay-La lauschte vor sich hindösend dem Gesang der Vögel. Genoß die Wärme von Kallistos Körper. Nicht bereit, sich auch nur einen Millimeter zu bewegen. Sie drehte leicht ihren Kopf, öffnete ihre Augen.

Kallisto grinste sie an. »Wach auf, meine Süße.«

Cay-La schloß wieder ihre Augen und brummelte: »Wie lange bist du denn schon wach?«

»Hm . . .«, kam es nur.

Cay-La sah wieder hoch zu Kallisto. »Und das heißt?« Sie lächelte.

»Etwas länger als du.« Sanft zeichneten Kallistos Finger die Konturen von Cay-Las Gesicht nach, küßte sie auf die Stirn. »Was hältst du von einem Morgenbad im See? Nach dieser Nacht genau das Richtige«, zwinkerte sie Cay-La verschmitzt lächelnd zu.

»Jetzt?«

Kallisto zog sich unter Cay-La hervor ohne auf deren Proteste zu achten. »Ja, jetzt.« Sie lachte. »Komm schon!« Sie riß in einem Zug die Decke von Cay-La. Was die Proteste noch größer werden ließ. Kallisto konnte nicht widerstehen und beugte sich zu Cay-La, um sie innig zu küssen.

Cay-La benutzte dies und zog sie wieder zu sich.

»Das ist unfair«, protestierte nun Kallisto.

Cay-La nahm darauf keine Rücksicht und küßte ihren Hals.

Kallisto grinste. »Hey«, schimpfte sie gespielt, »so war das nicht gedacht.«

Cay-La sah sie unschuldig an. »Ach, nicht?« fragte sie frech grinsend.

»Nein, ganz und gar nicht.« Kallisto küßte Cay-Las Mal. »Überhaupt, du wolltest mir doch erzählen, was es mit dem Zeichen auf sich hat.«

Cay-La stöhnte: »Wollte ich?« Sie versuchte, Kallisto zu küssen, die sie abhielt.

»Ja, wolltest du, also?« Kallisto bemerkte sofort, wie nachdenklich Cay-La wurde. Wie die Leichtigkeit dieser Stunden auf einmal wie weggewischt war.

»Ich", begann Cay-La leise, »ich habe es von meiner Mutter bekommen. Kannst du dich an den Anhänger erinnern, den ich trug?« Sie sah Kallisto fragend an.

»Ja«, antwortete Kallisto und fuhr Cay-La zärtlich über die Wange.

»Weißt du, sie hat daran gefaßt ... und auf einmal war es, als würde der Anhänger sich in meine Haut brennen.«

Kallisto strich mit ihren Fingern zärtlich die Konturen nach.

Cay-La schluckte bei diesen Berührungen. »Es ... ich meine«, stotterte sie, »Cyane sagte, dies sei der Schlüssel und würde den Weg weisen.« Cay-La machte eine Pause. »Ich weiß nicht, wie sie das gemeint hat, aber ...« Cay-La sah traurig in Kallistos Augen. »Ich konnte sie nicht mehr fragen, ich mußte zurück.« Cay-La kämpfte gegen die Tränen.

Kallisto zog sie ganz nah an sich und küßte sanft ihre Stirn. »Es liegt auf deinem Herzen, Cay-La, vielleicht bedeutet es ja, daß du auf dein Herz hören sollst, hm?«

Cay-La sah sie erstaunt an und beugte sich Kallisto entgegen. »Das könnte sein«, hauchte sie, bevor sich ihre Lippen trafen. »Und das mache ich gerade auch«, flüsterte sie Kallisto ins Ohr. Eng umschlungen ließen sie sich zurück auf die Felldecke sinken.

Schwer atmend lag Cay-La halb auf Kallisto. »Weißt du was?« Sie knabberte an Kallistos Ohrläppchen.

»Was?« fragte diese leise.

»So könnte ich immer aufwachen«, grinste Cay-La frech und küßte sie.

»Sag mal«, unterbrach Kallisto ihren Kuß, »bist du irgendwie ein wenig unersättlich?«

Cay-La sah sie gespielt empört an: »Ich, so was bin ich doch nicht.« Sie küßte Kallisto auf die Schulter und nistete sich grinsend ein. Leise sprach sie weiter: »Kallisto?«

Kallisto sah auf die Frau in ihren Armen. »Was«, fragte sie und war ernst geworden.

»Das stimmt nicht ... ich meine, was ich eben gesagt habe.« Cay-La sah Kallisto tief in die Augen. »Was dich betrifft, bin ich unersättlich«, kam es leise, bevor Cay-La sich zurück an ihre Schulter legte.

Kallisto zog zärtliche Kreise über ihren Rücken. »Das freut mich«, flüsterte sie. Genußvoll lagen sie zusammen, sogen den Duft der anderen ein, strichen sich gegenseitig zärtlich über die Haut, eingehüllt in die Wärme ihrer Gefühle. »Was meinst du«, fing Kallisto erneut an, »wie wäre es jetzt mit einem Bad im See?« Verführerisch sah sie Cay-La an.

»Na gut, ich komme mit«, brummte Cay-La.

Kallisto grinste und stand langsam auf. Dabei zog sie Cay-La mit sich hoch. Unverholen ließ sie ihre Augen über den nackten Körper vor sich gleiten.

»Was?« Cay-La sah Kallisto fragend an.

»Ich genieße nur die Aussicht.« Frech grinste sie Cay-La an, die sich streckte.

Cay-La machte einen Schritt auf sie zu, gab ihr einen Kuß auf die Stelle, wo das Herz lag. »Meine Aussicht ist auch nicht zu verachten«, gab sie frech zurück und schlenderte gemeinsam mit Kallisto zum See.

Sie genossen den schönen, warmen Morgen und ließen sich Zeit mit dem Bad. Sie neckten sich, küßten sich immer wieder oder hielten sich fest. Alles schien so unbeschwert, so befreit. Der Hunger trieb sie schließlich aus dem Wasser. Sie mußten endlich etwas essen und sich dann auf den Weg machen. Schnell waren sie abgetrocknet und hatten alles zusammengepackt.

»Wie lange werden wir unterwegs sein, zum Treffpunkt mit Skifra und Taraneh?« Kallisto kaute genüßlich auf ihrem Brot und Fleisch. »Das schaffen wir in einem halben Tag.«

Cay-Las Nackenhaare stellten sich plötzlich auf. »Wir werden beobachtet«, flüsterte sie.

»Ich habe es bemerkt.« Kallisto aß weiter, als wenn nichts wäre. Sie vergewisserte sich, daß ihre Waffen griffbereit neben ihr lagen.

Dann ging alles sehr schnell, wie Schatten aus dem Hinterhalt, wurden sie von vier Männern angegriffen. Cay-La war schnell aufgesprungen, schlug in dieser Bewegung den ersten nieder, duckte sich vor dem Schwerthieb des zweiten und faßte nach ihrem eigenen Schwert. Im Hochkommen schlug sie dem Angreifer mit ihrem Ellenbogen ins Gesicht. Er stolperte nach hinten. Cay-La drehte sich leicht um, sah, wie Kallistos Schwert einen der Angreifer niederstreckte. Wieder sah sie diese Lust zu töten in ihren Augen. Das Lachen auf ihrem Gesicht, das Funkeln ihrer Augen. Ein kalter Schauer lief ihr über den Rücken. Da spürte sie, wie die Klinge eines Schwertes ihre Schulter traf, gefolgt von einem Schlag ins Kreuz. Sie hatte nicht mehr auf ihre Angreifer geachtet. Sie versuchte den Sturz aufzufangen, was ihr aber nicht gelang. Sie spürte das feuchte Gras unter sich, drehte sich um und stieß mit ihrem Schwert zu: Getroffen sank der Mann neben ihr zusammen. Eine Rauchwolke stieg neben ihr auf. Cay-La blickte erstaunt in das Gras. Da, wo eben der tote Krieger gelegen hatte, war nur noch ein kleiner Haufen Staub zu sehen. Sie hatte keine Zeit weiter zu überlegen oder aufzustehen, der zweite Krieger griff sie unverhofft schnell an.

Kallisto sah immer wieder zu Cay-La. Um sicher zu gehen, daß ihr nichts geschah. Sie war wütend, eingetaucht in ihre Welt des Tötens. Aus den Augenwinkeln sah sie, wie der zweite Angreifer ausholte, um Cay-La sein Schwert in den Körper zu stoßen. Ihr Herz blieb beinahe stehen, als sie dies sah. Cay-La lag immer noch auf dem Rücken. Kallisto wollte sich schon in Bewegung setzen, um ihr zu helfen. Aber was dann geschah, versetzte Kallisto wirklich in Erstaunen. Wie durch unsichtbare Hand wurde das Schwert von Cay-Las Feind festgehalten, obwohl Cay-La den Angreifer nicht berührte. Dann hob Cay-La sich vom Boden ab, kein Kontakt mehr, sie schien zu schweben, drehte sich um ihre eigenen Achse und schlug hart zu. Der Mann flog einige Meter von ihr weg an einen der Bäume, sank daran hinunter und bewegte sich nicht mehr. Der Letzte der Angreifer hatte die Flucht ergriffen. Kallisto nahm keinen Moment ihre Augen von Cay-La. So etwas hatte sie noch niemals gesehen. Sie war fasziniert und verunsichert zugleich.

Cay-La stand wieder auf dem Boden. Beugte sich über den Krieger. »Der ist tot«, dachte sie. Wieder geschah dasselbe, ein Zischen, als würde Wasser auf Feuer treffen, eine Rauchwolke und zurück blieb von dem Krieger ein kleines Häufchen Staub. Cay-La hoffte, daß Kallisto nicht bemerkt hatte, daß sie ihre Kräfte eingesetzt hatte. Aber sie hätte ihr Leben ohne diese Kräfte nicht retten können.

»Alles klar bei dir?« Kallistos Stimme riß Cay-La aus ihren Gedanken.

Cay-La erhob sich. »Ja, bis auf die Schulter.« Sie deutete an ihre rechte Schulter.

Kallisto trat hinter sie. »Der hat dir einen schönen Schnitt verpaßt, muß ich sagen.« Sie zog vorsichtig das Oberteil von Cay-La etwas zur Seite.

»Aua.«

»Ich werde es auswaschen und verbinden.« Mit schnellen Handgriffen hatte sie alles zusammen, was sie brauchte. »Zeig mal her.« Kallisto half ihr, das Oberteil auszuziehen, wusch die Wunde aus und deckte sie mit einem sauberen Lappen ab. Cay-La konnte ihr Oberteil wieder anziehen. »Dreh dich mal.« Cay-La drehte sich zu ihr um und bemerkte die Wunde an Kallistos Arm. »Sieht auch nicht besser aus, als bei mir, was?« Sie tauchte einen Lappen in das Wasser, wusch die Wunde aus und verband den Oberarm von Kallisto. »Sonst alles okay?« Sie sah in ihre Augen, die sie wieder ganz sanft ansahen. Weg war die irre Lust zu töten.

Kallisto nickte. »Aber so wie es aussieht, bekommst du da auf der Wange einen blauen Fleck.« Sie deutete auf Cay-Las linke Wange, gab ihr einen ganz zärtlichen Kuß darauf.

»Der lenkt wenigstens ab von dem blauen Fleck an meinem Hals.« Sie zwinkerte Kallisto zu. »Den kann ich dir schon noch ein wenig größer machen«, neckte Kallisto sie und beugte sich vor.

Cay-La wehrte sie ab. »Laß das«, grinste sie. »Der ist schon groß genug.« Sie sahen sich lachend in die Augen. Cay-La ließ müde ihren Kopf an Kallistos Schulter sinken. »Haben wir denn nie unsere Ruhe?«

»Solange Allegra lebt wohl nicht«, erwiderte Kallisto kalt und böse.

Cay-La zog ihren Kopf zurück, sah sie an, fuhr ihr über die Wange und ließ ganz langsam ihren Mund immer näher an Kallistos Mund wandern. Sie küßten sich innig. Als sie sich voneinander lösten, fragte Cay-La unsicher: »Glaubst du, es waren Gefolgsleute von Allegra?«

»Ja, sie kämpften wie die Frau im Zelt, diese war vor ihrem Erscheinen kaum auszumachen. Wie Schatten.« Kallisto löste sich von ihr. »Wir sollten so schnell wie möglich zu den anderen.«

Cay-La nickte zustimmend.

Sie packten alles zusammen, sattelten ihre Pferde und ritten von der Lichtung. Oben auf der Kuppe hielt Cay-La ihr Pferd an, sah noch einmal zurück. Sie wollte es nochmals sehen, hier hatte sie etwas erlebt, das tief in ihr war, unauslöschlich, nun ein Teil von ihr. Verträumt ließ sie ihre Augen über die Lichtung wandern.

Kallisto hatte die gleichen Gedanken und noch andere. Sie hatte beschlossen, Cay-La zu beobachten, zu sehen, ob sie wirklich solche Kräfte besaß.

Sie setzten ihre Pferde in den Galopp und ritten davon, machten kaum Pausen. Sie wollten beide so schnell wie möglich zu Skifra und Taraneh. Beide, versunken in ihre Gedanken, kamen dem Tal immer näher.

Die Gedanken rasten wild durch Cay-Las Kopf. Wie sollten sie Allegra ohne den Schild der Liebe nur besiegen? Und wie würde wohl Kallisto mit ihr umgehen, wenn sie bei den anderen waren? War ihre Liebe zu der Kriegerin groß genug, um mehr Licht in deren Leben zu bringen, um zu vergeben? Sie sah wieder Kallisto, sah, mit welcher Lust sie tötete. Es erschreckte sie immer noch, machte sie unsicher. In diesen Momenten war nichts mehr da, von der Frau, die Kallisto war, wenn sie sich liebten oder ohne Angriffe zusammen waren. Cay-La fragte sich auch, wie wohl die anderen auf sie beide reagieren würden, sollte Kallisto es nicht verbergen. Sie fand keine Antworten auf alle ihre Fragen. Immer wieder sah sie Bilder, immer wieder die gleichen Fragen.

In Kallisto sah es nicht anders aus. Auch sie fragte sich, wie Cay-La mit ihr umgehen würde, wenn sie auf Skifra und Taraneh trafen. Wie groß die Gefühle von Cay-La zu ihr waren. Waren sie so groß, daß Cay-La ihr alles vergeben konnte? Und was besaß Cay-

La wirklich für Kräfte? Warum hatte sie es vorher nie bemerkt? Was, wenn sie im Kampf Cay-La verlieren würde? Oder durch ihre Art zu leben und zu töten? Oder gar an Skifra? Ein Schauer lief durch ihren Körper bei diesen Gedanken. Nur mühsam gelang es ihr, ihre aufsteigende Wut zu kontrollieren. Sie wollte nicht so weit denken. Sie wußte, daß sie abwarten mußte. Alles in ihr schien in Aufruhr. Sie verstand nicht, was in ihr geschah.

Taraneh knabberte an der Brotkruste. Skifra war nicht angeln gegangen. Ein freches Grinsen überzog Taranehs Gesicht, als sie über die vergangenen Stunden nachdachte. »Woher kennst du eigentlich diesen schönen Flecken Erde?« Sie lag neben Skifra und sah in den Himmel. Die Nacht war hereingebrochen. Sie hatten es nicht einmal bemerkt.

»Oh, das ist eine lange Geschichte.« Skifra lächelte matt.

»Ich liebe Geschichten, weißt du?« Taraneh legte ihren Kopf auf Skifras Bauch.

»Ja, ich weiß.« Zärtlich berührte Skifra Taranehs Lippen und stupste mit ihrem Zeigefinger auf ihre Nase. »Vor Jahren«, begann sie leise, »habe ich mit meinen Männern nach geeigneten Verstecken gesucht. Wir gingen auf ergiebige Beutezüge und wurden gejagt. In dem Tal gab es eben alles. Wasser, Wild, Höhlen und Heilkräuter. Das ist alles. Seitdem kenne ich es.«

Taraneh hatte sich umgedreht und sah Skifra an. »Das soll alles sein? Da steckt doch mehr dahinter. Was ist wirklich passiert?«

Skifra schwieg eine Weile. Taraneh lag vor ihr auf dem Bauch und sah sie wartend an. Langsam zog Skifra ihren Finger über Taranehs Rücken. Skifra hatte ihre Augen geschlossen. Erinnerungen aus einer längst vergangen und vergessenen Zeit zogen vor ihren Augen vorbei.

»Das Tal lag ideal für unsere Beutezüge. Rund herum die Dörfer. Einige der Höhlen führten direkt in die Täler. Man konnte unerkannt auftauchen und verschwinden. Die Dorfbewohner haben niemals herausbekommen, woher wir kamen.« Skifra seufzte.

»Damals sah das Tal noch ganz anders aus«, fuhr sie fort. »Die Ebene, über die wir gekommen sind, war einst eine der fruchtbarsten Gegenden. Gelbes Korn, soweit das Auge reichte. Weinhänge, Vieh, Schafe und Ziegen. In den Dörfern wurde reger Handel getrieben. Kaufleute aus allen Gegenden kamen, um hier Handel zu treiben. Es war eine gute Zeit für Beutezüge.«

»Wann war das?« Aufgeregt hatte sich Taraneh aufgesetzt. »Ist alles zerstört?« Fragend sah sie Skifra an.

»Ich habe schon viele Dinge getan, Taraneh, aber das war ich nicht. Als ich das Tal verließ, war es eine fruchtbare Gegend.« Skifra lachte. »Lange bevor ich in Chin war und lange Zeit bevor ich Cyane kennengelernt hatte. Du mußt wissen, daß einige meiner Männer sich hier seßhaft gemacht haben. Sie haben Frauen aus den Dörfern geheiratet. Als ich dann aus Chin zurückkam, bin ich auch durch diese Gegend gezogen.«

»Um Beute zu machen«, unterbrach Taraneh.

»Ja, auch das.« Skifra lächelte. Taraneh kannte sie genau. »Wir hatten hier ein Waffenlager. Ich wollte aufrüsten, neue Männer suchen, meine alten überreden, wieder mit mir zu kämpfen. Aber es gab keine Dörfer mehr, keine Felder, keine Straßen. Nirgends gab es Lebenszeichen, oder daß hier einmal Leben war. Kein Vieh, nichts. Ich bin tagelang über die Ebenen geritten. Es war nichts mehr da. So, als wäre hier nie eine Siedlung gewesen. Nach ein paar Tagen bin ich dann in einem Dorf angekommen. Es liegt ungefähr zwei Tagesritte von hier. Dort hatte man mir dann gesagt, was passiert war.«

»Und?« Neugierig und angespannt leckte Taraneh ihre Lippen.

Skifra setzte sich auf und küßte Taraneh zärtlich, zog sie an sich. Wieder seufzte sie. »Sie erzählten von einer furchtbaren Katastrophe, die sich ereignet hatte. Zuerst starb das Vieh. Es fiel einfach tot um. Niemand konnte sich das Sterben erklären. Die Tiere, die überlebten, brachten saure Milch, schlechtes Fleisch. Dann verdorrten die Trauben, fielen von den Sträuchern und verdarben den Boden. Der Weizen wuchs erst gar nicht mehr. Die Menschen litten an Hunger und starben. Diejenigen, die nicht starben, flohen von dem Land. Die Händler kamen auch nicht mehr. Warum auch? Ein Bauer, der nicht sät, kann nicht ernten. Die Häuser zerfielen zu Staub. Vergessen war einst der Reichtum des Tales.

Du hast sicherlich schon davon gehört.« Skifra sah sie an. »Man nennt es auch das verlorene Tal.«

Taraneh schwieg eine Weile. »Und was hat dies mit Allegra zu tun?«

»Sie lebt hier.«

Erschrocken zuckte Taraneh zusammen und sah sich besorgt um. »Du meinst, sie lebt hier in diesem Tal?«

»Nein, sie lebt auf der anderen Seite. Hier bist du vor ihr sicher.«

Taraneh schaute Skifra nachdenklich an. »Hast du sie einmal gesehen?«

»Nein«, antwortete Skifra. »Allegra hat noch niemand gesehen. Es heißt, Zeus habe sie in seiner Wut und seinem Zorn in ein Wesen der Nacht verwandelt. Halb Mensch, halb Tier.«

Taraneh erschauderte. »Und, und der Schatten?«

»Sie war die hohe Priesterin der Göttin. Wohl das einzige Wesen, was ihr bis zum Schluß treu geblieben ist, bis in den Tod.« Skifra schwieg.

»Bis in den Tod«, flüsterte Taraneh leise. Tausend Dinge schossen durch ihren Kopf. Tausend Fragen. Sie lag in Skifras Arm. Skifra hatte sie mit sich auf das Fell gezogen und in eine warme Decke gehüllt. Sie spürte Skifras gleichmäßigen Atem. Müde schloß sie ihre Augen.

Skifra erwachte, noch bevor die Sonne aufgegangen war. Taraneh lag halb unter ihr, eingekuschelt in ein Fell. Skifra lächelte, gleich darauf tasteten ihre Hände nach ihren Waffen, und sie sprang auf. Das Chakram in der linken Hand, ihr Schwert in der rechten Hand stand sie breitbeinig da.

Taraneh richtete sich erschrocken auf. Sie zog das Fell enger um ihren nackten Körper und stellte sich hinter Skifra. Laufend und winkend kam ein Mann auf die beiden Frauen zugelaufen. »Jo, bist du Skifra«, rief er von weitem fragend.

»Das bin ich«, erwiderte Skifra mürrisch. »Was willst du?« Sie hielt ihre Waffen immer noch fest umklammert.

»Ich bin Tobias. Unser Dorf ...«, unterbrach er und starrte Skifra sprachlos an.

»Und? Was ist mit eurem Dorf?« fragte Skifra gereizt. »Es, es liegt einen halben Tagesritt hinter dem Hügel dort.« Tobias starrte immer noch auf Skifra, während seine Hand vage in die Richtung deutete. Taraneh folgte der Hand.

»Und?« Skifra verlor langsam die Geduld. »Die umliegenden Dörfer werden seit Tagen angegriffen. Wir haben gehört, daß du in der Nähe bist und da dachten wir . . . Kannst du uns helfen?«

Taraneh seufzte. »Das war's. Aus. Ihre gemeinsamen Stunden mit Skifra waren vorbei. Die Welt schrie nach ihrer Heldin.«

Skifra drehte sich zu ihr um, verzog ihren Mund und schüttelte verwundert ihren Kopf. Dann wandte sie ihre Aufmerksamkeit wieder Tobias zu. »Gut, ich komme. Lauf zurück. Ich komme nach.«

Tobias stand immer noch wie angewurzelt da. Er konnte seinen Blick nicht von Skifra wenden.

»Worauf wartest du noch? Geh, aber schnell!« Skifra beugte sich bedrohlich vor und fuchtelte wild mit ihrem Schwert in der Luft herum.

Tobias riß die Augen weit auf und rannte entsetzt den Weg zurück, den er gekommen war.

»Was der nun wieder hat?« Skifra blickte ihm nach, schüttelte ihren Kopf und zuckte mit den Achseln.

Taraneh preßte ihre Lippen fest zusammen und sah zu Skifra auf. Sie war gut einen halben Kopf kleiner als Skifra. Dies bereitete ihr zwar hin und wieder Schwierigkeiten, aber in bestimmten Situationen konnte es ganz nützlich sein. »Es gibt da drei Möglichkeiten«, resümierte sie.

»Na sag schon, welche?« Skifra sah sie ungeduldig an.

»Nun, die erste wäre, er war fasziniert von deinem Anblick.« Taraneh preßte wieder ihre Lippen fest zusammen, um bei Skifras Blick nicht laut herauszuplatzen.

Skifra riß ihre Augen weit auf. Erst jetzt wurde sie sich ihrer Nacktheit bewußt.

»Die zweite wäre«, fügte Taraneh schnell hinzu, »er wollte das machen . . .« Sie beugte sich vor und küßte die kleine Narbe auf Skifras rechten Busen. »Oder aber«, überlegte sie, »er hatte Angst vor deinen«, dabei strich sie mit ihren Augen genüßlich über Skifras Körper, »deinen Waffen.« Damit drehte sie sich um und ließ eine verwirrte Skifra stehen.

»He«, schrie Skifra und warf ihre Waffen zur Seite und wollte nach Taraneh greifen, sie bekam jedoch nur das Fell zu packen.

Taraneh stolperte und verlor ihr Gleichgewicht und riß Skifra mit zu Boden. »Du willst also wirklich gehen?« Taraneh sah Skifra zu, wie die Kriegerin sich ankleidete. »Hattest du nicht gesagt, daß hier kaum Menschen vorbei kommen, es zumindest keine gibt, die sich hier ansiedeln?« Taraneh war aufgestanden. Sie zog das Fell über ihren nackten Körper und stand nun dicht vor Skifra.

Skifra stöhnte.

Taraneh stand zwischen ihren Beinen und preßte ihren nackten Körper gegen den ihren.

»Du folterst mich, meine Königin«, flüsterte Skifra heiser und hatte ihren Kopf zwischen Taranehs Brüste gelegt. Zärtlich küßte sie die Stelle auf Taranehs Körper, an der ihr Herz schlug. Sanft löste Skifra sich aus Taranehs Umklammerung. Schweigend sahen sich die beiden Frauen an.

»Ich weiß nicht. Vielleicht leben ja doch auf der anderen Seite einige Siedler.« Skifra zuckte mit den Schultern.

»Gut, dann komme ich mit«, unterbrach Taraneh.

»Nein, nein, warte.« Skifra erwischte Taraneh am Fell, das von Taranehs Körper rutschte. Skifra sog den Anblick genüßlich in sich auf. Taraneh war eine Augenweide. Sie eben zu fühlen und sich zu beherrschen, war schwierig gewesen, aber sie nun nackt vor sich zu sehen, überstieg ihre Kräfte. Schnell schloß sie ihre Augen. »Taraneh, bitte!« Nur langsam beruhigte sich ihr Atem. »Ich werde allein reiten. Es könnte eine Falle sein.«

Taraneh zögerte. Ihre Augen waren zu schmalen Schlitzen gezogen. »Du denkst also wieder einmal an Kallisto?« Verärgert drehte sie sich um.

»Nein, ja«, stotterte Skifra und fuhr sich durch ihr langes, dunkles Haar. »Ich weiß es nicht.«

»Sie könnte sich aber auch ändern, oder?« Taraneh stand nun wieder dicht vor Skifra. Ihre Augen blitzten wütend.

Skifra atmete schwer. Taranehs Reaktion löste wieder diese zwiespältigen Gefühle in ihr aus. »Eine wie die ändert sich nicht«, flüsterte sie leise und schob Taraneh von sich.

»Wieso, Skifra?« Schneidend zerriß Taranehs Stimme die bedrückende Stille, die plötzlich zwischen ihnen herrschte. »Du konntest es doch auch.«

Skifra schloß ihre Augen. »Du bleibst hier«, preßte sie verärgert hervor. »Wenn du recht hast, dann werden Cay-La und Kallisto heute ankommen. Sie sollen kein leeres Lager finden.« Eilig sattelte sie Argo und ritt wie von Furien gehetzt davon.

Taraneh blickte ihr nach. Sie fühlte die Leere in sich. Suchend schaute sie sich um. Ihre Kleidung lag überall auf dem Boden verstreut. Frierend zog sie ihre Schultern hoch. Taraneh sah auf. Die Sonne schien warm, keine Wolken waren am Himmel zu sehen. Fröstelnd rieb sie über ihre Arme. Die Kälte schien so greifbar. Taraneh zuckte erschrocken zusammen. Kalte Schauer liefen über ihren Rücken.

»Laß sie los!« zerriß Skifras kalte Stimme die Stille.

Taraneh drehte sich ruckartig zu Skifra um, erblickte den Angreifer, der wie ein Schatten hinter ihr stand und einen Schritt zur Seite machte. Ihr Herz blieb fast stehen. Aus den Augenwinkeln konnte sie noch zwei weitere Schatten erkennen. Blitzschnell griff auch sie zu ihren Waffen.

Skifra hatte sich dem ersten Angreifer gestellt. Ihre Schwerter trafen laut aufeinander. Ein Hieb traf sie in die Seite. Sie war ihm ein wenig zu langsam ausgewichen. Aber um so wütender wurde sie. Skifra nutze das leichte Zurücktaumeln dazu, sich zu drehen und unverhofft zuzuschlagen. Ihr Angreifer wurde von dieser Attacke so überrascht, daß er nicht schnell genug war. Er holte mit seinem Arm aus, wollte das Schwert mit voller Wucht in Skifras Körper stoßen. Dazu kam er nicht mehr. Ein Röcheln kam nur noch über seine Lippen. Die Bewegung von Skifra war so schnell gewesen, daß er sie nicht bemerkt hatte. Er sah mit weit aufgerissenen Augen an sich hinunter. Skifras Schwert steckte in seinem Bauch. Sie zog es langsam aus ihm heraus. Das Blut schoß aus der Wunde, lief aus seinem Mund. Er sackte in die Knie und fiel röchelnd vornüber.

Taraneh wehrte sich verzweifelt gegen die zwei Angreifer. Sie schaffte es immer wieder, diese mit ihren Hieben zu treffen, sich somit ein wenig Luft zu verschaffen, bis einer der beiden sie unsanft niederschlug. Sie hatte nicht bemerkt, wie er hinter sie getreten war. Sein Schlag in ihren Rücken hatte sie so unverhofft getroffen, daß sie vor Schmerzen in die Knie ging. Sie rang nach Atem. Der Angreifer vor ihr holte mit seinem Schwert aus. Taraneh blickte hoch, hielt den Atem an. Dann sah sie, wie eine Klinge durch seinen Körper trat. Zwischen seinen Rippen kam die Klinge von Skifras Schwert hervor, das sie durch ihn hindurchgestoßen hatte. Trotz dem Schreckmoment, den Taraneh eben erlebte, hörte sie den Schatten hinter sich. Seine Schritte näherten sich. Sie ließ sich nach hinten fallen, drehte sich dabei und schlug zu. Dieser fiel zu Boden. Überrascht von Taranehs schnellem Angriff rang er nach Atem. Taraneh hatte sich halb aufgerichtet und kniete nun, ihre Waffe an dessen Hals, neben ihm. Er hatte seine Augen weit aufgerissen. Aus den Augenwinkeln konnte sie erkennen, daß es Skifra gut zu gehen schien. Sie war erleichtert. Diese kleine Unachtsamkeit nutzte der Krieger und schlug zu. Taraneh fiel nach hinten. Er wollte sich auf sie stürzen, als Taraneh ein leises Surren vernahm. Sie sah, wie der Dolch von Skifra in seiner Brust stecken blieb. Sie konnte sich gerade noch wegdrehen, als der getroffene Krieger zu Boden fiel. Langsam erhob sie sich, den Blick nicht von dem Angreifer nehmend. Sie traute dem, was sie sah, noch nicht. Hatten sie die Angreifer nun wirklich besiegt? Ihr Atem ging immer noch schwer. Taranehs Augen suchten nach Skifra.

»Bist du in Ordnung?« Besorgt sah Skifra Taraneh an, strich ihr die Haare aus dem Gesicht, streichelte ihre Wangen und zog sie dicht an sich.

»Ja, ja mir geht es gut.« Irritiert blickte sie sich um. »Was, was war das, Skifra?« Taraneh zitterte am ganzen Körper. Sie sahen, wie die toten Krieger sich in einer Nebelschwade in Nichts auflösten. Immer noch spürte sie die Kälte, den Haß, den die Berührungen dieser Wesen bei ihr ausgelöst hatten. Eng schmiegte sie sich an Skifra.

»Allegras Wächter.« Skifra schaute sich um. »Sie weiß, daß wir hier sind. Sicherlich wollte sie unsere Stärke testen.« Sanft schaukelte sie Taraneh in ihren Armen, küßte sie auf die Stirn. Nur langsam beruhigte Taraneh sich. »Wieso bist du wieder hier?«

»Erinnerst du dich nicht an die Geschichte, die ich dir gestern abend erzählt habe?« Skifra blickte Taraneh lange an.

»Doch, doch schon, aber ich verstehe dich trotzdem nicht.« Taraneh grinste verlegen.

»Es gibt nirgends Siedlungen oder Dörfer. Es leben im Umkreis von zwei Tagesritten keine Menschen hier.«

»Dann hast du gewußt, daß dieser Tobias ein Wächter war? Du hast die anderen auch gesehen oder?« Wütend schlug Taraneh auf Skifras Schulter. »Du, du ...« Sprachlos sah sie Skifra an.

Skifra hatte ihre Augen geschlossen. Die Sorge um Taraneh hatte sie fast um den Verstand gebracht. Sie hatte Angst gehabt, unendliche Angst. Ein Gefühl, was sie vorher nicht kannte. Es war ihr immer egal gewesen, was aus ihr wurde. Je härter der Kampf war, desto mehr hatte sie das Gefühl zu leben, wirklich zu leben. Seit ihrer Zeit mit Taraneh war es anders geworden. Skifra zog Taraneh noch dichter an sich und vergrub ihr Gesicht an Taranehs Hals.

Vorsichtig löste sich Taraneh aus Skifras Umarmung, hob ihren Kopf hoch und sah sie an. »Und dir meine Kriegerin? Geht es dir gut?« Ohne eine Antwort von Skifra abzuwarten, küßte sie sie leidenschaftlich auf den Mund.

Nachdem Kallisto und Cay-La schon ein paar Stunden geritten waren, erreichten sie das Tal. Beide parierten ihre Pferde und sahen hinunter. Baumgruppen säumten den ruhig dahinfließenden Fluß, der das Tal teilte. Die Wiesen waren übersät mit blühenden Blumen.

Cay-La schloß genüßlich die Augen, sog den süßlichen Duft tief in sich ein und seufzte: »Es ist wunderschön hier.« Als sie ihre Augen wieder öffnete, bemerkte sie, wie Kallisto sie beobachtete.

»Ist es.« Kallisto beugte sich zu ihr und hauchte ihr einen Kuß auf den Mund. »Dann suchen wir mal die anderen.« Sie setzte ihr Pferd in Bewegung und lenkte es auf den schmalen Pfad, der in das Tal führte. Cay-La folgte ihr und genoß, was sie sah.

Unten auf der Ebene angelangt, lenkte Kallisto ihr Pferd zu einer Baumgruppe. »Wir sollten den Pferden und auch uns eine Pause gönnen.« Schnell war sie neben ihrem Pferd, hatte ihm Sattel und Zaumzeug abgenommen und ließ es laufen. Während sie mit den beiden Wasserschläuchen zum Fluß ging, um diese aufzufüllen, ließ auch Cay-La ihr Pferd laufen. Sie war müde. In aller Ruhe legte sie die Felldecke aus. Genüßlich ließ sie sich darauf sinken. Sie hatte die Wunde hinten an ihrer Schulter ganz vergessen, was ihr nun schmerzlich bewußt wurde, als sie sich hinlegte. »Aua!« Mit schmerzverzerrtem Gesicht drehte sie sich auf den Bauch. Sie hatte nicht bemerkt, daß Kallisto zurück war.

»Laß mich mal deine Wunde ansehen.« Kallisto hatte sich neben sie gekniet. »Zieh das Oberteil aus.«

Cay-La setzte sich maulend auf.

»Was?« Kallisto sah sie vorwurfsvoll an.

»Es ist nicht schlimm, habe mich nur blöde hingelegt.« Cay-La konnte ihr nicht in die Augen sehen. Sie wußte, daß die Kriegerin sofort bemerken würde, daß sie sie anschwindelte.

»Laß mich trotzdem sehen.« Kallisto ließ nicht locker und half Cay-La beim Ausziehen. »Leg dich wieder hin.« Was sie sah, gefiel ihr gar nicht. Die Haut um die Wunde war ganz rot. Als sie sanft ihre Hand ausstreckte, spürte sie die Hitze auf der umliegenden Haut. »Ich werde es kühlen.« Sie nahm einen Lappen, tränkte ihn mit dem frischen, kühlen Wasser und legte diesen dann vorsichtig auf die Wunde.

Cay-La stöhnte leise auf.

»Wir werden die Wunde bei Skifra besser behandeln können. Sie hat sicher etwas.« Kallisto hoffte darauf. Sie wußte von dem Heilwissen, das Skifra besaß. Erneut tränkte sie den Lappen mit kühlem Wasser und tupfte die Haut um die Wunde ab. Dabei sah sie bewundernd über den entblößten Rücken von Cay-La. Sie war so weich und warm. Zärtlich ließ sie ihre andere Hand über die Haut streichen.

Cay-La seufzte.

»Besser?« fragte Kallisto.

»Ja . . . nein«, kam es heiser von Cay-La.

Kallisto lächelte. »Was nun? Soll ich aufhören?«

»Ich . . .« Cay-La schluckte.

Kallistos Hand glitt sanft über ihre Seite hoch. Ihr Mund hauchte einen Kuß auf ihr Mal.

»Nicht aufhören .. ich meine . . .«, stotterte Cay-La. »Nicht aufhören mich zu berühren bitte«, flüsterte Cay-La heiser.

Kallistos Lächeln wurde größer. »Damit werde ich nie aufhören, Cay-La«, flüsterte sie ihr ins Ohr. Dann setzte sie fort, was sie begonnen hatte.

Die wärmenden Sonnenstrahlen weckten Cay-La auf. Langsam öffnete sie ihre Augen. Schon war die Sonne dabei, den Horizont zu erobern. Sie war allein. Ihre Augen suchten nach Kallisto, während sie sich aufsetzte. Diese war bereits dabei, die Pferde zu satteln. Cay-La suchte ihre Kleider zusammen und zog sich schweigend an. Die Augen nicht von Kallisto lassend, rollte sie die Decken auf und ging damit zu den Pferden. Wortlos band sie diese hinter dem Sattel fest. Bei den Pferden stehend sah sie zu, wie Kallisto das Feuer austrat.

Sie kam auf Cay-La zu, blieb nah vor ihr stehen, ließ ihre Hand über Cay-Las Wange streichen und küßte sie. »Wir müssen zu den anderen.«

Cay-La nickte. So nah und doch so fern, dachte sie. Sie fragte sich, ob sie Kallisto je genügen würde, je ihr Herz berühren könnte. Traurigkeit legte sich auf ihre Seele, ihr Herz. Sie stieg auf ihr Pferd und ritt schweigend neben Kallisto weiter in das Tal.

Kallistos Stimme riß sie aus ihren Gedanken. »Da!« Die Kriegerin zeigte auf eine aufsteigende Rauchsäule zwischen einer Baumgruppe neben einem kleinen See.

Sie hatten den Ort schnell erreicht. Kallisto sprang vom Pferd, wartete bis Cay-La abgestiegen war und reichte ihr dann die Zügel ihres Pferdes. »Kümmere dich um die Pferde, ich sehe nach Skifra und Taraneh.« Ohne auf Cay-La zu achten, ging sie weg.

Cay-La war wütend. Was sollte das? Was glaubte Kallisto, wer sie war? Sie wollte die beiden auch begrüßen. Vor sich hinmurrend führte sie die Pferde zwischen ein paar Bäume, sattelte sie ab und ließ sie zu Argo auf die Wiese.

»**L**iebe ist gefährlich«, dachte Kallisto, »sie benebelt die Sinne.« Sie sah auf Skifra hinab, die sie nicht wahrgenommen hatte. Langsam ging sie in die Hocke. »Ich komme doch nicht ungelegen, oder?« Kallisto grinste Skifra frech an, die erschrocken hochblickte. »Ups, Skifra, du brauchst kein Schwert, deine Augen reichen.«

»Kallisto.« Taraneh riß ihre Augen auf.

»Ja, ich bin es, die gute alte Kallisto. Skifras persönlicher Albtraum.« Kallisto lachte laut. Sie war wieder aufgestanden und sah auf die beiden Frauen herab. »Cay-La ist bei den Pferden. Sie wird gleich kommen. Es wäre sicherlich nicht gut für ihr Seelenleben ...« Kallisto preßte ihre Lippen fest zusammen. »... wenn sie euch so sehen würde«, kicherte sie nach einer Weile. Teilnahmslos blieb sie stehen.

»Kallisto«, preßte Skifra hervor.

»Bitte?« Kallisto grinste frech.

»Verschwinde endlich«, raunte Taraneh.

»**W**as, was ist denn so komisch?« Cay-La sah Kallisto verwirrt an.

»Nichts, nichts.« Kallisto schüttelte ihren Kopf und grinste breit.

»Wo sind Skifra und Taraneh?« Cay-La stellte sich auf die Zehenspitzen, um über Kallistos Schultern zu blicken.

Kallisto grinste. »Da hinten. Sie kommen gleich.« Kallisto preßte ihre Lippen fest aufeinander und schob Cay-La vor sich her.

Kallisto und Cay-La bereiteten ihr Lager in der Nähe der kleinen Lichtung unweit von Skifras und Taranehs Lager. Cay-La wunderte sich immer noch über Kallistos Verhalten. Kopfschüttelnd blickte sie die Kriegerin an. »Was gibt es eigentlich da so zu grinsen?« Cay-La hatte sich nun ganz dicht vor Kallisto gestellt.

Kallisto seufzte. Funkelnde Augen und den Mund halb geöffnet, der nur darauf zu warten schien, von ihr geküßt zu werden. Nur mühsam konnte sie sich beherrschen, Cay-La an sich zu pressen, sie zu küssen, zu schmecken.

»Hallo, Skifra!« Freudestrahlend blickte Cay-La an Kallisto vorbei und begrüßte die Kriegerin mit einem Lächeln. Gleich darauf schob sie Kallisto beiseite und ging auf Skifra zu.

Kallisto erstarrte bei Cay-Las Berührung. Eine kalte Hand griff nach ihrem Herzen, schlug in ihren Magen. Langsam drehte sie sich um. Cay-La und Skifra standen dicht voreinander und unterhielten sich angeregt.

Skifra ließ Kallisto nicht aus den Augen. Wütend blickte sie die Kriegerin an.

»Kallisto, Cay-La«, begrüßte Taraneh die beiden Frauen. Cay-La bemerkte den mörderischen Blick, mit dem Taraneh Kallisto bedachte. Kallisto zuckte nur grinsend mit den Schultern und beobachtete weiterhin Cay-La und Skifra.

»Wie war eure Reise, habt ihr Aphrodite getroffen? Hat sie euch den Schild gegeben? Wo ist er, wie sieht er aus?« Taraneh blickte zu Cay-La, die sie erstaunt anschaute.

»Ich kenne da ein Mittel, wie du sie zum Schweigen bringst.« Kallisto grinste frech.

Wieder erntete sie einen von Taranehs mörderischen Blicken. Skifra war hinter Taraneh getreten und zog sie dicht an sich. Dabei legte sie ihre Hand auf Taranehs Bauch. Instinktiv legte Taraneh ihre Hand auf Skifras und hielt sie fest. Langsam setzte Skifra sich auf den Felsen und zog Taraneh zwischen ihre Beine.

Erstaunt beobachtete Cay-La die Szene und sah aus den Augenwinkeln zu Kallisto. Skifra steckte ganz klar die Grenzen ab, dachte sie atemlos. Wieder sah sie zu Kallisto, die regungslos auf der anderen Seite des Lagers auf einem Baumstamm Platz genommen hatte.

»Also, erzählt schon. Wie war die Reise?« Fragend sah Skifra Kallisto an.

»Wir sind überfallen worden«, warf Cay-La ein.

»Nichts, womit ich nicht fertig werden würde«, unterbrach Kallisto sie unwirsch. »Ich habe sie alle abgemurkst.« Kallisto grinste spöttisch. »Wenn man in ihnen reingestochen hatte, dann machte es puff, sie brannten und weg waren sie. Wäre was für dich gewesen, Skifra. Ein richtig schönes Grillfest.«

»Kallisto«, preßte Taraneh wütend hervor und sah Kallisto an. Die Kriegerin war wieder die alte. Sie hatte ihren Kopf in ihrer typischen Art schräg gelegt und grinste hämisch.

Cay-La schüttelte unmerklich ihren Kopf. Was war nur in Kallisto gefahren.

Skifras Griff auf Taranehs Bauch hatte sich verstärkt. »Allegras

Wächter«, warf sie scheinbar unbeeindruckt ein. »Sie haben uns auch einen Besuch abgestattet. Wie viele hattet ihr?«

»Vier minus einen. Der ist mir dummerweise durch die Finger geflutscht.« Kallisto rieb die Luft zwischen Daumen und Zeigefinger. Wieder lachte sie.

Cay-La starrte sie nur an.

»Wir hatten drei.«

»Wie viele sind es?« Cay-La sah Skifras besorgten Blick.

»Keine Ahnung.« Skifra zuckte mit den Schultern.

»Und der Schild?« Taraneh schaute sich nun neugierig um. »Wo ist er? Wie sieht er aus?«

»Es gibt keinen«, seufzte Cay-La entmutigt. Sie spürte, wie eine lähmende Hand sich nach ihr ausstreckte, sie gefangen nahm, ihr die Luft raubte. Kallisto verhielt sich ihr gegenüber wie ein Eisblock. Sehnsüchtig schaute sie zu Skifra und Taraneh hinüber. Skifra hatte ihr Kinn auf Taranehs Schultern gelegt. Zärtlich hielt sie Taraneh umfangen. Cay-La hatte Skifras Reaktion gesehen. Kallistos Worte hatten sie getroffen. Skifra hatte sich hinter Taraneh versteckt. Sie lächelte. Taraneh hatte sich fragend zu Skifra umgedreht. Sie sprachen mit den Augen. Sie stand vor Skifra wie ein Schild, beschützte sie. Cay-La hatte Taranehs Wut auf Kallisto gespürt. Kallisto wollte Skifra verletzten und hatte Taraneh getroffen und auch sie.

»Was, was heißt das?« Taraneh riß sie aus ihren Gedanken.

»Na, daß Mami uns reingelegt hat. Schickt uns durch die Landschaft, um einen blöden Schild zu suchen, den es nicht gibt. Vielleicht gibt es ja diese komische Prophezeiung auch nicht.« Kallisto verfluchte sich innerlich. Das hatte sie nicht gewollt. Cay-La war bei jedem ihrer Worte zusammengezuckt. Taraneh sog scharf die Luft ein und Skifra sah sie entsetzt an. Kallisto wandte sich um und schaute beschämt auf den Boden.

Taraneh fand als erste wieder die Sprache. »Hat euch Aphrodite denn nicht irgend etwas ...« Kopfschüttelnd unterbrach Cay-La sie.

»Was machen wir jetzt«, hilfesuchend sah Taraneh Skifra an.

Skifra seufzte und zuckte mit den Schultern. »Ich weiß es wirklich nicht. Wir werden sehen. Wir müssen eben ohne Schutz und ohne den Schild kämpfen. Wir sind drei erfahrene Kämpfer. Wir werden Allegra besiegen.«

»Du meinst vier.« Taraneh sah sie an.

»Vier.« Skifra lächelte.

Cay-La sah traurig zu Boden. Eifersüchtig sah sie, wie Skifra und Taraneh sich selbst noch in einer solchen Situation neckten. Kallistos Worte hatten sie getroffen. Tränen füllten ihre Augen. Sie konnte kaum noch atmen. Cay-La wünschte, an einem anderen Ort zu sein. Was fühlte Kallisto für sie? Waren all die gemeinsamen zärtlichen Stunden gelogen, eine einzige Lüge? Die Berührungen, die zärtlichen Worte, die sie ausgetauscht hatten. Sie roch noch Kallistos Körper, fühlte noch ihre Berührungen. Noch vor ein paar Stunden hatten sie sich geliebt.

»Skifra, laß uns gehen.« Taraneh war die Spannung zwischen Kallisto und Cay-La nicht entgangen.

»Warum? Wir sollten zumindest noch überlegen, wie wir morgen vorgehen werden.« Skifra blieb ungerührt sitzen.

Taraneh sah auf Skifra herunter und zog ihre Stirn kraus. »Komm«, flüsterte sie. »Laß es uns morgen besprechen. Jetzt hat es keinen Sinn.«

»Aber . . .« Skifra sah sie entgeistert an.

Taraneh hielt ihr den Mund zu. »Bitte«, flehentlich sah sie Skifra an. Sie wollte weg, weg von diesem Ort. Sie wollte mit Skifra allein sein. Der Gedanke, daß sie morgen ohne den Schild gegen Allegra kämpfen sollten, machte ihr angst.

»Skifra?« Cay-Las Stimme hielt die beiden Frauen zurück. »Kannst du bitte noch nach meiner Wunde sehen?« Cay-La drehte sich zur Seite und zeigte Skifra ihre Wunde. Skifras Hände fuhren über die Verletzung.

Kallisto zog scharf die Luft ein. Ihre Augen blitzten gefährlich auf. Ihre Hand legte sich um ihr Schwert. Ein leichter Seitenblick zu Taraneh verriet ihr, daß auch die Amazonenkönigin sichtlich angespannt war.

Skifra ignorierte die beiden. »Es ist nicht so schlimm, wie es aussieht.« Skifra lächelte die junge Kriegerin an. »Lege ein paar Blütenblätter von der roten Blume auf die Wunde, dann heilt sie schneller und schmerzt nicht mehr.« Skifra nickte Cay-La noch einmal zu. »Kommst du?« Sie streckte Taraneh ihre Hand hin.

Nur langsam entspannte sich Kallisto. Nachdenklich starrte sie in das Feuer. Noch nie hatte sie sich in ihrem Leben so hin und her gerissen gefühlt wie in diesem Augenblick. Was hatte sie sich nur dabei gedacht, Cay-La so zu verletzen. Aus den Augenwinkeln beobachtete sie die junge Frau, die ausgestreckt auf ihrem Lager lag. Warum dieses Mißtrauen? Kallisto seufzte. Skifra und Cay-La verband mehr als dieses Geheimnis um Cyane. Skifra wußte sicherlich von diesen geheimnisvollen Dingen, die Cay-La umgab, die sie ihr nicht sagte. »Soviel zum Vertrauen«, wütend warf sie einen kleinen Ast in das Feuer. Funken sprangen knisternd hoch. Kallisto streifte ihre Haare aus der Stirn. Sie beneidete Skifra, die Taraneh beim Feuer an sich gezogen hatte. Für einen kurzen Moment hatte sie die Stärke gespürt, die beide umgab. Sie waren eins. Eine Seele in zwei Körpern. Kallisto seufzte. Wieder beobachtete sie Cay-La.

Cay-La konnte nicht schlafen. Mit halb geschlossen Augen betrachtete sie Kallisto. Sie sah die Traurigkeit, die diese Kriegerin umgab. Was war es nur, was sie so an Kallisto faszinierte. Sie konnte es nicht beschreiben. War es ihre Wildheit, alles aufzugeben, ohne jegliche Grenze zu leben? Lächelnd erinnerte sie sich an ihre Zeit bei Lao Ma. Trotz der Liebe, die die Menschen ihr entgegenbrachten, fühlte sie sich einsam. Ziellos wanderte sie umher, gefangen in ihrer Einsamkeit, immer auf der Suche. Eines Tages hatte sie Lao-Ma gefragt, was das Ziel ihrer Suche wohl sei. Lao-Ma hatte sie nur angelächelt und geschwiegen. Aber sie hatte nicht locker gelassen. Immer und immer wieder hatte sie Lao-Ma gefragt und niemals eine Antwort bekommen. Jedes Mal hatte Lao-Ma nur gelächelt und ihr den Weg in ihre Seele, in ihre Gedanken gezeigt. Dies war die Zeit in der die Träume und ihre Sehnsüchte begannen. Damals hatte sie noch nicht gewußt, was sie heute wußte. Ihre Träume, ihre Traurigkeit waren die Sehnsucht nach ihrer anderen Seite, den Rest ihrer Seele. Ungern dachte Cay-La an den Moment zurück, als sie erkannte, daß Kallisto ihre andere Seite, der Rest ihrer Seele war. Ängstlich fragte sie sich, welcher Teil von Kallisto wohl ihrer war. Langsam stand sie auf. Kallistos und ihre Blicke trafen sich. Fest schlang Cay-La die Felle um ihren Körper. Ruhelos wanderten ihre Augen über das Lager. Das Tal war kalt. Bedächtig ging sie auf Kallisto zu, die sie immer noch schweigend ansah. Fürsorglich legte sie eines der

Felle um Kallistos Körper, küßte sie sanft auf die Stirn und setzte sich eingehüllt in ihr Fell zwischen Kallistos Beine.

Kallisto strich ihr zärtlich durch das kurze Haar.

Müde legte Cay-La ihren Kopf gegen Kallistos Schenkel. Warum konnte sie Kallisto alles verzeihen und vergeben? Welche Macht hatte Kallisto über sie? Wußte Kallisto von dieser Macht? Cay-La seufzte.

»Ca. . .«, begannen beide zugleich.

»Du zuerst.« Cay-La drehte ihren Kopf zur Seite und sah direkt in Kallistos Gesicht. »Sie sieht so müde aus«, dachte sie zugleich und hob ihre Hand. Sanft fuhr sie über Kallistos Wange.

Die Kriegerin schloß ihre Augen und legte ihr Gesicht in die Hand. Ein schüchternes Lächeln umspielte ihre Lippen.

»Und«, unterbrach Cay-Las Stimme die Stille. »Was wolltest du mir sagen?«

Kallisto stöhnte innerlich. Sie konnte Cay-La nicht ansehen, nicht nachdem, was heute abend geschehen war. Ihre Gedanken rasten. Wie sollte sie Cay-La sagen, was sie fühlte, dachte. Kallisto zuckte zusammen.

Cay-Las Finger fuhren über ihre Lippen, ließen ihren Körper erschaudern.

»Ich, ich . . .«, stotterte Kallisto. Tief atmete sie ein. Zum ersten Mal seit Jahren fühlte sie sich wie ein kleines Kind, so entsetzlich hilflos. Zornig blickte sie auf. Sie haßte diese Hilflosigkeit. Sie schwächte nur. Wieder trafen sich Cay-Las und ihre Blicke. »Was, was weißt du von Skifra und mir und . . . und Taraneh«, fragte sie leise.

»Nur das, was du mir gesagt hast.« Cay-La richtete sich auf. Sie vertraute Kallisto, würde ihr sogar ihr Leben anvertrauen. Hatte sie es nicht bereits in Kallistos Hände gelegt? Was würde Kallisto ihr sagen oder ihr verschweigen? Wartend blickte sie die Kriegerin an.

»Ich, ich habe dir noch nicht alles gesagt.« Kallisto wandt sich. »Ich, ich habe Taraneh entführen lassen und mit ihr, mit ihr geschlafen.« Hastig preßte sie die letzten Worte heraus. Stille. Nichts geschah. Irritiert blickte sie auf die Frau, die zwischen ihren Beinen saß. Cay-Las Gesicht war unbeweglich. Die Schatten des Feuers ließen es wie eine Maske aussehen. »Weißt du«, nervös fuhr Kallisto sich durch ihr Haar, »ich hatte meinen Krieger ausgeschickt, um dich zu holen, er brachte jedoch Taraneh.«

Cay-La schwieg immer noch.

»Als ich dann Taraneh sah, wollte ich nur noch Skifra verletzten.« Kallisto verzog ihr Gesicht.

»Der Schuß ist ja wohl nach hinten losgegangen, oder?« Cay-La saß steif auf dem Boden.

»Ja, ist er«, flüsterte Kallisto, »das ist er.« Sie preßte ihre Lippen fest aufeinander. Sie konnte kaum die Tränen zurückhalten. »Ich, ich«, begann sie mit erstickter Stimme, »wollte Skifra an ihrem schwächsten Punkt treffen.«

»Taraneh«, flüsterte Cay-La leise.

»Ja, Taraneh.« Kallisto lachte bitter auf. »Taraneh«, wiederholte sie. Ihre Blicke glitten über das Lager zu Skifra und Taraneh.

»Aber das ist noch nicht alles, oder?« Mit versteinerter Miene sah Cay-La Kallisto an.

»Nein, es ist noch nicht alles«, erwiderte Kallisto. Sie legte ihren Kopf schräg. Ihre dunklen Augen schienen noch dunkler zu sein. »Ich war so unsagbar wütend auf dich und deine plötzliche Freundschaft zu Skifra, wie du dich auf ihre Seite gestellt und wie du Taraneh vor mir beschützt hast.«

Cay-La schloß ihre Augen. Sie spürte, daß Kallisto noch nicht alles gesagt hatte. Irgend etwas verschwieg Kallisto ihr. »Ich wollte dich damit bestrafen«, raunte Kallisto.

»Womit?« Erstaunt blickte Cay-La sie an.

»Daß du mit Taraneh geschlafen hast? Ja, das hast du ... und wohl auch dich, oder?« Cay-La wartete nicht Kallistos Antwort ab. »Letztendlich hast du uns alle verletzt. Und warum verletzt du mich immer noch?« Fragend sah sie wieder in Kallistos Gesicht.

»Ich weiß es nicht.« Kallisto lachte bitter auf. »Vielleicht, weil du und Skifra immer so geheimnisvoll tut, weil du mit ihr etwas teilst, was du mit mir nicht teilst.« Kallisto legte ihren Kopf in den Nacken. Konnte das sein? Sie war eifersüchtig. Es war so einfach. Zu einfach? Kallisto zuckte zusammen.

Cay-La zog sie an den Haaren zu sich. Leidenschaftlich berührte ihr Mund Kallistos Lippen. »Weißt du denn immer noch nicht, daß ich nur dich liebe«, flüsterte sie zärtlich in Kallistos Mund.

Kallisto zuckte überrascht zusammen. Instinktiv stützte sie sich auf Cay-Las Schulter ab, um nicht über sie zu fallen. Cay-Las Kuß leidenschaftlich erwidernd rutschte Kallisto langsam den Baumstamm herunter und zog Cay-La noch enger an sich.

Cay-La löste sich sanft von Kallistos Lippen. Seufzend legte sie ihren Kopf gegen Kallistos Schulter. Jetzt erst bemerkte sie die Anstrengungen der vergangenen Tage. Mit dem sicheren Gefühl, daß Kallisto sie beschützen würde, fiel sie zum ersten Mal in einen tiefen, traumlosen Schlaf.

Schweigend waren Taraneh und Skifra in ihr Lager gegangen. Taraneh hatte Skifra zugesehen, wie sie sich auszog. Gedankenversunken zog sie auch ihre Kleidung aus. Sie konnte Kallisto nicht verstehen. Seit der einen Nacht mit ihr, da hatte sie angenommen, ein wenig von ihr zu kennen, aber das war nicht der Fall. Kallisto war undurchschaubar. Vielleicht hatte Skifra doch recht, Kallisto nicht zu vertrauen. Leise seufzte sie auf.

Skifra hatte Taraneh beobachtet. Sie genoß es, Taraneh nackt vor sich zu sehen.

»Skifra?« Taraneh sah sie an. »Halte mich, halte mich einfach nur fest.«

Skifra zog sie zu sich herunter und nahm sie in ihre Arme. Eng umschlungen lagen sie sich gegenüber und schauten sich schweigsam an, genossen die stillen Sekunden des Augenblicks. Alles schien so friedlich zu sein. Kein Gedanke an Allegra, an einen Kampf auf Leben und Tod.

»Skifra?«

»Meine Königin?« Ein Lächeln umspielte Skifras Lippen. Sie hatte sich schon gefragt, wie lange es wohl dauern würde, bis Taraneh mit ihr reden würde.

»Ich habe Angst«, flüsterte Taraneh leise.

Skifra hob ihre Augenbraue. Sie sprach kein Wort.

»Warum spricht Cyane von dem Schild der Liebe und es gibt keinen? Du kanntest sie doch. Was hat sie sich dabei gedacht? Wie sollen wir gegen Allegra ohne den Schild bestehen?«

Taraneh nahm Skifras Hand und küßte sie zärtlich. »Warum du Skifra? Warum bist du ein Teil dieser Prophezeiung?« Taraneh schluckte. »Ich habe Angst dich zu verlieren«, flüsterte sie leise. »Was ist, wenn du im Kampf getötet wirst?« Taraneh drückte Skifras Hand gegen ihr Herz.

Skifra seufzte. Sie verstand Taranehs Sorgen. Wieder sah sie die Bilder des Angriffs von Allegras Wächter auf Taraneh. Der Gedanke, was Taraneh hätte passieren können, brachte sie um den Verstand. Heute hatte sie noch die Angreifer abwehren können, aber was würde morgen sein? Sie wollte Taraneh aus diesen Kämpfen heraushalten, sie am liebsten verstecken. Wie würde Taraneh wohl reagieren, wenn sie morgen nicht dabei war? Skifra schloß ihre Augen. Der Kampf, den sie morgen zu bestehen hatte, war schwer. Sie kämpfte nicht nur gegen Allegra, sondern auch gegen ihre Angst und Sorge um Taraneh. Wenn ich verliere, dachte sie resigniert, stirbt das Amazonenvolk und mit ihr du, meine Königin. Eine einsame Träne bahnte sich ihren Weg.

»Was sollen wir dann machen? Cay-La und Kallisto im Stich lassen und mit ihnen die Amazonen, sie sterben sehen?« Skifra beobachtete Taraneh neugierig. Sie wußte, daß ihre Worte Taraneh getroffen hatten und sie verletzten.

»Nein, sicherlich nicht.« Taraneh senkte verschämt ihre Augen. Skifra hatte recht. Ihre Gedanken waren egoistisch. Taraneh zuckte zusammen.

Skifra küßte sie sanft auf den Mund, zärtlich suchte ihre Zunge Einlaß. Vorsichtig berührten sich ihre Zungen.

Taraneh stöhnte. Skifras Kuß war leidenschaftlich.

»Versuche zu schlafen, meine Königin«, keuchte Skifra, nachdem sie sich von Taranehs Lippen gelöst hatte. »Wir haben morgen einen anstrengenden Tag vor uns.« Skifra zog sie dicht an sich.

»Skifra?«

»Hm?«

»Glaubst du, daß Kallisto und Cay-La?« Taraneh hielt die Luft an.

»Was?« Skifra sah auf Taraneh herunter.

»Na, ich meine, meinst du, ob sie auch?«

Skifra lächelte amüsiert. »Was?«

»Ob sie auch miteinander schlafen«, sprach Taraneh eilig. Sie sah Skifra neugierig an.

»Schlaf jetzt!« Skifra zog sie wieder enger an sich.

Taraneh spürte Skifras gleichmäßigen Atem und Herzschlag. Nur zögernd fiel sie in einen unruhigen Schlaf.

Skifra hob ihren Kopf und blickte in Richtung Cay-La und Kallisto. Sie sah, wie Cay-La Kallisto eine Decke umlegte und sich zwischen Kallistos Beine setzte. Erstaunt zog sie ihre Stirn kraus. Sie sah auf Taraneh herunter und lächelte. Taraneh wußte mehr, als jeder annahm.

»Skifra«, flüsterte Taraneh leise.

»Hm?« Überrascht blickte Skifra auf die Frau in ihren Armen. »Schlaf jetzt!«

Taraneh kuschelte sich enger an Skifra.

»Ja, meine Königin.« Skifra lächelte und hauchte Taraneh einen sanften Kuß auf die Stirn.

Cay-La hörte eine sanfte Stimme, die ihren Namen rief. Sie lag immer noch an Kallistos Schulter. Sie wollte nicht aufwachen, zu gut fühlte es sich an, Kallisto zu fühlen. »Cay-La«, hörte sie erneut, spürte die Hand, die zärtlich über ihren Arm strich. »Hm«, brummelte sie. Sie spürte, daß Kallisto grinste. Langsam öffnete sie die Augen und drehte leicht ihren Kopf nach hinten, damit sie Kallisto ansehen konnte. Ihre Blicke trafen sich, hielten sich fest.

Kallisto strich zärtlich über ihr Gesicht. »Komm, Cay-La, wir müssen!« Sanft fuhr sie ihr durch das kurze Haar.

Cay-La schloß die Augen, sog die Berührung in sich auf und flüsterte: »Ich weiß.« Cay-La drehte leicht ihren Kopf, sah, wie Taraneh und Skifra ihre Decken aufrollten und neben die Steine legten. Wie Skifra Taraneh an sich zog, sie festhielt. »Sie haben es geschafft«, dachte Cay-La verträumt. Schweigend stand sie auf. Ihre Gedanken gingen zu dem Gespräch mit Kallisto. Traurig stand sie da und ließ ihre Augen über das Tal schweifen. »Haben wir das auch«, fragte sie sich. In ihr war etwas, was nicht zuließ, daß sie dies glaubte. Da war noch etwas, daß ihr Herz zerdrückte, immer und immer wieder. Aber sie konnte es nicht in Worte fassen, nicht verstehen. Cay-La war es unheimlich kalt. Eine einsame Träne rann über ihre Wange, als sie schweren Schrittes von Kallisto wegging. Unachtsam ließ sie die Decke von sich gleiten, nahm ihren Mantel und zog ihn über.

Kallisto beobachtete jede Bewegung von Cay-La, die dabei war, ihr Pferd zu satteln. Sie fühlte sich unsagbar unsicher. Sie wußte, daß Cay-La sie liebte, sie, Kallisto. Wußte sie das wirklich? Erneut bekämpfte ihr Kopf ihre Gefühle. Mißmutig schüttelte sie den Kopf und fing an, die Decken aufzurollen.

Cay-La konnte keinen klaren Gedanken mehr fassen. Alles in ihr war in Aufruhr. Was, wenn sie heute sterben würde? Was, wenn Kallisto heute sterben würde? Sie hatte Angst. Gedankenverloren stieg sie auf ihr Pferd, drehte es zum Lager. Ihr Blick schweifte zu Skifra, die dabei war, ihr Feuer auszutreten.

Skifra spürte Cay-Las Blick, sah auf zu ihr. Lange versanken ihre Blicke ineinander. Bis Cay-La den Kontakt plötzlich unterbrach. Sie wollte nicht, daß Skifra noch mehr in ihr sah.

Kallisto war eben neben ihr auf das Pferd gestiegen. Ihr war nicht entgangen, was eben zwischen Cay-La und Skifra vorgegangen war. Sie spürte, wie die Wut in ihr hoch kroch, Besitz von ihr ergriff. Mit funkelnden Augen sah sie zu Skifra, während sie mit Cay-La auf die beiden wartete.

Skifra war dies nicht entgangen. Ohne Regung erwiderte sie Kallistos Blick, die sie nun haßerfüllt ansah. Skifra schüttelte müde den Kopf. Sie wandte sich Taraneh zu und ignorierte Kallisto. Skifra zog Taraneh hinter sich auf Argo. Als sie bei den beiden Frauen war, nickte sie ihnen zu und gemeinsam ritten sie los.

Sie waren nicht lange unterwegs. Schnell hatten sie die graue Felswand erreicht.

Zu schnell, dachte Cay-La. Ein Schauer durchzog ihren ganzen Körper. Der Ort war unheimlich. Vor ihnen lag der Höhleneingang. Cay-La atmete hörbar ein und stieg vom Pferd wie die anderen. Langsam zog sie den Mantel aus und legte ihn über den Sattel. Dabei schloß sie noch einmal die Augen. Sie wußte, daß es keine andere Möglichkeit gab, als gegen Allegra zu kämpfen. Es war ihr Schicksal, ihr Weg. Cay-La versuchte, ihre innere Ruhe zu finden, sich zu beruhigen, um nicht eine leichte Beute für Allegra zu werden. Aber es gelang ihr nicht. So oft hatte sie dies getan, so oft, und nun? Sie fand keinen Ort in sich für diese innere Ruhe. Zu groß die Kämpfe, zu groß die Ängste. Traurig drehte sie sich zu den anderen. Immer noch schweigend gingen sie auf den Höhleneingang zu. Cay-Las Blick war wie gefangen davon. Sie starrte in das Innere, als Skifra sie aus ihren Gedanken riß.

»Taraneh und ich gehen vor.« Sie zog ihr Schwert, nahm Taraneh nochmals in ihre Arme und küßte sie. Als sie sich von ihr löste, flüsterte sie Taraneh zu: »Ich liebe dich, meine Königin.«

Taraneh lächelte sie an. »Ich dich auch, meine Kriegerprinzessin.«

Cay-La atmete tief durch. Sie spürte Kallistos Abwehr gegen sie. Ohne sich nach Kallisto umzudrehen, folgte sie den beiden in die Höhle.

Kallisto hielt Cay-La am Arm zurück, sah ihr tief in die Augen, bevor sie Cay-La leidenschaftlich küßte. Sie zog sich abrupt zurück. »Wir müssen da nicht rein«, kam es trocken von Kallisto. Cay-La sah sie entgeistert an, als Kallisto weitersprach: »Laß Skifra und Taraneh kämpfen.«

Cay-La konnte kaum glauben, was sie da hörte. »Was«, schrie sie Kallisto an. »Das kann ich nicht, Kallisto.«

Kallisto hielt Cay-La immer noch am Arm fest. Ihr Griff hatte sich verstärkt und schmerzte Cay-La.

»Du tust mir weh.« Sie versuchte Kallistos Hand abzuschütteln, was ihr nicht gelang. Kallisto lockerte ein wenig ihren Griff, während Cay-La weitersprach: »Es ist mein Schicksal, Kallisto ... die Prophezeiung ist mein Schicksal ... warum verstehst du das nicht?« Cay-La sah nach Verständnis suchend in Kallistos Gesicht. Aber was sie fand, war etwas anderes. Sie sah, wie die Augen von Kallisto funkelten. Cay-La schüttelte traurig ihren Kopf. »Ich habe keine andere Wahl ... als mein Schicksal zu erfüllen ... und niemand kann mich vor diese Wahl stellen ... hörst du, Kallisto.« Cay-Las Stimme überschlug sich fast. Sie war enttäuscht. »Ich ... ich dachte«, Cay-la unterbrach, »... hier geht es nicht darum, daß ich mich für dich oder Skifra entscheiden muß ... hier geht es nur um die Prophezeiung ... um das Leben von vielen Amazonen ... hier geht es nicht um dich oder mich oder Skifra ...« Cay-La blickte in Kallistos Augen. »Ich ... ich dachte, du hättest das in der letzten Nacht verstanden ...« Cay-La blickte zu Boden, sie konnte Kallisto nicht mehr ansehen. »Es gab für mich nie etwas zu entscheiden, das hat mein Herz von Anfang an selber getan.« Cay-La sah traurig auf: »... du weißt es immer noch nicht, nicht wahr?« Mit einer schnellen Bewegung riß Cay-La ihren Arm aus Kallistos Hand und rannte weiter in das Innere der Höhle. Sie ließ Kallisto stehen, ohne auf ihre Antwort zu warten. Wollte nicht, daß die Kriegerin sah, wie die Tränen über ihr Gesicht rannen. Sie hörte, wie Kallisto ihr nachschrie »Dann geh ... ich ... ich muß überhaupt nichts.« Cay-La spürte, wie ihr Herz sich zusammenzog, der Schmerz ihr die Luft nahm. Sie blieb kurz stehen, um sich zu beruhigen. Aber der Kampflärm ließ ihr keine Zeit. Sie mußte Skifra und Taraneh helfen, sofort. Atemlos erreichte Cay-La die Haupthöhle. Ihr Schwert in der Hand stand sie da und sah, was geschehen war. Allegra hielt Skifra mit einem ihrer vielen Arme am Hals fest, hatte sie über den Boden gehoben und war dabei, sie an die Felswand der Höhle zu schlagen. Hämisch grinste sie. Ihre Augen funkelten siegessicher. Cay-La schloß ihre Augen, mit ihren Kräften konnte sie den Aufprall von Skifra abfangen.

Allegra bemerkte dies sofort. Ein wildes Lachen durchdrang die Höhle. »Endlich.« Sie hatte sich Cay-La zugewandt, mit ihre kalten, tiefen Stimme diese angeredet.

Cay-La glaubte, ihr Atem würde aussetzen. So etwas hatte sie noch nie gesehen. Aber sie hatte keine Zeit zu überlegen. Mit einem Sprung zur Seite wich sie den Armen von Allegra aus. Mit einem lauten Kampfschrei ging sie auf Allegra los, die bereits wieder dabei war, Skifra gegen die Felswand zu schlagen. Cay-La mußte alle ihre Kräfte aufbringen, um die Wucht aufzufangen. Dabei war sie ein wenig zu langsam einem der Arme ausgewichen. Mit voller Wucht traf Allegra. Cay-La flog nach hinten und schlug mit einem dumpfen Knall auf. Spürte, wie es dunkel um sie wurde. »Nicht Cay-La, komm schon, nicht«, sprach sie zu sich selber. Sie sah, wie Taraneh von Allegra ebenfalls weggeschlagen wurde, als sie Skifra helfen wollte. Cay-La rappelte sich auf, tastete im Dreck nach ihrem Schwert und griff Allegra wieder an. Sie mußte Skifra freibekommen. Sie wußte, lange würde sie das nicht mehr überleben. Immer wieder wurde sie von Allegra getroffen.

Konnte aber auch diese verletzten. Aber es war, als wären deren Arme überall. Keine Möglichkeit durchzukommen. Verzweifelt schlug Cay-La um sich. Immer wieder die Schläge aufhaltend, die Allegra Skifra verpassen wollte. Sie spürte, wie ihre Kräfte nachließen.

Taraneh hatte sich wieder hochgerappelt. Sie sah, wie Cay-La durch die Luft flog. Allegra hatte sie wieder getroffen. Mit einem lauten Stöhnen fiel sie auf den harten Boden. Allegras Lachen durchzog die ganze Höhle. Sie holte aus und schlug Skifra gegen die Felswand. Taranehs Aufschrei ließ Cay-La erstarren.

»Das Schwert bricht«, schoß es Cay-La durch den Kopf. Ich muß es aufhalten. Cay-La suchte im Dreck wieder nach ihrem Schwert. Auf den Knien rutschte sie umher, immer darauf achtend, nicht in Allegras Nähe zu kommen. »Wo ist das verdammte Schwert?« Cay-Las Hand faßte auf einmal den Knauf. Erleichtert stand sie auf, das Schwert in ihrer rechten Hand.

Taraneh war neben ihr. Allegra hatte sie durch die Höhle gejagt. Atemlos sah sie Cay-La an. »Hilf ihr, bitte«, flehte sie.

»Ich werde es versuchen, Taraneh.« Als Cay-La einen Schritt auf Allegra zuging, brach sie auf einmal, wie von unsichtbarer Hand getroffen, in die Knie und stöhnte laut auf.

Taraneh schaffte es gerade noch, sie zurückzuziehen, bevor Allegra sie zu fassen bekam. »Was ist los, Cay-La was ist?« erschrocken sah Taraneh auf Cay-La.

»Ich . . . ich. . .« Cay-La faßte sich an ihr Herz. »Es . . . es tut so weh«, sprach sie atemlos.

Taraneh wußte nicht mehr, was sie tun sollte. Cay-La lag in ihren Armen und Skifra kämpfte um ihr Leben in Allegras Armen.

»Verdammt, wo ist Kallisto«, schimpfte Taraneh.

Cay-La sah hoch: »Hilf Skifra, Taraneh . . . laß mich hier kurz ausruhen, das . . . das ist sicher gleich vorbei.« Sie schubste Taraneh von sich weg. »Geh!« schrie sie.

Taraneh rannte los und griff Allegra erneut an. Diese lachte immer lauter, immer siegessicherer. Ihr war nicht entgangen, daß Cay-La zusammengebrochen war. Cay-Las Schmerz wurde immer größer. Immer mehr brannte ihr Zeichen über dem Herzen. Sie spürte, wie Kallisto sich von ihr entfernte. »Kallisto«, flüsterte sie atemlos. Cay-La schloß erschöpft ihre Augen. »Warum weißt du nicht ... daß ich ... daß ich nur dich ... nur dich ... liebe«, stotterte sie kaum hörbar. Sie riß ihre Augen auf. »Liebe«, schoß es ihr durch den Kopf. Lao-Mas Anhänger war das Zeichen der Liebe. O ihr Götter, die Liebe ist der Schlüssel, der Weg. Cay-La hörte die Worte ihrer Mutter, als sie das Zeichen auf Cay-Las Haut brannte. »Ihr müßt den Weg gehen zu dem Menschen, den ihr wirklich liebt, um zu finden den Schlüssel. Sind die vier Elemente vereint, kann vor Allegra sie nur schützen der Schild der Liebe.« Ich habe versagt, schoß es Cay-La durch den Kopf. Sie riß ihre Augen auf, als sie Taranehs Stöhnen hörte, sah, wie Allegra Taraneh zu Boden schlug, wie sie Skifra achtlos neben sie fallen ließ. Sie waren nicht wichtig für Allegra, sie, Cay-La war ihr Ziel. Cay-La sah, wie Taraneh Skifra in ihre Arme zog, sah die Liebe, die die beiden verband. »Sie haben ihren Teil des Schlüssels erfüllt.« Sie sah wieder auf Allegra, die sich ihr unbeirrt näherte. Aber ich nicht, Kallisto liebt mich nicht. Cay-La sprang auf. Egal war der Schmerz in ihrem Herzen. Es ging für sie nur noch darum, Skifra und Taraneh zu retten. »Taraneh«, schrie sie, »bring Skifra hier raus!«

Allegras Lachen drang tief in Cay-La ein.

»Los, sofort!« Sie hatte keine Zeit mehr, auf die beiden acht zu geben. Sie mußte versuchen, Allegra ihren Tod nicht so einfach zu machen. »Wenigstens das«, sprach sie leise. Sie nahm all ihre Kräfte zusammen und schlug auf Allegra ein. Es war, als würden die Verletzungen, die sie ihr zufügte, Allegra nichts anhaben, als würde sie die Kraft, die sie verlor, in sich aufsaugen, immer stärker werden. Cay-La sank getroffen zusammen. Verzweifelt versuchte sie zu atmen.

»Cay-La!« hörte sie den verzweifelten Ruf von Taraneh.

Cay-La drehte sich instinktiv zur Seite. Knapp hatte Allegra sie verfehlt. »Sie sind immer noch nicht weg«, schoß es Cay-La durch den Kopf, während sie aufsprang. Allegra nicht aus den Augen lassend, versuchte sie Taraneh und Skifra auszumachen. Sie waren in der Nähe des Einganges. Erleichtert bemerkte Cay-La dies. Mit einem lauten Kampfschrei rannte sie erneut auf Allegra zu. Diese war so überrascht, daß die angeschlagene, kleine Amazone erneut auf sie losging, daß sie zu spät reagierte. Mit einem Schlag hieb Cay-La zwei ihrer Hände ab. Der Aufschrei von Allegra ließ allen den Atem stocken. Ihre Wut stieg ins Unermeßliche. Cay-La stand unbeweglich vor ihr. Sie war wie gelähmt, nicht fähig, den zwei Armen auszuweichen, die nach ihr griffen.

Allegra hob diese an den Hüften haltend hoch. »Nun wird es Zeit, daß du stirbst!« Die schwarzen Augen funkelten sie an. Kälte drang in sie ein. Immer mehr drückte Allegra zu. Cay-La hörte nicht auf, in diese Augen zu starren. Sie versuchte sich zu befreien. »Keine Kraft mehr«, dachte sie. Immer dunkler wurde es um sie, immer wieder drang das Lachen Allegras in sie ein. Sie hörte, wie Taraneh ihren Namen schrie, wie Skifra mit letzter Kraft versuchte, Allegra daran zu hindern, sie zu töten. Cay-Las Kopf fiel in den Nacken. Immer weiter weg schien alles zu sein. Sie nahm wie durch einen Nebel wahr, wie Allegra Skifra wegschlug, wie sie siegessicher aufschrie.

Allegra sah ihr in die Augen und lockerte ein wenig ihren Griff um Cay-Las Hüften. »Ich werde deinen Tod genießen, meine kleine Nichte.« Die Worte drangen tief in Cay-La ein. Sie bekam immer weniger Luft. Immer dunkler wurde es um sie. »Tu das . . . es . . . es wird . . .« Cay-La bekam kaum noch Luft. ». . . es wird . . . das letzte sein . . . was du genießen kannst«, bitter kamen die Worte über Cay-Las Lippen.

Allegra lacht laut auf. »Du drohst mir selbst im Angesicht deines Todes?« Böse zog sie Cay-La noch näher. »Schade eigentlich, daß ich dich töten muß. Du wärst eine gute Dienerin für mich.« Sie sah lüstern und verächtlich zugleich an Cay-La herunter. »Aber das geht nicht.« Mit einer Hand strich sie Cay-La durch das Gesicht, die verzweifelt versuchte, es wegzudrehen. »Ich muß dich töten. Schließlich will ich meine göttliche Macht wieder«, spöttisch lachte sie auf. »Ich werde schon eine andere Gespielin finden.«

Ihre Worte ließen Cay-La erzittern. Sie spürte, wie Allegra ihren Griff wieder verstärkte. Wie die Hand, die eben noch über ihr Gesicht gefahren war, sich scheinbar genüßlich um ihren Hals legte.

Alle Versuche von Skifra und Taraneh, sich Allegra auch nur zu nähern, scheiterten. Allegra hatte nicht vor, sich diesen Triumph noch nehmen zu lassen. Sie war am Ziel. Genießerisch drückte sie immer mehr zu. Dabei nicht aufhörend, Cay-La in die Augen zu sehen. Zu sehen, wie das Leben daraus langsam Stück für Stück verschwand. Ihr Lächeln wurde immer größer.

Cay-La nahm die Schreie von Taraneh und Skifra, ihre Angriffe nicht mehr wirklich wahr. Sie spürte, wie Allegra genußvoll ihren Hals immer mehr zudrückte. Sie hielt den Blick von Allegra stand so gut es ging. Immer dunkler wurde es. Immer schwieriger, die Augen offen zu halten. Sie war so müde. Es war so kalt. »Keine Kraft mehr«, dachte sie erschöpft. Ihre Hand öffnete sich. Laut klirrend fiel ihr Schwert auf den steinigen Boden der Höhle, durchschnitt die Stille, die auf einmal herrschte.

Taraneh und Skifra standen bewegungslos am Eingang und sahen auf das Geschehen vor sich. »Bei allen Göttern, Skifra, sie tötet sie«, sprach Taraneh leise.

Skifras Atem ging schwer, ihr Herz raste. Sie mußte Cay-La helfen, aber wie. Die Hilflosigkeit raubte ihr beinahe den Verstand.

Taranehs Worte rissen sie zurück. »Was sollen wir nur tun, Skifra?« Sie schubste die wie erstarrt dastehende Gefährtin an.

Skifra sah zu Taraneh. »Ich weiß es nicht, verdammt, ich weiß es nicht«, kamen die Worte verzweifelt über ihre Lippen.

Cay-Las Augen fielen zu, ihr Kopf sank in den Nacken. Ein Lächeln umspielte ihren Mund. »Ich werde bei meiner Mutter sein.«

Allegras Wut stieg an, als sie sah, wie Cay-La in ihrem Todeskampf lächelte. Sie schrie laut auf. Es war nicht auszumachen, was in ihr vorging. Aber mit diesem Schrei hatte sie auch Cay-La noch einmal zurückgerissen. Deren Augen waren plötzlich weit offen. Allegra hatte in ihre Haare gegriffen und ihren Kopf hochgerissen.

Cay-La nahm diesen Schmerz nicht mehr wirklich wahr. Sie sah in diese dunklen Augen, sah den abgrundtiefen Haß. »Du ... du kannst ...« Cay-La schaffte es kaum noch zu reden. »Du kannst mich töten«, hauchte sie, »aber du kannst mich nicht besiegen.« Sie rang nach Atem. Mit einem Lächeln im Gesicht fielen ihre Augen zu.

Allegra schrie sie an: »Du ... du!« Sie bemerkte, daß Cay-La nicht mehr reagierte. Ihre Hand um den Hals hatte sich gelöst. Wütend schüttelte sie Cay-La, deren Lächeln immer größer wurde, je mehr Allegras Wut anstieg.

Cay-La versuchte auszunutzen, daß Allegra ihren Hals losgelassen hatte. Versuchte zu atmen, als sie auf einmal wie aus weiter

Ferne einen Kampfschrei wahrnahm. »Kallisto«, kam es leise über ihre Lippen. Sie spürte, wie eine unsagbare Wärme ihr Herz auszufüllen schien.

Allegra blickte wie erstarrt auf die Gestalt, die wutentbrannt auf sie zurannte.

Skifra und Taraneh reagierten sofort. Sie waren Kallisto gefolgt. Gemeinsam griffen sie Allegra an. Kallisto schlug wie eine Furie auf Allegra ein. Diese hielt Cay-La nur noch mit einer Hand fest. Mit ihren anderen Armen versuchte sie die Angreifer abzuwehren.

Die drei Kriegerinnen ließen Allegra keine Möglichkeit, sich zu erholen, griffen sie immer wieder und wieder an.

Allegra war angeschlagen. Immer öfters gelang es den dreien, sie zu verletzen. Wütend drehte Allegra sich um ihre eigene Achse und schlug wild um sich. Alle drei waren zur Seite gesprungen und warteten ab, als sie auf einmal den Lichtstrahl bemerkten. Allegra war wie versteinert stehen geblieben, sah auf die junge Frau, die sie vor sich hielt. Ein Licht, so gleißend hell, stieg aus ihrem Herzen auf, drang durch Allegra hindurch und schien über ihr einen Schild zu formen.

Die drei Kiegerinnen starrten wie gebannt auf das, was geschah. »Der Schild der Liebe«, flüsterte Taraneh.

Kallisto verstand sofort. »Los!« rief sie den anderen zu. Gemeinsam rannten sie auf Allegra zu.

Diese konnte mit den schnellen Bewegungen der Kriegerinnen nicht mehr mithalten. Auf einmal war es, als würde sie nicht mehr fähig sein, eine der Angreiferinnen zu treffen. Immer wütender schlug sie wild um sich.

Kallisto sprang sie von hinten an, klemmte ihre Beine um den Oberkörper von Allegra und schrie: »Niemand nimmt mir, was ich liebe!« Bei diesen Worten griff sie mit beiden Händen um den Schwertknauf und stach mit einem lauten Schrei ihr Schwert in Allegra. Diese sackte mit einem Aufschrei in die Knie. Cay-La hatte sie losgelassen. Sie fiel auf den harten Boden der Höhle. Bewußtlos blieb sie liegen. Kallisto wurde von Allegra geschleudert. Sie sprang auf und rannte zu Cay-La.

Allegra wandt sich in ihrem Tod, schrie so laut, daß die Wände anfingen zu zittern. Immer noch schlug sie wild und ziellos um sich, bis sie mit einem noch lauteren Schrei zusammenbrach und auf dem harten Boden aufschlug. Die Wände erbebten, Steine fielen herunter. Alles begann einzustürzen.

Kallisto nahm Cay-La auf ihre Arme und rannte mit den anderen aus der einstürzenden Höhle. Hustend erreichten sie den Ausgang. Gefolgt von einer großen Staubwolke rannten sie ins Freie. Einige Meter vom Höhleneingang ließen sie sich erschöpft ins Gras fallen und sahen zurück.

Skifra zog Taraneh ganz nah an sich. »Alles in Ordnung mit dir?« fragte sie besorgt.

Taraneh sah sie an und nickte. »Und mit dir?« fragte Taraneh unsicher.

»Auch.« Skifra beugte sich zu Taraneh und küßte sie zärtlich. »Ich hatte solche Angst um dich«, flüsterte sie der Amazonenkönigin ins Ohr.

Taraneh sah sie voller Liebe an. »Ich weiß«, sprach sie leise und sah zu Kallisto und Cay-La. Skifras Blick folgte ihr.

Kallisto saß im Gras und hielt Cay-La in ihren Armen. »Cay-La, bitte wach auf«, sprach sie leise und fuhr ihr zärtlich über die Wange. »Bitte«, flehte sie. Eine Träne rann über Kallistos Wange. »Ich liebe dich doch«, flüsterte sie und küßte Cay-La zärtlich auf die Lippen.

Skifra und Taraneh standen ein paar Schritte von ihnen entfernt. Skifra zog Taraneh ganz nah an sich heran, hielt sie fest. Sie spürte, wie Taraneh zitterte. »Ist sie . . .« Sie sah unsicher zu Skifra.

Skifra nahm ihren Blick nicht von Cay-La. »Nein . . . nein Taraneh, sie lebt«, versuchte sie Taraneh zu beruhigen. »Sie ist nur bewußtlos.« Erleichtert atmete Taraneh auf.

Kallisto sah auf die Frau in ihren Armen. »Cay-La, Cay-La«, versuchte sie es erneut. Sie sah hilfesuchend auf zu Skifra. In diesem Moment spürte sie, wie Cay-La sich leicht bewegte. Kallisto sah auf die junge Kriegerin, die langsam ihre Augen öffnete.

Cay-La stöhnte. Alles tat weh. Als sie es geschafft hatte die Augen zu öffnen, sah sie direkt in die Augen von Kallisto. »Bin ich tot?« fragte sie sich »Oder träume ich?« Kallisto beugte sich zu ihr und küßte sie leidenschaftlich.

»Nicht tot«, lächelte Cay-La in sich hinein und erwiderte den Kuß von Kallisto. Nach Atem ringend sahen sie sich an.

»Mach so was nie wieder«, schimpfte Kallisto auf einmal.

Cay-La sah sie verunsichert an.

»Jag mir nie wieder einen solchen Schrecken ein.« Kallisto sah sie eindringlich an. »Ich hatte geglaubt, dich verloren zu haben«, sprach sie leise weiter.

Cay-La zog sie zu sich und küßte sie. »Ich liebe dich«, hauchte sie während des Kusses in Kallistos Mund.

Kallisto schluckte schwer: »Ich ...« sie sah Cay-La in die grünen Augen, »ich ertrinke in dir.« Zärtlich strich sie über Cay-Las Augen. »Ich ... ich liebe dich auch«, sagte sie leise.

Cay-Las Augen strahlten. »Endlich«, dachte sie erleichtert. Ihre Augen tauchten in Kallistos Augen, während sie in einem Kuß versanken.

Kallisto zog sich sanft zurück. »Cay-La«, begann sie leise, »ich ... ich, es tut mir leid ... daß ich...« Sie wurde von zwei Fingern, die Cay-La auf ihre Lippen legte, unterbrochen. »Schhht«, kam es leise, als Cay-La sie zu sich zog und begann, sie innig zu küssen.

Skifra und Taraneh beobachteten alles und Taraneh flüsterte: »Ich hatte doch recht.« Taraneh lächelte triumphierend.

Mit gespieltem Brummeln kam von Skifra: »Ja, ja.« Sie wußte sofort, auf was ihre Königin ansprach. Ein Lächeln umspielte ihren Mund, immer noch beobachteten sie Cay-La und Kallisto. »Sieht so aus, als hätte auch Kallisto ihr Licht gefunden«, flüsterte Skifra.

Taraneh schreckte auf, als sie bemerkte, daß Skifra ihr Schwert zog. »Das brauchst du nicht«, kam es mit sanfter Stimme. Taraneh löste sich von Skifra. Vor ihnen stand eine Kriegerin.

»Artemis«, sprach Skifra und ließ ihr Schwert sinken.

»Danke!« Artemis stand vor den beiden. »Ihr habt es geschafft. Die Prophezeiung ist erfüllt.«

Skifra nickte. »Ja, aber vor allem mit Kallistos Hilfe.« Mit einer Kopfbewegung deutete sie in die Richtung, wo Kallisto und Cay-La immer noch küssend im Gras lagen. Sie mußte schmunzeln.

»Stimmt, Skifra.« Artemis schaute ebenfalls schmunzelnd auf die beiden. »Ihr habt es gemeinsam geschafft. Jede von euch hatte dabei eine Aufgabe zu erfüllen. Einen Weg zu gehen, sich zu entscheiden, jede.« Langsam lenkte sie ihre Schritte zu den beiden Kriegerinnen, die im Gras lagen. Skifra und Taraneh folgten. Vor beiden blieben die Frauen stehen. Kallisto und Cay-La bemerkten gleichzeitig den Schatten, der sich über sie warf. Erschrocken lösten sie sich von einander und sahen auf.

»Artemis!« rief Cay-La.

Kallisto stand schnell auf und zog Cay-La mit sich.

Artemis lächelte die beiden an: »Ich wollte mich auch bei euch bedanken. Ihr habt die Prophezeiung erfüllt, mich und das Volk der Amazonen gerettet. Danke!« Sie sah die vier Frauen an. »Habt ihr einen Wunsch«, fragte sie.

Skifra lächelte sanft. »Meiner hat sich schon erfüllt.« Sie sah auf Taraneh. »Genau wie meiner«, strahlte Taraneh Skifra an.

Kallisto hob abwehrend ihre Arme. »Ich habe keinen.« Cay-La sah Kallisto an und grinste. »Ich auch nicht.«

Artemis sah von einer zur anderen. »Ihr habt keinen Wunsch?« Ihr Blick blieb bei Cay-La hängen, die den Kopf verneinend schüttelte. Was sie sich wünschte, war tief in ihr. Und sie beschloß, diesen Wunsch nicht zu äußern. Sie ging davon aus, daß auch eine Göttin diesen Wunsch nicht erfüllen konnte. Artemis sah zu Skifra, als hätte sie gewußt, daß sie etwas sagen wollte.

»Ich glaube, da wir alle wunschlos glücklich sind, gibt es nur etwas, daß du einer von uns erfüllen kannst«, sagte Skifra.

Artemis sah sie neugierig an. »Und das wäre?«

Skifra begann erneut: »Wir alle wollen nichts ... außer ...«, sie sah zu Cay-La, »außer Cay-La.«

Cay-La sah sie wütend an. »Ich? ... ich will auch nichts«, beharrte sie auf ihrer Aussage.

Atemis lächelte. »So ist das nicht ganz, nicht wahr?« Ihre Augen fixierten Cay-La.

»Ich ... ich...«, fing diese an zu stottern. »Ich will nichts!« schrie sie Artemis an. Sie wußte nicht, warum sie so reagierte.

Kallisto legte ihre Hand auf ihren Arm. »Hey«, versuchte sie Cay-La zu beruhigen.

Cay-La stieß sie unsanft weg. »Was soll das ... laßt mich in Ruhe!« Ihre Stimme erhob sich: »Laßt mich einfach in Ruhe!« Sie wandte sich ab und rannte zu den Pferden.

Kallisto sah ihr fassungslos nach. Nun verstand sie gar nichts mehr. Skifra und Taraneh ging es nicht anders.

»Sie hat Angst«, begann Artemis zu erklären, »sie hat Angst, daß ich ihren Wunsch nicht erfüllen kann.« Sie seufzte. »Angst, daß ihr Schmerz, ihre Enttäuschung dann noch größer wird«, schloß sie.

Skifra sah sie eindringlich an. »Kannst du ihren Wunsch erfüllen?« Sie war sich auf einmal nicht mehr sicher.

Artemis lächelte. »Ja, das kann ich.« Kallisto wollte sich in Bewegung setzen und zu Cay-La gehen. Artemis hielt sie auf: »Warte Kallisto ... ich glaube, das muß jemand anders übernehmen.«

Kallisto blickte sie fragend an. »Aber ...«, weiter kam sie nicht.

Neben Artemis erschien ein Licht. Sie sahen alle fasziniert auf das Licht, aus dem eine Amazone trat. »Cyane«, kam es leise über Skifras Lippen. Taraneh sah von Skifra zu Cyane. Also, das war die berühmte Amazonenkönigin.

Artemis ergriff das Wort: »Den Rest überlasse ich euch. Wenn ihr mich braucht, ruft einfach.« Sie wandte sich an Cyane: »Wenn es soweit ist, werde ich dich abholen.«

Cyane nickte und Artemis verschwand. Sie sah die Kriegerinnen an.

Skifra hatte als erste die Fassung wieder gewonnen und trat auf Cyane zu. Sie umarmten sich. Dann stellte Skifra ihr Taraneh und Kallisto vor.

Cyane lächelte. »Ich danke euch allen, daß ihr mit Cay-La die Prophezeiung erfüllt habt. Wo ist sie?« Ihr Blick schweifte suchend umher.

Kallisto wies zu den Pferden. »Sie ist da hinten.«

Cyane nickte. »Gut, dann werde ich mal zu meiner Tochter gehen.«

Schweigend sahen die drei Frauen ihr nach. Sie setzten sich ins Gras. Taraneh lehnte sich an Skifra an, die ihren Arm um sie legte. »Ich mag sie«, begann Taraneh gedankenverloren.

Skifra sah auf ihre Gefährtin. »Ich wußte, daß du sie gemocht hättest. Sie ist etwas Besonderes, genau wie du.« Skifra küßte Taraneh sanft auf die Stirn.

Kallisto hatte ihren Blick nicht von Cyane genommen. »Sie hat ihrer Tochter viel mitgegeben«, schoß es ihr durch den Kopf. Die drei saßen schweigend zusammen und warteten.

Cyane hatte die Pferde erreicht. Suchend sah sie sich um. Cay-La saß zusammengesunken auf einem Stein, mit dem Rücken zu ihr. Cyane bemerkte, daß ihre Tochter weinte. Cay-La sprach leise vor sich hin: »Ihr habt ja keine Ahnung, was ich mir wünsche, ihr habt keine Ahnung«, schluchzte sie. »Wie sollte das geschehen? Also, warum soll ich mir was wünschen, was ich nicht bekomme?« Immer wütender wurde sie. Wütend auf den Schmerz in sich, auf die Traurigkeit, die sie ausfüllte, die sie ergriffen hatte. Sie wollte nur in Ruhe gelassen werden.

»Manchmal gehen Wünsche in Erfüllung, Cay-La«, sprach Cyane ganz sanft.

Cay-La sprang auf, sah in Cyanes Augen. »Du? Du bist hier?« Fassungslos stand sie vor Cyane.

Diese machte den letzten Schritt auf Cay-La zu und zog sie in ihre Arme.

Cay-La konnte die Tränen nicht mehr aufhalten. Herzzerreißend weinte sie an Cyanes Schulter.

Cyane versuchte sie zu beruhigen, sprach leise auf sie ein, strich ihr zärtlich durch das kurze Haar und ließ sich mit Cay-La im Arm auf den Boden sinken. So saßen sie da und hielten sich fest.

Cay-La beruhigte sich langsam. Sie schniefte und sah zu ihrer Mutter auf. »Wir haben Allegra besiegt.« Cay-Las verweinte Augen strahlten.

Cyane sah sie lächelnd an. »Ich weiß. Und ich bin stolz auf dich und deine Gefährtinnen, die dir in diesem Kampf zur Seite gestanden haben.«

Cay-La löste sich von Cyane und setzte sich aufrecht hin.

Cyane strich ihr zärtlich über die Wange. »Du hast viel gelernt. Nun kannst du deinen Weg weitergehen«, sie lächelte sanft. »Artemis hat eine gute Mutter für dich ausgesucht. Sie hätte keine bessere Wahl treffen können, als Lao-Ma.«

Cay-La bemerkte die Traurigkeit, die in Cyanes Gesicht stand. »Nur du wärst besser gewesen«, sprach sie leise. »Du hast mir gefehlt ... in all diesen Jahren. Auch wenn es mir gut ging in Chin. Es war nicht, nicht ...« Cay-La suchte nach Worten.

»Ich weiß, Cay-La«, half ihr Cyane. »Aber«, sie legte ihre Hand auf Cay-Las Herz, »wir sind hier, jede von uns ist im Herzen der anderen.« Sie redeten, ohne dabei zu bemerken, wie die Stunden vergingen. Es gab so vieles, daß sie sich erzählen wollten und nun endlich konnten. Cay-Las Herz schien wie eine Blume aufzugehen, die nur auf das erlösende Wasser gewartet hatte.

Die Sonne hatte den höchsten Punkt überschritten. Skifra lehnte sich an einen Baum. Taraneh war in ihren Armen eingeschlafen.

Kallisto ließ die beiden Frauen bei den Pferden nicht aus den Augen. Sie war unruhig. »Ob es ihr gut geht?« fragte sie sich. Nicht zu wissen, was vorging, machte sie fast wahnsinnig.

Skifra war dies nicht entgangen. Sie sah auf Kallisto, die aufstand und anfing, unruhig umher zu gehen. »Kallisto?« Skifra sah die Kriegerin an. Sie hatte diese aus ihren Gedanken gerissen.

»Hm?« Kallisto sah fragend zu Skifra. »Willst du nicht zu ihnen gehen?« Skifra deutete mit einer Kopfbewegung zu Cay-La und Cyane.

»Ich . . . ich kann nicht. Sie haben sich sicher viel zu erzählen. Da . . . da würde ich nur stören«, winkte sie ab.

Skifra mußte schmunzeln, sie hatte Kallisto noch nie so unsicher erlebt. »Stell dich nicht so an. Du liebst Cay-La, also, geh schon. Glaub mir, wenn sie allein sein wollen, dann sagen sie es dir schon.«

Kallisto sah zu den Frauen. »Ich . . . ich weiß nicht«, sagte sie nachdenklich. »Aber du hast recht, ich kann ja mal zu ihnen gehen.« Sie versuchte sich selber zu überzeugen.

»Sag ich doch.« Skifra hielt ihr Grinsen zurück.

Cyane sah Cay-La tief in die Augen. »Du liebst diese verrückte Kriegerin sehr, nicht wahr?«

Cay-Las Gesicht fing an zu strahlen, ihre Augen suchten Kallisto. »Ja, ja, und wie«, seufzte sie. Sie sah, wie Kallisto aufstand und unruhig hin und herging. »Weißt du«, fuhr sie fort, »ich kann ihr alles verzeihen und vergeben, was war, was ist und wohl auch, was noch kommen wird. Und ich weiß nicht einmal wieso.« Sie konnte ihren Blick nicht mehr von Kallisto nehmen. »Die Liebe zu ihr ist tief in mir. Auch wenn da vieles ist, was mir an ihr angst macht, mich verunsichert. Wenn sie in meiner Nähe ist, scheint dies wie weggewischt. Ich ... ich kann das nicht wirklich erklären.« Sie sah zu Cyane, die sie wissend anlächelte. Cay-la spürte ohne aufzusehen, daß Kallisto sich ihnen näherte. Freudig sah sie hoch.

Kallisto hatte die beiden Frauen erreicht. »Ich wollte ... ich wollte«, stottert sie.

Cay-La streckte ihr die Hand entgegen. »Komm, setz dich«, half sie Kallisto.

Diese nahm dankend die Hand von Cay-La und ließ sich von ihr auf den Boden ziehen. Sie versuchte sich zusammenzureißen, um sie nicht gleich zu küssen. Aber Cay-La hatte was anderes vor. Bevor Kallisto sich versah, küßte Cay-La sie innig auf den Mund. Mit einem Lächeln löste sie ihre Lippen von Kallistos Lippen. »Wir haben gerade von dir geredet.«

»Ach ja?« Kallisto sah sie fragend an.

»Darüber ... daß ich ... dich liebe.« Cay-La strahlte sie an.

Kallisto ließ sanft ihre Finger über Cay-Las Gesicht wandern. Sie glaubte in ihr zu ertrinken.

Cyane beobachtete die beiden mit einem sanften Lächeln auf dem Gesicht.

Taraneh streckte sich ein wenig und sah zu Skifra hoch. »Ich bin wohl ein wenig eingeschlafen?« kam es gähnend von ihr.

Skifra grinste. »Ein wenig, meine Königin.«

Taranehs Blick wandte sich zu den Frauen bei den Pferden. »Sie haben sich sicherlich viel zu erzählen«, sinnierte sie. »Was glaubst du, wie lange kann Cyane hier bleiben?«

Skifra sah auf Taraneh. »Ich weiß nicht.« Sie wußte es wirklich nicht. Aber sie wußte, daß der Abschied für Cay-La nicht einfach sein würde.

Die Sonne hatte sich dem Horizont genähert. Der Tag würde bald durch die Nacht abgelöst werden. Die drei Kriegerinnen hatten sich zu Skifra und Taraneh gesetzt. Sie alle unterhielten sich. Es schien alles so friedlich und unbeschwert, bis ein Licht Artemis ankündigte.

Cay-La schluckte schwer, als sie neben ihnen stand. »Nein«, schrie es in ihr.

Kallisto spürte, wie sich in Cay-La alles anspannte. Sie hielt sie in ihrem Arm. Konnte sehen, wie erschrocken sie auf Artemis blickte, dann zu ihrer Mutter.

Artemis nickte Cyane zu. »Es ist Zeit«, sprach sie ruhig.

Cyane erwiderte ihr Nicken. Sie sah zu Cay-La, die Kallisto noch im Arm hielt. Es war, als wäre alle Farbe aus ihrem Gesicht gewichen, als würde ihr Herz gleich aufhören zu schlagen.

Skifra seufzte innerlich. Sie fühlte den Schmerz in Cay-La. Automatisch zog sie Taraneh noch näher an sich heran.

Cyane stand langsam auf. Die Frauen taten es ihr gleich. Kallisto mußte Cay-La mit sich hochziehen. Sie wollte nicht aufstehen. Sie sah Artemis mit funkelnden Augen an. Kallisto war sich nicht sicher, ob Cay-La jetzt gleich auf Artemis losgehen würde. Sie warf Skifra einen vorwarnenden Blick zu. Diese verstand sofort. Aber da war sie nicht die Einzige.

Cyane hatte es schon längst bemerkt und stellt sich vor Cay-La. »Wir hatten wunderschöne Stunden zusammen, Cay-La. Artemis hat sie dir geschenkt, hat uns ermöglicht, zusammenzusein«, ermahnte sie ihre wütende Tochter.

Cay-La sah beschämt zu Boden. »Ich ... ich«, sie fühlte sich so hilflos.

Cyane nahm sie in die Arme. »Ich werde mich zuerst von den anderen verabschieden«, sprach sie leise.

Cay-La ließ sie unwillig los. »Ja.«

Cyane verabschiedete sich herzlich von Skifra und Taraneh, bevor sie vor Kallisto trat. Sie sah sie mit einem Lächeln an, dann nahmen sie sich in die Arme. Cyane flüsterte nur für sie hörbar: »Ich lege das Herz meiner Tochter in deine Hände. Achte gut darauf.« Sie spürte, wie Kallisto nickte und flüsterte: »Das werde ich, versprochen.« Cyane ließ Kallisto los und schenkte ihr noch einmal ein Lächeln. Sie wußte nicht warum, aber sie glaubte, daß diese verrückte Kriegerin ihr Versprechen halten würde. Sie trat mit schwerem Herzen zu Cay-La.

Diese fiel ihr um den Hals. Sie konnte die Tränen nicht mehr zurückhalten. »Ich ... ich möchte nicht, daß du gehst«, kam es unter Tränen von Cay-La.

»Ich weiß ... ich weiß«, flüsterte Cyane. »Ich bin stolz auf dich ... stolz, daß du meine Tochter bist.« Sie küßte Cay-La auf die Stirn. Auch über ihre Wangen liefen Tränen.

Cay-La sah ihr tief in die Augen. »Ich bin stolz, daß du meine Mutter bist.« Sie schluckte schwer. Gleichzeitig legte jede der anderen die Hand auf das Herz. »Ich liebe dich!« Cay-Las Worte kamen immer leiser über ihre Lippen.

Cyane atmete hörbar aus: »Ich liebe dich auch, Cay-La.« Ihr Blick ging zu Kallisto. Diese verstand sofort und näherte sich. »Ich muß jetzt gehen, Cay-La«, sprach sie leise zu ihrer Tochter.

Cay-La umarmte sie und wollte sie nicht mehr loslassen. Warum? schrie es in ihr. »Nein ... nein«, kam es erstickt über ihre Lippen.

Cyane versuchte Cay-Las Arme zu lösen, was ihr nur mit Mühe gelang.

Kallisto stand schnell hinter Cay-La und ihre Arme umfingen sie. Sie zog sie zurück an ihren Körper.

Cyane glaubte ihr Herz würde zerreißen. Es tat ihr so weh, ihre Tochter zurückzulassen. Gleichzeitig fühlte sie sich so erleichtert, hier gewesen zu sein, die Stunden mit Cay-La erlebt zu haben. Tränen rannen weiterhin über ihr Gesicht.

Cay-La wollte sich aus Kallistos Armen befreien. »Nein!« schrie sie laut, als Artemis neben Cyane trat. »Nein!«

Artemis nahm Cyanes Hand, die Cay-La zurief: »Ich liebe dich, ich bin in deinem Herzen.« Ein Licht blitzte auf. Artemis und Cyane waren verschwunden. Cay-La brach weinend in Kallistos Armen zusammen. Diese versuchte sie zu beruhigen. Taraneh drückte sich automatisch noch mehr an Skifra. Sie beide hatten alles schweigend verfolgt.

Kallisto hatte einige Zeit gebraucht, um Cay-La zu beruhigen. Schweigend und in sich gekehrt hielt sie sich an Kallisto fest.

Skifra sah zu der untergehenden Sonne. »Wir sollten ins Lager zurück. Die Nacht bricht bald herein.«

Kallisto nickte ihr zu. Sie schob Cay-La vor sich her zu den Pferden, gefolgt von Skifra und Taraneh. Ohne auf die Proteste von Cay-La zu achten, hob sie diese auf ihr Pferd und setzte sich hinter sie.

Cay-La wollte nicht. »Und was ist mit meinem Pferd?« schimpfte sie.

»Taraneh wird dein Pferd reiten«, sagte Kallisto bestimmend.

Taraneh nickte, sie wußte, daß es besser war, wenn Cay-La bei Kallisto auf dem Pferd saß. Sie stieg ebenfalls auf und schloß sich den anderen an.

Kallistos Arme umfingen Cay-La und zogen sie ganz dicht an sich heran. Die Frauen machten sich auf zu ihrem Lager.

Sie hatten das Lager erreicht, als die Sonne das letzte Licht über den Horizont warf. Cay-La war in Kallistos Armen eingeschlafen. Kallisto sah sich suchend um, als sie das Lager erreicht hatten. Skifra war von Argo abgestiegen und trat neben Kallisto. »Gib sie mir«, flüsterte sie. Kallisto wollte zuerst ablehnen. Aber dann sah sie in Skifras Augen und nickte. Vorsichtig ließ sie Cay-La in Skifras Arme gleiten. Schnell sprang sie ab. Taraneh kümmerte sich um die Pferde.

Kallisto hatte die Felldecke ausgelegt und Skifra legte Cay-La vorsichtig darauf. »Danke.« Kallisto sah Skifra an.

»Schon gut.« Skifra wandte sich ab und verschwand zu Taraneh, die bei den Pferden war. Als sie zurückkamen, hatte Kallisto bereits das Feuer entfacht, Cay-La zugedeckt und die Decken von Skifra und Taraneh ausgelegt. Die beiden sahen sich erstaunt an. Das kannten sie von Kallisto nicht.

Skifra fragte: »Haben wir noch was zu essen?« Sie sah von Taraneh zu Kallisto.

»Wir haben nur noch ein wenig Käse«, kam es fast entschuldigend von Taraneh.

Kallisto holte ihren Beutel. »Also, wir haben noch zwei Brote, Käse und Trockenfleisch.« Sie legte alles aus. »Das sollte für heute abend und für das Frühstück reichen.«

Skifra nickte. »Das reicht sicher.«

Sie alle schreckten auf, als die müde Stimme von Cay-La fragte: »Was reicht?« Sie hatte sich aufgesetzt und sah gespannt auf die Frauen am Feuer.

Kallisto grinste. »Das Essen, meine Süße.«

»Ach so«, sie gähnte herzhaft. Langsam stand sie auf und setzte sich zu den Frauen ans Feuer. Angelehnt an Kallisto kaute sie auf ihrem Brot und dem Käse herum. Sie lauschte den drei Stimmen. Sie waren dabei, den Rückweg zu besprechen. Cay-Las Atem wurde immer gleichmäßiger, bis ihr Arm an Kallisto hinunterrutschte, das Brot immer noch in der Hand. Kallisto sah auf Cay-La. Sie war eingeschlafen.

Ein Lächeln umspielte Kallistos Mund. Vorsichtig nahm sie Cay-La das Brot aus der Hand und sah zu Skifra und Taraneh. »Ich werde mich mit Cay-La schlafen legen. Bis morgen.« Beide wünschten ihr eine schöne Nacht und sahen, wie Kallisto Cay-La auf ihre Arme nahm und zum Schlafplatz trug.

Cay-La seufzte, als Kallisto sie vorsichtig auf die Decke legte. Langsam öffnete sie die Augen. »Was?« Sie sah sich um.

Kallisto grinste. »Du bist beim Essen eingeschlafen«, erklärte sie Cay-La.

»Oh, das wollte ich nicht«, kam es entschuldigend über Cay-Las Lippen.

»Ich weiß, komm, setzt dich mal auf.« Sie hielt Cay-La ihre Hand entgegen. »Ich helfe dir beim Ausziehen.«

Cay-La brummelte unverständlich vor sich hin, während Kallisto ihr das Oberteil auszog.

»Du kannst dich wieder hinlegen.« Sie sah staunend auf Cay-Las Körper. »Gut, dann heb mal dein Becken an, damit ich die Hose runterziehen kann.« Kallisto war dabei ihr die Hose zu öffnen. Cay-La hob ihr Becken an und ließ Kallisto keinen Augenblick aus den Augen. Cay-La seufzte und schloß ihre Augen.

Kallisto bemerkte sofort warum, sie hatte eine üble Wunde an ihrem rechten Oberschenkel. »Da hat Allegra dich aber mächtig erwischt«, kam es besorgt von Kallisto. Sie kramte in ihrem Beutel und fluchte leise vor sich hin.

Cay-La sah zu Kallisto. »Was ist denn?«

»Wir haben keine Wundsalbe mehr.« Sie durchsuchte den Beutel noch einmal. »Ist schon gut Kallisto. Wir können ja morgen Skifra fragen.« Sie versuchte Kallisto zu beruhigen.

Kallisto stand auf. »Ich bin gleich wieder da«, und schon ging sie auf das Lager von Skifra und Taraneh zu.

Cay-La stöhnte: »O nein, bitte keinen Streit mehr.« Angespannt sah sie, wie Kallisto sich mit Skifra unterhielt, diese ihr etwas reichte und Kallisto auch schon zurück kam. Cay-La sah Kallisto erstaunt an.

«So, das hätten wir.” Sie setzte sich neben Cay-La und begann ihre Wunde mit der Salbe einzureiben. Sanft fuhren ihre Finger darüber. Sie sah, daß es Cay-La weh tat. Die Wunde war groß und an einigen Stellen war die Haut aufgerissen. »Es ist gleich vorbei«, sagte sie sanft. Sie stellte die Salbe weg. »Laß mich sehen, ob du sonst noch Wunden hast, dreh dich mal auf den Bauch.« Sie verfolgte die Bewegungen von Cay-La und sog alles in sich auf. Genießerisch prüfte sie den ganzen Körper von Cay-La, salbte die Wunden ein, verschloß die Dose. »So, fertig.«

Cay-La seufzte zufrieden. Sie lag auf dem Rücken und sah Kallisto müde an.

»Wir sollten schlafen, du siehst müde aus.« Kallisto strich ihr zärtlich über die Stirn.

Cay-La nickte und sah genießerisch zu, wie Kallisto sich auszog. Sie liebte diesen Körper.

Kallisto kroch zu ihr und zog die Decke über ihren Körper.

Cay-La nistete sich sofort bei ihr ein. Es schien, als würde sie noch nicht richtig liegen, da schlief sie bereits.

Ein Lächeln überzog Kallistos Gesicht. Sie küßte Cay-La sanft auf die Stirn. Kallisto fand den Schlaf nicht so schnell wie Cay-La. Sie sah in den Sternenhimmel und seufzte leise. Nur langsam holte der Schlaf sie ein.

»Das war für uns alle ein anstrengender Tag. Laß uns auch schlafen gehen.« Skifra sah zu Taraneh, die herzhaft gähnte. »O ja.« Als sie aufstanden, stöhnten beide auf. Skifra verzog das Gesicht. »Allegra hat uns wohl ganz schön heftig erwischt.« Sie sah auf Taraneh. »Komm, ich seh mir mal deine Wunden an.«

Taraneh sah hoch, blieb in Skifras eisblauen Augen versunken stehen.

»Was ist?« Skifra sah sie unsicher an. »Kannst, kannst du nicht gehen? Hast du Schmerzen?« Ihre Augen schweiften über Taranehs Körper, die nun grinste. »Nein, nein, Skifra, aber ich muß sagen, wenn du dir um mich Sorgen machst, bist du noch schöner als sonst.«

Skifra versetzte Taraneh einen leichten Hieb. »Komm jetzt«, brummte sie mit einem Lächeln auf dem Gesicht. Sie zogen sich zurück auf ihre Felldecke. Skifra nahm sich Zeit, Taranehs nackten Körper genau nach Wunden abzusuchen.

Taraneh genoß jede einzelne ihrer Berührungen. Sie lag verträumt auf der Decke, während Skifra einige offenen Stellen mit der Salbe einrieb. »Skifra?«

»Hm?« Skifra strich sanft die Salbe ein. »Was?«

Taraneh seufzte genüßlich. »Wo, wo war Kallisto so lange, als wir gegen Allegra gekämpft haben?«

Erstaunt sah Skifra auf Taraneh. »Ich weiß nicht.« Mit dieser Frage hatte sie nicht gerechnet. »Ich habe mir darüber keine Gedanken gemacht«, gab sie zu. Sanft gab sie ihr einen Kuß zwischen die Schulterblätter. »So, fertig, meine Königin.«

Taraneh seufzte leise.

Da riß Kallistos Stimme sie auf: »Entschuldigt.« Sie sah verschämt auf den Boden. Skifra und Taraneh sahen zu Kallisto. »Was willst du?« brummte Skifra unfreundlich.

»Ich wollte nur fragen, ob ihr eine Wundsalbe habt. Cay-La hat es ganz schön erwischt und...«, sie sah auf, »ich wollte euch wirklich nicht stören«, verteidigte sich Kallisto. Im Moment schaffte sie es, Skifra und Taraneh immer wieder auf's Neue zu erstaunen.

»Ja, sicher. Warte.« Skifra stand auf und holte eine zweite Dose aus ihrer Satteltasche. »Hier«, sie stand vor Kallisto. »Soll ich nach Cay-La sehen«, bot sie Kallisto an.

Kallisto nahm die Salbe. »Nein danke, ich glaube, es reicht, wenn ich die Salbe auftrage.« Dankend sah sie Skifra an.

Skifra nickte. »Gut.«

Kallisto drehte sich leicht ab. »Danke«, dann verschwand sie so leise, wie sie gekommen war.

Skifra sah ihr immer noch verblüfft nach und ließ sich wieder zu Taraneh auf die Felldecke sinken. »Sie erstaunt mich, wirklich.« Skifra sah auf Taraneh, die sich aufsetzte, was Skifra einen freien Blick auf ihre Brüste gab. Sie schluckte schwer, konnte den Blick kaum von Taraneh nehmen.

»Das tut sie«, grinste Taraneh. »Laß mich nach deinen Wunden sehen«, flüsterte sie.

Skifra sah ertappt hoch. »Ich ... meine sind nicht so schlimm«, wehrte sie ab.

Taraneh sah sie böse an. »Keine Widerrede. Das sollten wir hinter uns haben, Skifra, findest du nicht?« Herausfordernd sah sie die Kriegerin an.

Skifra seufzte: »Sollten wir, ja.«

»Also, dann zieh dich aus und leg dich hin.« Skifra schluckte schwer. Es war ihr schon schwergefallen, ihre Gefühle im Zaum zu halten, als sie Taranehs Wunden versorgt hatte. Aber der Gedanke, daß nun Taraneh sie berührte, ließ heiße Schauer durch ihren Körper rasen.

Taraneh war dies nicht entgangen, und sie genoß es. Skifra zog sich aus und legte sich vor ihr auf die Felldecke. Taraneh konnte sich nicht satt sehen an dem wunderschönen Körper, der vor ihr lag. Genüßlich begann sie Skifra abzusuchen, ließ dabei ihre Hände sanft über den Körper von Skifra streichen. Sie spürte, wie dieser immer heißer wurde. »Sag mal, bekommst du Fieber?« fragte sie gespielt besorgt.

»Fieber, nein, nein, das ist noch die Hitze vom Kampf«, versuchte Skifra abzulenken.

»Dann bin ich ja beruhigt.« Taraneh konnte ihr Grinsen kaum zurückhalten. Sie trug die Salbe auf die Wunden auf, ließ sich Zeit dafür und begann dann ihre Hände über den Körper unter sich wandern zu lassen. Genüßlich schloß sie die Augen. Sie liebte es, jeden Zentimeter von Skifra immer und immer wieder neu zu entdecken.

Diese stöhnte leise in die Felldecke und drehte sich abrupt um. Dabei zog sie Taraneh auf sich. »Was machst du da?« Ihre Augen glitzerten.

»Ich entdecke dich«, flüsterte Taraneh ihr ins Ohr.

»Oh«, kam es heiser von Skifra. Es war, als würde um sie herum nichts mehr existieren. Engumschlungen lagen sie schwer atmend unter der Decke. Ein sanftes Lächeln umspielte Skifras Mund.

»Was lächelst du so?« wollte Taraneh wissen.

»Ich finde es schön, wenn du mich entdeckst.« Sie sah auf die Frau, die halb auf ihr lag, und küßte sie innig.

Taraneh legte sich mit einem Seufzer zurück an Skifras Schulter. »Finde ich auch.« Ihr Blick war an Kallisto hängen geblieben, die dabei war, Cay-Las Wunden zu versorgen. »Glaubst du, sie hat bemerkt, daß wir . . . daß wir . . .« Taraneh unterbrach den Satz.

Skifra folgte dem Blick von Taraneh und sah Kallisto. »Das nehm ich an«, bemerkte Skifra kurz.

»Oh«, brachte Taraneh nur hervor. »Schlaf jetzt, meine Königin.« Skifra küßte sie auf die Stirn und zog sie noch näher an sich heran.

»Du auch«, gab Taraneh leise zurück. Sie waren müde und der Schlaf holte sie beide schnell ein.

Kallisto glaubte kaum geschlafen zu haben, als sie aus einem Traum schweißgebadet aufwachte. Sie hatte gesehen, wie Allegra Cay-La töten wollte. Ihr Atem ging schnell. Sie sah auf die Frau in ihren Armen und beruhigte sich langsam. Es war alles so neu für sie. Sie hatte noch nie um einen Menschen Angst gehabt. Noch nie so viel Angst gehabt, diesen zu verlieren. Die Bilder in der Höhle liefen vor ihr ab, wie Allegra Cay-La am Hals festhielt, wie sie dabei war sie zu töten. Ein Schauer lief durch ihren Körper.

Cay-La spürte dies und öffnete ihre Augen. »Ist alles in Ordnung?« fragte sie unsicher und strich Kallisto die verschwitzten Haare aus der Stirn.

»Ja, ja«, wisperte sie. »Ich habe nur schlecht geträumt.«

Cay-La wechselte ihre Position, um Kallistos Mund zu erreichen. Sie küßte sie sanft und zärtlich auf den Mund. Sie legte sich zurück an Kallistos Schulter. Tief und hörbar atmete sie ein. »Kallisto«, kam es leise.

»Hm?«

»Ich ... ich möchte dir noch etwas erzählen«, begann Cay-La unsicher. Kallisto sah sie erstaunt an. Cay-La fuhr schnell fort: »Ich möchte dir erzählen, wo ich aufgewachsen bin. Bei wem und was ich mit Skifra erlebt habe.« Cay-La machte eine Pause. Dann erzählte sie Kallisto, was sie mit Skifra gesehen hatte, wie sie dadurch die Erinnerung wiederfand. Wie die Jahre bei Lao-Ma vorübergingen. Was Lao-Ma sie gelehrt hatte. Cay-La seufzte. »Ich habe viel gelernt bei Lao-Ma. Sie hat mir so unsagbar viel mitgegeben.« Kallisto hörte Cay-La gespannt zu. »Weißt du ... ich kann ... na ja, ich kann diese Kräfte einsetzten, die Lao-Ma mir beigebracht hat.« Sie sah unsicher hoch zu Kallisto, deren Augen sie neugierig ansahen. »Aber nur, um mein Leben zu schützen oder das eines anderen unschuldigen Menschen«, schloß Cay-La ihre Erzählung ab. Sie war nicht sicher, wie Kallisto darauf reagieren würde. Auch darauf, daß sie es ihr erst jetzt erzählte. »Es ist nichts Geheimnisvolles zwischen Skifra und mir. Sie weiß was für Kräfte Lao-Ma besaß. Sie hat einige Zeit bei ihr gelebt, aber sie wußte bis heute in der Höhle nicht, daß ich diese Kräfte auch besitze.« Cay-La stieß hörbar den Atem aus. »Sie wußte also nichts, was du nicht auch wußtest.« Cay-La sah immer noch zu Kallisto.

»Endlich«, dachte Kallisto und sah Cay-La verträumt an. Unvermittelt zog sie Cay-La auf sich und küßte sie leidenschaftlich. »Wirst du es mir eines Tages zeigen?« flüsterte sie, während ihr Mund den Hals von Cay-La küßte.

Diese stöhnte auf. »Was?« keuchte sie heiser.

»Deine Kräfte«, kam es ruhig von Kallisto, die ihre Hände über Cay-Las Körper schickte.

»Oh, ich ...« Cay-Las Atem begann zu rasen. »Oh.« Mehr Worte brachte sie nicht mehr zusammen.

Kallisto hatte sich mit einer schnellen Bewegung gedreht und lag nun halb auf Cay-La. Ihre Küsse wurden immer fordernder.

Cay-La stöhnte auf.

Kallisto sah sie besorgt an. »Hast du Schmerzen?« Ihr Stöhnen konnte sie nicht genau einordnen.

Cay-La schüttelte den Kopf. »Wir ... wir sollten nicht ...«, sie schien nach Worten zu suchen. »Skifra und Taraneh sind noch da«, schoß es aus ihr heraus.

Kallisto grinste. »Stört dich das ... die haben vorher auch ...« Sie beugte sich vor und küßte Cay-La erneut.

Cay-La schob Kallisto von sich. »Was? Sie haben ... und du hast zugesehen?« entgeistert sah sie Kallisto an. »Und ja ... es stört mich«, sagte sie beleidigt.

Kallisto sah Cay-La tief in die Augen. »Erstens, ja sie haben«, sanft gab sie Cay-La einen Kuß, »zweitens, ich habe nicht zugesehen, sondern deine Wunden versorgt«, wieder folgte ein Kuß, »drittens, wenn es dich stört, können wir uns ja ein wenig weiter weglegen.« Ihre Lippen blieben auf denen von Cay-La. Leidenschaftlich suchte ihre Zunge Einlaß.

Cay-La seufzte und erwiderte den Kuß. Sie war gefangen in den Gefühlen, die Kallisto bereits wieder in ihr entfacht hatte. Ihr Körper sehnte sich nach Kallisto. Sie sehnte sich Kallisto. Nach Atem ringend lösten sie sich. »Gehen wir etwas weiter weg«, fragte Cay-La beinahe schüchtern.

Kallisto küßte sie kurz: »Sicher.« Leise standen sie auf. Jede hüllte ihren nackten Körper in eine Decke ein. Während Kallisto nach der Felldecke griff, sah Cay-La zu Skifra und Taraneh. Sie schienen tief zu schlafen. Schnell hatten sie das Lager durch die Büsche verlassen. Unweit davon legten sie sich unter eine Baumgruppe.

Skifras Sinne waren selbst im Schlaf hellwach. Sie vernahm ein Rascheln. Instinktiv tastete ihre Hand nach den Waffen. Suchend schweifte ihr Blick über das Lager. Sie bemerkte sofort, daß Cay-La und Kallisto nicht mehr da waren. Vorsichtig löste sie sich aus den Armen von Taraneh und stand auf. Sie sah auf ihr Schwert, ließ es aber liegen. Sie griff sich eine Decke und wickelte sie um sich. Noch einmal sah sie auf Taraneh, die sich brummend auf die Seite legte. Dann verschwand sie leise in der Richtung, aus der sie das Rascheln vernommen hatte. Dabei schüttelte sie den Kopf. »Jetzt schleiche ich den beiden schon hinterher.« Mürrisch verzog sie ihr Gesicht. »Na ja, könnte ja sein, daß Cay-La meine Hilfe braucht«, versuchte sie ihre Handlung zu rechtfertigen. Sie hatte die beiden schnell gefunden.

Kallisto hatte sich genüßlich auf Cay-La gelegt. Sie genoß es, den Körper der jungen Kriegerin zu erkunden. Cay-La stöhnte immer lauter. Ihr Keuchen stachelte Kallisto an. Nichts mehr um sie schien zu existieren.

»Störe ich?« riß Skifras Stimme die beiden aus ihrem Liebesspiel.

Entsetzt sahen sie hoch. »Skifra«, rief Kallisto böse.

»Ja?« Skifra blieb ungerührt vor den beiden stehen und sah sie unverhohlen an. Cay-La spürte, wie jeder Muskel in Kallisto sich anspannte, bereit, auf Skifra loszugehen. Sie machte sich darauf gefaßt, ihre Geliebte zurückzuhalten. Immer noch sahen Kallisto und Skifra sich an.

Cay-Las Blick ging von einer zur anderen, bereit einzugreifen. Automatisch schloß sie ihre Arme enger um Kallisto, die halb auf ihr lag. Nun verstand Cay-La gar nichts mehr. Kallisto und Skifra fingen gleichzeitig an, herzhaft zu lachen. Cay-La sah erstaunt auf die beiden Kriegerinnen. Immer noch lachend räusperte Skifra sich. »Na, dann laßt euch nicht weiter stören.« Sie drehte sich ab und ging davon. Cay-La sah ihr fassungslos nach. Auf einmal drehte sie um und kam zurück. »Hätte ich doch beinahe vergessen«, grinste sie frech.

Kallisto sah hoch: »Übertreib es nicht.«

Skifra hob abwehrend die Arme. »Ich wollte euch nur noch eine schöne Nacht wünschen.« Dann verschwand sie mit einem Lachen.

Cay-La sah zu Kallisto, die wieder herzhaft grinste. »Ähm, sag mal, habe ich etwas verpaßt?« fragte sie Kallisto.

»Nein, nein«, wich Kallisto aus.

Cay-La wußte, daß dem nicht so war. »Hör mal auf zu lachen und sag mir, was das sollte!« versuchte sie es erneut.

Kallisto seufzte und wollte Cay-La küssen. Aber diese wehrte sie ab. »Das heißt dann wohl, ich bekomme keinen Kuß mehr, wenn ich es dir nicht sage?« Sie wollte mit einem Finger über Cay-Las Brust fahren.

Diese schlug ihr auf ihre Hand. »Nicht nur das«, drohte sie.

Schelmisch grinste Kallisto und erzählte Cay-La, was vorgefallen war, als sie am Tag zuvor in das Lager kamen.

Cay-La schüttelte den Kopf und versucht so ernst wie möglich zu schauen. »Du bist unverbesserlich, Kallisto, also echt.« Aber sie konnte ihr Lachen nicht mehr zurückhalten.

Kallisto drehte sich so unverhofft, daß sich Cay-La beinahe vor Lachen verschluckte. Sie lag auf ihrer Geliebten und sah ihr tief in die braunen Augen. Weg war das Lachen. Ihre Augen hatten sich verändert. Viele gelbe Punkte waren darin zu sehen.

Cay-La ließ genüßlich ihre Lippen auf die von Kallisto sinken. Innig küßten sie sich. Ihre Körper reagierten heftig auf die Berührungen der anderen. Cay-La seufzte, es war so schön von Kallisto geliebt zu werden, sie zu lieben. Verträumt sah sie auf die Frau unter sich, küßte zärtlich ihre Nasenspitze und ließ ihre Hände über ihre Seiten sanft nach unten streichen. Cay-La schloß ihre

Augen.

Obwohl Kallisto nur noch auf Cay-La fixiert war, bemerkte sie, wie sie den Kontakt zum Boden verlor.

»Was?« fragte Kallisto leise. Sie drehte ihren Kopf von einer Seite auf die andere.

Cay-La verstand zuerst nicht, was Kallisto meinte, bis sie ihre Augen öffnete. Sie versuchte vor Kallisto zu verstecken, wie erstaunt sie selber war. Cay-La sah Kallisto tief in die Augen. »So fühlt es sich an«, leise hauchte sie die Worte in Kallistos Ohr. In ihrem Kopf rasten die Gedanken herum. Warum war das geschehen? Sie hatte es nicht gewollt. Was war mit ihren Kräften los? Cay-La schob ihre Gedanken weit nach hinten und küßte sich über den Hals von Kallisto zu deren Mund.

Wild küßte Kallisto sie, während Cay-La sie beide zurück auf den Boden sinken ließ. Kallisto stöhnte auf, als sie den Boden unter sich fühlte. Immer wilder fuhren ihre Hände über den Körper von Cay-La. Sie beide trieben sich immer weiter, bis sie sich erlösend in die Arme fielen. Ihre Körper waren mit einer Schweißschicht bedeckt, ihr Atem ging schnell und ihre Herzen rasten. Sich eng umschlungen festhaltend, fielen beide in einen ruhigen, traumlosen Schlaf.

Skifra hatte das Lager wieder erreicht. Immer noch grinste sie vor sich hin. Erst als sie sich der Felldecke näherte, bemerkte sie, daß Taraneh auf der Felldecke saß und sie erwartungsvoll ansah.

»Wo warst du?« fragte Taraneh vorwurfsvoll. »Ich habe mir Sorgen gemacht.«

Skifra versuchte ihr Grinsen zu verstecken. »Ich mußte nur mal austreten«, sagte sie harmlos zu ihr. Sie setzte sich zu Taraneh und wollte sie küssen.

Taraneh zog ihren Kopf zurück und sah die Kriegerprinzessin eindringlich an. »Warum grinst du so?«

Skifra sah sie unschuldig an. »Tue ich das?«

»Skifra«, fauchte Taraneh sie an, »fange jetzt nicht damit an.«

Sie gab ihr einen Hieb in die Seite.

Skifra stöhnte auf und hielt sich die Stelle.

»Sag jetzt nicht, ich hätte dir weh getan«, kam es trotzig von Taraneh.

Skifra seufzte innerlich.

Taraneh hatte sich beleidigt von ihr abgedreht und lag nun mit dem Rücken zu ihr auf der Felldecke.

Skifra ließ die um den Körper gewickelte Decke fallen und legte sich zu Taraneh. »Hey, meine Königin«, versuchte sie diese zu besänftigen, »es ist nichts, glaube mir.« Dabei hauchte sie ihr einen Kuß auf die Schulter.

Taraneh brummelte etwas, blieb aber in dieser Stellung liegen.

Skifra atmete tief ein und ließ sich auf den Rücken sinken. Sie sah in den Himmel. Taraneh hatte gerade ihre zickige Phase. Was Skifra zwar kannte, sie aber nie so gestört hatte wie jetzt. Sie wollte Taraneh festhalten, sie auf ihrem Körper spüren. Und nicht neben ihr liegen, wie sie das jahrelange gemacht hatte. Skifra sah in den Sternenhimmel. Ihre Gedanken wanderten zu Cay-La und Kallisto, die sie überrascht hatte. Erneut mußte sie schmunzeln. Sie war erstaunt und erfreut, wie Kallisto darauf eingegangen war. Als sie sich beiden genähert hatte, glaubte sie, ihre Stärke gespürt zu haben, das Licht zu sehen, das sie ausfüllte. Sie versuchte sich zu erinnern, ob sie Kallisto je so sanft erlebt hatte. Skifra schüttelte den Kopf. »Das habe ich nicht«, sprach sie leise. Überrascht sah sie auf Taraneh, die sich an sie kuschelte.

»Was hast du nicht?«

Skifra schenkte ihr ein Lächeln. »Ich habe Kallisto noch nie so sanft erlebt«, erklärte sie Taraneh ihre Gedanken.

Diese sah Skifra fasziniert an. »Stimmt, das habe ich auch noch nicht. Glaubst du, sie hat nun doch ihr Licht in Cay-La gefunden?«

Skifra nickte. »Ja, ich denke, das ist so.« Sanft fuhr sie über Taranehs Wangen und küßte sie zärtlich. »Laß uns noch ein wenig schlafen.« Taraneh antwortete mit einem Seufzer und kuschelte sich wieder an Skifras Schulter.

Die restliche Nacht war schnell vergangen. Nun waren alle dabei, das Lager abzubrechen.

Taraneh hatte Cay-La und Kallisto, seit sie das Lager am frühen Morgen betreten hatten, beobachtet. Unverhofft sprach sie Skifra an: »Was glaubst du, wo sie waren?«

Skifra sah sie fragend an. »Na, ich meine Cay-La und Kallisto. Sie kamen heute morgen nur in ihre Decken gehüllt ins Lager«, flüsterte Taraneh.

Skifra mußte sich beherrschen, um nicht loszulachen. »Keine Ahnung, Taraneh. Ist das wichtig?« fragte sie beiläufig.

»Nein, ich dachte nur ... Hier, das muß auch noch in den Beutel.« Taraneh hielt Skifra die Wundsalbe hin und lenkte gekonnt ab.

Skifra und Kallisto waren dabei, die Pferde zu satteln. Cay-La und Taraneh brachten alles, was mit mußte.

Taraneh fiel auf, daß sich Skifras und Kallistos Blicke immer wieder trafen, daß sie grinsten, um dann ihre Arbeit fortzusetzen.

Die Pferde waren schnell gesattelt und aufbruchbereit. Taraneh hatte argwöhnisch die beiden stolzen Kriegerinnen beobachtet. Als Cay-La neben sie trat, fragte Taraneh: »Sag mal, Cay-La, war da heute Nacht etwas?«

Cay-La sah sie irritiert an. »Ich verstehe dich nicht.«

Taraneh deutete auf Skifra und Kallisto, die mit den Pferden auf sie zukamen. »Die vertragen sich auf einmal und grinsen dauernd«, erklärte sie.

Cay-La sah auf die Kriegerinnen. »Sicher? Ich habe nichts bemerkt.«

Schnell ging Cay-La von Taraneh weg zu Kallisto und nahm dankend ihr Pferd. Dabei hauchte sie Kallisto einen Kuß auf die Lippen. Mit schnellen Handgriffen kontrollierte sie den Sattelgurt, zog ihn ein wenig nach und stieg auf. Sie versuchte dem Blick von Taraneh auszuweichen. Sie wollte nicht, daß sie bemerkte, wie sehr sie das Lachen zurückhalten mußte.

Skifra hatte Taraneh vor sich auf Argo gezogen. »Seid ihr soweit?«

Cay-La und Kallisto nickten ihr zu. Die Gruppe setzte sich in Bewegung. Auf dem leichten Hügel angekommen, hielten sie ihre Pferde an und sahen zurück. Mit diesem Ort verband sie alle etwas und gleichzeitig hatte er auch sie verbunden. Gedankenverloren begannen sie ihre Reise ins Amazonenreich.

ENDE TEIL I

Die Autorin

Tala Storm, geboren am nördlichen Rand der Schweiz, im Jahre 1964, mit dem bürgerlichen Namen Ursula Mayer.

Mein indianisches Sternzeichen ist der Wolf. Daraus habe ich den Vornamen abgeleitet. In der Sprache der Indianer heißt Wolf = Tala. Storm ergab sich daraus, daß ich oft stürmisch durchs Leben fege.

Mit einem Teenagertraum vom Schreiben im Kopf wuchs ich auf. Aber der Traum schien nicht greifbar, und so wurde ein alltäglicher Beruf gelernt, bei dem ich meine Fantasie nicht ausleben konnte.

Der Wendepunkt kam, als meine Freunde mich im Jahr 2002 zum Mitschreiben bewegten. Meine Fantasie wurde gefordert, konnte sich nach langer Zeit endlich frei entfalten und fand eine Art des Ausdrucks. Dieser Anfang half mir, endlich all das, was in meinem Kopf herumschwirrte, niederzuschreiben.

Der erste Schritt war getan, und es folgte der nächste. Ich begann meine eigenen Geschichten zu schreiben. Erneut brauchte es einen Anstoß von Freunden, um all das Geschriebene nach außen zu tragen.

Was daraus geworden ist, habt Ihr nun gelesen. Ich hoffe, daß ich das Ziel meines Schreibens, Euch mit diesen Zeilen aus dem Alltag zu entführen, erreichen konnte.

Weitere Titel der édition el!es

Ruth Gogoll: Ostereier

Erotischer Liebesroman

Eine Geschichte um Ostereier? Nein, eine Liebesgeschichte. Die Begegnung in einem Supermarkt kurz vor Ostern – ist sie Zufall oder Schicksal? Befördert der Einkauf von Obst und Gemüse die Liebe – oder hindert er sie an ihrer Erfüllung? Und was ist mit der geheimnisvollen Bemerkung, mit der alles begann? Das alles sind Fragen, denen sich die beiden Protagonistinnen stellen müssen. Werden sie eine Lösung finden?

Jessica Mountain: Der Mond scheint nur für dich

Liebesroman

Die Malerin Kara malt bevorzugt morgens oder abends: Wenn es nicht mehr hell ist und der Mond scheint. Sie liebt den Mond, ihren stummen Begleiter durch die Jahre. Doch als sie Ginny kennenlernt, ändert sich alles – und der strahlende Mond wird Zeuge einer wachsenden Liebe ...

Victoria Pearl: Sag's mit Rosen

Erotischer Liebesroman

Blümchen heißt das alte Wohnmobil, mit dem Jessie herumfährt und geradeheraus Frauen anbaggert. Leonie ist von dieser Masche nicht begeistert, doch sie kann sich Jessies Charme nicht entziehen. Eine gemeinsame Reise in dem engen Gefährt bleibt nicht ohne Folgen, aber Leonie befürchtet die baldige Trennung; wie wird Jessie sich entscheiden?

Julia Arden: Unter Verdacht

Liebesroman

Als Professorin eher distanziert, geraten Sylvias Gefühle immer mehr außer Kontrolle, während die Zusammenarbeit mit der Architektin Karen enger wird. Das Tüpfelchen auf dem i: Karen ist lesbisch. Sollte Sylvia tatsächlich etwas für Karen empfinden? Doch die Idylle wird jäh zerstört, als Karen wegen Kreditbetrugs verhaftet wird. Mit Sylvias Hilfe aus dem Gefängnis entlassen, machen sich beide auf die Suche nach dem wahren Täter und kommen sich dabei immer näher.

Hörbücher bei elles!

Bereits erschienen:

Erotische Geschichten zur Weihnacht, Folge 1: Advent
Saskia streift allein durch die vorweihnachtliche Stadt und wünscht sich nichts sehnlicher, als zu Weihnachten nicht mehr allein zu sein. Wird die Weihnachtsfrau ihren Wunsch erfüllen?
Erleben Sie die schöne Geschichte ganz neu, als Hörbuch gelesen von Tamara Sasse, die die erotische und romantische Story von Kultautorin Ruth Gogoll mit ihrer Stimme zum Leben erweckt!
1 CD ⊙ 60 min. ⊙ ISBN 3-8341-0209-1

Weitere Hörbücher in Vorbereitung!

www.elles.cc